中國古典文學基本叢書

韓愈文集彙校箋注

第七册

〔唐〕韓　愈　著
劉真倫　岳　珍　校注

中　華　書　局

卷二十八

（原本卷三十八）此卷以潮本爲底本，以祝本、文本、南宋蜀本、魏本對校。

代韋相公讓官表①〔一〕

臣某言：伏奉今日制命，以臣爲尚書右丞同中書門下平章事〔二〕。非常之寵，忽降於上天；不次之恩，遽屬於庸品②〔三〕。承命震駭③，心神靡寧；顧己慙靦〔四〕，手足失措④〔五〕。臣某誠惶誠恐，頓首頓首。

臣本非長才〔六〕，又乏敏識。學不能通達經訓，文不足緣飾吏事〔七〕。徒知立志廉謹，絶朋勢之交〔八〕；處官恪恭〔九〕，免請託之累〔一〇〕。因緣資序，驟歷臺閣〔一一〕。蒙生成於天地，無裨補於涓塵〔一二〕。忝冒以居〔一三〕，涯分遂極〔一四〕。常以盈滿自誡〔一五〕，方思退處里閭。何意恩澤益深，猥令超參鼎鉉〔一六〕。竊自惟度⑤，實不堪任。臣某誠惶誠恐，頓首頓首。

臣聞宰相者，上熙陛下覆燾之恩〔一七〕，下遂羣生性命之理。以正百度〔一八〕，以和四時。澄其源而清其流，統於一而應於萬。毫釐之差〔一九〕，或致弊於寰海；晷刻之悮⑥〔二〇〕，或遺患於歷年。固宜旁求隱士，必得能者然後授之，不可輕以付臣，使人失望。上累聖主知人之哲，下乖微臣量己之義。無補於理，有妨於賢。況今俊乂至多〔二〕，耆碩咸在。苟以登用〔三〕，皆踰於臣。伏乞特迴所授，以示至公之道。天下幸甚！天下幸甚⑦！

【彙校】

①〔代韋相公讓官表〕潮本「代」作「爲」，祝本、南宋蜀本、魏本同。《舉正》出南宋監本「爲韋相公讓官表」，朱熹從方本。今從文本。

②〔庸品〕南宋蜀本「品」作「器」。

③〔承命〕南宋蜀本「承」作「丞」。

④〔手足失措〕祝本「措」作「指」。

⑤〔竊自惟度〕南宋蜀本「竊」作「切」。

⑥〔晷刻之悮〕南宋蜀本、魏本、王本、廖本「悮」作「誤」。

⑦〔天下幸甚〕魏本注：「一本止有一句。」潮本無複出「天下幸甚」四字，祝本、文本同。潮本注：「一再有『天下幸甚』字。」祝本、文本注同。《舉正》出南宋監本複出「天下幸甚」，云：「杭、蜀本皆複出。」朱熹删複出四字，《考異》：「方有複出四字。」今從方本。

【箋注】

〔一〕孫汝聽注：「相公，韋貫之也。本名純，以憲宗廟諱，以字行。」韓醇注：「公時爲考功郎中知制誥，代作。」韋貫之，兩《唐書》有傳，其生平如次：韋貫之，本名純，以憲宗廟諱，遂以字稱，逍遥公房。少舉進士，貞元初登賢良科，授校書郎。秩滿，從調判入等，再轉長安縣丞。永貞中始除監察御史，轉右補闕。元和二年七月爲禮部員外郎（《唐會要》卷三十九），改吏部員外郎。三年三月乙巳（《舊唐書·憲宗紀上》），與户部侍郎楊於陵、左司郎中鄭敬、都官郎中李益同爲考官策賢良之士。貫之奏居上第者三人，指切時病，不顧忌諱，出爲果州刺史，道中黜巴州刺史。俄徵爲都官郎中知制誥。五年八月乙亥，拜中書舍人（《舊唐書·憲宗紀上》）。七年，改禮部侍郎（白居易《中書舍人韋貫之授禮部侍郎制》）。凡二年，轉中大夫守尚書右丞上騎都尉賜紫金魚袋。九年十二月戊辰，以本官同中書門下平章事。尋遷中書侍郎，十一年八月壬寅，罷爲吏部侍郎。九月丙子，再貶湖南觀察使。十二年九月壬寅，罷爲太子詹事分司東都（《舊唐書·憲宗紀下》）。穆宗即位，十五年三月壬子，擢爲河南尹。徵拜工部尚書，未行，長慶元年十月戊寅卒於東都（《舊唐書·穆宗紀》），年六十二。詔贈尚書右僕射。

此篇作年，方崧卿《舉正》、《年表》、方成珪、蔣抱玄繫於元和九年（八一四），蔣抱玄繫於元和十年。《舉正》：「元和九年爲韋貫之作。」方譜：「是年十二月作。」謹按：貫之以本官同中書門下平章事，在九年十二月戊辰。十二月甲辰朔，戊辰二十五日。謝表進上不得延宕，當作於年底之前。

〔二〕樊汝霖注：「憲宗元和九年十二月，以尚書右丞韋貫之守本官同中書門下平章事。」文讜注：「時白居易在中書，制《除韋貫之平章事制》曰：『周宣、漢宣繼體之主，一得申甫，一得魏丙。咸克致理，號爲中興。朕嗣位以來，永監前列。惟是賢俊，寤寐求思。歷選周行，乃獲時彦。宜以政柄，舉而授之。某官韋貫之温重明正，國之公器。當官必守，臨事能斷。簡在朕心，於今累年，乃者擢居，諫司以觀其直，出司符竹，以觀其理。煩之劇務，以觀其用。訪之大政，以觀其體。歷試必中，衆望允屬，倚之爲相，僉曰宜哉！可中書侍郎同中書門下平章事。夫臣事君以忠，后從諫則聖靡不有始，鮮克有終，理化不成，恒由於此。今我與爾，永終是圖。雖休勿休，以臻其極。嗚呼！二宣之業，吾有望焉。』」《新唐書·百官志一》尚書省：「左丞一人，正四品上。右丞一人，正四品下。掌辨六官之儀，糾正省内，劾御史舉不當者。吏部、户部、禮部，左丞總焉；兵部、刑部、工部，右丞總焉。郎中各一人，從五品上。員外郎各一人，從六品上。掌付諸司之務，舉稽違，署符目，知宿直，爲丞之貳。」

〔三〕祝充注：「屬，其據切，付也。」文讜注：「宋沈休文奏《奏彈王源》曰：『人品庸陋』。」魏仲舉注：「屬，之欲切。」

〔四〕祝充注：「靦，他典切，亦慙貌。」蔣抱玄注：「江淹《爲蕭驃騎讓封第二表》：『以榮以渥，且慙且靦。』」謹按：慙靦、慚愧、羞愧。《魏書·律曆志上》：「兹業弗成，公私負責，俯仰慚靦。」

〔五〕蔣抱玄注：「《禮記》（《仲尼燕居》）：『若無禮則手足無所措。』李嶠《讓内史表》（《爲王及善讓内史第二表》）：『周惶失措。』」

〔六〕蔣抱玄注：「長才，義取馬行千里爲長途也。」白居易《答杜兼謝上河南少尹知府事表文》：「亞理以明慎選，專領以展長才。」謹按：長才，優異之才。《晉書·劉琨傳》：「時稱越府有三才：潘滔大才，劉輿長才，裴邈清才。」

〔七〕嚴有翼注：「緣，去聲。《前漢》（《公孫弘傳》）：公孫弘習文法吏事，而緣飾以儒雅。」緣飾，援引修飾。《史記·平津侯主父列傳》：「其行敦厚，辯論有餘，習文法吏事，而又緣飾以儒術。」

〔八〕蔣抱玄注：「朋勢，謂互相周比以爲聲勢也。」謹按：朋勢，羣黨之勢。《國語·吴語》：「請王厲士，以奮其朋勢。」韋昭注：「朋，羣也。勉厲士卒，以奮激其羣黨之勢，使有鬭心也。」

〔九〕恪恭，恭謹、恭敬。《國語·周語上》：「王則大徇，耨穫亦如之，民用莫不震動，恪恭于農。」

〔一〇〕韓醇注：「貫之父肇、子澳皆不阿貴近以求進，故三世皆謚曰正，史臣美之。」

〔一一〕文讜注：「《通典》（《職官三》）曰：龍朔二年，改門下省爲東臺，中書省爲西臺，咸亨初復舊。武后光宅初，改門下省爲鸞臺，中書省爲鳳閣，神龍初復舊尔。」蔣抱玄注：「臺閣，謂尚書省也。《後漢書》（《仲長統傳》）：『雖置三公，事歸臺閣。』」《後漢書·仲長統傳》章懷注：「臺閣，謂尚書也。」

〔一二〕祝充注：「禆，薄迷切。」蔣抱玄注：「涓塵，謝靈運《山居賦》『施隆貸而有渥，報涓塵而無期。』」謹按：涓塵，點滴細微。此引文字，見謝靈運《撰征賦》。

〔一三〕蔣抱玄注：「忝，亦作『腆』，或作『覥』。沈約《爲安陸王謝荆州章》：霄途嚴遠，事隔披照，腆冒斯顔，膺此謬荷。」

〔一四〕蔣抱玄注：「盧象《青雀歌》：『逍遥飲啄安涯分，何假扶揺九萬爲。』」謹按：涯分，限分。《隋書・董純傳》：「先帝察臣小心，寵踰涯分；陛下重加收採，位至將軍。」

〔一五〕盈滿，充滿。《史記・春申君列傳》：「人民不聊生，族類離散，流亡爲僕妾者，盈滿海内矣。」

〔一六〕祝充注：「鉉，胡畎切，鼎耳也。《易・鼎》：『黄耳金鉉。』」孫汝聽注：「《易》《鼎・象》：『鼎玉鉉。』鉉者所以貫鼎而舉之。鼎鉉，謂爲宰相。」蔣抱玄注：「鼎鉉，鼎之中貫曰鉉。隋製元會大饗歌（《隋書・音樂志下・食舉歌辭》）：『鹽梅既濟鼎鉉調，特以膚腊加臐膮。』」謹按：鼎鉉，宰相。《巴郡太守樊敏碑》：「書載俊乂，股肱幹楨。有物有則，模楷後生。宜參鼎鉉，稽建皇靈。」（《隸釋》卷十一）

〔一七〕祝充注：「熙，廣也。《書》（《舜典》）：『熙帝之載。』」嚴有翼注：「燾，大到切。溥，覆照也。」謹按：覆燾，同「覆幬」，覆蓋、覆被。《禮記・中庸》：「辟如天地之無不持載，無不覆幬。」

〔一八〕祝充注：「百度，百事也。《書》（《旅獒》）：『百度惟貞』。」

〔一九〕嚴有翼注：「《易》：『差之毫釐，失之千里。』」謹按：此爲《易傳》佚文，參見吕祖謙《古周易》。

〔二〇〕晷刻，片刻。《西京雜記》卷四：「成帝時，交趾、越嶲獻長鳴雞，伺雞晨，即下漏驗之，晷刻無差。」

〔二一〕蔣抱玄注：「《書經》：『俊乂在官。』」《書·皋陶謨》孔傳：「謂天子如此，則俊德治能之士並在官。」孔穎達疏：「乂，訓爲『治』，故云『治能』。馬、王、鄭皆云：『才德過千人爲俊，百人爲乂。』」

〔二二〕蔣抱玄注：「《史記·夏本紀》：『舜登用，攝行天子之政。』」

代宰相賀雪表①〔一〕

臣某言：臣伏以去歲冬間雨雪頗少，今年春首宿麥未滋〔二〕。陛下深念黎甿〔三〕，屢形詞旨。神鑒昭達②，皇情感通。春雲始繁，時雪遂降〔四〕。實豐穰之嘉瑞③〔五〕，銷癘疫於新年④。東作可期〔六〕，南畝有望〔七〕。此皆陛下與天合德〔八〕，視人如傷〔九〕，每發聖言，則獲靈貺〔一〇〕。見天人之相應〔一一〕，知朝野之同歡⑤。臣等職在燮和，慙無效用。覩斯慶澤，實荷鴻休〔一二〕。

【彙校】

①〔代宰相賀雪表〕潮本「代」作「爲」，祝本、南宋蜀本、魏本同。《舉正》出南宋監本「爲宰相賀雪表」，朱熹從方本。今從文本。

②〔神鑒〕王本、廖本「鑒」作「監」。

③〔實豐穰之嘉瑞〕魏本注：「實，一作『感』。嘉，一作『善』。」

④〔新年文本「新」作「斯」，注：「斯，一作『新』。」

⑤〔同歡〕文本、南宋蜀本「歡」作「懽」。

【箋注】

〔一〕韓醇注：「時武元衡、張洪靖、韋貫之等爲相，公知制誥。」

此篇作年，樊汝霖、方崧卿《舉正》、《年表》、方成珪、蔣抱玄、蔣抱玄繫於元和十年（八一五）。《舉正》：「《舊紀》：元和十年二月丙午雪，時不雨踰歲，宰相武元衡也。」方譜：「是年二月作。」

〔二〕樊汝霖注：「《憲宗紀》：元和十年二月自冬不雨，至於是月丙午雪。」嚴有翼注：「顏師古云：宿麥，謂其苗經冬。《後漢》注：『宿，舊也。麥必經年而熟，故云宿。』」蔣抱玄注：「《漢書・武帝紀》：『遣謁者勸有水災郡種宿麥。』（顔師古）注：『秋冬種之，經歲乃熟，故云宿麥。』」

〔三〕祝充注：「甿，莫耕切。」謹按：甿，同「氓」，指農民。《周禮·地官·遂人》：「凡治野，以下劑致甿，以田里安甿，以樂昏擾甿，以土宜教甿。」孫詒讓《正義》：「甿、氓字通，並爲田野農民之專稱。」黎甿，黎民。袁宏《後漢紀·靈帝紀中》：「楚興章華，郢人乖叛；秦作阿房，黎甿憤怨。」

〔四〕蔣抱玄注：「《淮南子》《時則》：季冬行夏令，則水潦敗國，時雪不降，冰凍消釋。」

〔五〕祝充注：「穰，如羊切。」蔣抱玄注：「《詩·楚茨》序疏：『古之明王能政簡斂輕，田疇墾闢，年有豐穰，時無灾厲。』」豐穰，豐熟。《漢書·王莽傳》：「歲豐穰則充其禮，有災害則有所損。」

〔六〕蔣抱玄注：「《尚書傳》（《堯典》『平秩東作』孔傳）：『歲起於東而始就耕，謂之東作。』」謹按：東作，即春耕。

〔七〕蔣抱玄注：「《詩經》（《小雅·大田》）：『以我覃耜，俶載南畝。』」

〔八〕魏引補注：「《易》：『大人者與天地合其德。』」

〔九〕魏引補注：「《孟子》：『文王視民如傷。』」《孟子·離婁下》趙岐注：「視民如傷者，雍容不動擾也。」

〔一〇〕蔣抱玄注：「《後漢書·光武帝紀》：『光武誕命，靈貺自甄。』」謹按：靈貺，神靈賜福。《文選》五臣注李周翰曰：「言光武大受寳命，神靈賜福祚而自成也。」

〔一二〕蔣抱玄注：「《漢書·董仲舒傳》：『以觀天人相與之際，甚可畏也。』」

〔一三〕蔣抱玄注：「《晉書·恭帝紀》：『徽序彝倫，燮和二氣。』謂宰相也。鴻，與弘同，大也。《漢書·武帝紀》：『上帝博臨，賜朕弘休。』顔師古注：『弘，大也。休，美也。』」

進順宗皇帝實録表狀二首①〔一〕

臣愈言：今之所以知古，後之所以知今，不可口傳，必憑諸史。雖二帝三王之盛②〔二〕，若不存紀録，則名氏年代不聞于兹，功德事業無可稱道焉。順宗皇帝以上聖之姿〔三〕，早處儲副〔四〕。晨昏進見，必有所陳。二十餘年，未嘗懈倦。陰功隱德，利及四海。及嗣守大位〔五〕，行其所聞，順天從人，傳授聖嗣。陛下欽奉先志③，紹致太平，原本推功④，實資撰次。

去八年十一月⑤，臣在史職〔六〕。監修李吉甫授臣以前史官韋處厚所撰《先帝實録》三卷〔七〕，云未周悉，令臣重修。臣與修撰左拾遺沈傳師〔八〕、直館京兆府咸陽縣尉宇文籍等共加採訪〔九〕，并尋檢詔敕⑥，修成《順宗皇帝實録》五卷。削去常事，著其繫於政者⑦。比之舊録，十益六七。忠良姦佞，莫不備書。苟關於時，無所不録。吉甫慎重其事，欲更研討⑧。比及身歿〔一〇〕，尚未加功。臣於吉甫宅取得舊本，自冬及夏〔一一〕，刊正方畢。文字鄙陋，實懼塵玷⑨〔一二〕，謹隨表獻上。臣愈誠惶誠恐，頓首頓首，謹言。

又⑩

右臣去月二十九日進前件《實録》。今月四日，宰臣宣進止⑪〔一三〕：其間有錯誤，令臣改畢卻進舊本者。

臣當修撰之時，史官沈傳師等採事得於傳聞，詮次不精〔一四〕，致有差誤⑫。聖明所鑒，毫髪無遺。恕臣不逮，重令刊正。今並添改訖。其奉天功烈〔一五〕，更加尋訪，已據所聞載於首卷。儻所論著尚未周詳，臣所未知，乞賜宣示，庶獲編録，永傳無窮。謹録奏聞，謹奏⑬。

【彙校】

①〔進順宗皇帝實録表狀二首〕洪譜引篇題「表狀」作「狀」，《年表》引篇題「表狀」作「表」。「二首」二字，祝本作小字側注，南宋蜀本無此二字，魏本小字側注「二篇」。《舉正》出南宋監本「進順宗皇帝實録表狀」，無「二首」二字。朱熹從方本。

②〔雖二帝〕魏本「雖」上注：「一有『自』字。」潮本「雖」上多一「自」字，祝本、文本、南宋蜀本、王本、廖本同。方成珪注：「自，疑當作『是』。魏本無『自』字，尤爲簡淨。」今從魏本。

③〔欽奉先志〕「奉」，文本作「承」，南宋蜀本作「丞」。

④〔原本〕南宋蜀本「本」作「大」。《舉正》據閣本訂作「大」，云：「杭同，李、謝校。」朱熹從方本，《考異》：「大，或作『本』。」

⑤〔去八年〕魏本注：「一無『去』字。」

⑥〔尋檢〕文本、南宋蜀本、魏本「檢」作「撿」。潮本「敕」作「勑」，祝本、文本、南宋蜀本同。今從魏本。

⑦〔著其繫於政〕祝本「著」作「者」。潮本「繫」作「繄」，今從祝本作「繫」。

⑧〔欲更研討〕魏本注：「更，一作『皆』。」

⑨〔實懼塵玷〕潮本注：「一云『實積慙懼』。」祝本、魏本注同。《考異》：「或作『實積慙懼』。」

⑩〔又〕潮本無「又」字，祝本、魏本、王本、廖本同。今從文本。

⑪〔宣進止〕魏本「止」作「旨」。

⑫〔差誤〕文本、南宋蜀本「誤」作「悮」。

⑬〔謹録奏聞謹奏〕文本無「謹録奏聞謹奏」六字，注：「一本有『謹録奏聞謹奏』字。」

【箋注】

〔一〕文讜注：「李吉甫以元和六年正月拜相，九年十月薨。而公以八年三月拜比部郎中使館修撰。九年十二月改考工郎中知制誥。其曰『去八年十一月臣在史職』者，謂元和八年十一月也。『李吉甫謹重其事，欲更研討，比及身殁。尚未加功。臣於吉甫宅取得舊本，自冬及夏，刊正方畢。』則是九年吉甫殁後，公於其家取得舊本。自其年冬至十年冬，刊正方畢，後狀所謂『去月二十九日進前件實録者』，十年四月或五六月也。『今月四日宰臣宣進止』云云，則是公於其月再加刊正矣。」嚴有翼注：「退之以元和八年守比部郎中史館修撰，而吉甫以九年十月卒。則進《實録》在十年夏也。」

此篇作年，洪興祖、方崧卿《舉正》、《年表》、方成珪、蔣抱玄繫於元和十年（八一五）。洪譜：「十年乙未：《進順宗實録狀》云：『去八年十一月臣在史職，監修李吉甫授臣以前史官韋處厚所撰《先帝實録》三卷，令臣重修。吉甫慎重其事，欲更研討，比及身殁，尚未加功。臣於吉甫宅取得舊本，自冬及夏，刊正方畢。』按：吉甫九年十月卒，則進《實録》在此年夏也。」

〔二〕蔣抱玄注：「二帝，堯舜。三王，禹湯文武。」《尚書·大禹謨》「文命敷于四海，祇承于帝」孔穎達疏：「此禹能以文德教命布陳於四海，又能敬承堯舜，外布四海，内承二帝，言其道周備。」《孟子·告子下》：「五霸者，三王之罪人也。」趙岐注：「三王，夏禹、商湯、周文王是也。」

〔三〕蔣抱玄注：「《潛夫論》（《勸將》）：『太古之民淳厚敦朴，上聖撫之，恬澹無爲。』」《墨子·公孟》：「昔者聖王之列也：上聖立爲天子，其次立爲卿大夫。」

〔四〕孫汝聽注：「大曆十四年五月，德宗即位。十二月，以長子宣王誦爲太子，年十一。」蔣抱玄注：「儲副，謂太子也。《後漢書》（《种暠傳》）：『太子國之儲副。』按：大曆十四年五月德宗即位。十二月即立長子宣王誦爲太子。故曰早處。」晋袁宏《後汉纪・顺帝纪》：「太子，國之儲副。」

〔五〕樊汝霖注：「貞元二十一年正月即位，年四十五。」

〔六〕孫汝聽注：「元和八年正月，公爲史館修撰。」

〔七〕孫汝聽注：「六年正月，以吉甫監修國史。」李吉甫，兩《唐書》有傳，其生平如次：李吉甫字弘憲，趙郡人。以蔭補左司禦率府倉曹參軍，貞元三年爲太常博士（《唐會要》卷三），遷屯田員外郎，博士如故，改駕部員外。李泌、竇參推重其才，接遇頗厚。貞元八年陸贄爲相，出爲明州員外長史。貞元十一年爲忠州刺史。六年不徙官，以疾罷免。尋授郴州刺史，貞元十九年遷饒州（《金石補正》卷六十七《路恕李吉甫題名》）。憲宗嗣位，二十一年八月丙寅徵拜考功郎中知制誥。既至闕下，十二月二十四日召入翰林爲學士，二十七日正除中書舍人，仍賜紫金魚袋充。元和元年加銀青光禄大夫（元稹《承旨學士院記》）。元和二年正月己酉，爲中書侍郎平章事（《新唐書・德宗紀》）。十二月甲寅，封贊皇侯。己卯，上《元和國計簿》。三年二月丙申，封趙國公。九月戊戌，檢校兵部尚書兼中書侍郎平章事揚州大都督府長史淮南節度使。六年正月庚申，授金紫光禄大夫中書侍郎平章事集賢殿大學士監修國史上柱國趙國公，復知政事（《舊唐書·憲宗紀上》）。八年二月辛卯，進所撰《元和郡國圖》三十卷，又進《六代略》三十卷，又爲《十道州郡圖》五十四卷。元和九年十月丙午暴病卒（《舊唐書·憲宗紀下》），年五十七。再贈司空，謚曰忠。韋處厚，兩《唐書》有傳，其生平如次：韋處厚，字德載，京兆人。本名淳，避憲宗諱改名。元和元年登進士第。同年，擢才識兼茂科（《登科記考》），授集賢殿校書郎。宰相李吉甫監修國史，引直東觀（劉禹錫《唐故中書侍郎平章事韋公集紀》）。五年，爲秘書省校書郎直史館（《寶刻叢編》卷五）。改咸陽縣尉，遷右拾遺，並兼史職。元和六年四月停修撰守本官（《唐會要》卷六十四）。轉左補闕，禮部、考功二員外，元和十一年九月辛未，以黨韋貫之貶開州刺史（《舊唐書·憲宗紀下》）。十四年，入拜户部郎中（《韋公集紀》）。十五年二月二十四日，自户部郎中知制誥充侍講學士。三月十日賜緋，二十二日遷中書舍人。長慶二年五月六日賜紫，閏十月八日加史館修撰。三年十月二十三日權兵部侍郎知制誥，依前侍講學士兼史館修撰。四年十月二十三日加承旨，十月十四日正拜兵部侍郎（丁居晦《重修承旨學士壁記》）。寶曆二年十二月庚戌，拜中書侍郎同中書門下平章事，監修國史，加銀青光禄大夫（《舊唐書·文宗紀上》）。太和二年三月，進爵靈昌郡公（《册府元龜》卷一百三十一）。十二月壬申卒（《舊唐書·文宗紀上》），年五十六，贈司空。

〔八〕韓醇注：「傳師，字子直。」沈傳師，兩《唐書》有傳，其生平如次：沈傳師，字子言，吴興武康人（《元和姓纂》卷七）。貞元末擢進士第（杜牧《唐故尚書吏部侍郎贈吏部尚書沈公行狀》）。元和元年登才識兼茂明於體用科(《册府元龜》卷六百四十四),授太子校書郎、鄠縣尉直史館。八年,爲左拾遺(韓愈《進順宗皇帝實録表狀》)。轉左補闕,並兼史職。元和十一年二月十三日,自左補闕史館修撰充翰林學士。十三年正月十三日,遷司門員外郎。二月十八日賜緋。十五年正月二十三日,加司勳郎中。閏正月一日賜紫,二十一日加兵部郎中知制誥。長慶元年二月二十四日,遷中書舍人。二月十九日,出守本官判史館事(丁居晦《重修承旨學士壁記》)。長慶三年六月,出爲兼御史中丞、潭州刺史湖南觀察使(《舊唐書·穆宗紀》)。寶曆二年五月甲申,入爲尚書右丞(《舊唐書·敬宗紀》)。太和二年十月癸酉,出爲洪州刺史江南西道觀察使(《舊唐書·文宗紀上》)。四年九月丁丑,轉宣州刺史宣歙池觀察使。七年四月甲申,入爲吏部侍郎。九年四月壬寅卒(《舊唐書·文宗紀下》),年五十九。贈吏部尚書。

〔九〕韓醇注:「籍,字夏龜。」宇文籍,《舊唐書》有傳,其生平如次:宇文籍,字夏龜。少好學,尤通《春秋》。貞元十八年竇羣自處士徵爲右拾遺,表籍自代,由是知名,登進士第。元和二年宰相武元衡出鎮西蜀,奏爲從事。八年,以咸陽尉直史館,修《順宗實録》(韓愈《進順宗皇帝實録表狀》)。遷監察御史。貶江陵府户曹參軍。考滿,連辟藩府。入爲侍御史,轉著作郎,遷駕部員外郎、史館修撰,與修《憲宗實録》。俄以本官知制誥,轉庫部郎中。太和中遷諫議大夫,專掌史筆,罷知制誥。太和二年正月卒。時年五十九。贈工部侍郎。

〔一〇〕孫汝聽注:「九年十月,吉甫卒。」

〔一一〕孫汝聽注：「十年夏。」

〔一二〕蔣抱玄注：「劉琨《讓官表》：『塵玷聖鑒，污辱台衡。』」謹按：此引文字，見張九齡《讓起復中書侍郎同平章事表》。塵玷，玷污。晉袁宏《三国名臣序贊》：「如彼白珪，質無塵玷。」

〔一三〕進止，聖旨。《資治通鑑》卷二百三十一：「辭日奉進止，以便宜從事。」胡三省注：「自唐以來，率以奉聖旨爲奉進止，蓋言聖旨使之進則進，使之止則止也。」

〔一四〕蔣抱玄注：「陶潛《飲酒詩序》：『紙墨遂多，辭無詮次。』」

代裴相公讓官表①〔一〕

臣某言：伏奉今日制書，以臣爲朝議大夫守中書侍郎同中書門下平章事〔二〕。承命驚惶，魂爽飛越〔三〕。俯仰天地，若無所容〔四〕。臣某誠惶誠恐，頓首頓首。

臣少涉經史，粗知古今。天與朴忠，性惟愚直。知事君以道〔五〕，無憚殺身〔六〕；慕當官而行〔七〕，不求利己。人以爲拙，臣行不疑。元和之初，始拜御史。旋以論事過切，爲宰臣所非，出官府廷②，乃佐戎幕③〔八〕。陛下恕臣之罪，憐臣之心，拔居侍從之中，遂掌絲綸之重〔九〕。受恩益大④，顧己愈輕⑤。苟耳目所聞知，心力所迨及〔一〇〕，少關政理，輒以陳聞。於裨補無涓埃之微〔一一〕，而譏謗有丘山之積〔一二〕。陛下知其孤立〔一三〕，賞其微誠⑥，獨斷不謀〔一四〕，獎待踰量⑦。臣誠見陛下具文武之德，有神聖之姿，啓中興之宏圖，當太平之昌曆〔一五〕。勤身以儉，與物無私。威怒如雷霆，容覆如天地。實羣臣盡節之日，才智效能之時。

聖君難逢，重德宜報。苦心焦思，以日繼夜。苟利於國，知無不爲。徒欲竭愚⑧，未免妄作。陛下不加罪責，更極寵光。既領臺綱〔一六〕，又毗邦憲〔一七〕。聖君所厚，兇逆所讎。闕於防虞，幾至斃踣〔一八〕。恩私曲被，性命獲全。忝累祖先，玷塵班列。未知所措，秪自内慙⑨。豈意陛下擢臣於傷殘之餘，委臣以燮和之任〔一九〕。忘其陋汙⑩，使佐聖明。此雖成湯舉伊尹於庖厨〔二〇〕，高宗登傅説於版築〔二一〕，周文用吕望於屠釣〔二二〕，齊桓起寧戚於飯牛〔二三〕，雪恥蒙光，去辱居貴，以今準古，擬議非倫〔二四〕。陛下有四君之明〔二五〕，行四君之事；微臣無四子之美〔二六〕，獲四子之榮。豈可叨居，以彰非據〔二七〕？

方今干戈未盡戢，夷狄未盡賓〔二八〕，麟鳳龜龍未盡游郊藪〔二九〕，草木魚鼈未盡被雍熙。當大有爲之時〔三〇〕，得非常人之佐〔三一〕，然後能上宣聖德，以代天工〔三二〕。如臣等類，實不克堪。伏望博選周行〔三三〕，旁及巖穴。天生聖主，必有賢臣。得而授之，乃可致理⑪。乞迴所授，以叶羣情，無任懇款之至〔三四〕。

【彙校】

①〔代裴相公讓官表〕潮本「代」作「爲」，祝本、南宋蜀本、魏本同。潮本題下小字側注「度」字，祝本同。《舉正》出南宋監本「爲裴相公讓官表」，朱熹從方本。今從文本。

②〔出官府廷〕南宋蜀本注：「出，一作『移』。」《舉正》訂作「移」，云：「杭、蜀同，謝校。」朱熹從方本，《考異》：「移，或作『出』。」文本、南宋蜀本「廷」作「庭」。

③〔乃佐戎幕〕《舉正》訂作「因」，云：「杭、蜀同，謝校。」朱熹從方本，《考異》：「因，或作『乃』。」

④〔受恩益大〕南宋蜀本「大」作「厚」。《舉正》出南宋監本「受恩益大」，云：「蜀本『大』作『厚』，下同。」《考異》：「大，或作『厚』。」

⑤〔顧己愈輕〕南宋蜀本「愈」作「益」。《舉正》訂「愈」作「益」，云：「李、謝校。」朱熹從方本，《考異》：「益，或作『愈』。」

⑥〔賞其微誠〕《考異》：「微，或作『盡』。」

⑦〔獎待踰量〕《考異》：「量，或作『重』。」

⑧〔徒欲竭愚〕文本「愚」作「思」。

⑨〔祇自内慙〕文本、南宋蜀本「祇」作「只」，南宋蜀本注：「只，一作『祇』。」

⑩〔忘其陋汙〕祝本、魏本「陋汙」作「汚陋」。

⑪〔乃可致理〕《考異》：「致理，或作『集事』。」

【箋注】

〔一〕魏引補注：「裴度，字中立，河東人。貞元五年進士及第，至是有拜相之命，公爲作讓表。」裴度，兩《唐書》有傳，其生平如次：裴度字中立，河東聞喜人。貞元五年進士擢第，登宏辭科，應制舉賢良方正能直言極諫科，對策高等，授河陰縣尉，遷監察御史。密疏論權倖，語切忤旨，出爲河南府功曹，遷起居舍人。元和五年八月乙亥，以司封員外郎知制誥（《舊唐書·憲宗紀下》），尋轉本司郎中。七年十一月乙丑，宣諭魏州，使還，拜中書舍人。九年十一月戊戌，改御史中丞。奉使蔡州行營宣諭諸軍，十年五月辛巳，兼刑部侍郎。六月癸卯，王承宗、李師道俱遣刺客刺宰相武元衡，亦令刺度。會度帶氈帽，故瘡不至深。乙丑，制以爲朝請大夫守刑部侍郎同中書門下平章事。十二年秋七月丙辰，以中書侍郎平章事守門下侍郎同平章事，使持節蔡州諸軍事蔡州刺史，充彰義軍節度申光蔡觀察處置等使，仍充淮西宣慰處置使。八月三日，度赴淮西，二十七日至郾城，十月十一日唐鄧節度使李愬襲破懸瓠城，擒吴元濟。十一月二十八日度白蔡州入朝，十二月壬戌，復守本官，賜上柱國，晉國公，食邑三千户。十三年二月，復知政事。十四年夏四月丙子，出爲太原尹、河東節度使。長慶元年秋，朱克融、王廷凑復亂河朔，八月乙丑，詔以本官充幽鎮兩道招撫使。十月丙寅，充鎮州四面行營招討使。長慶二年二月丁亥，罷兵權，守司徒同平章事充東都留守。三月壬子，除揚州大都督府長史充淮南節度使。丙辰守司徒，戊午復入中書知政事。六月甲子，罷爲左僕射。長慶三年八月癸卯，出爲山南西道節度使，不帶平章事（《新唐書·宰相表》）。寶曆二年二月丁未，守司空同平章事，復知政事。八月丙申朔，兼領度支。太和四年六月丁未，爲司徒平章軍國重事。九月壬午，充山南東道節度使。八年三月庚午，以本官充東都留守。九年十月庚子，進位中書令。開成二年五月乙丑，復以本官兼太原尹北都留守河東節度使。三年冬，病甚，乞還東都養病。十二月辛丑，詔許還京，拜司徒、中書令。四年三月四日丙申薨，時年七十五，册贈太傅。

此篇作年，方崧卿《舉正》、《年表》、方成珪、蔣抱玄繫於元和十年（八一五）。《舉正》：「三表並十年。」方譜：「是年六月作。」

〔二〕孫汝聽注：「元和十年六月，以裴度朝請大夫守刑部侍郎同平章事。」《新唐書·百官志一》尚書省吏部：「吏部郎中掌文官階品。凡文散階二十九：正五品下曰朝議大夫。」《新唐書·百官志二》中書省：「中書令二人，正二品。掌佐天子執大政，而總判省事。侍郎二人，正三品。掌貳令之職，朝廷大政參議焉。」

〔三〕文讜注：「晉劉琨之言。爽，神也。越，揚也。」蔣抱玄注：「《左傳》（《宣公十五年》）『天奪之魄矣』注）：『心之精爽，是謂魂魄。』《晉書·劉琨傳》『伏省詔書，五情飛越。』」《顔氏家訓·名實》：「魂爽俱昇，松柏偕茂。」王利器《集解》：「謂魂魄精爽也。」

〔四〕文讜注：「晉陸士衡《謝表》言之。」陸機《謝平原内史表》：「跼天蹐地，若無所容。」

〔五〕祝充注：「《語》《先進》曰：『大臣以道事君，不可則止。』」

〔六〕蔣抱玄注：「《論語》《衛靈公》：『志士仁人，有殺身以成仁。』」

〔七〕韓醇注：「《左傳》（文公十年）：『當官而行，何强之有。』」

〔八〕孫汝聽注：「元和初，度爲監察御史，密疏論權倖。語切忤旨，出爲河南府功曹參軍。武元衡帥四川，表爲節度掌書記。」

〔九〕孫汝聽注：「自西川召爲起居舍人。元和六年，以司封員外郎知制誥，拜中書舍人。」蔣抱玄注：「《禮記》：『王言如絲，其出如綸。』故稱詔制爲絲綸。」《禮記・緇衣》孔穎達疏：「王言初出，微細如絲，及其出行於外，言更漸大，如似綸也。」

〔一〇〕蔣抱玄注：「迨，逮也。《詩經》《召南・摽有梅》：『迨其吉兮。』」

〔一一〕蔣抱玄注：「涓埃，與涓塵同義。涓塵，謝靈運《山居賦》：『施隆貸而有渥，報涓塵而無期。』」謹按：此引文字，見謝靈運《撰征賦》。涓埃，點滴細微。《周書・蕭撝傳》：「臣披款歸朝，十有六載，恩深海岳，報淺涓埃。」

〔一二〕蔣抱玄注：「《史記・張儀傳》：『秦虎賁之士百餘萬，積粟如丘山。』」

〔一三〕蔣抱玄注：「《漢書・張湯傳》：『禹志在奉公孤立，而湯舞知以御人。』」

〔一四〕蔣抱玄注：「《管子》《霸言》：『獨斷者，微密之營壘也。』」

〔一五〕蔣抱玄注：「謝朓《鼓吹曲》：『二儀啓昌曆，三陽應慶期。』」謹按：昌曆，繁榮昌盛之時代。王融《聖君曲》：「聖君應昌曆，景祚啓休期。」

〔一六〕樊汝霖注：「元和九年，度爲御史中丞。」白居易《薛存誠除御史中丞制》：「副相方缺，臺綱是領。」

〔一七〕樊汝霖注：「十年，度爲刑部侍郎。」邦憲，國家大法。《詩·小雅·六月》：「文武吉甫，萬邦爲憲。」毛傳：「憲，法也。」高適《酬秘書弟兼寄幕下諸公》：「侍御執邦憲，清詞煥春叢。」

〔一八〕韓醇注：「元和十年六月，王承宗、李師道俱遣刺客殺宰相武元衡。又擊度，刃三進，斷靴劃背裂中單，又傷首。度墜溝中，帽氈得不死。」

〔一九〕孫汝聽注：「初，元衡遇害。獻計者或請罷度官以安反側，帝怒曰：『若罷度官，是姦計得行。吾倚度，足破二賊矣。』因遂相度。」蔣抱玄注：「《晉書·恭帝紀》：『徽序彝倫，燮和二氣。』謂宰相也。」《尚書·顧命》：「燮和天下，用答文武之光訓。」

〔二〇〕文讜注：「《史記》《殷本紀》：『伊尹名阿衡，欲干湯而無由，乃爲有莘氏媵臣，負鼎俎以滋味説湯，致于王道。』《離騷·天問》注云：『伊尹始仕，因緣烹鵠鳥之羹，修飾玉鼎以事湯，湯賢之，遂以爲相。』」孫汝聽注：「《莊子》《庚桑楚》云：『湯以庖人籠伊尹。』《孟子》《萬章》云：『伊尹以割烹要湯。』是舉於庖厨也。」

〔二一〕祝充注：「《孟子》《告子》：『傳説舉於版築之間。』」

〔二二〕文讜注：「《史記》《齊太公世家》：『太公望吕尚者，東海人。蓋嘗窮困年老矣。以魚釣干周西伯。西伯將出獵，卜之曰：所獲非龍非彲、非虎非羆，所獲伯王之輔。於是獵。果遇太公於渭之陽。與語，大説，曰：自吾先君太公曰，當有聖人適周，周以興。子真是邪？吾太公望子久矣。故號曰太公望。載與俱歸，立爲師。』《楚辭·天問》注云：『吕望鼓刀在列肆。文王親往問之。吕望對曰：下屠屠牛，上屠屠國。文王喜，載與俱歸。』」孫汝聽注：「《離騷》：『吕望之鼓刀兮，遭文王而得舉。』注云：『望屠於朝歌。』《説苑》：『望年七十，釣於渭濱。』」

〔二三〕文讜注：「《楚辭·思美人》云：『聞百里之爲虜兮，伊尹烹於庖厨。吕望屠於朝歌兮，甯戚歌而飯牛。不逢湯武與桓繆兮，世孰云而知之？』」孫汝聽注：「《離騷》：『甯戚之謳歌兮，齊桓聞於該輔。』注云：『甯戚，商賈，宿齊東門外。桓公夜出，戚方飯牛，叩角而商歌。桓公聞用爲客卿。』」

〔二四〕蔣抱玄注：「《易經》《繫辭上》：『擬議以成其變化。』」

〔二五〕蔣抱玄注：「四君，謂成湯、武丁、文王、齊桓。」

〔二六〕蔣抱玄注：「四子，謂伊尹、傅説、吕望、甯戚。」

〔二七〕蔣抱玄注：「非據，非其根據，猶言非分也。」

〔二八〕蔣抱玄注：「賓，賓服也，賓貢也。」
〔二九〕蔣抱玄注：「《禮記》《禮運》：『麟鳳龜龍謂之四靈。』」
〔三〇〕蔣抱玄注：「《孟子》《公孫丑下》：『故將大有爲之君。』」
〔三一〕蔣抱玄注：「《漢書・武帝紀》：『蓋有非常之功，必待非常之人。』」
〔三二〕韓醇注：「天工，天官也。《書》《臯陶謨》：『天工人其代之。』」
〔三三〕祝充注：「行，胡郎切。」嚴有翼注：「《詩》《周南・卷耳》：『寘彼周行。』注：『行，列。』謂周之列位。」蔣抱玄注：「周行，謂朝列也。」
〔三四〕懇欵，款切忠誠。王維《請施莊爲寺表》：「上報聖恩，下酬慈愛，無任懇款之至。」

代宰相賀白龜表①〔一〕

鄂岳觀察使所進白龜〔二〕。

右今日某宣進旨②，示臣前件白龜者。

伏以貞祥之見，必有從來；物象既呈，可以推究。古者謂龜爲蔡〔三〕。蔡者，龜也。今始入賊地而獲龜者，是獲蔡也〔四〕。白者西方之色，刑戮之象也。是必擒其帥而得地也。提挈而來〔五〕，生致闕下。此象既見，其應不遥〔六〕。斯皆陛下聖德所施，靈物來效〔七〕。太平之運，其在於今。臣等謬列台衡〔八〕，親覩嘉瑞，無任抃躍之至〔九〕。

【彙校】

①〔代宰相賀白龜表〕潮本「代」作「爲」，「表」作「狀」，祝本、南宋蜀本、魏本同。《舉正》出南宋監本「爲宰相賀白龜狀」，朱熹從方本。蔡邕《獨斷》卷上：「凡羣臣上書於天子者有四名，一曰章，二曰奏，三曰表，四曰駁議。表者不需頭，上言『臣某言』，下言『臣某誠惶誠恐頓首頓首死罪死罪』，左方下附曰『某官臣甲上』。文多用編兩行，文少以五行。」今從文本。

②〔宣進旨〕南宋蜀本「某」下多一「官」字。祝本、文本、南宋蜀本「旨」作「止」。《舉正》據杭本訂作「止」，云：「今玉堂宣底，凡言『進旨』皆作『進止』，下同。」朱熹從方本，《考異》：「止，或作『旨』。今按：陸公奏議亦可考。」謹按：「進旨」、「進止」，均指聖旨，不煩改字。温大雅《大唐創業起居注》卷二：「非奉進旨，所司莫能裁答。」

【箋注】

〔一〕魏引補注：「宰相裴度、張洪靖、韋貫之。」

此篇作年，方崧卿《年表》繫於元和十年（八一五），蔣抱玄繫於元和十二年。謹按：元和十年正月己亥，制削奪吴元濟在身官爵，詔諸道進討；二月甲辰，田弘正子布、韓弘子公武各率師隸李光顔討賊；三月乙酉，李光顔破賊於南頓；並見《舊唐書·憲宗紀下》。《表》言「始入賊地」，當作於元和十年。

〔二〕文讜注：「伐蔡時，李道古爲鄂岳觀察使。」孫汝聽注：「元和十一年，以李道古爲鄂岳觀察使。會平淮西，得白龜以獻。」謹按：元和十年鄂岳觀察使爲柳公綽，文讜、孫汝聽注誤。

〔三〕樊汝霖注：「《家語》（《好生》）漆雕憑曰：『臧氏有守龜焉，名曰蔡。』古者謂龜爲蔡出此。」

〔四〕文讜注：「《論語》（《公冶長》）曰：『臧文仲居蔡。』包氏曰：『蔡，國君守龜。出蔡地，因以爲名焉，長尺有二寸。』」

〔五〕蔣抱玄注：「《戰國策》（《東周策》）：『非可懷挾提挈以至齊者。』」提挈，手提。《禮記·王制》：「輕任並，重任分，斑白不提挈。」此處引申爲捉拿。

〔六〕韓醇注：「公元和十二年七月從裴度伐蔡。十月，克蔡州，擒吴元濟以獻。幾與此表所言合云。」

〔七〕蔣抱玄注：「《後漢書·光武帝紀》：今天下清寧，靈物仍降。」

〔八〕蔣抱玄注：「三台所以象三公。伊尹常爲阿衡，故稱宰相曰台衡。」謹按：台，三台；衡，玉衡。爲北斗杓三星，位於紫微宫帝座前。台衡，喻宰輔大臣。陸機《贈弟士龍》：「奕世台衡，扶帝紫極。」

〔九〕抃，鼓掌。《吕氏春秋·古樂》：「帝嚳乃令人抃。」高誘注：「兩手相擊曰抃。」抃躍，手舞足蹈。江淹《爲蕭驃騎讓太尉表》：「雖蹈疵戾，猶深抃躍。」

冬薦官殷侑狀①〔一〕

前天德軍都防禦判官承奉郎試大理評事兼監察御史殷侑〔二〕。

右伏准貞元五年六月十一日敕②：停郎官御史在城者③，委常參官每年冬季聞薦者〔三〕。

前件官兼通三傳〔四〕，傍習諸經④。注疏之外，自有所得。久從使幕，亮直著名⑤〔五〕。朴厚端方，少見倫比。以臣所見，堪任御史、太常博士〔六〕。臣所諳知，不敢不舉。謹録奏聞，伏聽敕旨〔七〕。

【彙校】

①〔冬薦官殷侑狀〕《舉正》出南宋監本「冬薦官殷侑狀」，朱熹從方本，《考異》：「或無『冬』、『官』字。」

②〔貞元五年〕文本注：「五年，一作『三年』。」潮本「敕」作「勅」，祝本、文本、南宋蜀本同。今從魏本，下同。

③〔停郎官御史〕南宋蜀本「停」下注：「一有『使』字。」《舉正》「停」下增一「停」字，作「停使郎官御史在城者」，云：「杭、蜀同，謝校。『前天德軍防禦使』，即所謂『停使』也。」朱熹從方本，《考異》：「或無『停』字。方引宋説云：『前天德軍防禦』即所謂『停使』也。」謹按：殷侑曾任防禦判官，未曾擔任防禦使，不得稱爲「停使」。「停郎官御史」者，謂卸任郎官、御史。殷侑此前曾任監察御史，正合此例。方、朱所説無據，不取。

④〔傍習〕祝本「傍」作「旁」。

⑤〔著名〕南宋蜀本「名」作「誠」。

【箋注】

〔一〕殷侑，兩《唐書》有傳，其生平如次：殷侑，陳郡人。貞元末以五經登第。嘗爲滄州行軍司馬、天德軍都防禦判官承奉郎試大理評事兼監察御史。元和十一年，韓愈薦爲太常博士（韓愈《冬薦官殷侑狀》）。十二年，遷尚書虞部員外郎兼侍御史，副宗正少卿李孝誠宣諭迴紇（韓愈《送殷侑員外使回鶻序》）。十三年，銜命招諭王承宗，遷諫議大夫。長慶三年，出爲桂管觀察使（《太平寰宇記》卷一百六十二）。寶曆元年三月辛未，檢校右散騎常侍洪州刺史，轉江西觀察使（《舊唐書·敬宗紀》）。寶曆二年十二月壬戌，入爲衛尉卿。太和三年八月癸丑，加檢校工部尚書滄齊德觀察使（《舊唐書·文宗紀上》），以功加檢校吏部尚書。六年，入爲刑部尚書。二月甲子朔，檢校吏部尚書鄆州刺史兼御史大夫充天平軍節度鄆曹濮觀察等使，尋就加檢校右僕射。九年正月己卯代還，授刑部尚書。七月戊辰，檢校右僕射，復爲天平軍節度使。開成元年復召爲刑部尚書。其年六月辛卯，檢校左僕射，出爲襄州刺史山南東道節度使。二年三月甲申，以病求代，以太子賓客分司東都。十一月壬戌，復檢校右僕射，出爲忠武節度陳許蔡觀察等使。三年七月壬戌卒於鎮（《舊唐書·文宗紀下》），時年七十二，贈司空。方譜：「據此篇作年，樊汝霖、方崧卿《年表》、方成珪、蔣抱玄繫於元和十一年（八一六）。方譜：「據舊注繫之是年。」

〔二〕天德軍屬豐州，元和初治所在西受降城，今内蒙烏拉特中旗烏加河北岸。《新唐書·百官志一》尚書省吏部：「吏部郎中掌文官階品。凡文散階二十九：從八品上曰承奉郎。」《新唐書·百官志三》大理寺：評事八人，從八品下。

〔三〕文讜注：「《唐志》（《新唐書·百官志三》）：『文武五品已上及兩省供奉官、監察御使、員外郎、太常博士。日參，號常參官。』」

〔四〕韓醇注：「公嘗有《答殷侍御書》云：『蒙示新注《公羊春秋》。』疑殷即侍御侑也。」

〔五〕亮直，堅毅正直。《孔叢子·陳士義》：「今東閭子疏達亮直，大丈夫也。」

〔六〕《新唐書·百官志三》御史臺：「監察御史十五人，正八品下。獄訟、軍戎、祭祀、營作、太府出納皆涖焉。知朝堂左右廂及百司綱目。」《新唐書·百官志三》太常寺：「博士四人，從七品上。掌辨五禮，按王公、三品以上功過善惡爲之謚，大禮則贊卿導引。」

〔七〕樊汝霖注：「公此狀薦侑，元和十一年冬也。十二年公送侑副宗正少卿李孝誠使回鶻序云：『自太常博士遷虞部員外郎兼侍御史，承命以行。』則是侑果因公薦而爲太常博士矣。」

進王用碑文狀①〔一〕

故檢校左散騎常侍兼右金吾衛大將軍贈工部尚書王用神道碑文②〔二〕。

右京兆尹李脩是王用親表③〔三〕，傳用男沼等意〔四〕：請臣與亡父用撰前件碑文者④。伏以王用國之元舅〔五〕，位望頗崇，豈臣短才所能褒飾⑤？不敢辭讓，輒以撰訖。其碑文謹録本隨狀封進，伏聽進旨⑥。

其王用男所與臣馬一匹⑦，并鞍銜、白玉腰帶一條⑧，臣並未敢受領，謹奏。

【彙校】

①〔進王用碑文狀〕《舉正》出南宋監本「進王用碑文狀」，朱熹從方本。

②〔檢校左散騎常侍兼右金吾衛大將軍贈工部尚書王用〕潮本「王」訛作「玉」，今從祝本。文本「檢」作「撿」。

③〔李脩〕潮本「脩」作「修」，祝本、文本、南宋蜀本、魏本同。《舉正》訂「脩」字，云：「洪校。考之於史，信然。」朱熹

從方本，《考異》：「倚，或作『修』。」

④〔請臣〕魏本注：「請，一作『謂』。」

⑤〔短才〕潮本注：「短，一作『知』。」祝本注：「知，一作『知』，去聲。」魏本注同。文本注：「才，一作『之才』。」

⑥〔進旨〕王本、廖本「旨」作「止」。

⑦〔馬一匹〕文本「匹」作「疋」。

⑧〔白玉腰帶〕祝本「玉」訛作「王」。

【箋注】

〔一〕魏引李曰：「用字師柔，太原人。公時爲右庶子，撰其碑文。」王用，兩《唐書》附於其父子顔傳後，其生平如次：王用，字師柔，祖籍太原人，世居沂州臨沂，順宗莊憲后之弟。元和元年拜銀青光禄大夫、太子少詹事。未三月，遷大詹事，賜勳上柱國，封太原郡公，掌廄苑之事。轉少府監、太子賓客，别職如初。遷左散騎常侍兼右金吾大將軍。元和十一年七月壬申薨，享年四十七。贈工部尚書（韓愈《唐故銀青光禄大夫檢校左散騎常侍兼右金吾衛大將軍贈工部尚書太原郡公神道碑文》）。

此篇作年，洪興祖、方崧卿《年表》、方成珪、蔣抱玄繫於元和十一年（八一六）。洪譜：「十一年丙申：《王用碑》云『京兆尹李修』，當作「脩」，是年十月爲浙西觀察使。」方譜：「是年冬作。」

〔二〕樊汝霖注：「用以元和十一年八月卒，贈工部尚書。是年十一月葬。」《新唐書·百官志二》門下省：「左散騎常侍二人，正三品下。掌規諷過失，侍從顧問。」《新唐書·百官志四上》十六衛左右金吾衛：「上將軍各一人（從二品），大將軍各一人（正三品），將軍各二人（從三品）。掌宫中、京城巡警，烽候、道路、水草之宜。凡翊府之翊衛及外府佽飛番上，皆屬焉。」《新唐書·百官志一》尚書省工部：尚書一人，正三品。

〔三〕孫汝聽注：「修者，用之妹壻，元和十一年七月爲京兆尹。」蔣抱玄注：「《晉書·韋忠傳》：『每至吉凶，親表贈遺一無所受。』」謹按：親表，泛指親戚。《顔氏家訓·風操》：「親表聚集，致讌享焉。」謹按：親表，泛指親戚。《顔氏家訓·風操》：「親表聚集，致讌享焉。」李脩，兩《唐書》有傳，其生平如次：李脩，字脩，起於寒賤。以莊憲皇后妹壻，元和已來驟階仕進，以恩澤至坊州刺史。元和七年爲絳州刺史（《太平廣記》卷四百二十二引《宣室志》）。憲宗以爲才，召拜司農卿，元和十年十月遷京兆尹（《王用神道碑》孫汝聽注）。莊憲太后崩，爲山陵橋道置頓使。十一年十月庚午，出爲潤州刺史浙西觀察使。淮西用兵，頗賴其賦。十四年以病求還京師，三月庚寅（《舊唐書·憲宗紀下》），未朝謁而卒。

〔四〕孫汝聽注：「用六子，長子名沼。」

〔五〕祝充注：「順宗莊憲皇后王氏，用之妹也。」

謝許受王用男人事物狀①〔一〕

某官某乙②。

右今日品官唐國珍到臣宅奉宣進旨③〔二〕：緣臣與王用撰神道碑文，令臣領受用男沼所與臣馬一匹并鞍銜及白玉腰帶一條者④。

臣才識淺薄，詞藝荒蕪〔三〕。所撰碑文，不能備盡事跡。聖恩弘獎〔四〕，特令中使宣諭〔五〕，并令臣受領人事物等〔六〕。

承命震慄〔七〕，再欣再躍⑤，無任榮抃之至。謹附狀陳謝以聞。謹狀。

【彙校】

①〔謝許受王用男人事物狀〕《舉正》出南宋監本「謝許受王用男人事物狀」，朱熹從方本。

②〔某官某乙〕《考異》：「本或無此〈某官某乙〉四字，但云『臣愈言今日品官』云云。今按：狀體前合具官，不當云『臣某言』。」

③〔奉宣進旨〕文本「右」下注：「一作『臣某言』。」文本、南宋蜀本、王本、廖本「旨」作「止」。

④〔馬一匹〕文本「匹」作「疋」。

⑤〔再欣再躍〕魏本注：「再，皆合作『載』字。」童第德注：「《詩·載馳》『載馳載驅』，毛傳：『載，辭也。』《小宛》『載飛載鳴』，鄭箋：『載之言則也。』此當從毛訓『辭』，或從鄭訓『則』，自應作『載』，其作『再』者爲借字。《詩·小戎》『載寢載興』，（曹植《應詔詩》）《文選》（李善）注引作『再寢再興』，是其證。」

【箋注】

〔一〕樊汝霖注：「劉乂好俠，能歌詩。聞公善接天下士，步歸之。其後持公金數斤去，曰：『此諛墓中人所得，不若與劉君爲壽。』公所受王用男人事物，其乂所謂諛墓中人所得者歟？」

此篇作年，洪興祖、方崧卿《年表》、方成珪、蔣抱玄繫於元和十一年（八一六）。

〔二〕品官，宦官。進旨，聖旨。温大雅《大唐創業起居注》卷二：「非奉進旨，所司莫能裁答。」

〔三〕蔣抱玄注：「左思賦（《魏都賦》）：『伊洛榛曠，崤函荒蕪。』」《國語·周語下》：「田疇荒蕪，資用乏匱。」韋昭注：「荒，虚也；蕪，穢也。」

〔四〕蔣抱玄注：「《南史·梁武帝紀》：『弘獎風流，希向後進。』按：弘、宏同。」謹按：弘獎，褒獎。任昉《天監三年策秀才文》之二：「弘獎之路，斯既然矣。」

〔五〕蔣抱玄注：「中使，宫中之使。又多以中官充之，故曰中使。」

〔六〕人事，禮物。

〔七〕蔣抱玄注：「震慄，一作振慄。《史記・穰苴列傳》：『斬莊賈以徇三軍，三軍之士皆振慄。』」

薦樊宗師狀①〔一〕

攝山南西道節度副使朝議郎前檢校水部員外郎兼殿中侍御史賜緋魚袋樊宗師②〔二〕。

右件官孝友忠信，稱於宗族朋友③，可以厚風俗；勤於藝學，多所通解〔三〕，議論平正有經據，可以備顧問〔四〕；謹潔和敏，持身甚苦，遇物仁恕④〔五〕，有材有識⑤，可任以事。今左、右史並闕，員外郎、侍御史亦未備員。若蒙擢授⑥，必有補益。忝在班列，知賢不敢不論。謹録狀上，伏聽處分⑦。

【彙校】

①〔薦樊宗師狀〕《舉正》出南宋監本「薦樊宗師狀」，朱熹從方本。

②〔檢校水部〕文本「檢」作「撿」。《考異》：「『校』下方有『尚書』字。」

③〔孝友忠信〕南宋蜀本「友」作「文」。

④〔仁恕〕祝本「恕」作「如」。

⑤〔有材〕文本、魏本「材」作「才」。

⑥〔擢授〕南宋蜀本「授」作「受」。

⑦〔伏聽處分〕南宋蜀本注：「一無上四字。」

【箋注】

〔一〕韓醇注：「宗師字紹述，公薦之屢矣：因東野之葬，稱其經營如己，薦之於鄭餘慶；後又薦之於故相袁滋；今又以狀薦於朝。其於朋友，可謂信矣。」樊宗師，《新唐書》有傳，其生平如次：樊宗師字紹述，南陽湖陽人（《元和姓纂》）。始爲國子主簿，元和三年擢軍謀宏遠科，授著作佐郎。歷朝議郎、太子舍人（韓愈《與袁滋相公書》）。九年，持服居東都（韓愈《與鄭相公書》）。十年，佐鄭餘慶山南西道節度使府（韓愈《山南鄭相公與樊員外酬答爲詩》）。繼佐後使權德輿，元和十二年，官至攝節度副使檢校尚書水部員外郎兼殿中侍御史（權德輿《應緣還奉狀制書手詔等》）。元和十五年正月以金部郎中告哀南方，使還，出刺綿州。長慶元年，拜左司郎中（韓愈

《樊紹述墓誌銘》)。長慶三年爲絳州刺史(《絳守居園池記》)。進諫議大夫,未拜卒,享年近六十。

此篇作年,方崧卿《年表》繫於元和十年,方成珪、蔣抱玄繫於元和九年。方譜:「紹述爲山南西道節度副使在是年三月。此狀不知何年所上,姑附於此。」謹按:孫汝聽繫樊宗師入佐山南西道節度使府於元和九年三月鄭餘慶爲山南西道節度使時,其説不確。宗師元和九年秋猶持服在東都,見韓愈《與鄭餘慶相公書》。權德輿元和十二年作《應緣遷奉狀制書手詔等》,稱宗師職銜爲「攝節度副使檢校尚書水部員外郎兼殿中侍御史」;此篇稱宗師職銜爲「前檢校水部員外郎兼殿中侍御史」。則此篇作年,應在元和十二年(八一七)之後。宗師元和十五年正月以金部郎中告哀南方,見韓愈《樊紹述墓誌銘》。則此篇作年,應在元和十五年(八二〇)之前。

〔二〕孫汝聽注:「元和九年三月,以太子太傅鄭餘慶爲山南西道節度使,餘慶辟宗師爲節度副使。」

〔三〕嚴有翼注:「《墓誌》云:紹述無所不學,於辭於聲,天得也。」

〔四〕蔣抱玄注:「《後漢書·章帝紀》:『皆欲置於左右,顧問省納。』」謹按:顧問,咨詢。《韓詩外傳》卷七:「誅賞制斷,無所顧問。」

〔五〕仁恕,仁愛寬厚。《漢書·敍傳上》:「寬明而仁恕。」

舉錢徽自代狀（尚書刑部）①〔一〕

朝散大夫守太子右庶子飛騎尉錢徽〔二〕。

右臣伏準建中元年正月五日敕②：常參官授上後三日内舉一人以自代者〔三〕。前件官器質端方，性懷恬淡〔四〕。外和内敏，潔静精微〔五〕。可以專刑憲之司〔六〕，參輕重之議。況時名年輩俱在臣前，擢以代臣，必允衆望。伏乞天恩遂臣誠請，謹録奏聞③。謹奏。

【彙校】

①〔舉錢徽自代狀〕祝本、文本、南宋蜀本、魏本題下無「尚書刑部」四字。《舉正》出南宋監本「舉錢徽自代狀」，無「尚書刑部」四字，朱熹從方本。王本題下有「尚書刑部」四字。

②〔元年正月〕祝本、文本、南宋蜀本、魏本「準」作「准」。南宋蜀本：「正，一作『五』。」潮本「正」作「五」，祝本、文本、魏本同。方成珪注：「正月丁卯朔，五日辛未。《舊史·德宗紀》同魏本作『五月』，偶筆誤也。觀後五狀俱作『正月』可知矣。」謹按：孫汝聽注引《舊唐書·德宗紀上》：「建中元年春正月辛未，有事於郊丘。是日還宫，御

丹鳳門大赦天下：常參官、諸道節度觀察防禦等使、都知兵馬使、刺史、少尹、畿赤令、大理司直、評事等，授訖三日内於四方館上表讓一人以自代。其外官委長吏附送，其表付中書門下。每官闕，以舉多者授之。」今從南宋蜀本。潮本「敕」作「勑」，祝本、文本、南宋蜀本同。今從魏本。

③〔謹録奏聞〕南宋蜀本無「奏聞」二字。

【箋注】

〔一〕樊汝霖注：「公舉賢自代，見於集者六：爲刑侍，舉錢徽；爲袁州，舉韓泰；爲祭酒，舉張惟素；爲兵侍，舉韋顗；尹京兆，舉馬總；再爲兵侍，舉張正甫。皆引建中元年制云。」祝充注：「時爲尚書刑部。」南宋蜀本注同。文讜注：「時爲尚書刑部侍郎，元和十三年十月也。」孫汝聽注：「元和十二年十二月，公除刑部侍郎，舉徽自代。徽字蔚章，吴郡人，尚書郎起之子。」錢徽，兩《唐書》有傳，其生平如次：錢徽，字蔚章，吴郡人，錢起之子。貞元元年進士擢第，同年登賢良方正能直言極諫科（《登科記考》）。襄陽樊澤表署掌書記。又辟宣歙崔衍府，爲觀察判官將仕郎監察御史裏行（《大理司直兼殿中侍御史賜緋魚袋弘農楊公（中闕）墓誌銘并序》）。元和初入拜左補闕，遷祠部員外郎。元和三年八月二十六日自祠部員外郎召充翰林學士。六年四月二十五日，加本司郎中。八年五月九日，轉司封郎中知制誥，十一月賜緋。十年七月二十三日，遷中書舍人（丁居晦《重修承旨學士壁記》）。十一年，王師討淮西，上疏言宜罷淮西之征。正月庚辰（《舊唐書·憲宗紀下》），罷學士守本官。十二年爲太子右庶子（《贈右散騎常侍楊府君（寧）墓誌銘》），出爲虢州刺史。長慶元年，爲禮部侍郎。以取士黜者過半，四月丁丑，貶江州刺史（《舊唐書·穆宗紀》）。十二月十五日，轉湖州（《吴興志》）。還遷工部侍郎。明年，遷華州刺史潼關防禦鎮國軍等使。文宗即位，太和元年二月丙辰，徽拜尚書左丞。十一月癸巳，復授華州刺史。二年秋以疾辭位，八月丁巳授吏部尚書致仕。三年正月庚寅卒（《舊唐書·文宗紀上》），時年七十五。贈尚書右僕射，謚曰貞（《唐會要》卷七十九）。

此篇作年，程俱、洪興祖、方崧卿《年表》、方成珪、蔣抱玄繫於元和十二年（八一七）。洪譜：「十二年丁酉冬爲刑部侍郎：公爲刑部，有《舉錢徽自代狀》。」《舉正》：「六狀並十二年作。」方譜：「是年十二月遷兵侍後作。」

〔二〕樊汝霖注：「徽元和初入拜左補闕，以祠部員外郎爲翰林學士，三遷中書舍人。十一年，王師討蔡，羣臣多言用兵不便。憲宗不悦，徽亦忤旨，罷爲太子右庶子。」

〔三〕蔣抱玄注：「日禦前殿曰常參。」《新唐書·百官志三》：「文官五品以上及兩省供奉官、監察御史、員外郎、太常博士。日參，號常參官。」

〔四〕蔣抱玄注：「恬淡，亦作恬澹。（莊子）（《天道》）：『夫虚静恬淡寂寞無爲者，天地之平而道德之至。』」謹按：恬，静也。《莊子·缮性》：「古之治道者，以恬養知。」成玄英疏：「恬，静也。」恬淡，安閑淡泊。《老子》：「恬惔爲上，勝而不美。」性懷，情懷。《魏書·崔模傳》：「汝父性懷本自無決，必不能來也。」

〔五〕蔣抱玄注：「潔，亦作絜。《禮記》《經解》：『絜靜精微而不賊，則深於《易》者也。』」

〔六〕蔣抱玄注：「《晉書》《欒上》：『秦氏并吞，遂專刑憲。』」謹按：刑憲，刑法。王充《論衡·答佞》：「聖王刑憲，佞在惡中；聖王賞勸，賢在善中。」

進撰平淮西碑文表①〔一〕

臣某言：

伏奉正月十四日敕牒②：以收復淮西③，羣臣請刻石紀功，明示天下，爲將來法式④〔二〕。陛下推勞臣下⑤，允其志願，使臣撰平淮西碑文者〔三〕。聞命震駭〔四〕，心識顛倒。非其所任，爲愧爲恐⑥。經涉旬月⑦，不敢措手。（中謝）⑧〔五〕。

竊惟自古神聖之君⑨，既立殊功異德卓絶之跡〔六〕，必有奇能博辯之士爲時而生。持簡操筆，從而寫之，各有品章條貫〔七〕。然後帝王之美，巍巍煌煌⑩，充滿天地。其載於《書》，則堯舜二《典》，夏之《禹貢》，殷之《盤庚》，周之五《誥》〔八〕。於《詩》則《玄鳥》、《長發》，歸美殷宗；《清廟》、《臣工》、大、小二雅，周王是歌。辭事相稱，善并美具，號以爲經⑪。列之學官，置師弟子讀而講之。從始至今，莫敢指斥〔九〕。嚮使撰次不得其人〔一〇〕，文字曖昧〔一一〕。雖有美實，其誰觀之？辭跡俱亡，善惡惟一。然則兹事至大，不可輕以屬人。（中謝）⑫。

伏以唐至陛下⑬，再登太平。剗刮羣姦〔一二〕，掃灑疆土⑭〔一三〕。天之所覆，莫不賓順。然而淮西之功，尤爲俊偉。碑石所刻，動流億年〔一四〕。必得作者，然後可盡能事。今詞學之英，所在麻列⑮；儒宗文師，磊落相望〔一五〕。外之則宰相公卿郎中博士，内之則翰林禁密游談侍從之臣〔一六〕，不可一二遽數⑯〔一七〕。召而使之，無有不可。至於臣者，自知最爲淺陋。顧貪恩侍⑰，趨以就事⑱。叢雜乖戾⑲，律吕失次。乾坤之容，日月之光，知其不可繪畫。强顔爲之，以塞詔旨，罪當誅死。其碑文今已撰成，隨表謹録封進⑳。無任慙羞戰怖之至㉑。

【彙校】

①〔進撰平淮西碑文表〕此篇又載《文苑英華》卷六百十一，據校。苑本「淮西」作「蔡州」注：「蔡州，集作『淮西』。」《舉正》出南宋監本「進撰平淮西碑文表」，朱熹從方本，《考異》：「或無『撰』、『文』二字。」

②〔敇牒〕潮本「敇」作「勑」，苑本、祝本、文本、南宋蜀本同。今從魏本。

③〔正月十四日敇牒以收復淮西〕苑本「以」作「已」，注：「已，集作『以』。」《舉正》出南宋監本「伏奉正月十四日勑牒以收復淮西」，云：「《文苑》作『伏奉某月日勑牓已收淮西』。」謹按：今苑本作「伏奉正月十四日勑牒巳收復淮西」。《考異》：「正月十四日勑牒，或作『某月日勑牓』，『牓』字非是。以，或作『已』，無『復』字。」

④〔爲將來法式〕《舉正》出南宋監本「爲將來法式」，云：「《文苑》無『式』字。」謹按：今苑本同監本。《考異》：「或無『式』字。」

⑤〔推勞臣下〕《舉正》出南宋監本「陛下推勞臣下」，云：「《文苑》作『陛下推功勞臣』。」謹按：今苑本同監本。《考異》：「推勞臣下，或作『推功勞臣』。」

⑥〔爲愧爲恐〕文本「愧」作「媿」。

⑦〔經涉旬月〕《舉正》出南宋監本「經涉旬月」，據《苑》乙「涉旬」作「旬涉」。謹按：今苑本同監本。朱熹從監本，《考異》：「涉旬，方作『旬涉』。」

⑧〔中謝〕文本無小字側注「中謝」二字。

⑨〔神聖〕苑本「神聖」作「聖神」。

⑩〔巍巍煌煌〕苑本注：「煌煌，一作『穆穆』。」

⑪〔號以爲經〕《舉正》出南宋監本「號以爲經」，云：「《文苑》『經』上有『正』字。」謹按：今苑本同監本。《考異》：「號，或作『篡』。『經』上或有『正』字。」

⑫〔中謝〕潮本無小字側注「中謝」二字，苑本、祝本、文本同。朱熹增此二字，《考異》：「或無此（中謝）二字。」今從南宋蜀本。

⑬〔伏以〕朱熹訂「以」作「惟」，《考異》：「惟，或作『以』。」

⑭〔掃灑疆土〕苑本「掃灑」作「灑掃」。文本、南宋蜀本「灑」作「洒」。

⑮〔所在麻列〕潮本「麻」作「成」，今苑本、祝本、文本、南宋蜀本、魏本同。潮本注：「成，一作『麻』。」祝本注同。魏本注：「成，一作『森』。」苑本注：「成，蜀本作『森』，浙本作『麻』。」《舉正》訂「麻」字，作「所在麻列」，云：「閣、杭、《文苑》同，李、謝校。」朱熹從方本，《考異》：「麻，或作『成』。方從閣杭苑李謝本。今按：作『麻』殊無理。疑此本是『森』字，誤轉作『麻』。後人見其誤而不得其説，乃改作『成』耳。且公《答孟簡書》亦有『森列』之語可考也。方氏固執舊本，定從『麻』字，舛繆無理，不成文章，固爲可怪。然幸其如此存得本字，使人得以因疑致察，遂得其真。若便廢『麻』而直作『成』字，則人不復疑而本字無由可得矣。然則方本雖誤而亦不爲無功，但不當便以爲是而直廢它本，不復思索參考耳。今以無本，亦未敢輕改，且作『麻』字而著其説，使讀爲『森』云。」謹按：唐徐鍔《大寶積經述》：「麻列定筵，林攢樂土。」其語自有出處。且「麻列」與「林攢」相對，形容排列繁密，與李白《夢遊天姥吟留别》「仙之人兮列如麻」取義相同，不可謂「無理」。朱熹臆説，不可信從。

⑯〔一二遽數〕文本注：「一二，一作『二一』。」南宋蜀本作「一一」。

⑰〔顧貪恩待〕南宋蜀本注：「待，一作『侍』。」苑本注：「待，集作『侍』。」祝本、文本、魏本「侍」作「待」。祝本注：「待，一作『侍』。」文本、魏本注同。《舉正》據閣、杭本訂作「待」。朱熹從方本，《考異》：「待，或作『侍』。」

⑱〔趨以就事〕文本「趨」作「趍」。

⑲〔叢雜乖戾〕文本「叢」作「最」。

⑳〔隨表謹録封進〕潮本無「隨表」二字，祝本、文本、南宋蜀本、魏本同。《舉正》出南宋監本「謹録封進」，云：「《文苑》作『隨表謹録封進』。」朱熹從方本，《考異》：「『謹』上或有『隨表』二字。」

㉑〔無任慙羞戰怖之至〕苑本「慙羞戰怖」作「慙惶怖懼」，注：「慙惶怖懼，集作『慙羞戰怖』。」《舉正》出南宋監本「無任慙羞戰怖之至」，云：「《文苑》作『無任慚惶怖懼之至』。」《考異》：「慙羞戰怖，或作『慚惶怖懼』。此下或有『謹奉表以聞三月二十五日臣愈誠惶誠恐頓首頓首謹言』二十三字。今按：此或本『以聞』下便著月日，與今表式不同，未詳其説。」

【箋注】

〔一〕嚴有翼注：「《表》云：『伏奉正月十四日敕牒。』一本表後云：『三月二十五日。』自奉敕凡七十日矣。《舊史》云：《淮西碑》多敍裴度事。時先入蔡州，李愬功第一，愬不平之。時有石烈士者因仆碑得見上，訴其事。詔令磨愈文，命翰林學士段文昌重撰文勒石。」王儔注：「此表元和十三年春所作。」

此篇作年，洪興祖、方崧卿《舉正》、《年表》、王元啓、方成珪、蔣抱玄繫於元和十三年（八一八）。洪譜：「十三年戊戌：《進平淮西表》云：『奉正月十四日敕牒。』一本表後云：「三月二十五日。」自奉敕至進碑，凡七十日矣。」《舉正》：「表狀三首皆元和十三年作。古本進表後云：『三月二十三日臣愈誠惶誠恐頓首頓首謹言』，『四月一日涯、度、羣、夷簡奉進止：碑文宣賜韓弘一本』。歲月當以此考也。」

〔二〕蔣抱玄注：「元和十二年十月淮西平，羣臣請刻石紀功。十三年正月詔刑部侍郎韓愈撰文。《史記·秦始皇紀》：『治道運行，諸産得宜，皆有法式。』」謹按：法式，法度、制度。《管子·明法解》：「案法式而驗得失，非法度不留意焉。」

〔三〕孫汝聽注：「元和十二年十月，淮西平，羣臣請刻石紀功。十三年正月，敕刑部侍郎韓愈撰文。」

〔四〕蔣抱玄注：「《晉書·孫楚傳》：『烟塵俱起，震天駭地。』」謹按：震駭，震驚。曹丕《與鍾大理書》：「捧匣跪發，五内震駭。」

〔五〕蔣抱玄注：「措手，着手也。《禮記》（《經解·哀公問》）：『若無禮，則手足無所措。』」《論語·子路》：「刑罰不中，則民無所措手足。」

〔六〕蔣抱玄注：「《晉書·孫楚傳》：『楚才藻卓絶，爽邁不羣。』」謹按：卓絶，超卓絶倫。班固《典引》：「以冠德卓絶者，莫崇乎陶唐。」

〔七〕品章，規格。《晉書·輿服志》：「班次各有品章。」條貫，條理、系統。《史記·屈原賈生列傳》：「明道德之廣崇，治亂之條貫，靡不畢見。」

〔八〕魏引補注：「《大誥》、《康誥》、《酒誥》、《召誥》、《洛誥》爲五誥。」

〔九〕蔣抱玄注：「指斥（蔡邕）《獨斷卷上》：『羣臣與天子言，不敢指斥。』」謹按：蔡邕所謂「指斥」，謂指名直呼。此處「指斥」，謂摘其瑕，斥其非。《晉書・范寧傳》：「寧指斥朝士，直言無諱。」

〔一〇〕撰次，編寫、編纂。《後漢書・曹褒傳》：「褒既受命，乃次序禮事。依準舊典，雜以五經讖記之文，撰次天子至於庶人冠婚吉凶終始制度，以爲百五十篇。」

〔一一〕祝充注：「曖，烏盖切。《楚辭》（《離騷》）『時曖曖其將罷兮』，（洪興祖）注：『昏昧貌。』《選》（何晏《景福殿賦》）：『其奥秘則翳蔽曖昧。』注謂：『幽深不明也。』」謹按：《離騷》「曖曖」，《景福殿賦》「曖昧」，義爲昏冥、昏暗。引申爲模糊含混。蔡邕《釋誨》：「覩曖昧之利，而忘昭晢之害，專必成之功，而忽蹉跌之敗。」

〔一二〕祝充注：「刬，楚限切。」刬刮，本義爲磨削、刮削。《佛説大安般守意經序》：「婬邪汙心，猶鏡處泥穢垢汙焉。若得良師刬刮瑩磨，薄塵微曀蕩使無餘。舉之以照，毛髮面理無微不察。」此處引申爲剷除、清除。此義始見韓文，後人亦多採用者。如元好問《故河南路課税所長官兼廉訪使楊公神道之碑》：「作文刬刮塵爛，創爲裁製，以蹈襲剽竊爲恥。」（《遺山集》卷二十三）元袁桷《翰林學士承旨贈大司徒魯國王文肅公墓誌銘》：「其佐丞相府，刬刮蠹弊。」（《清容居士集》卷二十九）劉敏中《題道者張明德忍齋》：「去父母，棄妻子，離逖人境，刬刮世慮。」（《中庵集》卷十）

〔一三〕掃灑，亦作「掃洒」，灑水掃地。《禮記・曲禮下》：「納女於天子曰備百姓，於國君曰備酒漿，於大夫曰備掃灑。」此處引申爲蕩滌平定。此語始見韓文，後人亦多採用者。如杜牧《與人論諫書》：「文宗武宗之業，窮天盡地，日出月入，皆可掃洒以復厥初。」(《樊川集》卷九)姚合《寄送盧拱秘書遊魏州》：「太行山下路，荆棘昨來平。一自開元後，今逢上客行。地形吞北虜，人事接東京。掃灑氛埃靜，遊從氣味生。」(《姚少監詩集》卷四)宋黄庶《上秦州李密學賀啓》：「密學文武之資，屏此藩疆。專用儒雅，以飾五兵，掃灑一隅，視無西憂。」(《伐檀集》卷下)

〔一四〕祝充注：「十萬曰億。」

〔一五〕蔣抱玄注：「磊落，謂錯雜不一也。《後漢書》《蔡邕傳》：『連衡者六印磊落。』」

〔一六〕蔣抱玄注：「禁密，天子所居曰禁中，爲最密之地。《魏志·楊阜傳》：『禁密不得宣露。』」

〔一七〕祝充注：「遽，其據切。數，所矩切。」

奏韓弘人事物狀①〔一〕

奉敕撰平淮西碑文②。伏緣聖恩，以碑本賜韓弘等③〔二〕。今韓弘寄絹五百匹與臣充人事物④，未敢受領，謹録奏聞，伏聽進旨⑤。謹奏。

【彙校】

①〔奏韓弘人事物狀〕南宋蜀本「奏」作「奉」。《舉正》出南宋監本「奏韓弘人事物狀」，朱熹從方本。

②〔奉敕撰平淮西碑文〕潮本「敕」作「勑」，祝本、文本、南宋蜀本同。《舉正》據閣本增「右臣先奉恩」五字，作「右臣先奉恩勑撰平淮西碑文」，云：「蜀本只作『恩勑』，無上四字。」朱熹從方本，《考異》：「或無『恩』字，或無『勑』字。」今從魏本。

③〔伏緣聖恩以碑本賜韓弘等〕《考異》：「古本云：四月一日涯度羣夷簡奉進止：碑文宣賜韓弘一本。」

④〔絹五百匹〕文本「匹」作「疋」。王本、廖本無「物」字。

⑤〔進旨〕南宋蜀本、王本、廖本「旨」作「止」。

【箋注】

〔一〕樊汝霖注：「按公《平淮西碑》其所以録韓弘之功者曰『弘汝以卒萬二千屬而子公武往討之』云云，曰『弘汝以節都統討軍』云云，曰『丞相度至師都統弘責戰益急』云云，其詩曰『乃敕顔胤愬武右通咸統於弘』云云，弘是以有此謝。」韓弘，兩《唐書》有傳，其生平如次：韓弘，潁川人，世居滑之匡城。舉明經不中，事其舅劉玄佐爲州掾，累奏試大理評事。玄佐卒，子士寧被逐。弘出汴州，爲宋州南城將，劉全諒署爲都知兵馬使。貞元十五年全諒卒，汴軍懷玄佐之惠，又以弘長厚，共請爲留後。九月辛酉，爲檢校工部尚書汴州刺史，兼御史大夫宣武軍節度副大使知節度事、宋亳汴潁觀察等使（《舊唐書·德宗紀下》）。累授檢校左右僕射、司空。元和三年九月庚寅，加同平章事。十年春正月乙酉，授司徒。九月癸酉，充淮西行營兵馬都統，令其子公武率師三千隸李光顏軍。十一月丙戌朔録平淮西功，加檢校司徒兼侍中，封許國公，罷行營都統。十四年七月戊寅，盡携汴之牙校千餘人入覲。八月己酉，詔守司徒，兼中書令（《舊唐書·憲宗紀下》）。憲宗崩，攝冢宰。十五年六月丁丑，以本官兼河中尹、河中晉絳節度觀察等使。長慶二年請老，乞罷戎鎮，十月壬戌，依前守司徒、中書令。其年十二月庚寅病卒（《舊唐書·穆宗紀》），時年五十八，贈太尉。

此篇作年，方崧卿《舉正》、《年表》、方成珪、蔣抱玄繫於元和十三年（八一八）。《舉正》：「表狀三首皆元和十三年作。」方譜：「是年夏作。」

〔二〕孫汝聽注：「元和十年九月，以宣武軍節度使韓弘爲淮西行營兵馬都統。至是，以碑本賜之。」

謝許受韓弘物狀①〔一〕

臣某言：今日品官第五文嵩至臣宅奉宣聖旨，令臣受領韓弘等所寄撰碑人事絹者。恩隨事至，榮與幸并，慙忭怵惕②〔二〕，罔知所喻〔三〕。（中謝）。

伏以上贊聖功，臣子之職；下露羣帥，文字所宜。陛下謙光自居〔四〕，勸勵爲事。各賜立功節將碑文一通，使知朝廷備録勞效。韓弘榮於寵賜③，遂寄縑帛與臣〔五〕。於臣何爲，坐受厚貺〔六〕？恩由上致，利則臣歸。慙戴兢惶，舉措無地〔七〕，無任感恩慙懇之至。

【彙校】

①〔謝許受韓弘物狀〕《舉正》出南宋監本「謝許受韓弘物狀」，朱熹從方本。

②〔怵惕〕文本「惕」作「愓」。謹按：「惕」與「愓」音義俱不相通，當爲形訛。《説文》：「惕，敬也。从心易聲，他歷切。愓，放也。从心昜聲，徒朗切。」段注：「愓，放也。與『像』音義同。《方言》：『婸，愓，遊也。江沅之間謂戲爲婸。或謂之愓。』按《廣韻》作『婸』。从心昜聲，徒朗切。《方言》音『羊』。」

③〔寵賜〕祝本、文本、南宋蜀本、魏本「賜」作「錫」。魏本注：「錫，一作『賜』。」

【箋注】

〔一〕此篇作年，方崧卿《舉正》、《年表》、方成珪、蔣抱玄繫於元和十三年（八一八）。《舉正》：「表狀三首皆元和十三年作。」方譜：「是年夏作。」

〔二〕蔣抱玄注：「《禮記》（《祭義》）：『君子履之，必有怵惕之心，如將見之。』」謹按：怵惕，驚懼。

《尚書·冏命》：「怵惕惟厲，中夜以興，思免厥愆。」孔傳：「言常悚懼惟危，夜半以起，思所以免其過悔。」

〔三〕蔣抱玄注：「罔知，莫知也。」

〔四〕謙光，因謙讓而光明盛大。《易·謙》：「謙，尊而光，卑而不可踰。」孔穎達疏：「尊者有謙而更光明盛大，卑謙而不可踰越。」王引之《經義述聞》：「尊，讀撙節退讓之撙，尊與退讓同義。」《三國志·吴志·孫慮傳》：「陛下謙光，未肯如舊。」

〔五〕祝充注：「縑，音兼。《後漢》(《趙憙傳》)：『所裝縑帛資糧，悉以與之。』」

〔六〕蔣抱玄注：「厚貺，厚賜也。」謹按：貺，賜也。《國語·魯語下》：「君之所以貺使臣，臣敢不拜貺。」韋昭注：「貺，賜也。」杜甫《太子張舍人遺織成褥段》：「奈何田舍翁，受此厚貺情。」

〔七〕蔣抱玄注：「措者，置也。」謹按：舉措，舉止、措置。《管子·五辅》：「故民必知權，然後舉錯得；舉錯得，則民和輯。」

卷二十九

(原本卷三十九)此卷以潮本爲底本,以祝本、文本、南宋蜀本、魏本對校。

論捕賊行賞表①〔一〕

臣愈言:臣伏見六月八日敕②〔二〕,以狂賊傷害宰臣〔三〕,擒捕未獲。陛下悲傷震悼,形於寢食。特降詔書,明立條格云:有能捉獲賊者,賜錢萬貫,仍加超授〔四〕。今下手賊等四分之内已得其三③,其餘兩人蓋不足計〔五〕。根尋蹤跡〔六〕,知自承宗④。再降明詔,絶其朝請〔七〕。又與王士平、士則等官⑤〔八〕。八日之制無不行者。獨有賞錢尚未賜給⑥,羣情疑惑,未測聖心。

聞初載錢置市之日,市中觀者日數萬人。巡繞瞻視,咨嗟歎息,既去復來,以至日暮。百姓小人重財輕義,不能深達事體,但見不給其賞,便以爲朝廷愛惜此錢,不守言信。自近傳遠,無由辨明⑦。且出賞所以求賊,今賊已誅斬,若無人捉獲,國家何因得此賊而正刑法也⑧?承宗何故而賜誅絶也?士平、士則何故與美官也⑨?三事既因獲賊，獲賊必有其人。不給賞錢，實亦難曉。假如聖心獨有所見，審知不合加賞，其如天下百姓及後代久遠之人哉⑩？况今元濟、承宗尚未擒滅，兩河之地太半未收，隴右河西皆没戎狄。所宜大明約束，使信在言前，號令指麾⑪〔九〕，以圖功利。

况自陛下即位以來⑫，繼有丕績〔一〇〕：斬楊惠琳收夏州，斬劉闢收劍南東西川，斬李錡收江東〔一一〕，縛盧從史收澤潞等五州〔一二〕；威德所加，兵不汙刃⑬，收魏博等六州〔一三〕；致張茂昭、張愔，收易定徐泗濠等五州〔一四〕。創業以來⑭，列聖功德未有能高於陛下者，可謂赫赫巍巍，光照前後矣⑮。此由天授陛下神聖英武之德⑯，爲巨唐中興之君，宗廟神靈所共祐助⑰。勉彊不已，守之以信⑱，則故地不足收，而太平不難致。如乘快馬行平路，遲速進退，自由其心，有所欲往，無不可者。於此之時，特宜示人以信。孔子欲存信去食〔一五〕。人非食不生，尚欲捨生以存信，况可無故而輕棄也？

昔秦孝公用商鞅爲相，欲富國彊兵。行令於國，恐人不信，立三丈之木於市南門，募人有能徙置北門者與五十金⑲。有一人徙之，輒與五十金。秦人以君言爲必信⑳，法令大行。國富兵彊，無敵天下〔一六〕。三丈之木非難徙也，徙之非有功也。孝公輒與之金者，所以示其言之必信也㉑。昔周成王尚小，與其弟叔虞爲戲㉒，削桐葉爲珪曰：「以晉封汝。」其臣史佚因請擇日立叔虞爲侯㉓。成王曰：「吾與之戲耳。」史佚曰：「天子無戲言，言之則史書之，禮成之，樂歌之。」於是遂封叔虞於晉〔一七〕。昔漢高祖出黄金四萬斤與陳平，恣其所爲，不問出入〔一八〕，令謀項羽。平用金間楚，數年之間，漢得天下〔一九〕。論者皆言漢高祖深達於利㉔，能以金四萬斤致得天下㉕。以此觀之，自古以來㉖，未有不信其言而能有大功者㉗，亦未有不費小財而能收大利者㉘。

臣於告賊之人本無恩義㉙，彼雖獲賞，了不關臣。所以區區盡言，不避煩黷者，欲令陛下之信行於天下也。伏望恕臣愚陋僻惷之罪〔二〇〕，而收其懇款誠至之心。天下之幸，非臣之幸也。謹奉表以聞，臣愈誠惶誠恐〔二一〕。

【彙校】

①〔論捕賊行賞表〕方崧卿《年表》、南宋蜀本「表」作「狀」。《舉正》出南宋監本「論捕賊行賞表」，朱熹從方本。

②〔八日敕〕潮本「敕」作「勑」，祝本、文本、南宋蜀本同。今從魏本。

③〔已得其三〕祝本注：「三，一作『二』。」魏本注同。潮本「三」作「二」。今從祝本。

④〔知自承宗〕潮本「知」上注：「一有『明』字。」祝本注同，魏本注：「一作『明知發自承宗』。」

⑤〔王士平士則〕祝本、文本、南宋蜀本、魏本「士平士則」作「士則士平」。朱熹作「士則士平」，《考異》：「或作『士平士則』。」

⑥〔獨有賞錢〕《舉正》：「蜀本語上有『內』字。」《考異》：「『獨』上或有『內』字。」

⑦〔辨明〕廖本「辨」作「辯」。

⑧〔何因〕《考異》：「因，或作『由』。」

⑨〔士平士則〕王本、廖本「士平士則」作「士則士平」。

⑩〔久遠之人〕魏本注：「一無『之人』二字。」潮本無「之人」二字，祝本同。祝本注：「一有『之人』二字。」《舉正》出南宋監本「及後代久遠哉」，云：「蜀本作『久遠之人哉』。」朱熹增「之人」二字，《考異》：「方無『之人』字。」今從文本。

⑪〔號令指麾〕魏本「指麾」作「旨揮」。

⑫〔即位以來〕祝本、南宋蜀本「以」作「已」。朱熹訂作「已」，《考異》：「已，或作『以』。」

⑬〔兵不汙刃〕祝本、文本、魏本「汙」作「汚」。

⑭〔創業以來〕祝本、文本、南宋蜀本、王本、廖本「以」作「已」。

⑮〔光照前後〕文本、南宋蜀本「照」作「昭」。

⑯〔此由〕南宋蜀本注：「由，一作『皆』。」《舉正》除南宋監本「此由天授陛下」，云：「蜀本作『此皆由』。」《考異》：「『此』下或有『皆』字。」

⑰〔祐助〕文本、南宋蜀本「祐」作「佑」。

⑱〔守之以信〕《考異》：「信，或作『道』。」

⑲〔徙置〕魏本「徙」作「徒」。

⑳〔言爲必信〕《舉正》出南宋監本「秦人以君言爲必信」，删「信」字。

㉑〔之必信〕文本注：「一無『信』字。」《舉正》出南宋監本「所以示其言之必信也」，删「信」字，云：「閣本、杭本皆無二『信』字，謝本删下『信』字。」《考異》：「言爲必信、言之必信，方從閣杭本兩句皆無『信』字，無理甚明，亦足以見二本之謬矣。」

㉒〔叔虞〕祝本「叔」訛作「收」。

㉓〔擇日〕《舉正》據杭本訂「擇」作「澤」。朱熹從監本，《考異》：「擇，方從杭本作『澤』。又見杭本之謬。」

㉔〔深達於利〕魏本注：「達，一作『遠』。」潮本「達」作「遠」，祝本、文本同。祝本注：「遠，一作『達』。」《舉正》據閣本訂作「達」，云：「蜀同，李、謝校。」朱熹從方本，《考異》：「達，或作遠。」

㉕〔致得天下〕文本「致」作「至」。

㉖〔自古以來〕文本、南宋蜀本「以」作「已」。

㉗〔有大功者〕魏本「者」下注：「一有『也』字。」《舉正》「者」下增「也」字，云：「閣本、杭本增『也』字，此下十三字皆無。」朱熹從監本。

㉘〔亦未有不費小財而能收大利者〕文本「者」下注：「一有『也』字。」魏本注同。朱熹訂作「亦未有不費少財而能收大利者也」，《考異》：「方無『亦未』至『利者』十三字。今詳文意，上文引秦孝公、周成王事，故此以『未有不信而

能成大功』結之，又引漢高祖事，故此以『未有不小費而能收大利』結之，不可欠闕。方本但以酷信閽杌之故，不問可否，直行删去。《舉正》亦不復載，殊爲無理。今悉補而足之。」

㉙〔告賊之人〕潮本注：「告，一作『捕』。」文本「告」下注：「一有『捕』字。」祝本、南宋蜀本、魏本「告」作「捕」。祝本注：「捕，一作『告』。」魏本注同。南宋蜀本注：「捕，一作『告捕』。」《舉正》訂「告」字，作「臣於告賊之人」，云：「三本同。」朱熹從方本，《考異》：「告，或作『捕』。」

【箋注】

〔一〕文讜注：「唐史（《新唐書·武元衡傳》）云：王承宗、李師道二鎮上疏請赦吴元濟，使人白事中書，悖慢不恭。宰相武元衡叱去。承宗怒，數上章誣詆。未幾，乃伏盜京師刺用事者。元衡入朝，出靖安里第，夜漏未盡。賊乘暗呼曰：『滅燭。』射元衡中肩，復擊其左股。徒御格鬥不勝，皆駭走。遂害元衡。批顱骨持去。又擊裴度，墜溝。賊意度死，遂亡。邏司傳譟盜殺宰相，連十餘里達朝堂。百官恟懼，未知主名。少選，馬逸還第，中外乃審知。時元和十六年癸卯也。是日，仗入紫宸門，有司以聞。帝震驚，罷朝坐延英見宰相，哀慟，爲再不食。詔金吾府縣大索。或傳言曰：『無搜賊，賊窮必亂。』又投書於道曰：『無急我，我先殺汝。』故吏卒不窮捕。兵部侍郎許孟容言於帝曰：『國相横尸路隅而盜不獲，爲朝廷辱。』帝乃下詔：『能得賊者賞錢千萬，授五品官。與賊謀及舍賊能自言者，亦賞。有不如詔，族之。』積錢東西市以募告者。於是左神策將軍王士則、右威衛將軍王士平以賊聞，捕得張晏等十八人。言爲承宗所遣，皆斬之。逾月，東都防禦使吕元膺執淄青留邸賊門察、訾嘉珍，自言始謀殺元衡者。會晏先發，故藉之以告師道，而竊其賞。帝密誅之。」嚴有翼注：「鎮州節度王承宗以元和十年遣刺客殺宰相武元衡，又刺裴度，傷首不死。時積錢於東西市，詔能捕賊者賞之。」

此篇作年，洪興祖、方崧卿《舉正》、《年表》、《增考》、方成珪、蔣抱玄繫於元和十年（八一五）。洪譜：「十年乙未：六月有《論捕賊行賞表》。《舊史》云：十年六月，鎮州節度王承宗遣盜刺宰相武元衡。又刺裴度，傷首而免。詔京城諸道能捕賊者賞錢萬貫，仍與五品官。乃積錢貳萬貫於東、西市，京城大索。神策將士王士則、王士平以盜名上言，且言承宗所使。乃捕得張景等八人誅之。」《舉正》：「元和十年。」方譜：「是年夏秋間作。」

〔二〕祝充注：「元和十年。」

〔三〕孫汝聽注：「元和十年六月，宰相武元衡入朝，出所居靖安坊東門。有賊自暗中突出射之，從者皆散走，元衡遇害。」

〔四〕樊汝霖注：「元衡死數日，未獲賊。兵部侍郎許孟容請見奏曰：『豈有國相横屍路隅而不能擒賊？』因泣，上爲之憤歎。乃詔京城諸道能捕賊者，賞錢萬貫，仍與五品官。積錢三萬貫於東西市，京城大索。公卿節將複壁重轑者皆搜之。」蔣抱玄注：「《晉書·慕容垂載記》：宜論功超授，寢而不録。」

〔五〕樊汝霖注：「李師道將訾嘉珍反，留守吕元膺敗之。初，師道置邸東都，多買田伊闕、陸渾，皆以舍山棚。遣將訾嘉珍、門察部分之，嵩山浮圖圓淨爲之謀。至是饗士，其徒白吕元膺，以兵掩邸。賊突出，轉略畿部，入山中，奪山棚所市。山棚怒，道官軍襲，殺之。圓淨既執，於是窮治。嘉珍、察乃害元衡者。見《新史》王承宗、李師道傳。公此狀未獲嘉珍、察前所上，故云其餘兩人。」孫汝聽注：「神策大將軍王士則、左威衛將軍王士平上封，稱賊出王承宗。乃詔悉取承宗將卒，得張宴等三十人，命監察御史陳中師與京兆尹裴武鞫之。斬晏等五人，殺其黨十四人。」

〔六〕蔣抱玄注：「蹤跡，追躡也。」謹按：蹤跡，足跡，引申爲綫索。《易林·豫之明夷》：「鴅怒追求，郭氏之虚。不見踪跡，使伯心憂。」

〔七〕樊汝霖注：「七月，詔數王承宗罪，絶其朝請。」

〔八〕樊汝霖注：「士則、士平皆王武俊之子。張晏等誅，以士平爲左金吾衛大將。」

〔九〕指麾，同「指揮」。《荀子·議兵》：「湯武之誅桀紂也，拱挹指麾，而强暴之國莫不趨使，誅桀紂若誅獨夫。」

〔一〇〕蔣抱玄注：「《書經》《大禹謨》：『予懋乃德，嘉乃丕績。』」

〔一一〕魏本注：「錡，其綺切，又魚綺切。」

〔一二〕祝充注：「五州：澤、潞、邢、洺、磁。」

〔一三〕祝充注：「六州：魏、博、貝、相、盧、衛。」

〔一四〕祝充注：「易、定二州，張茂昭所管。徐、泗、濠三州，張愔所管。」魏仲舉注：「愔，於針切。」

〔一五〕韓醇注：「出《論語》。」魏仲舉注：「去，上聲。」蔣抱玄注：「《論語》（《顔淵》）子貢問政。子曰：『足食足兵，民信之矣。』又問：『不得已而去，於三者何先？』曰：『去兵。』又問：『二者何先？』曰：『去食。自古皆有死，民無信不立。』」

〔一六〕文讜注：「見《史記・商君傳》。」

〔一七〕韓醇注：「出《史記・晉世家》。」

〔一八〕韓醇注：「漢高帝三年，出黄金四萬斤與陳平，恣所爲不問其出入。」

〔一九〕文讜注：「見《前漢・陳平傳》。」

〔二〇〕祝充注：「悉，陟降切。」

〔二一〕文讜注：「公此狀未獲嘉珍、察前所上也。故云『今下手賊等四分之内已得其三。其餘兩人蓋不足計。』兩人，謂嘉珍、察也。士則、士平皆承宗諸父。十二年蔡平，王承宗以十三年獻德、棣二州，朝廷赦其罪。師道以十四年二月伏誅。」

論佛骨表①〔一〕

臣某言：伏以佛者②，夷狄之一法耳。自後漢時流入中國③〔二〕，上古未嘗有也〔三〕。昔者黄帝在位百年④，年一百一十歲⑤〔四〕。少昊在位八十年，年一百歲⑥〔五〕。顓頊在位七十九年，年九十八歲⑦〔六〕。帝嚳在位七十年〔七〕，年一百五歲⑧〔八〕。帝堯在位九十八年，年一百一十八歲⑨〔九〕。帝舜及禹年皆百歲⑩〔一〇〕。此時天下太平，百姓安樂壽考。然而此時中國未有佛也⑪。其後殷湯亦年百歲〔一一〕。湯孫太戊在位七十五年⑫，武丁在位五十九年⑬〔一二〕，書史不言其年壽所極⑭，蓋亦俱年不減百歲⑮〔一三〕。周文王九十七歲⑯，武王年九十三歲⑰〔一四〕，穆王在位百年〔一五〕。此時佛法亦未至中國⑱，非因事佛而致然也⑲。

漢明帝時始有佛法，明帝在位纔十八年耳⑳。其後亂亡相繼，運祚不長。宋齊梁陳元魏已下事佛漸謹㉑，年代尤促〔一六〕。惟梁武帝在位四十八年㉒〔一七〕，前後三度捨身施佛〔一八〕。宗廟之祭不用牲牢㉓〔一九〕，盡日一食㉔〔二〇〕，止於菜果。其後竟爲侯景所逼，餓死臺城〔二一〕，國亦尋滅〔二二〕。事佛求福，反更得禍㉕。由此觀之，佛不足信，事亦可知矣㉖。

高祖始受隋禪，則議除之㉗。當時羣臣材識不遠㉘，不能深知先王之道㉙，古今之宜，推闡明聖㉚，以救斯弊，其事遂止〔二三〕，臣常恨焉。伏惟睿聖文武皇帝陛下神聖英武，數千百年已來未有倫比。即位之初，不許度人爲僧尼道士，又不許創立寺觀㉛〔二四〕。臣常以爲高祖之志必行於陛下之手㉜。今縱未能即行，豈可恣之轉令盛也㉝？今聞陛下令羣僧迎佛骨於鳳翔，御樓以觀，舁入大内㉞〔二五〕。又令諸寺遞迎供養㉟〔二六〕。臣雖至愚，必知陛下不惑於佛，作此崇奉以祈福祥也㊱。直以年豐人樂㊲，狥人之心，爲京都士庶設詭異之觀㊳、戲翫之具耳。安有聖明若此而肯信此等事哉！然百姓愚冥，易惑難曉。苟見陛下如此，將謂真心事佛。皆云：天子大聖，猶一心敬信㊴；百姓何人㊵，於佛更惜身命㊶？焚頂燒指㊷〔二七〕，百十爲羣，解衣散錢㊸。自朝至暮，轉相倣效㊹〔二八〕，惟恐後時。老少奔波，棄其業次㊺。若不即加禁遏，更歷諸寺，必有斷臂臠身以爲供養者㊻〔二九〕。傷風敗俗，傳笑四方〔三〇〕，非細事也。

夫佛本夷狄之人㊼，與中國言語不通，衣服殊製。口不言先王之法言㊽〔三一〕，身不服先王之法服㊾〔三二〕，不知君臣之義，父子之情。假如其身至今尚在㊿，奉其國命(51)，來朝京師。陛下容而接之，不過宣政一見〔三三〕，禮賓一設〔三四〕，賜衣一襲〔三五〕，衛而出境，不令惑衆也(52)。況其身死已久，枯朽之骨，凶穢之餘，豈宜令入宮禁(53)？

孔子曰：「敬鬼神而遠之。」古之諸侯行弔於其國，尚令巫祝先以桃茢祓除不祥(54)〔三六〕，然後進弔〔三七〕。今無故取朽穢之物(55)，親臨觀之(56)。巫祝不先，桃茢不用。羣臣不言其非，御史不舉其失，臣實恥之。乞以此骨付有司，投諸水火(57)，永絶根本。斷天下之疑，絶後代之惑(58)。使天下之人知大聖人之所作爲出於尋常萬萬也(59)。豈不盛哉！豈不快哉(60)！佛如有靈，能作禍祟(61)，凡有殃咎，宜加臣身。上天鑒臨(62)，臣不怨悔(63)。無任感激懇悃之至，謹奉表以聞。臣某誠惶誠恐〔三八〕。

【彙校】

①〔論佛骨表〕《舉正》出南宋監本「論佛骨表」，朱熹從方本。

②〔伏以佛者〕潮本注：「伏以，一作『臣伏聞』。」魏本注同。祝本注：「伏以，一作『伏聞』。」文本注同。《考異》：「伏以，或作『臣伏聞』，或作『臣聞』。」

③〔流入中國〕祝本注：「《唐史》作『始入中國』。」魏本注同。文本「流」上注：「《舊史》有『始』字。」南宋蜀本「流」上多一「始」字。《舉正》出南宋監本「流入中國」，云：「《舊史》語上有『始』字；《新史》作『始入』，無『流』字。」《考異》：「《舊史》上有『始』字，《新史》『流』作『始』。」

④〔昔者黄帝〕文本注：「一無『者』字。」

⑤〔一百一十歲〕潮本「百」下無「一」字，祝本、南宋蜀本、魏本同。《舉正》訂「百一」二字，作「年百一十歲」。朱熹從

方本，《考異》：「年百一十歲，或作『一百十』。」今從文本。

⑥〔年一百歲〕《舉正》出南宋監本「年一百歲」，删「一」字，云：「以新、舊《史》校。」朱熹從方本，《考異》：「或作『一百』。」

⑦〔九十八歲〕南宋蜀本注：「一無『八』。」《舉正》：「《新史》無『八』字，考之《世紀》，非也。」《考異》：「《新史》無『八』字。」

⑧〔年一百五歲〕《舉正》出南宋監本「年一百五歲」，删「一」字。朱熹從方本。

⑨〔一百一十八歲〕《舉正》出南宋監本「年一百一十八歲」，删「百」上「一」字，云：「二語皆不當有『一』字，新、舊《史》同。」朱熹從方本，《考異》：「二語上或皆有『一』字。」

⑩〔帝舜及禹〕《舉正》出南宋監本「帝舜及禹年皆百歲」，云：「《新書》『舜』下有『在位』二字。以上大抵多《帝王世紀》之文。」《考異》：「《新史》『舜』下有『在位』字。」

⑪〔然而此時中國〕文本注：「《舊史》無『然而』字。」祝本注：「《唐史》無『此時』字。」魏本注同。《舉正》出南宋監本「然而此時中國未有佛也」，云：「《舊史》無語上〔然而此〕三字；《新史》無『此時』字，謝本從之。」朱熹删「然而」二字，《考異》：「『而』下方有『此時』二字，《舊史》無『然而此』三字，今從《新史》。」

⑫〔太戊〕祝本「太」作「大」。

⑬〔五十九年〕南宋蜀本注：「一無『九』。」《舉正》：「新、舊《史》皆無九字，考之《書·無逸》當有。」《考異》：「新、舊《史》無『九』字，脱也。」

⑭〔年壽所極〕南宋蜀本注：「年壽，一作『壽考』。」《舉正》訂「言」作「定」，云：「杭本作『定』，蜀本作『言』，餘同上。」朱熹從監本，《考異》：「言，方作『定』。新、舊《史》皆無『年所極』三字。」

⑮〔蓋亦俱年〕文本「蓋」上注：「《舊史》有『推其年數』字。」南宋蜀本注：「《新書》云：『書史不言其壽推其年數蓋不減百歲。』」《舉正》出南宋監本「蓋亦俱年不減百歲」，云：「新、舊《史》作『書史不言其壽推其年數蓋亦不減百歲』，謝本從《史》。」朱熹句上增「推其年數」四字，删「俱」下「年」字，《考異》：「方本無此四字，今從新、舊《史》。方本『俱』下有『年』字，二《史》併無『俱』字。」

⑯〔九十七歲〕《文髓》無「七」字。

⑰〔年九十三歲〕《文髓》無「年」字。

⑱〔未至中國〕《舉正》據閣本訂「至」作「入」。朱熹從方本，《考異》：「入，或作『至』。」

⑲〔致然〕文本「致」作「至」，注：「至然，《舊史》作『致此』。」

⑳〔十八年耳〕《考異》：「或無『耳』字。」

㉑〔元魏已下〕《文髓》「以」作「已」。

㉒〔四十八年〕潮本「八」作「九」，祝本、文本、南宋蜀本同。祝本注：「九，《唐史》作『八』。」魏本注同。《舉正》訂作「八」字，云：「蜀本、新、舊《史》皆同，史亦可考。」朱熹從方本，《考異》：「八，或作『九』。方云：新、舊《史》、《梁書》亦可考。」今從方本。

㉓〔宗廟之祭〕文本注：「《舊史》無『之』字。」

㉔〔盡日一食〕文本注：「盡，《舊史》作『晝』。」《舉正》訂作「晝」，云：「新、舊《史》同，謝校。」朱熹從方本，《考異》：「新、舊《史》『晝』作『盡』。」

㉕〔反更得禍〕文本注：「反，《舊史》作『乃』。」《舉正》據閣、杭本訂作「乃」，云：「新、舊《史》皆同，蜀本作『乃反得禍』。」朱熹從方本，《考異》：「乃，或作『反』。乃更，或作『乃反』。」

㉖〔佛不足信事亦可知〕南宋蜀本注：「信事，一作『事信』。」文本無「信」字，注：「事，《舊史》作『信』。」《舉正》出南宋監本「佛不足信事亦可知矣」，删「信」字，云：「閣本、杭本作『不足事』，新、舊《史》作『不足信』，蜀本同今文。」朱熹從方本，《考異》：「『事』上或有『信』字，新、舊《史》無『事』字有『信』字。」

㉗〔則議除之〕文本注：「則，《舊史》作『乃』。」

㉘〔材識不遠〕祝本注：「材識，《唐史》作『識見』。」魏本注同。《舉正》出南宋監本「材識不遠」，云：「新、舊《史》皆作『識見不遠』。」《考異》：「材識，新、舊《史》作『識見』。」

㉙〔不能深知〕《舉正》出南宋監本「不能深知先王之道」，云：「新、舊《史》皆『知』作『究』，謝本從『究』。」《考異》：「新、舊《史》『知』作『究』。」

㉚〔明聖〕祝本注：「明聖，《唐史》作『聖明』。」魏本注同。《舉正》出南宋監本「推闡明聖」，乙「明聖」作「聖明」，云：「新、舊《史》同，謝校。」朱熹從監本，《考異》：「聖明，或作『明聖』。」

㉛〔不許度人爲僧尼道士又不許創立寺觀〕文本注：「創，《舊史》作『别』。」《舉正》出南宋監本「不許度人爲僧尼道士又不許創立寺觀」，删下「許」字，云：「閣本、杭本皆無下『許』字，李、謝删。新、舊《史》語上有『即』字，下語作

「又不許別立寺觀」。」朱熹句上增「即」字，存下「許」字，《考異》：「方無『即』字。方無『許』字。新、舊《史》『創』作『別』。」

㉜〔臣常〕文本注：「常，《舊史》作『當時』。」《考異》：「新、舊《史》『常』作『當時』二字。」

㉝〔轉令盛也〕《舉正》出南宋監本「轉令盛也」，云：「《新史》删『轉』字，《舊史》有之。」《考異》：「《新史》無『轉』字。」

㉞〔舁入大内〕文本注：「舁，《舊史》作『迎』。」

㉟〔又令諸寺遞迎供養〕方成珪注：「《舊史》無『又』字。」《舉正》出南宋監本「遞迎供養」，云：「《舊史》同；蜀本作『遞相』，《新史》作『遞加』，謝本從『加』。」《考異》：「《新史》『迎』作『加』或作『相』。」

㊱〔祈福祥〕《文髓》無「祥」字。

㊲〔年豐人樂〕《舉正》出南宋監本「年豐人樂」，云：「新、舊《史》皆作『豐年之樂』。」《考異》：「新、舊《史》作『豐年之樂』。」

㊳〔爲京都士庶設詭異之觀〕《文髓》「京都」作「京師」。潮本無「設」字，祝本、文本、魏本同。祝本「庶」下注：「一有『設』字。」文本、魏本注同。《舉正》據蜀本「庶」下增「設」字，云：「謝校，新、舊《史》皆存之。」朱熹從方本，《考異》：「或無『設』字。」

㊴〔皆云天子大聖猶一心敬信〕《舉正》出南宋監本「皆云天子大聖猶一心敬信」，云：「閣本上無『皆』字，下無『信』字；蜀本與《舊史》同上。」《考異》：「或無『皆』字。敬信，《新史》作『信向』。」

㊵〔百姓何人〕南宋蜀本注：「何人，一作『微賤』。」

㊶〔百姓何人於佛更惜身命〕文本注：「《舊史》：『百姓微賤於佛豈合惜身命』。」《舉正》出南宋監本「百姓何人於佛更惜身命」，云：「《舊史》作『百姓微賤於佛豈合惜身命』，《新史》作『更惜』，餘同《舊》。」朱熹訂作「百姓何人豈合更惜身命」，《考異》：「何人，新、舊《史》作『微賤』。方無『豈合』字。《舊史》無『更』字，今從《新史》。」

㊷〔焚頂燒指〕祝本「焚」上注：「一有『以至』二字。」文本「焚」上多一「故」字，注：「《舊史》『灼頂燔指』。」南宋蜀本「焚」上多「以至」二字。魏本「焚」上多「以故」二字，注：「一本『故』作『至』，一本無『以故』二字。」《舉正》出南宋監本「焚頂燒指」，云：「蜀本上有『以至』字，《舊史》作『所以灼頂燔指』，《新史》作『以至灼頂燔指』，謝本作『以至焚頂燔指』。」朱熹從方本，《考異》：「《新史》上有『以至』字，《舊史》有『所以』字，謝本作『以至無故』。新、舊《史》『焚』作『灼』，『燒』作『燔』。」

㊸〔散錢〕《文髓》「錢」作「財」。

㊹〔轉相倣效〕祝本、魏本、《文髓》「效」作「傚」。

㊺〔老少奔波棄其業次〕《舉正》出南宋監本「老少奔波棄其業次」，云：「新、舊《史》皆作『老幼奔波棄其生業』。」《考異》：「新、舊《史》『少』作『幼』。業次，新、舊《史》作『生業』。」

㊻〔斷臂臠身〕《舉正》出南宋監本「斷臂臠身」，云：「閣本無『臠』字，疑脱。」《考異》：「或無『臠』字。」

㊼〔夫佛本夷狄之人〕魏本「佛」下多一「者」字，注：「一無『者』字。」《舉正》出南宋監本「夫佛本夷狄之人」，云：「新、舊《史》皆無『夫』字。」《考異》：「新、舊《史》無『夫』字，下或有『者』字。」

㊽〔不言〕《舉正》出南宋監本「口不言」，云：「新、舊《史》皆作『道』。」《考異》：「新、舊《史》『言』作『道』。」

㊾〔先王之法服〕廖本「王」訛作「生」，方成珪注：「生，當作『王』。」文本注：「服，《舊史》作『物』。」

㊿〔至今尚在〕《舉正》出南宋監本「假如其身至今尚在」，云：「新、舊《史》無『至今』字，謝刪。」《考異》：「新、舊《史》無此〔至今〕二字。」

51〔奉其國命〕魏本注：「一作『奉國命』，無『其』字。」祝本、文本無「其」字，祝本注：「一有『其』字。」《舉正》據蜀本增「其」字，云：「新、舊《史》同。」朱熹從方本，《考異》：「或無『其』字。」

52〔衛而出境不令惑衆也〕文本注：「《舊史》『出之於境』，一本『出於外』。惑衆也，《舊史》『貳於衆也』。」南宋蜀本注：「惑衆，一作『貳於衆』。」魏本注：「出境，一作『出之於境』。」《舉正》增「之於」二字，作「衛而出之於境不令惑衆也」，云：「上語杭、蜀、新、舊《史》並同。《舊史》下語作『惑於衆也』，《新》作『貳於衆也』。」朱熹訂作「而出之於」，《考異》：「或無『而於』二字，或無『之』字。《舊史》『惑』下有『於』字，《新史》『惑』作『貳』，誤也。」

53〔豈宜令入宮禁〕潮本注：「宜令，一作『可直』。」祝本注同。文本注：「豈宜，一作『可宜』。令入，《舊史》作『以入』。」魏本「宜令」作「可直」，注：「可直，一作『宜令』。」《舉正》出南宋監本「豈宜令入宮禁」，云：「新、舊《史》『令』皆作『以』。」《考異》：「新、舊《史》『令』作『以』。」

54〔祓除〕廖本「祓」訛作「祓」。《舉正》出南宋監本「祓除不祥」，云：「新、舊《史》同上，三本皆作『拂除』。」《考異》：「閣、杭、蜀本『祓』作『拂』。」童第德注：「《國語·周語》：『故祓除其心』，韋注：『祓，猶拂也。』《詩·生民》『以弗無子』，毛傳：『弗，去也。』鄭箋：『弗之言祓也。』《御覽》五百廿四引作『以拂無子』，五百廿九引鄭記作『以祓無子』，是其證。《説文》：『祓，除惡祭也。从示犮聲。』廖本誤從衣作『祓』。」

㊺〔朽穢之物〕魏本「朽穢」作「穢朽」。

㊻〔親臨觀之〕文本注：「《舊史》無『親』字，『觀視之』。」魏本注：「觀，一作『視』。」方成珪注：「《舊史》作『觀視之』。」

㊼〔付有司投諸水火〕文本注：「付有司投諸水火，《舊史》作『付之水火』。」《舉正》出南宋監本「乞以此骨付有司投諸水火」，云：「新、舊《史》只作『付之水火』，無『有司投諸』四字。」朱熹「付」下增一「之」字，《考異》：「『付』下方無『之』字。新、舊《史》作『付之水火』，無『有司投諸』四字。」

㊽〔後代之惑〕文本注：「後，《舊史》作『前』字。」南宋蜀本注：「後，一『前』。」《舉正》出南宋監本「絶後代之惑」，云：「蜀本與《舊史》同上，閣本無『代』字，《新史》『後』作『前』。」《考異》：「或無『代』字，《新史》『後』作『前』。」

㊾〔大聖人之所作爲〕文本無「人」、「爲」二字。《文髓》無「爲」字。

㊿〔豈不盛哉豈不快哉〕《考異》：「《新史》無此二語。」

(61)〔能作禍祟〕潮本「祟」作「福」，祝本、文本、南宋蜀本、魏本同。《舉正》訂作「祟」，云：「新、舊《史》同上，謝校。謝本此篇多從《新史》，蓋宋本也。」朱熹從方本，《考異》：「祟，或作『福』。」今從方本。

(62)〔鑒臨〕文本「鑒」作「監」。

(63)〔臣不怨悔〕《文髓》無此下文字。

【箋注】

〔一〕韓醇注：「新、舊《史》皆具載於本傳。先是，鳳翔法門寺有護國真身塔，塔内有釋迦文佛指骨一節。其法三十年一開，開則歲稔人泰。至是憲宗遣中使杜英奇押官人三十，持香花迎入大内，留禁中三日，乃送佛祠。王公士庶奔走贊歎。公爲刑部侍郎，上表極諫。帝大怒，欲抵死。崔羣、裴度，戚里諸貴皆爲公言，乃貶潮州刺史。時宰相疑公此表爲馮宿所草，以宿嘗與公同年進士，又同佐裴度淮西，故疑之。遂貶宿歙州刺史。時宰必皇甫鎛也，亦可謂無識鑒矣。此表豈宿所能了耶？」魏引補注：「《聞見録》云：憲宗元和十四年自鳳翔法門寺迎佛骨入禁中，韓退之以諫逐。十五年，有陳洪志之禍。懿宗咸通十四年又迎其骨入禁中，諫者以憲宗爲戒。懿宗曰：『生得見之，死亦無恨。』不數月崩，送佛骨還法門寺。愈之諫云：奉佛以來，享年不永者。其知言哉！」《舉正》：「元和十四年正月作。此佛一指骨耳，太宗得之於鳴鸞原，建寺立塔以藏之，今鳳翔府祁陽鎮法門寺塔是也。邵公濟云：宣和間嘗過其寺，塔下層爲大石芙蕖，工製精妙。每芙蕖一葉刻一施金人姓名，太半皆宫嬪也。又刻白玉象。所葬指骨置金蓮花中，隔琉璃水晶匣可見，亦足知昔人崇奉之盛也。」

此篇作年，吕大防、程俱、洪興祖、樊汝霖、方崧卿《舉正》、《年表》、方成珪、蔣抱玄均繫於元和十四年（八一九）。吕譜：「元和十四年己亥，諫佛骨，貶潮州，有諫表。」程譜：「十四年正月，憲宗迎佛骨於鳳翔，愈疏諫，貶潮州刺史。」洪譜：「十四年己亥：《舊史》云：『鳳翔法門寺有釋迦指骨一節。是年正月丁亥，上令中使押宫人持香花迎佛骨，留禁中三日，乃送諸寺。王公士庶奔走捨施，唯恐在後，百姓有廢業破産燒頂灼臂而求供養者。愈上疏極陳其弊。癸巳，貶潮州刺史。宰相疑馮宿草疏，出宿爲歙州刺史。』時宰相皇甫鎛、程異也。」樊譜：「十四年己亥：正月十四日坐言佛骨出爲潮州刺史，見《舊史·憲宗紀》。」

〔二〕洪興祖注：「《表》云：『自後漢時流入中國。』又《詩》云：『佛法入中國，爾來六百年。』按《後漢·西域傳》云：『明帝時入中國。』而梁劉孝標注《世説新語》引劉向《列仙傳序》曰：『歷觀百家之中，以相檢驗得仙者百四十六人。其七十四人已在佛經。』即如此説，則漢成哀之間已有經矣。《漢武故事》曰：『昆邪殺休屠王，以其衆來降，得其金人之神。上置之甘泉宫。金人者皆長丈餘，其祭不用牛羊，唯燒香禮拜。上使依其國俗祀之。』此神全類於佛，蓋當漢武時其經未行於中土，但以神明祀之耳。又《開皇歷代三寶記》云：『平帝世劉向稱：余覽典籍，往見有佛經。』將知周時久流釋典，秦雖爇除，漢興復出也。又漢武作昆明池，掘得黑灰。東方朔云：『可問西域道人。』西域道人，佛之徒也。又《真誥》云：『裴真人有三十四人弟子，十八人學佛道，餘者學仙道。』陶隱居云：『長安中似已有佛，裴君即是其事。』以此考之，中國之有佛尚矣。退之所云，據正史也。」孫汝聽注：「後漢明帝夜夢金人長丈餘，頭有光明，飛行殿庭。以問羣臣，傅毅曰：西方有神名曰佛，其形丈六尺而黄金色。帝於是遣郎中蔡愔及秦景使天竺求之，得佛經四十二章及釋迦玄像，并與沙門攝摩騰、竺法蘭東還。愔之來也，白馬負經，因立白馬寺於洛城雍門西以處之。其經緘於蘭臺石室，又畫像於清源臺及顯節陵上。自是始傳中國。」

〔三〕文讜注：「《景德録》云：古佛應世，綿歷無窮，不可以周知而悉數，故近談賢劫有千如來。暨于釋迦牟尼佛滅後一千一十七年，教至中夏，即後漢明帝永平十年戊辰也。」孫汝聽云：「後漢明帝夜夢金人，長丈餘，頭有光明，飛行殿庭，以問羣臣。傅毅曰：西方有神，名曰佛，其形丈六尺而黄金色。帝於是遣郎中蔡愔及秦景使天竺求之，得《佛經四十二章》及釋迦玄像，並與沙門攝摩騰、竺法蘭東還。愔之來也，白馬負經，因立白馬寺於洛城雍門西以處之，其經緘於蘭台石室，又畫像於清源台及顯節陵上，自是始傳中國。」

〔四〕文讜注：「《帝王世紀》曰：『黄帝有熊氏，少典之子，姬姓。或傳以爲仙，或言壽三百歲。』《史記》云：『在位百年，年百一十歲。』」

〔五〕文讜注：「少昊名摯，字青陽，姬姓。降居江水，有聖德，邑於窮桑，以登帝位，都曲阜，即圖讖所謂白帝朱宣者也，故稱少昊金天氏。《左傳》（昭公十七年）『郯子曰我少昊摯之立』是也。而史遷乃以帝嚳娶娵訾氏生摯，嚳崩而摯氏立，誤矣。」

〔六〕文讜注：「帝顓頊高陽，黄帝之孫，昌意之子。」

〔七〕祝充注：「嚳，音酷，高辛氏。《禮記》（《祭法》）：『禘黄帝而郊嚳。』《史記》（《五帝本紀》）：『高辛立，是爲帝嚳。』」

〔八〕文讜注：「帝嚳高辛氏，黄帝之曾孫。」

〔九〕文讜注：「帝嚳娶陳鋒女生放勛，是爲帝堯。」

〔一〇〕文讜注：「帝舜，黄帝之八世孫。禹爲黄帝之元孫。」孫汝聽注：「已上年歲皆出皇甫謐《帝王世紀》。」

〔一一〕孫汝聽注：「皇甫謐云：湯立七十年，踐天子位，爲天子十三年，年百歲而崩。」

〔一二〕孫汝聽注：「《書》：肆中宗之享國七十有五年，高宗五十有九年。中宗即太戊，高宗即武丁也。」

〔一三〕文讜注：「太戊者，成湯之玄孫，廟號中宗。武丁者，盤庚帝小乙之子，廟號高宗。」

〔一四〕孫汝聽注：「《禮記》：文王九十七乃終，武王九十三乃終。」

〔一五〕文讜注：「武王名發，文王之子。穆王名滿，成王曾孫。」孫汝聽注：「《書》：穆王享國百年。」嚴有翼注：「據《汲冢書》：自周有天下，至穆王凡百年，非穆王年百也。」

〔一六〕文讜注：「宋永初元年至於汝陰王昇明二年，凡五十九年。南齊建元元年至於巴陵王中興元年，凡二十三年。梁天監元年至於江陵王太平元年，凡五十五年。陳永定元年至於孝宣大建十二年，凡二十四年。後魏元氏十四帝，通東西一百七十一年。」《廣弘明集》卷十一傅奕《疏》：「帝王無佛則大治年長，有佛則虐政祚短。」

〔一七〕孫汝聽注：「天監十八年，普通七年，大通二年，中大通六年，大同十一年，中大同一年，太清三年，凡四十八年。」

〔一八〕孫汝聽注：「大通元年三月辛未，中大通元年九月癸巳，太清元年二月庚子，凡三幸同泰寺捨身。」

〔一九〕孫汝聽注：「郊廟牲牷，皆代以麪。」

〔二〇〕孫汝聽注：「武帝溺信佛道，日止一食。膳無鮮腴，惟豆羹糲飯而已。」

〔二一〕孫汝聽注：「太清三年三月，侯景攻陷臺城。帝以所求不供，憂憤寢疾。五月崩於淨居殿，年八十六。」

〔二二〕文讜注：「《建康録》：『梁高祖武皇帝姓蕭，名衍，字叔達。禪齊位，大通元年創國泰寺於宫後，帝幸寺捨身。六月，都下疫甚，帝於重雲殿爲萬姓設救苦齋，以身爲禱，親御法衣，清淨大捨。九月癸卯，羣臣以億萬奉贖皇帝。十二年，又幸寺講《三惠經》，捨身爲奴。四月，皇太子已下羣臣出錢億萬奉贖。是夜，同泰寺爲天火所燒略盡。太清元年，東魏司徒濮陽侯景率河南十三州歸降。壬午，以景爲大將軍，封河南王大行臺承制，如鄧禹故事。乙巳，帝升光嚴殿講《三惠經》，又捨身。羣臣以億萬奉贖，衆僧嘿然。丁亥，服兗冕還宫。二年八月侯景敗歸，自壽陽舉兵反。三年三月乙卯，景攻陷宫城，縱兵大掠。帝爲賊幽餒而崩。』《朝野僉載》云：『梁武帝殺南齊主東昏侯以取其位，誅殺甚衆。死之日，侯景生焉。後景亂梁，破誅梁子弟略無孑遺。時人以爲景東昏侯之後身也。』《浮休録》云：『臺城寺在金陵城内，北附城闉，圮殆不堪處，即梁、陳故宫地也。』」孫汝聽云：「太清三年三月，侯景攻陷臺城。帝以所求不供，憂憤寢疾，五月，崩於淨居殿，年八十六。」

〔二三〕樊汝霖注：「武德九年四月，高祖詔有司沙汰天下僧尼道士女冠。其精勤練行者遷居大寺觀，給其衣食，無令闕乏。庸猥麤穢者悉令罷道，勒還鄉里。京師留寺三所，觀一所，諸州各留一所，餘皆罷之。事竟不行。」

〔二四〕王元啓注：「武德元年四月廢浮屠老子法，見《唐史·高祖紀》。憲宗初即位不許度人爲道士僧尼云云，此事《唐史》獨遺，當據此增入。」

〔二五〕魏仲舉注：「舁，音輿。」

〔二六〕文讜注：「供養，皆去聲讀。」

〔二七〕蔣抱玄注：「焚頂，即僧俗所謂受戒。《南史·徐陵傳·大士碑》《東陽雙林寺傅大士碑》：『次有比邱慧海菩提等八人燒指供養。』」

〔二八〕方成珪注：「《前漢·楊惲傳》：『傳相倣效。』音義同。」

〔二九〕魏仲舉注：「臠，力兖切。」《五燈會元·東土祖師》：「僧神光聞達磨大士住止少林，乃往彼。晨夕參承，莫聞誨勵，自斷左臂置於祖前。」

〔三〇〕王元啓注：「他日憲宗追念公言，謂『大愛朕』，蓋有感於『傳笑四方』二語。」

〔三一〕蔣抱玄注：「《孝經》（《卿大夫章》）：『非先王之法言不敢道』。」

〔三二〕蔣抱玄注：「（《孝經》《卿大夫章》）：『非先王之法服不敢服』。」

〔三三〕文讜注：「宣政，殿名。禮賓，鴻臚卿也。《周官·大行人》之職，漢改爲鴻臚。應劭曰：『主郊廟行禮，贊導九賓。鴻，聲也；臚，傳也。所以傳聲贊導，故曰鴻臚。』唐光宅初改爲司賓，後復舊。」孫汝聽注：「宣政，殿名。」方成珪注：「《唐·地理志》：『大明宫正殿曰含元，含元之後曰宣政。』《憲宗紀》：『元和九年六月乙未，置禮賓院於長興里之北。』」

〔三四〕孫汝聽注：「元和九年六月，置禮賓院於長興里以待四夷之使。設，謂宴設也。」

〔三五〕孫汝聽注：「單服具謂之一襲，亦曰一稱。」

〔三六〕祝充注：「茢，音列。」蔣抱玄注：「祓，潔也。祓除，謂掃除之使潔淨也。《周禮》（《女巫》）：『女巫，掌歲時祓除釁浴。』」

〔三七〕祝充注：「《禮記》：『君臨臣喪，以巫祝桃茢執戈，惡之也。』注：『桃，鬼所惡。茢，葦苕，可掃不祥。』襄二十九年《左氏》：『公如楚，楚康王卒。楚人使公親襚，公使巫以桃茢先祓殯，楚人悔之。』」文讜注：「《左傳》襄公二十九年注云：茢音列。黍，穰也。祓音弗。桃者五木之精，故能壓伏邪氣。」

〔三八〕魏引補注：「邵太史曰：『傅奕上疏請除佛法云：『降自羲農，至於有漢，皆無佛法。君明臣忠，祚長年久。漢明帝始立胡神，洎於符石，羌胡亂法，主庸臣佞，祚短政虐』云云。予謂愈之言蓋廣奕之言也，故表出之。』林之奇曰：『崔浩闢佛而死於魏，韓愈闢佛而貶於唐。此浮屠者得爲口實，以爲闢佛者之戒。至於梁武三捨身而餓死臺城，宋齊以下事之漸謹而年代尤促，則浮屠之徒又以爲學佛不盡其道之過。自非卓然不惑之士，未有不爲其所迷也。』」

潮州刺史謝上表①〔一〕

臣某言：臣以狂妄戇愚〔二〕，不識禮度〔三〕，上表陳佛骨事。言涉不敬，正名定罪，萬死猶輕②。陛下哀臣愚忠，恕臣狂直，謂臣言雖可罪，心亦無他。特屈刑章，以臣爲潮州刺史。既免刑誅③，又獲禄食。聖恩弘大，天地莫量。破腦刳心〔四〕，豈足爲謝？臣某誠惶誠恐，頓首頓首④。

臣以今年正月十四日蒙恩除潮州刺史⑤，即日奔馳上道⑥。經涉嶺海，水陸萬里，以今月二十五日到州上訖〔五〕，與官吏百姓等相見。具言朝廷治平⑦，天子神聖威武慈仁，子養億兆人庶〔六〕，無有親疎遠邇⑧。雖在萬里之外，嶺海之陬，待之一如畿甸之間⑨〔七〕，輦轂之下。有善必聞，有惡必見，早朝晚罷，兢兢業業。惟恐四海之内，天地之中，一物不得其所。故遣刺史面問百姓疾苦⑩，苟有不便，得以上陳。國家憲章完具，爲治日久。守令承奉詔條，違犯者鮮。雖在蠻荒，無不安泰。聞臣所稱聖德，惟知鼓舞讙呼，不勞施爲，坐以無事。臣某誠惶誠恐，頓首頓首。臣所領州在廣府極東界上，去廣府雖云纔二千里⑪，然來往動皆經月⑫。過海口，下惡水，濤瀧壯猛〔八〕，難計程期⑬。颶風鱷魚⑭〔九〕，禍患不測。州南近界⑮，漲海連天〔一〇〕，毒霧瘴氛，日夕發作。臣少多病，年纔五十，髮白齒落，理不久長。加以罪犯至重，所處又極遠惡，憂惶慙悸，死亡無日。單立一身，朝無親黨，居蠻夷之地，與魑魅爲羣⑯〔一一〕。苟非陛下哀而念之，誰肯爲臣言者？臣受性愚陋，人事多所不通。惟酷好學問文章，未嘗一日暫廢，實爲時輩所見推許⑰〔一二〕。臣於當時之文，亦未有過人者。至於論述陛下功德，與《詩》、《書》相表裏⑱；作爲歌詩，薦之郊廟〔一三〕；紀泰山之封，鏤白玉之牒〔一四〕。鋪張對天之閎休⑲，揚厲無前之偉績⑳，編之乎《詩》、《書》之策而無愧㉑，措之乎天地之間而無虧㉒。雖使古人復生㉓，臣亦未肯多讓㉔〔一五〕。

伏以大唐受命有天下㉕，四海之内，莫不臣妾，南北東西，地各萬里。自天寶之後，治政少懈，文致未優㉖，武尅不剛。孽臣姦隸㉗，蠹居棊處，摇毒自防㉘，外順内悖。父死子代，以祖以孫㉙，如古諸侯自擅其地，不貢不朝㉚，六七十年。四聖傳序，以至陛下。陛下即位以來㉛，躬親聽斷，旋乾轉坤，關機闔開〔二六〕，雷厲風飛，日月清照㉜。天戈所麾，莫不寧順㉝，大宇之下，生息理極。高祖創制天下，其功大矣，而治未太平也；太宗太平矣，而大功所立，咸在高祖之代。非如陛下承天寶之後，接因循之餘，六七十年之外赫然興起㉞，南面指麾，而致此巍巍功治也㉟。宜定樂章，以告神明，東巡泰山，奏功皇天〔二七〕，具著顯庸〔二八〕，明示得意〔二九〕。使永永年代㊱，服我成烈。當此之際㊲，所謂千載一時不可逢之嘉會㊳。而臣負罪嬰疊〔三〇〕，自拘海島，戚戚嗟嗟，日與死迫〔三一〕。曾不得奏薄伎於從官之內、隸御之間〔三二〕，窮思畢精，以贖罪過㊴。懷痛窮天，死不閉目。瞻望宸極，魂神飛去㊵。伏惟皇帝陛下天地父母，哀而憐之。無任感恩戀闕慙惶懇迫之至，謹附表陳謝以聞㊶。

【彙校】

①〔潮州刺史謝上表〕《舉正》出南宋監本「潮州刺史謝上表」，云：「李本删『刺史』二字，杭、蜀皆有。」朱熹從方本。《考異》：「或無『刺史』字。」

②〔萬死猶輕〕南宋蜀本注：「猶輕，一作『莫塞』。」《舉正》出南宋監本「萬死猶輕」，云：「《新書》作『萬死莫塞』，謝本從之。」《考異》：「猶輕，《新史》作『莫塞』。」

③〔刑誅〕魏本「誅」作「戮」。

④〔頓首〕南宋蜀本注：「《新書》自『臣某』字下至『頓首』字皆不載。」

⑤〔以今年正月〕《舉正》出南宋監本「臣以今年正月十四日」，删「今年」二字，云：「《舊史》有『今年』字，閣本、杭本皆無之。」《考異》：「『以』下或有『今年』字。」

⑥〔奔馳上道〕文本注：「奔馳上道，《舊史》作『馳驛就路』。」《考異》：「上道，或作『就路』。」

⑦〔具言〕《舉正》出南宋監本「具言朝廷治平」，據閣本删「具」字，云：「杭同，李、謝删。」朱熹從監本，《考異》：「方無『具』字。」

⑧〔親疎遠邇〕南宋蜀本「邇」作「近」。

⑨〔畿甸之間〕魏本「畿甸」作「甸畿」。

⑩〔面問〕祝本注：「面，一作『親』。」文本、魏本注同。《舉正》出南宋監本「面問百姓疾苦」，云：「蜀本作『親問』。」《考異》：「面，或作『親』。」

⑪〔纔二千里〕文本注：「《舊史》無『纔』字。」

⑫〔動皆經月〕南宋蜀本無「動」字，注：「自『界上』至『經月』，《新書》不載。」《舉正》出南宋監本「動皆經月」，云：「《舊史》作『逾月』。」《考異》：「經，《舊史》作『逾』。」

⑬〔難計程期〕《舉正》出南宋監本「難計程期」，云：「新、舊《史》皆作『期程』。」《考異》：「程期，新、舊《史》作『期程』。」

⑭〔颶風鱷魚〕「颶」，祝本、文本、南宋蜀本、魏本、廖本作「颶」，王本作「颶」。謹按：《集韻》：「颶，衢遇切，越人謂具四方之風曰颶。」祝充注：「颶，其魚切。」文讜注：「颶，音衢遇切，大風也。」魏仲舉注：「颶，其遇切。」是祝、文、魏三本實取「颶」字，刻作「颶」字，當爲俗體。前人曾屢辨「颶」、「颶」之正訛。但南朝劉宋沈懷遠《南越志》已標明「音具」，又或作「懼風」，亦「音具」。唐劉恂《嶺表録異》、李肇《唐國史補》字均作「颶」。王雱《字書誤讀》：「颶風：颶，音具，海中大風。誤貝。」（《説郛》卷八十五下）宋戴侗《六書故》卷二十：「颶，補妹切，海之灾風也。俗書誤作『颶』。」《升菴集》卷七十四「颶風」條：「颶，音貝。凡海潮溢皆此風爲之。每一二歲或三四歲一作，必在秋初。過白露，雖作不甚猛矣。海人最患苦之，俗謂之颶母風。言海溢，子當負母乞食。《嶺表録》云：春夏間有暈如虹，謂之颶母，必有暴風，則以虹爲颶之母爾。佛經所謂『風虹爲颶』，言雲文如貝也。此説最近理。凡此風作，先一二日，片雲漫空疾飛，海人呼爲颶潮風，爲海溢之先兆也。東廣航海者曰犂頭雲。蘇叔黨《颶風賦》云：『斷霓飲海而北指，赤雲夾日而南翔，此颶之漸也。』與虹暈犂雲之説相合。許慎《説文》作『颶』，从『具』解。云：『具四方之風。』非也。按柳子厚詩：『颶母偏驚估客船。』唐子西詩：『雲黄生颶母，雨黑長楓人。』字皆從『貝』。柳文注亦音『貝』，無從『具』之説。今《韻會》收『颶』於『七遇』，而『九泰』無『颶』字，合補正之。」今檢柳宗元《嶺南江行》「颶母偏驚旅客船」，宋韓醇注：「颶，音貝，又其遇切。」升菴所説，不爲無據。但參稽古今字書，仍依潮本作「颶」爲長。潮本「鱷」作「鰐」，今從祝本。

⑮〔州南近界〕潮本注：「一云『州之南境』。」祝本、文本、魏本注同。文本作「州之南境」，注：「一作『州南近界』。」《舉正》出南宋監本「州南近界」，云：「蜀本、新、舊《史》同，謝本作『州之南境』。」《考異》：「州南近界，或作『州之南境』。」

⑯〔爲羣〕《舉正》出南宋監本「與魑魅爲羣」，云：「新、舊《史》皆作『同羣』。」《考異》：「爲，新、舊《史》作『同』。」

⑰〔所見推許〕魏本注：「許，一作『表』。」祝本「許」作「表」，注：「表，一作『許』。」《舉正》出南宋監本「所見推許」，云：「《舊史》無『所見』二字。」《考異》：「《舊史》無『所見』字。許，或作『表』。」

⑱〔相表裏〕文本、南宋蜀本「相」下多一「爲」字。文本注：「《舊史》無『爲』字。」

⑲〔閎休〕文本「閎」作「宏」。

⑳〔揚厲無前之偉績〕文本「揚」作「楊」。潮本「績」作「蹟」，祝本、魏本、王本、廖本同。方成珪注：「蹟，當從《舊史》作『績』。」今從文本作「績」。

㉑〔編之乎〕文本注：「《舊史》無『之』，『乎』作『於』，下同。」《舉正》出南宋監本「編之乎」，云：「新、舊《史》二『之』字皆作『於』。」

㉒〔編之乎措之乎〕《考異》：「乎，新、舊《》史並作『於』。」

㉓〔雖使〕魏本注：「雖，一作『縱』。」《舉正》出南宋監本「雖使古人復生」，云：「杭。新、舊《史》同，蜀本作『縱使』。」《考異》：「雖，或作『縱』。」

㉔〔臣亦未肯多讓〕《舉正》出南宋監本「臣亦未肯多讓」，云：「《舊史》無『亦』字，《新史》作『臣未肯讓』，杭本無『多讓』字，疑脱。」《考異》：「新、舊《史》並無『亦』字。《新史》無『多』字，杭本併無（多讓）二字，尤非是。」

㉕〔大唐〕《舉正》出南宋監本「大唐受命」，云：「《新史》作『皇唐』。」《考異》：「《新史》『大』作『皇』。」

㉖〔未優〕《舉正》出南宋監本「文致未優」，云：「《舊史》『優』作『復』。」《考異》：「《舊史》『優』作『復』。」

㉗〔孽臣姦隸〕潮本「孽」作「嬖」，祝本、文本、南宋蜀本、魏本同。祝本注：「嬖，一作『孽』。」文本、魏本注同。《舉正》訂作「孽」，云：「新、舊《史》同。」朱熹從方本，《考異》：「孽，或作『嬖』。」謹按：嬖臣，寵臣。《國語・鄭語》：「褒人褒姁有獄，而以爲入於王，王遂置之，而嬖是女也，使至於爲后，而生伯服。」韋昭注：「以邪辟取愛曰嬖。」孽臣，逆亂之臣。《史記・蒙恬列傳》：「今恬之宗，世無二心，而事卒如此，是必孼臣逆亂，内陵之道也。」今從方本。

㉘〔搖毒〕南宋蜀本「毒」作「幸」。

㉙〔以孫〕潮本注：「以，一作『繼』。」祝本注同。魏本「以孫」作「繼孫」，注：「一本『繼』亦作『以』。」

㉚〔不貢不朝〕《舉正》出南宋監本「不貢不朝」，云：「新、舊《史》皆作『不朝不貢』。」《考異》：「新、舊《史》作『不朝不貢』。」

㉛〔陛下即位以來〕魏本無複出「陛下」字。文本、南宋蜀本「以」作「已」。

㉜〔清照〕祝本、王本「清」作「所」。

㉝〔寧順〕《舉正》出南宋監本「莫不寧順」，云：「新、舊《史》『寧』作『從』。」《考異》：「新、舊《史》『寧』作『從』。」

㉞〔十年之外〕祝本「外」作「後」。

㉟〔巍巍功治〕南宋蜀本注：「自『大宇之下』至『治也』，《新書》不載。」祝本「巍巍」下注：「一有『之』字。」潮本注：「功治，一作『治功』。」祝本注同。魏本「功治」作「治功」，注：「『巍』下一有『之』字。治功，一作『功治』。」《集成》作「巍巍治功」，《增注唐策》作「巍巍之功治」。《舉正》出南宋監本「而致此巍巍功治也」，云：「杭，李、謝校。蜀

本『功』上有『之』字。」朱熹「功」上增「之」字，訂「功治」作「治功」，《考異》：「方無『之』字，『治功』作『功治』。」謹按：「功治」即「治功」。《論衡・齊世篇》：「上世之時，聖人德優，而功治有奇。」就語義而言，「巍巍功治」、「巍巍之治功」二説俱通，而有雅俗之别。且「功治」自有出處，不煩改字。

㊱〔年代〕潮本注：「年代，一作『萬年』。」祝本、文本注同。魏本「年代」作「萬年」，注：「萬年，一作『年代』。」《舉正》出南宋監本「使永永年代」，據閣、杭本删「代」字，云：「《新史》同，《舊史》作『永永萬年』。」朱熹從監本，《考異》：「方無『代』字，《舊史》作『萬年』。」

㊲〔當此之際〕潮本「際」作「時」，祝本、文本、南宋蜀本、魏本同。《舉正》訂作「際」，云：「新、舊《史》同，謝校。」朱熹從方本，《考異》：「際，或作『時』。」今從方本。

㊳〔千載一時不可〕魏本注：「不，一作『方』。」祝本「不」作「方」，注：「方，一作『不』。」《舉正》出南宋監本「所謂千載一時」，云：「蜀本『千載』下有『之』字，謝本存之。」《考異》：「『一』上或有『之』字。」

㊴〔罪過〕《舉正》出南宋監本「以贖罪過」，云：「新、舊《史》皆作『前過』。」《考異》：「罪過，新舊《史》『罪』作『前』。」

㊵〔魂神飛去〕潮本注：「去，一作『迭』。」祝本、魏本注同。《考異》：「去，或作『迭』，非是。」

㊶〔附表〕文本、南宋蜀本「附」作「奉」。

【箋注】

〔一〕樊汝霖注：「《本傳》具載公此表。憲宗得表，謂宰相曰：『昨得韓愈到潮州表，因思其所諫佛骨事，大是愛我，我豈不知？然愈爲人臣，不當言人主事佛乃年促也。』帝欲復用愈，故先語及觀宰相意。皇甫鎛恐其復用，乃率先對曰：『愈終太疎狂，且可量移一郡。』遂授袁州刺史。歐陽文忠公云：『前世有名人，當論事時感激不避誅死，真若知義者。及到貶所，則戚戚怨嗟有不堪之窮愁形於文字，雖韓文公不免此累。』或者又罪其以封禪諛帝，皆非也。漢楊惲見廢，《報孫會宗書》語涉譏訕，遂坐腰斬。雷霆之怒，臣子所當知畏。公之此表不爲過矣。」

此篇作年，洪興祖、方崧卿《舉正》、《年表》、《增考》、方成珪、蔣抱玄繫於元和十四年（八一九）。洪譜：「十四年己亥春，貶潮州刺史。公之被謫，即日上道，便道取疾，以至海上。初以二月二日過宜城，見《宜城驛記》。三月二十五日至潮州。《謝上表》云：『蒙恩除潮州刺史，即日奔馳上道，經涉嶺海，水陸萬里，以今月二十五日到州上訖。』《瀧吏》詩云：『南行逾六旬，始下昌樂瀧。』又云：『下此三千里，有州始名潮。』公以正月十四日去國，行逾六旬，三月幾望矣，遂以二十五日至潮，則是十許日行三千里，蓋瀧水湍急故也。《謝表》又云：『年纔五十。』時年五十二。」《增考》：「《謝表》及《祭神》文皆止云『今月』，而《逐鱷魚文》正本皆但云『年月日』，則公之到郡實不知何月日也。況自韶至廣雖爲順流，而自廣之惠，自惠之潮，水陸相半，要非旬日可到。故公《表》亦云：『自潮至廣，來往動皆經月。』則公到郡決非三月，而逐鱷魚亦未必在『四月二十四日』也。」《考異》：「今按：道里行程則方説爲是。但《與大顛第一書》石本乃云『四月七日』，則又似實以三月二十五日到郡也。未詳其説，闕之可也。」方譜：「孫良臣注：『三月癸卯，公至潮州。』按：三月己卯朔，癸卯二十五日也。表當即其時所上。」

〔二〕文讜注：「𩔖，與惷同。」

〔三〕蔣抱玄注：「《春秋序》（《春秋左傳序》）『志其典禮』注：『合典法者褒之，違禮度者貶之。』」

〔四〕祝充注：「刳，空胡切。」《莊子・天地》：「夫道，覆載萬物者也，洋洋乎大哉！君子不可以不刳心焉。」郭象注：「有心則累其自然，故當刳而去之。」成玄英疏：「刳，去也，洗也。」

〔五〕孫汝聽注：「三月己卯，愈至潮州。」方成珪注：「『己』當作『癸』。是月己卯朔。」謹按：元和十四年三月己卯朔，見《舊唐書・憲宗紀》。二十五日癸卯。

〔六〕祝充注：「十萬曰億，十億曰兆。《書》（《泰誓中》）：『紂有億兆夷人』」蔣抱玄注：「子養，謂養之如子也。《書經》（《康誥》）：『如保赤子。』」《漢書・鮑宣傳》：「陛下父事天，母事地，子養黎民。」

〔七〕蔣抱玄注：「甸畿，古稱天子所領之地曰畿，畿外五百里曰甸服。」謹按：此處「畿甸」，猶言國畿郊甸。《周禮・夏官・大司馬》：「乃以九畿之籍，施邦國之政職。方千里曰國畿，其外方五百里曰侯畿，又其外方五百里曰甸畿。」鄭玄注：「畿，猶限也。自王城以外，五千里爲界，有分限者九。」賈公彦疏：「云甸者，爲天子治田，以出貢賦。」

〔八〕祝充注：「瀧，閭江切。」文讜注：「潮州有惡溪水。瀧音雙，又閭江切。」孫汝聽注：「南人名湍爲瀧。」謹按：《説文》：「濤，大波也。从水壽聲，徒刀切。」《廣韻》：「瀧，吕江切，南人名湍。亦州。又音雙。」《集韻》：「瀧，閭江切，奔湍。」濤瀧，奔湍巨浪。此語始見韓文，後人亦多採用者。如蘇軾《閻立本職貢圖》：「音容傖獰服奇龐，横絶嶺海逾濤瀧。」（《東坡全集》卷二十）蘇籀《次韻洪穀瑞摹臨皐亭四畫》：「尋源巴峽濤瀧派，得骨柯山鐵樹枝。」（《雙溪集》卷二）晁公遡《鄉人欲開舊江相勉以詩》：「不令近城郭，庶即回濤瀧。」（《嵩山集》卷五）濤，徒刀切，大波也。

〔九〕文讜注：「鱷，五各切，惡魚也。見《赴江陵》詩及《祭鱷魚文》。」《太平御覽》卷九引《南越志》：「熙安間多颶（音具）風。颶者，具四方之風也。一曰懼風，言怖懼也。常以六七月興，未至時三日，雞犬爲之不鳴。大者或至七日，小者一二日。外國以爲黑風。」劉恂《嶺表録異》卷上：「南海秋夏間，或雲物慘然，則其暈如虹，長六七丈。比候則颶風必發，故呼爲颶母。忽見有震雷，則颶風不能作矣。舟人常以爲候，預爲備之。」李肇《唐國史補》卷下：「南海人言：海風四面而至，名曰颶風。颶風將至，則多虹蜺，名曰颶母。然三五十年始一見。」

〔一〇〕蔣抱玄注：「漲海，南海之别稱。《唐・地理志》：『南海在海豐縣南五十里，即漲海，渺漫無際。』」鮑照《蕪城賦》：「南馳蒼梧漲海，北走紫塞雁門。」

〔一一〕文讜注：「魑，山神。魅，怪物。」《漢書・王莽傳》：「投諸四裔，以禦魑魅。」顔師古注：「魑，山神也。魅，老物精也。」

〔一二〕蔣抱玄注：「時輩，謂當時人物也。《後漢書・竇章傳》：章謙虚下士，收進時輩，甚得名譽。」

〔一三〕樊汝霖注：「謂《元和聖德頌》及《平淮西碑》之類。」

〔一四〕文讜注：「封泰山，告太平也。一云：天高不可及，於太山上立封禪而祭之猷，近神靈。自黄帝至周，歷代皆有封禪而儀不存。至秦漢始備。武帝元鼎中二月，東封如祠大一之禮。封廣丈二尺高九尺，其下有玉牒，書以紀成功也。」

〔一五〕文讜注：「此已上云云，爲《元和聖德詩》及《平淮碑》而言也。高自許可，與伊尹自任以天下之意同。」

〔一六〕蔣抱玄注：「蔡邕《災異對》：『關機之内，衽席之上。』」謹按：機，弩上發射裝置。《尚書·太甲上》：「若虞機張，往省括于度，則釋。」孔傳：「機，弩牙也。」關機，猶控弩。《韓非子·説林下》：「羿執鞅持扜，操弓關機。」此處引申爲樞紐。

〔一七〕魏引補注：「范太史《唐鑑》曰：終唐之世，惟柳宗元以封禪爲非。以韓愈之賢，猶勸憲宗，則其餘無足怪也。」

〔一八〕蔣抱玄注：「庸，功也。《周禮》《大宰》：『五曰保庸。』注：『保庸，安有功者。』」《國語·周語中》：「更姓改物，以創制天下，自顯庸也。」俞樾《羣經平議》：「顯，明也。庸，讀爲融。《鄭語》『命之曰祝融。』韋解曰：『融，明也。』下文：『穀洛鬭章，顯融昭明。』彼作融者，正字；此作庸者，假字。」

〔一九〕孫汝聽注：「秦始皇二十六年登琅邪臺，立石頌秦德，明得意。」

〔二〇〕祝充注：「疊，許慎切。疊，隙罅，又瑕也。《後漢》（《鄧禹傳》）：『欲乘疊并關中。』」

〔二一〕文讜注：「歐陽公常與張安道言：『每見前世有名人當論事時，感激不避誅死。真若知義者。及至貶所，則慼慼怨嗟，有不堪之窮愁形於文字，其心歡戚無異庸人，雖韓文公不免此累。安道慎勿作慼慼之文也。』見《與尹師魯書》。」

〔二二〕文讜注：「司馬遷《報任安書》曰：『故使得奏薄伎出入周衛之中。』（《文選》五臣注李周翰）注云：『奏，進也。伎，才也。』」

賀册尊號表①〔一〕

臣某言：臣伏聞宰相公卿百官②〔二〕，及關輔百姓耆耋等③〔三〕，以陛下功崇德鉅，天成地平〔四〕，宜加號於殊常，以昭示於來載④〔五〕。陳請懇至，于再于三⑤。陛下仰稽乾符⑥〔六〕，俯順人志。乃以新秋首序，令月吉辰，發揚鴻休⑦〔七〕，膺受顯册〔八〕。天人合慶⑧，日月揚光。環海之間⑨，含生之類〔九〕，歡欣踴躍⑩，以舞以歌⑪。臣某誠歡誠喜⑫，頓首頓首。

臣聞體仁以長人之謂元⑬〔一〇〕，發而中節之謂和〔一一〕，無所不通之謂聖，妙而無方之謂神⑭，經緯天地之謂文〔一二〕，戡定禍亂之謂武〔一三〕，先天不違之謂法天〔一四〕，道濟天下之謂應道〔一五〕。伏惟元和聖文神武法天應道皇帝陛下子育億兆，視之如傷〔一六〕，可謂體仁以長人矣⑮；喜怒以類〔一七〕，刑賞不差，可謂發而中節矣；明照無私，幽隱畢達，可謂無所不通矣；發號出令，雲行雨施〔一八〕，可謂妙而無方矣⑯；三光順軌，草木遂長⑰〔一九〕，可謂經緯天地矣；除剗寇盜，宇縣清夷⑱，可謂戡定禍亂矣；風雨以時，祥瑞輻湊，可謂先天而天不違矣⑲；國内無飢寒，四夷皆朝貢⑳，可謂道濟天下矣。衆美備具，名實相當，赫赫巍巍，超今冠古。方當議明堂辟雍之事㉑〔二〇〕，撰泰山梁父之儀㉒〔二一〕，搜三代之逸禮，補百王之漏典㉓。時乘六龍〔二二〕，肆覲東后〔二三〕。

微臣幸生聖代，觸犯刑章。假息海隅〔二四〕，死亡無日。瞻望宸極，心魂飛揚。有永棄之悲㉔，無自新之望。曾不得與鳥獸率舞㉕〔二五〕，蠻夷縱觀。爲此銜酸抱痛㉖，且耻且慙㉗。無任感恩戀闕懇迫彷徨之至㉘，謹奉表陳賀以聞。

【彙校】

①〔賀册尊號表〕此篇又載《文苑英華》卷五六九、《唐文粹》卷二十五，據校。南宋蜀本「賀」作「加」。《舉正》出南宋監本「賀册尊號表」，朱熹從方本。

②〔臣伏聞〕苑本、粹本無「臣」字。

③〔耆耋〕苑本「耆耋」作「耆老」，注：「老，集作『耋』。」

④〔來載〕苑本「載」作「代」。《舉正》：「《文苑》『來載』作『來代』。」朱熹訂作「來代」，《考異》：「代，方作『載』。」

⑤〔陳請懇至于再于三〕潮本注：「至，一作『到』。」祝本、文本、南宋蜀本、魏本「至」作「到」，祝本注：「到，一作『至』。」文本、魏本注同。今苑本作「載陳情欵懇到再三」。《舉正》據蜀、粹本訂「至」字，作「陳請懇至于再于三」，云：「謝校，《文苑》作『載陳情欵懇倒再三』，上語『來載』仍作『來代』。」朱熹從方本，《考異》：「『至』字絶句。或作『載陳情款懇倒再三』，非是。」

⑥〔乾符〕苑本「符」作「文」，注：「文，集作『符』。」

⑦〔發揚〕文本、南宋蜀本「揚」作「楊」。

⑧〔天人合慶〕苑本「合」作「交」。《舉正》：「《文苑》作『交慶』。」《考異》：「合，或作『交』。」

⑨〔環海之間〕苑本「環」作「寰」。《考異》：「或作『寰海之中』。」

⑩〔歡欣踴躍〕苑本「歡欣」作「抃歡」。潮本注：「欣，一作『抃』。」祝本注同。魏本「欣」作「抃」，注：「抃，一作『欣』。」粹本無「歡欣踴躍以舞以歌臣某」十字。

⑪〔以舞以歌〕苑本作「以歌以舞」。《舉正》出南宋監本「以舞以歌」，據蜀、苑本乙作「以歌以舞」。朱熹從方本，《考異》：「或作『以舞以歌』。」

⑫〔誠歡誠喜〕南宋蜀本作「誠喜誠歡」。

⑬〔體仁以長人之謂元〕祝本注：「一無『以』字，一無『人』字。」魏本注同。苑本無「以」字。潮本無「人」字，文本同。

潮本注：「長，一作『長人』。」文本注同。《舉正》出南宋監本「體仁以長人之謂元」，據蜀本删「人」字，云：「《文粹》同，李、謝删。《文苑》作『體仁長人』，無『以』字。下同。」謹按：今粹本有「人」字。朱熹訂作「體仁長人」，《考異》：「『長』上方有『以』字，無『人』字。」今從今粹本。

⑭〔妙而無方〕苑本「而」作「筭」。《舉正》：「《文苑》作『妙筭無方』，下同。」《考異》：「而，或作『筭』，下同。」

⑮〔體仁以長人〕苑本無「以」字。

⑯〔妙而無方〕苑本「而」作「筭」。

⑰〔遂長〕潮本注：「長，一作『字』。」魏本注同。

⑱〔宇縣〕粹本「宇」作「寓」。

⑲〔天不違〕粹本「不」作「弗」。

⑳〔國内無飢寒四夷皆朝貢〕苑本、粹本「飢」作「饑」。《舉正》出南宋監本「國内無饑寒四夷皆朝貢」，云：「《文苑》無『内』與『皆』字。」謹按：今苑本同監本。朱熹從方本，《考異》：「或無『内』字。或無『皆』字。」

㉑〔議明堂辟雍〕祝本注：「議，一作『講』。」魏本「議」上多一「講」字，注：「一無『講』字，一無『議』字。」苑本「議」作「講」，「辟」作「壁」。《舉正》出南宋監本「議明堂辟雍之事」，云：「蜀本與《文苑》『議』作『講』。」《考異》：「議，或作『講』，或上别有『講』字。」

㉒〔撰泰山〕魏本「撰」下多一「集」字，注：「一無『集』字。」《考異》：「『撰』下或有『集』字。」苑本「泰」作「太」。

㉓〔漏典〕祝本注：「漏，一作『墜』。」魏本注同。

㉔〔永棄之悲〕苑本「永」作「斥」，「悲」作「非」。注：「斥，集作『永』。非，集作『悲』。」

㉕〔曾不得與〕苑本無「得」字。《舉正》訂「與」字，作「曾不得與」，云：「蜀本、苑、粹同，謝校。」朱熹從方本，《考異》：「與，或作『如』。」

㉖〔爲此銜酸抱痛〕粹本無「爲此」二字，「銜酸抱痛」作「茹痛銜酸且愧且恥」。潮本「此」作「比」，祝本、文本、南宋蜀本、魏本、王本、廖本同。今從苑本。

㉗〔且耻且慙〕苑本「且」作「負」注：「負，集作『且』。」粹本作「且愧且恥」。

㉘〔愬迫彷徨之至〕苑本「迫」作「逼」。「彷徨」，潮本、祝本作「傍惶」；文本、南宋蜀本作「傍徨」。《舉正》據蜀、粹本訂作「彷徨」。朱熹從方本，《考異》：「或作『傍惶』。」今從粹本。

【箋注】

〔一〕樊汝霖注：「古者皇曰皇，帝曰帝，王曰王。至秦始皇始兼皇帝之號，漢哀帝始有聖劉太平之稱，唐高宗、中宗遂有天皇應天之名，而明皇遂稱尊號曰開元聖文神武皇帝。其後子孫因之以爲故事。范祖禹所謂使其臣子生而加謚於君人，豈不悖哉者也。」文讜注：「《新唐書·帝紀》（《憲宗紀》）：『元和十四年七月己丑，羣臣上尊號曰元和聖文神武法天應道皇帝。賜文武官勳階爵，遣黜陟使行於天下。』（宋敏求）《春明退朝録》（卷中『太常博士』條）：『尊號起於唐中宗稱應天神龍皇帝，後明皇稱開元神武皇帝，自後率如之。』」

此篇作年，洪興祖、方崧卿《舉正》、《年表》、方成珪、蔣抱玄繫於元和十四年（八一九）。洪譜：「十四年己亥：公在潮，有《賀册尊號表》。」《舉正》：「二表潮州作。」方譜：「是年秋作。」

〔二〕樊汝霖注：「時宰相皇甫鎛欲兼用孝德爲號，崔羣獨以爲有睿聖則孝德並見。憲宗聞不樂，乃以它事罷羣爲湖南觀察使。」

〔三〕祝充注：「耋，徒結切。《禮記》：『耆耋好禮。』」謹按：《禮記·射義》鄭玄注：「耆、耋，皆老也。」孫汝聽注：「年八十曰耋。」

〔四〕童第德注：「《左氏》文十八年傳：『地平天成。』」謹按：《左傳》僖公二十四年：「《夏書》曰：『地平天成，稱也。』」杜預注：「《夏書》，逸書。地平其化，天成其施，上下相稱爲宜。」

〔五〕來載，來世、後世。《尚書·仲虺之誥》：「予恐來世以台爲口實。」

〔六〕祝充注：「乾符，天文。」蔣抱玄注：「乾符，天文也。《晉書·孔坦傳》：『乾符啓再集之慶，中興應靈期之會。』」謹按：乾符，帝王受命之符。《後漢書·班固傳》：「於是聖皇乃握乾符，闡坤珍，披皇圖，稽帝文。」

〔七〕鴻休，宏圖大業。《北齊書·文宣帝紀》：「朕入纂鴻休，將承世祀，籍援立之厚，延宗社之算。」

〔八〕孫汝聽注：「元和十四年七月，羣臣上尊號曰元和聖文神武法天應道皇帝。」

〔九〕蔣抱玄注：「含生，謂含有生命者。」傅玄《傅子·仁論》：「推己之不忍於飢寒以及天下之心，含生無凍餧之憂矣。」

〔一〇〕文讜注：「《乾卦·文言》曰：『元者，善之長也。君子體仁，足以長人。』」

〔一一〕孫汝聽注：「《禮》《樂記》：『喜怒哀樂未發謂之中，發而皆中節謂之和。』」

〔一二〕孫汝聽注：「昭二十八年《左氏》之詞。」

〔一三〕文讜注：「《尚書·大禹謨》：『乃聖乃神，乃武乃文。』孔安國注云：聖無所不通，神妙無方。文經天地，武定禍亂。」

〔一四〕文讜注：「《乾卦·文言》曰：『先天而天不違，後天而奉天時。』」

〔一五〕文讜注：「《易·繫辭》曰：『道濟乎天下，故不過。』」

〔一六〕《左傳》襄公二十七年：「國之興也，視民如傷。」杜預注：「如傷，恐驚動。」

〔一七〕樊汝霖注：「宣十七年《左氏》：『喜怒以類者鮮。』」謹按：類，比也。《禮記·學記》：「九年知類。」鄭氏注：「知類，知事義之比也。」《禮記·緇衣》：「下之事上也，身不正，言不信，則義不壹，行無類也。」鄭氏注：「類，謂比式。」《音義》：「比式，如字。比方法式。」孔疏：「言行之無恒，不可比類也。」《左傳》宣公十七年：「喜怒以類者鮮，易者實多。」杜預注：「易，遷怒也。」則所謂「喜怒以類」者，謂知義類，有法式，即有原則、有分寸。

〔一八〕童第德注：「《易·乾》：『雲行雨施。』」

〔一九〕童第德注：「郭象注《馬蹄篇》：『草木遂長。』」謹按：遂長，成長。《淮南子·修務》：「禾稼春生，人必加功焉，故五穀得遂長。」高誘注：「遂，成也。」

〔二〇〕文讜注：「明堂以班政，辟雍以射饗。皆太平之制事。見《三器論》。」蔣抱玄注：「《孟子》《梁惠王章句下》：『明堂，王者之堂也。王欲行王政，則勿毁之矣。』《禮記》《王制》：『大學在郊，天子曰辟雍，諸侯曰泮宫。』」

〔二一〕文讜注：「泰山、梁父，二山名也。父音甫。梁父者太山之支山卑下者也。其儀備於秦漢。」

〔二二〕文讜注：「處則乘潛龍，出則乘飛龍。故曰『時乘六龍』也。」蔣抱玄注：「《周易》《乾·彖》：『時乘六龍以御天。』按：天子之車駕六馬，故云。」

〔二三〕文讜注：「岱宗，太山也。巡狩既祭，遂見東方之國君。」孫汝聽注：「言將東封也。」蔣抱玄注：「東后，謂東嶽，即泰山。」童第德注：「《書·堯典》：『肆覲東后。』」《書·堯典》孔安國傳：「肆覲東后，遂見東方之國君。」

〔二四〕蔣抱玄注：「傅咸《讓司隸表》：『加在哀疚，假息日閱。』」謹按：假息，苟延殘喘。《後漢書·來歙傳》：「公孫述以隴西天水爲藩蔽，故得延命假息。」

〔二五〕童第德注：「《書·堯典》：『百獸率舞。』」《尚書·堯典》：「夔曰：於予擊石拊石，百獸率舞。」孔安國傳：「石，磬也。磬，音之清者。拊，亦擊也。舉清者和，則其餘皆從矣。樂感百獸，使相率而舞，則神人和可知。」

袁州刺史謝上表①〔一〕

臣某言：臣以去年正月上疏論佛骨事，先朝恕臣愚直〔二〕，不加大罪，自刑部侍郎貶授潮州刺史②。伏遇其年七月十三日恩赦〔三〕，至其年十月二十四日準例量移③〔四〕，改授袁州刺史④，以今月八日到任上訖⑤〔五〕。臣某誠歡誠喜，頓首頓首。

伏以州小地狹，賦税及時⑥，人安吏循，閭里無事。微臣惟當布陛下惟新之澤〔六〕，守國家承平之規，勸以耕桑，使無怠惰而已。臣以愚陋無堪，累蒙朝廷奬用。掌誥西掖〔七〕，司刑南宮〔八〕，顯榮頻煩，稱效寂蔑〔九〕。又蒙赦其罪累⑦，授以方州〔一〇〕，德重恩弘。身微命賤，無階答謝，惟積慚惶，無任感恩慚惕之至。謹差軍事副將郝泰奉表陳謝以聞。

【彙校】

①〔袁州刺史謝上表〕祝本注：「一無『刺史』字。」魏本注同。文本、南宋蜀本無「刺史」二字。《舉正》出南宋監本「袁州謝上表」，云：「舊本皆無『刺史』字。」朱熹從監本，《考異》：「或無『刺史』字。」

②〔貶授〕文本無「授」字。

③〔準例〕祝本、文本、南宋蜀本、魏本「準」作「准」。

④〔改授〕文本、南宋蜀本「授」作「受」。

⑤〔到任〕魏本無「任」字。

⑥〔賦税及時〕王本廖本「賦税」作「税賦」。

⑦〔蒙赦〕魏本注：「赦，一作『放』。」祝本「赦」作「放」注：「放，一作『赦』。」

【箋注】

〔一〕文讜注：「本傳（《新唐書·韓愈傳》）云：帝得潮州謝表，欲復用之。皇甫鎛素忌愈直，即奏言愈終狂疏，可且内移。乃改袁州。未幾憲宗崩，穆宗即位。」

此篇作年，洪興祖、方崧卿《舉正》、《年表》、方成珪、蔣抱玄均繫於元和十五年（八二〇）。洪譜：「十五年庚子：是年閏正月穆宗即位。《袁州謝上表》云：『臣以去年正月貶授潮州刺史，其年十月移授袁州，以今月八日到任。』《曲江留别張韶州》云：『來往再逢梅柳春。』知公去春到潮，今春到袁也。」《年表》：「公以閏月八日到袁州任。」方譜：「是年春作。」

〔二〕樊汝霖注：「憲宗以元和十五年正月崩，穆宗即位，故此謂憲宗爲先朝。」

〔三〕孫汝聽注：「元和十四年七月上尊號，大赦天下。」

〔四〕蔣抱玄注：「準例，依照成例也。量移，唐時人臣得罪貶謫遠方，遇赦改近地安置謂之量移。《舊唐書》(《玄宗紀》)：『開元二十年，上大赦天下，左降官量移近處。』」

〔五〕孫汝聽注：「十五年正月，至袁州。」

〔六〕孫汝聽注：「《詩》(《大雅·文王》)：『周雖舊邦，其命惟新。』以言穆宗即位也。」

〔七〕孫汝聽注：「元和九年十二月公知制誥」蔣抱玄注：「西掖，謂中書省也。《漢官儀》：『左右曹受尚書事。』前世文士以中書省在右，故謂中書爲右曹，亦曰西掖。公曾以中書舍人知制誥，故云。」

〔八〕孫汝聽注：「元和十二年十二日，公爲刑部侍郎。」蔣抱玄注：「南宮，本南宮列宿。漢尚書省象之。鄭宏爲尚書令，曾著《南宮故事》，是以南宮稱尚書省也。按：公曾以尚書刑部侍郎貶授潮刺。」

〔九〕蔣抱玄注：「謝瞻詩：『音塵慰寂蔑。』」謹按：此引詩見謝靈運《鄰里相送方山詩》。《三國志·蜀志·諸葛亮傳》裴松之注：「且此人不死，要應顯達爲魏，竟是誰乎？何其寂蔑而無聞！」

〔一〇〕蔣抱玄注：「《晉書·殷仲堪傳》：爲荆州刺史，每語子弟云：人見我受任方州，謂我豁平昔時意。」

賀皇帝即位表①〔一〕

臣某言：伏聞皇帝陛下以閏正月三日虔奉遺詔②〔二〕，昭承大位③〔三〕。天地神祇，永有依歸。華夏蠻貊，永有承事。神人交慶，日月貞明〔四〕。臣某誠歡誠喜，頓首頓首。

臣聞王者必爲天所相〔五〕，爲人所歸。上符天心，下合人志，然後奄有四海〔六〕，以君萬邦。伏惟皇帝陛下承列聖之丕績，當中興之昌運，爰自主鬯春宮④〔七〕，齒胄國學⑤〔八〕。孝友之美，實形四方；英偉之姿，久動羣聽。及初嗣位，遐邇莫不歡心；爰降詔書，老幼或至垂泣⑥。舉用俊乂⑦，流竄姦邪〔九〕。雖虞舜之去四兇，舉十六相〔一〇〕，不能過也。天下翹首以望太平，天下傾心以觀至化。臣某誠歡誠喜，頓首頓首。臣聞昔者堯舜以吁嗟，君臣相戒，以致至治；周文王以憂勤⑧，日中不食，以和萬民。故能澤流無窮，名配日月。伏惟皇帝陛下儀而象之⑨，以永多福⑩。天下幸甚！天下幸甚⑪！

微臣往因言事得罪先朝⑫，僻守遠方⑬。拘限條制⑭〔一一〕，不獲奔走，稱慶闕廷⑮〔一二〕。無任欣歡踴躍感恩戀闕之至，謹奉表以聞。

【彙校】

①〔賀皇帝即位表〕《舉正》出南宋監本「賀皇帝即位表」，朱熹從方本。

②〔閏正月三日〕《舉正》出南宋監本「閏正月三日」，云：「閣本、杭本皆無『三日』字，蜀本有之。」《考異》：「或無此〔三日〕二字。」

③〔昭承大位〕潮本注：「承，一本作『升』。」文本、南宋蜀本注同。祝本、魏本「昭承」作「昭升」，祝本注：「升，一本作『承』。」魏本注同。《舉正》訂作「承」字，云：「李、謝校，蜀本作『升』。」朱熹訂作「升」，《考異》：「升，方作『承』。」

④〔春宫〕魏本注：「宫，一作『官』，似非。」文本、南宋蜀本「宫」作「官」，文本注：「官，一作『宫』。」

⑤〔國學〕魏本「學」作「家」。

⑥〔垂泣〕《考異》：「泣，或作『涕』。」魏本「泣」作「涕」，注：「涕，一作『泣』。」

⑦〔俊乂〕祝本「乂」作「人」。

⑧〔文王以憂勤〕文本無「以」字。

⑨〔儀而象之〕魏本「象」作「像」。

⑩〔以永多福〕魏本注：「永，一作『求』。」祝本、文本、南宋蜀本「永」作「求」。南宋蜀本注：「求，一作『永』。」

⑪〔天下幸甚〕文本注：「一本不疊『天下幸甚』字。」

⑫〔因言事得罪〕祝本無「事」字。

⑬〔僻守遠方〕潮本注：「僻守，一作『守郡』。」魏本注同。祝本、文本、南宋蜀本「僻守」作「守郡」，祝本注：「守郡，一作『僻守』。」文本注同。朱熹作「守郡」，《考異》：「或作『僻守』。」

⑭〔條制〕潮本注：「制，一作『例』。」魏本注同。祝本、文本、南宋蜀本「制」作「例」，祝本注：「例，一作『制』。」《舉正》出南宋監本「條例」，云：「蜀本作『制』。」朱熹訂作「制」，《考異》：「制，方作『例』。」

⑮〔闕廷〕文本、南宋蜀本「廷」作「庭」。

【箋注】

〔一〕文讜注：「《唐史·帝紀》（《新唐書·穆宗本紀》）：穆宗諱恒，憲宗第三子。元和十五年正月庚子憲宗崩。辛丑遺詔皇太子即皇帝位於柩前。閏月丙午，皇太子即帝位於太極殿。是爲穆宗。」魏引劉曰：「穆宗即皇帝位，公在袁州以表賀。」

此篇作年，洪興祖、方崧卿《舉正》、《年表》、方成珪、蔣抱玄繫於元和十五年（八二〇）。洪譜：「十五年庚子：是春有《賀穆宗即位》、《賀赦》、《賀册皇太后》、《賀慶雲》四表。」方譜：「是年春作。」

〔二〕蔣抱玄注：「（蔡邕）《獨斷》卷上（『天子正號之别名』條）：天子必有近臣執兵立陛側，人臣與天子言，則呼在陛下而告之。」

〔三〕孫汝聽注：「元和十五年閏正月穆宗即位。《書》《文侯之命》：『昭升于上。』」

〔四〕韓醇注：「《易》《繫辭下》：『日月之道，貞明者也。』」

〔五〕蔣抱玄注：「《左傳》（昭公四年）：『晉楚唯天所相，不可與爭。』」謹按：相，助也。《尚書·盤庚下》：「予其懋簡相爾，念敬我衆。」孔傳：「簡，大。相，助也。勉大助汝。」

〔六〕蔣抱玄注：「奄，覆也。《詩經》《大雅·皇矣》：『奄有四方』。」謹按：奄，覆也、盡也。《詩·魯頌·閟宫》：「奄有下國，俾民稼穡。」鄭玄箋：「奄，猶覆也。」

〔七〕樊汝霖注：「元和七年七月乙亥，帝爲皇太子。」文讜注：「出《易·震卦·彖辭》：『不喪匕鬯，出可以守宗廟社稷以爲祭主。』注云：『明可以堪長子之義。匕，所以載鼎實。鬯，香酒。奉宗廟之盛也。』」蔣抱玄注：「鬯，祭祀所用之酒也。古者國有祭祀則以太子主鬯。柳宗元《賀踐阼表》有『主鬯彰孝恭之美』句。」

〔八〕文讜注：「《禮記》《王制》：王太子、王子、羣后之太子、卿大夫元士之適子，凡入學以齒。」孫汝聽注：「《禮》《文王世子》：『行一物而三善得者，唯世子而已，其齒於學之謂也。』」謹按：齒胄，以年齒爲序。王融《三月三日曲水詩序》：「出龍樓而問豎，入虎闈而齒胄。」《文選》五臣注李周翰曰：「公卿之子爲胄子。言太子入學，以年大小爲次，不以天子之子爲上，故云齒胄。齒，年也。」

〔九〕孫汝聽注：「帝即位之日，召翰林學士段文昌、杜元穎、沈傳師、李肇，侍讀薛放、丁公著對思政殿，並賜金紫。丁未，貶宰臣皇甫鎛爲崖州司户參軍。」

〔一〇〕樊汝霖注：「渾敦、窮奇、擣杌、饕餮，四兇也。蒼舒、隤敳、擣戭、大臨、尨降、庭堅、仲容、叔達、伯奮、仲堪、叔獻、季仲、伯虎、仲熊、叔豹、季貍，十六相也。見《左傳》（文公十八年）。」

〔一一〕蔣抱玄注：「《晉書·食貨志》：『主者平議，具爲條制。』」

〔一二〕闕廷，朝廷。《史記·秦始皇本紀》：「闕廷之禮，吾未嘗敢不從賓贊也。」

賀赦表①〔一〕

臣某言：伏奉二月五日制書②，大赦天下〔二〕。常赦所不原者咸蒙除罪③，與之更始〔三〕，令得自新〔四〕。恩浹幽明〔五〕，慶溢寰海〔六〕。臣某誠歡誠喜，頓首頓首。

臣聞王者必於嗣位之始，降非常之恩。所以象德乾坤，同明日月。伏惟皇帝陛下文思聰明〔七〕，聖神睿哲，發號出令，雲行雨施。懼刑政之或差，憐鰥寡之重困。知事久之滋弊，慮法訛之益姦。罪人悉原，墜典咸舉〔八〕。生恩既及於四海，和氣遂充於八紘〔九〕。臣某誠歡誠喜，頓首頓首。

微臣往因論事，獲譴海隅〔一〇〕。旋沐朝獎，待罪山郡〔一一〕。未離貶竄之地，忽逢曠蕩之恩。踴躍欣歡，實倍常品。限以官守，不獲隨例稱慶闕廷④。無任感恩戀闕之至，謹奉表陳賀以聞⑤。

【彙校】

①〔賀赦表〕《舉正》出南宋監本「賀赦表」，朱熹從方本。

②〔二月五日〕文本「五日」作「丁丑」注：「丁丑，一本作『五日』。」

③〔咸蒙除罪〕《舉正》出南宋監本「咸蒙除罪」，據閣、杭本删「蒙」字。朱熹從監本，《考異》：「方無『蒙』字。」

④〔闕廷〕文本、南宋蜀本「廷」作「庭」。

⑤〔奉表陳賀〕文本、南宋蜀本「表」作「狀」。

【箋注】

〔一〕文讜注：「穆宗既即位，二月丁丑大赦。」

此篇作年，洪興祖、方崧卿《舉正》、《年表》、方成珪、蔣抱玄繫於元和十五年（八二〇）。洪譜：「十五年庚子：是春有《賀穆宗即位》、《賀赦》、《賀册皇太后》、《賀慶雲》四表。」方譜：「是年春作。」

〔二〕孫汝聽注：「元和十五年正月，穆宗即位。二月，大赦。」
〔三〕蔣抱玄注：「更始，猶言革新。《禮記》《三年問》：『其在天地之中者，莫不更始焉。』」
〔四〕蔣抱玄注：「《史記・孝武紀》：『贖父刑罪，使得自新。』」謹按：此引文字見《史記・孝文本紀》。
〔五〕浹，遍、滿。《荀子・君道》：「古者先王審禮，以方皇周浹於天下。」王先謙《集解》引郝懿行曰：「周、浹，皆徧也。」
〔六〕寰海，海内。江淹《爲建平王慶明帝疾和禮上表》：「仁鑄蒼岳，道括寰海。」
〔七〕童第德注：「《書・堯典》『文思』，馬融曰：『經緯天地謂之文，道德純備謂之思。』鄭玄曰：『經緯天地謂之文，慮深通敏謂之思。』」
〔八〕蔣抱玄注：「沈約《侍皇太子釋奠詩》：『墜典必修，闕祀咸薦。』」
〔九〕蔣抱玄注：「《淮南》《墬形》：『八殥之外而有八紘，亦方千里。』注：『紘，維也。維絡天地而爲之表，故曰紘也。』」和氣，祥瑞之氣。《論衡・講瑞》：「瑞物皆起和氣而生。」
〔一〇〕韓醇注：「謂謫潮州。」海隅，海角、僻遠之地。《尚書・君奭》：「我咸成文王功於不怠，丕冒海隅出日，罔不率俾。」孔传：「今我周家皆成文王功於不懈怠，則德教大覆冒海隅日所出之地，無不循化而使之。」

〔二〕韓醇注：「謂徙袁州。」山郡，偏僻郡縣。《三國志·蜀志·劉封傳》：「自關羽圍樊城、襄陽，連呼封、達，令發兵自助。封、達辭以山郡初附，未可動摇，不承羽命。」

賀册皇太后表①〔一〕

臣某言：伏承閏正月二十七日皇太后光膺令典②〔二〕，受册宫闈〔三〕。歡心始自於内朝，孝理遂形於寰海。臣某誠歡誠喜，頓首頓首。皇太后夙贊先皇，弼成至化。誕生明聖〔四〕，纘繼鴻休。華胥實贊於軒圖〔五〕，文母有光於周道〔六〕。恭惟懿德，克配前芳〔七〕。皇帝陛下出震承乾〔八〕，垂衣御極。式展臣子之志，以明教化之源③。禮命載崇，華夷同慶。臣待罪外郡，不獲隨例稱賀闕廷④。無任踴躍欣歡之至⑤，謹奉表陳賀以聞。

【彙校】

①〔賀册皇太后表〕《舉正》出南宋監本「賀册皇太后表」，朱熹從方本。

②〔伏承〕文本注：「承，一作『奉』。」

③〔教化之源〕文本「源」作「原」。

④〔稱賀闕廷〕魏本注：「賀，一作『慶』。」文本、南宋蜀本「廷」作「庭」。《舉正》據蜀本訂「賀」字，作「稱賀闕廷」，

云：「謝校。」朱熹從方本，《考異》：「賀，或作『慶』。」

⑤〔踴躍欣歡〕魏本「欣歡」作「歡欣」。

【箋注】

〔一〕樊汝霖注：「太后郭氏，尚父子儀之孫，駙馬都尉曖之女，憲宗之后，穆宗之母也。」此篇作年，洪興祖、方崧卿《舉正》、《年表》、方成珪、蔣抱玄繫於元和十五年（八二〇）。洪譜：「十五年庚子：是春有《賀穆宗即位》、《賀赦》、《賀册皇太后》、《賀慶雲》四表。」方譜：「是年春作。」

〔二〕蔣抱玄注：「《左傳》（宣公十二年）：『蔿敖爲宰，擇楚國之令典。』」

〔三〕孫汝聽注：「元和十五年閏正月，穆宗尊所生母郭貴妃爲皇太后。大中二年崩，謚爲懿安皇后。」

〔四〕孫汝聽注：「貞元十一年正月，憲宗第三子恒生於大明宫别殿。」

〔五〕文讜注：「《帝王世紀》：伏羲母曰華胥。有巨人跡出於雷澤，華胥以足履之，有娠，生伏羲於成紀。」孫汝聽注：「《帝王世紀》：華胥，太昊母。」

〔六〕文讜注：「《世本》曰：太姒者，文王之妃，莘姒之女也，號曰文母。亦思媚太姜太任，旦夕勤勞，以進婦道。文王治外，文母治内。生十子，太姒教誨十子，自小及長，常以正道押持之，卒成武王、周公之德。」孫汝聽注：「文母，太姒。《詩》：『亦右文母。』」《詩·周頌·雝》：「既右烈考，亦右文母。」毛傳：「烈考，武王也。文母，太姒也。」鄭箋：「烈，光也。子孫所以得考壽與多福者，乃以見右助於光明之考與文德之母，歸美焉。」

〔七〕沈約《愍塗賦》：「歎余塗之屢蹇，奚前芳之可慕。」

〔八〕韓醇注：「《易》：『帝出乎震。』」蔣抱玄注：「《周易·繫辭》：『萬物出乎震』。又『震一索而得男』。《周易·繫辭》：『乾爲天。』承乾，謂天位也。」謹按：此引文字，均見《易·説卦》。

賀慶雲表①〔一〕

臣某言：臣所領州〔二〕，今月十六日申時〔三〕，有慶雲見於西北，至暮方散。臣及舉州官吏百姓等無不見者。五采五色，光華不可徧觀；非烟非雲〔四〕，容狀詎能詳述〔五〕。抱日增麗，浮空不收。既變化而無窮，亦卷舒而莫定②〔六〕。斯爲上瑞，實應太平。臣某誠歡誠喜，頓首頓首③。

謹按④：沈約《宋書》云：「慶雲五色者，太平之應。」又據《孝經援神契》曰：「王者德至山陵則慶雲出。」⑤〔七〕故黄帝因之以紀事〔八〕，虞舜由之而作歌〔九〕。又按：季夏六月，土正用事⑥。其日景戌⑦，亦主於土。西北方者，京師所在。土爲國家之德，祥見京師之位。既徵於古，又驗於今。伏惟皇帝陛下德合覆載〔一〇〕，道光軒虞〔一一〕。嗣位之初，禎祥繼至〔一二〕。昇平之符既兆〔一三〕，仁壽之域已躋⑧〔一四〕。

微臣往在先朝，以論事得罪。身居貶黜之地，目覩殊常之慶。抃躍欣幸⑨，實倍常情。伏乞宣付史官⑩，以彰聖德所致。瞻戀闕廷⑪，心魂飛馳。并圖奉進⑫，無任欣抃踴躍之至。謹差某官奉表陳賀以聞⑬。

【彙校】

①〔賀慶雲表〕《舉正》出南宋監本「賀慶雲表」，朱熹從方本。

②〔卷舒而莫定〕南宋蜀本注：「卷，一作『捲』。」文本、南宋蜀本「定」作「變」，文本注：「變，一作『定』。」南宋蜀本注同。

③〔頓首頓首〕南宋蜀本作「領首頓首」。

④〔謹按〕潮本「按」作「桉」。今從祝本。

⑤〔德至山陵〕《考異》：「陵，或作『澤』。」南宋蜀本「陵」作「澤」。

⑥〔土正用事〕魏本注：「正，一作『王』。」朱熹訂作「土王」，《考異》：「王，方作『正』。今按：曆家四季之月，土王用事各十八日。今云『六月』，明當作『王』。」謹按：《左傳》昭公元年：「分爲四時，序爲五節。」《正義》：「序此四時，以爲五行之節，計一年有三百六十五日。序之爲五行，每行得七十二日有餘。土無定方，分主四季，故每季之末有十八日，爲土正主日也。」所謂「土正用事」，「土正」爲名詞，即土神。《禮記·曲禮下》「祭五祀」疏：「季夏六月土王之日，亦祭之於南郊」，又《月令》疏「季夏土王」、「至六月土王之時」，「王」爲動詞，即「用事」。五行之神，可稱「官」、「正」、「神」，宋以前無稱「王」者，原文不誤，朱熹誤。

⑦〔景戌〕祝本、文本、南宋蜀本「景」作「丙」。朱熹訂作「景戌」，《考異》：「以曆推之，十六日也。」謹按：「景戌」即「丙戌」，唐高祖父名「昞」，唐人避「丙」爲「景」。

⑧〔已躋〕《舉正》據閣、蜀本訂「已」作「以」字。朱熹從方本，《考異》：「以，或作『已』。」

⑨〔欣幸〕魏本「欣」作「歡」，注：「歡，一作『欣』。」

⑩〔宣付史官〕文本「宣付」作「宣示」，注：「宣示，一作『宣付』。」

⑪〔闕廷〕文本、南宋蜀本「廷」作「庭」。

⑫〔并圖奉進〕《舉正》出南宋監本「并圖奉進」，刪此四字，云：「三本皆無此四字，晁本附於『奉表陳賀』下。」朱熹從方本，《考異》：「此下或有『并圖奉進』四字，或附於『奉表陳賀』之下。」

⑬〔陳賀以聞〕文本注：「一無『以聞』。」

【箋注】

〔一〕文讜注：「元和十五年六月十六日丙戌，慶雲見。孫氏《瑞應圖》曰：景雲者，太平之應也。一曰慶云，非氣非煙，五色氤氳，謂之慶云。」謹按：慶雲，吉祥之氣。《列子·湯問》：「慶雲浮，甘露降。」《史記·天官書》：「若煙非煙，若雲非雲，鬱鬱紛紛，蕭索輪囷，是謂卿雲。」張守節《正義》：「卿，音慶。」《漢書·天文志》作「慶雲」。

此篇作年，洪興祖、方崧卿《舉正》、《年表》、方成珪、蔣抱玄繫於元和十五年（八二〇）。洪譜：「十五年庚子：是春有《賀穆宗即位》、《賀赦》、《賀册皇太后》、《賀慶雲》四表。」《舉正》：「五表袁州作。」方譜：「是年春作。」

〔二〕樊汝霖注：「公時守袁州。」

〔三〕樊汝霖注：「元和十五年六月十六日也。」

〔四〕孫汝聽注：「《瑞應圖》曰：非氣非煙，五色氛氲，謂之慶雲。」

〔五〕文讜注：「《史記·天官書》曰：『若煙非煙，若雲非雲，鬱鬱紛紛，蕭索輪囷，是謂卿雲。卿雲，嘉氣也。』」

〔六〕蔣抱玄注：「卷舒，《淮南子》（《本經》）：『贏縮卷舒，淪於不測。』」《淮南子·原道》：「與剛柔卷舒兮，與陰陽俛仰兮。」高誘注：「卷舒，屈伸也。」

〔七〕《白虎通義·封禪》：「德至山陵則景雲出。」《禮記·禮運》鄭玄注：「《援神契》：『德及於天，斗極明，日月光，甘露降；德及於地，嘉禾生，蓂莢起，秬鬯出；德至八極，則景星見；德至草木，則朱草生，木連理；德至鳥獸，則鳳皇來，鸞鳥舞，麒麟臻，白虎動，狐九尾，雉白首；德至山陵，則景雲出；德至深泉，則黄龍見，醴泉湧，河出龍圖，洛出龜書。』其所致羣瑞非一，不可盡言，故略記之而已。」

〔八〕樊汝霖注：「昭十七年《左氏》：『黄帝以雲紀，故爲雲師而雲名。』説者以黄帝有景雲之瑞，故以名官也。」《左傳》昭公十七年杜預注：「黄帝受命，有雲瑞，故以雲紀事。百官師長皆以雲爲名號，縉雲氏蓋其一官也。」孔穎達疏：「雲之爲瑞，未能審也。《史記·天官書》曰：『若煙非煙，若雲非雲。鬱鬱紛紛，蕭索輪囷，是爲卿雲。』或作慶雲，或作景雲。《孝經援神契》曰：『德至山陵則景雲出。』服虔云：黄帝受命，得景雲之瑞，故以雲紀事。黄帝雲瑞，或當是景雲也。百官師長皆以雲爲名號，即是以雲紀綱諸事也。雲爲官名，更無所出，唯文十八年《傳》云：『縉雲氏有不才子。』疑是黄帝時官。故云：縉雲氏蓋其一官也。」

〔九〕文讜注：「《尚書大傳》云：俊乂百工相和而歌《卿雲》，帝舜乃唱之曰：卿雲爛兮，禮縵縵兮。日月光華，旦復旦兮。」

〔一〇〕蔣抱玄注：「《禮記》（《中庸》）：『辟如天地之無不持載，無不覆幬。』」《莊子·天地》：「夫道覆載萬物者也，洋洋乎大哉。」

〔一〕文讜注：「《帝王世紀》曰：黄帝，少典之子，有熊國君也。居軒轅之丘，故號曰帝軒轅。帝舜爲有虞氏。」
〔二〕蔣抱玄注：《禮記》《中庸》：『國家將興，必有禎祥。』」
〔三〕蔣抱玄注：「昇平，與升平同。《漢書》《梅福傳》注引張晏曰）『民有三年之儲曰升平。』」
〔四〕蔣抱玄注：「《漢書·王吉傳》：『敺一世之民，躋之仁壽之域。』按：躋者登也。」

舉張惟素自代狀（國子監）①〔一〕

中散大夫守左散騎常侍上柱國賜紫金魚袋張惟素〔二〕。

右伏準建中元年正月五日制②：常參官上後三日舉一人自代者〔三〕。前件官文學治行，衆所推與。累歷中外，資考已深③〔四〕。和而不同，静而有守，敦厚退讓，可以訓人。臣所不如，輒舉自代。謹録奏聞。

【彙校】

①〔舉張惟素自代狀〕祝本、文本、南宋蜀本、魏本題下無「國子監」三字。《舉正》出南宋監本「舉張惟素自代狀」，題

下無「國子監」三字。朱熹從方本。王本、廖本題下有「國子監」三字。

②〔伏準〕祝本、文本、南宋蜀本、魏本「準」作「准」。

③〔資考〕朱熹訂「資考」作「資序」，《考異》：「序，或作『考』。」

【箋注】

〔一〕祝充題下注：「時爲國子監。」南宋蜀本注同。文讜注：「公時爲國子祭酒，舉以自代，元和十五年冬也。」韓醇注：「公自袁州召爲國子祭酒，舉惟素自代，時元和十五年冬也。」張惟素，兩《唐書》無傳，今鈎稽其生平如次：張惟素，貞元十九年爲右補闕（許孟容《祭楊郎中文》）。歷官司勳員外郎、司封郎中（《郎官石柱題名》），元和八年爲吏部郎中（《唐會要》卷五八）。元和九年爲吏部侍郎（韓愈《祭太常裴少卿文》）。出爲華州刺史鎮國軍使（令狐綯《唐故銀青光禄大夫檢校司空兼太子少師分司東都上柱國樂安縣開國侯食邑一千户贈太師孫公（簡）墓誌銘并序》）。元和十五年爲左散騎常侍（韓愈《舉張惟素自代狀》）。長慶四年六月庚辰卒於工部侍郎任（《舊唐書·敬宗紀》）。

此篇作年，洪興祖、方崧卿《年表》繫於長慶元年；文讜、韓醇、方崧卿《增考》、方成珪、蔣抱玄元和十五年（八二〇）。洪譜：「長慶元年辛丑：公去冬之末道出漢東，今春方至京師。公有詩云：『竄逐三年海上歸。』自十四年謫潮至今春到闕，首尾三年矣。公在國子，有《舉張惟素自代狀》。」《增考》：「按《黄家賊事宜狀》及《典貼良人男女狀》，二狀皆云『乞因改元大慶而行之』，是在未慶霈之前有此狀也，故洪載二狀於去年冬。而此卻云『今春方到闕』，何也？按《黄家賊事宜狀》謂『臣去年貶嶺外刺史』，又《典貼良人男女狀》謂『臣往任袁州刺史』，謂之去年，蓋元和十四年也。則是公十五年冬已到闕，豈不明甚？若謂今春到闕，則不應預有此二狀也。公長慶二年再見裴晉公於鎮州行營，所謂『竄逐三年海上歸，逢公復此著征衣』者，蓋記相別之日，兼竄逐而言也，非必謂竄逐實經三年也。況公初除祭酒實去歲九月二十二日，亦不應一冬在道，理無可疑。」方譜：「是年九月辛酉，公召拜祭酒，此狀十月所上。」

〔二〕《新唐書·百官志二》門下省：「左散騎常侍二人，正三品下。掌規諷過失，侍從顧問。」

〔三〕《新唐書·百官志三》：「文官五品以上及兩省供奉官、監察御史、員外郎、太常博士，日參，號常參官。」

〔四〕蔣抱玄注：「資考，謂資格年事也。」

舉韓泰自代狀(袁州)①〔一〕

使持節漳州諸軍事守漳州刺史韓泰〔二〕。

右伏准建中元年正月五日制②：常參官及刺史授上訖三日内舉一人自代者③〔三〕。前件官詞學優長，才器端實。早登科第〔四〕，亦更臺省〔五〕。往因過犯，貶黜至今，十五餘年。自領漳州④，悉心爲治。官吏懲懼，不敢爲非；百姓安寧，並得其所。臣在潮州之日⑤，與其州界相接⑥。臣之政事，遠所不如。乞以代臣，庶爲允當。謹録奏聞〔六〕。

【彙校】

①〔舉韓泰自代狀〕祝本、文本、南宋蜀本、魏本無題下「袁州」二字。《舉正》出南宋監本「舉韓泰自代狀」，朱熹從方本。王本、廖本題下有「袁州」二字。

②〔伏準〕祝本、文本、南宋蜀本、魏本「準」作「准」。

③〔授上訖〕文本「授」作「受」。

④〔漳州〕南宋蜀本「漳」作「彰」。

⑤〔潮州之日〕祝本無「之」字。

⑥〔其州〕文本注：「其，一作『袁』。」

【箋注】

〔一〕祝充注：「時守袁州。」文本、南宋蜀本注同。樊汝霖注：「公自潮州移刺袁州，舉泰以自代，時元和十五年春也。泰，字安平。」韓泰，兩《唐書》附其事於二王傳後。今勾稽其生平如次：韓泰，字安平，南陽赭陽人（《元和姓纂》）。貞元十一年進士登第（《舉韓泰自代狀》孫汝聽注），累遷户部郎中、連州刺史（劉禹錫《連州刺史廳壁記》），貞元十九年爲承奉郎守監察御史（柳宗元《館驛使壁記》）。王叔文用事，爲范希朝神策行營節度行軍司馬。永貞元年五月甲戌（六日），以度支郎中守兵部郎中兼中丞充左右神策京西都柵行營兵馬節度行軍司馬，賜紫；乙亥（七日），追改爲檢校兵部郎中，職如故（《順宗實録》）。九月己卯（十三日）貶撫州刺史，十一月己卯再貶虔州司馬（《舊唐書·憲宗紀上》）。元和十年三月乙酉遷漳州刺史（《舊唐書·憲宗紀下》）。長慶元年三月乙丑，量移郴州刺史（《舊唐書·穆宗紀》）。四年六月，轉睦州刺史（《金石補正》卷六十七《韓泰等題名》）。太和元年七月三日，遷湖州刺史（《嘉泰吴興志》卷十四）。三年，遷常州刺史。五年卒於任（白居易《初見劉二十八郎中有感》）。

此篇作年，程俱繫於元和十四年，洪興祖、方崧卿《年表》、方成珪、蔣抱玄繫於元和十五年（八二〇）。程譜：「其冬，天子進尊號，稍移袁州，舉韓泰代。」洪譜：「十五年庚子：是春有《舉韓泰自代狀》。」謹按：韓愈抵達袁州，在元和十五年閏正月八日，見《袁州刺史謝上表》方崧卿《年表》。「上後三日舉一人自代」，則此表之作，應在元和十五年閏正月十日前後。

〔二〕孫汝聽注：「泰，永貞元年十一月坐王叔文之敗，貶虔州司馬。元和十年三月，遷漳州刺史。」沈欽韓注：「《會要》六十九：『武德元年六月七日，諸州總管加號使持節，刺史加號持節。』《通典》云：『後加號使持節諸軍事而實無節，但頒銅魚符而已。』」《元和郡縣志》卷二十九江南道漳州（上），今屬福建省。《新唐書·百官志四下》外官：「上州刺史一人，從三品，職同牧尹。掌宣德化，歲巡屬縣，觀風俗、録囚、恤鰥寡。」

〔三〕《新唐書·百官志三》：「文官五品以上及兩省供奉官、監察御史、員外郎、太常博士，日參，號常參官。」

〔四〕孫汝聽注：「貞元十一年，泰登第。」

〔五〕孫汝聽注：「貞元中，泰累遷至户部郎中。」

〔六〕樊汝霖注：「泰後終潮州刺史。」

慰國哀表①〔一〕

臣某言：伏奉正月二十七日詔書，大行皇帝奄棄萬國〔二〕。承詔哀惶，號踴無地。伏惟聖情②，何可堪處！大行皇帝功濟寰區〔三〕，仁霑動植。奉諱之日〔四〕，率土崩心。凡在臣子，不勝殞裂。伏惟陛下痛貫宸極，聖情難居。臣拘守遠郡，不獲匍匐奉慰。瞻望闕廷③，且悲且戀。謹奉表陳慰以聞。

【彙校】

①〔慰國哀表〕《舉正》出南宋監本「慰國哀表」，云：「三狀並元和十五年。」朱熹訂作「慰國哀狀」。

②〔聖情〕潮本注：「情，一作『心』。」祝本、魏本注同。

③〔闕廷〕文本「廷」作「庭」。

【箋注】

〔一〕樊汝霖注：「憲宗以元和十五年正月庚子崩於大明宮中和殿。公時刺袁州，奉表稱慰。」

此篇作年，樊汝霖、方崧卿《年表》、方成珪、蔣抱玄繫於元和十五年（八二〇）。方譜：「是年春作。」

〔二〕蔣抱玄注：「奄，忽也，遽也。」

〔三〕蔣抱玄注：「《後漢書·逸民傳》：『蟬蛻囂埃之中，自致寰區之外。』」

〔四〕蔣抱玄注：「《宋書·蕭思話傳》：『近在歷下始奉國諱。』奉諱，忽接哀告也。」

舉薦張籍狀（國子監）①〔一〕

登仕郎守秘書省校書郎張籍〔二〕。

右件官學有師法〔三〕，文多古風。沈默靜退，介然自守〔四〕。聲華行實，光映儒林。臣當司見闕國子監博士一員②，生徒藉其訓導③。伏乞天恩特授此官，以彰聖朝崇儒尚德之道④。謹録奏聞，伏聽敕旨⑤〔五〕。

【彙校】

①〔舉薦張籍狀〕文本無「舉」字。文本、南宋蜀本、魏本題下無「國子監」三字。《舉正》出南宋監本「舉薦張籍狀」，無「國子監」三字。朱熹從方本，《考異》：「或有『國子監』字。」

②〔國子監博士〕南宋蜀本注：「一無『監』。」

③〔訓導〕文本「導」作「道」。

④〔聖朝〕文本「朝」作「明」，注：「明，一作『朝』。」

⑤〔敕旨〕潮本「敕」作「勑」，祝本、文本、南宋蜀本同。今從魏本。

【箋注】

〔一〕韓醇注：「籍字文昌，蘇州吴人。貞元十五年進士。公時爲國子祭酒薦之，用是自校書郎除國子博士。」張籍，兩《唐書》有傳，其生平如次：張籍，字文昌，吴郡人，居和州烏江（宋湯中《張司業集跋》）。生於大曆元年（白居易《與元九書》），貞元十五年登進士第（張洎《張司業集序》）。調補太常寺太祝（白居易《重到城七絶句》）。元和十一年爲國子助教（韓愈《晚寄張十八助教周郎博士》）。十四年爲廣文博士（韓愈《唐故少府監胡公（珦）墓神道碑》）。十五年爲秘書郎（裴度《酬張秘書因寄馬贈詩》）。長慶初，韓愈薦爲國子博士（韓愈《舉薦張籍狀》）。歷水部員外郎（白居易《張籍可水部員外郎制》），長慶末爲主客郎中（劉禹錫《和蘇郎中尋豐安里舊居寄主客張郎中》），大和二年爲國子司業（白居易《雨中招張司業宿》）。大和三年猶在世（張籍《送白賓客分司東都》），卒年在此後不久（無可《哭張籍司業》）。參見傅璇琮等《唐才子傳校箋》。

此篇作年，洪興祖、方崧卿《舉正》、《年表》繫於長慶元年（八二一），方成珪繫於元和十五年（八二〇）。洪譜：「長慶元年辛丑：公去冬之末道出漢東，今春方至京師。公在國子，有《薦張籍狀》。張籍《祭公詩》云：『我官麟臺中，公爲大司成。念此委末秩，不能力自揚。特狀爲博士，始獲升朝行。』時籍自校書郎爲國子博士，公爲祭酒。《雨中寄籍》詩云：『歲晚偏蕭索，誰當救晉饑。』籍答云：『聞道韓夫子，還同此寂寥。』」《舉正》：「長慶元年任祭酒日作。」方譜：「是年冬爲國子祭酒時作。」謹按：韓愈爲國子祭酒在元和十五年冬，見《增考》。長慶元年七月庚中遷兵部侍郎，見《舊唐書·穆宗紀》。在此期間，均有可能舉薦張籍。此篇作年，當在元和十五年冬之後，長慶元年七月庚申之前。

〔二〕《新唐書·百官志一》尚書省吏部：「吏部郎中掌文官階品。凡文散階二十九：正九品下曰登仕郎。」《新唐書·百官志二》秘書省：「校書郎十人，正九品上，掌讎校典籍刊正文章。」

〔三〕蔣抱玄注：「《漢書·魏相傳》：『相明《易經》，有師法，好觀漢故事及便宜章奏。』」

〔四〕《荀子·脩身篇》：「善在身，介然必以自好也。」楊倞注：「介然，堅固貌。《易》曰：『介如石焉。』自好，自樂其善也。」

〔五〕韓醇注：「籍後《祭公詩》云：『我官麟臺中，公爲大司成。念此委末秩，不能力自揚。特狀爲博士，始獲登朝行。未幾享其資，遂忝南官郎。』謂此也。」

請上尊號表（國子監）①〔一〕

臣某言：臣得所管國子、太學、廣文、四門及書、筭、律等七館學生沈周封等六百人狀②，稱身雖賤微③，然皆以選擇得備學生，讀六藝之文，修先王之道④，粗有知識，皆由上恩。今天子整齊乾坤⑤，出入神聖，經營乎無爲之業⑥〔二〕，游息乎混元之宮〔三〕。不謀於廷⑦，不戰於野⑧，坐收冀部〔四〕，旋定幽都〔五〕。析木天街〔六〕，星宿清潤，北嶽醫閭⑨〔七〕，神鬼受職〔八〕，地彌天區〔九〕，界軼海外〔一〇〕。舜之十有二州〔一一〕，周之千七百國⑩〔一二〕，章、亥所步〔一三〕，禹、契所書〔一四〕，四面輻輳〔一五〕，各修貢職⑪。西戎之首，北虜之渠〔一六〕，怛威愧德，失據狼狽，收其種落，逃遁遠去，來獻羊馬，千里不絶。功既如此，德又如彼⑫。爰初嗣位，首去姦孽⑬〔一七〕，隨所指顧⑭，應時清寧。哀天下之鰥寡，釋四海之鬱結〔一八〕。左右前後，莫匪俊良，小大之材，咸盡其用。無所誅詰，一和以仁。由是五穀歲登，百瑞時見⑮，六府三事，惟序惟歌〔一九〕。

昔者媧皇殺黑龍以濟冀州〔二〇〕，堯誅九嬰以定下土⑯〔二一〕，血兵刓刃⑰〔二二〕，僅就厥功，以方吾君，一何遠也。堯之在位七十餘載，戒飭咨嗟，以致平治。孔子之聖，自云三年有成〔二三〕。今自嗣位已來⑱，歲有餘耳，臻此功德，其何捷哉！置郵傳命〔二四〕，未足以諭。以非常之功，襲尋常之號；以冠古之美，屈守文之名。臣子之誠⑲，闕而不奏⑳，天號人稱，不滿事實，斯亦搢紳先生之過也㉑。謂臣官居師長，不言謂何？考其所陳，中於義理，天人合願，不謀而同，非臣之愚所敢隱蔽，輒冒死以聞㉒。伏乞天恩特允誠志，令公卿大夫得竭思慮㉓，取正於經，以定大號㉔。有司備禮，擇日以頒〔二五〕。天下幸甚！天下幸甚！臣某誠惶誠恐㉕。

【彙校】

①〔請上尊號表〕此篇又載《唐文粹》卷二五，據校。

粹本、文本、南宋蜀本、魏本題下無「國子監」三字。《舉正》出南宋監本「請上尊號表」，無「國子監」三字。朱熹從方本，《考異》：「或有『國子監』字。」

②〔臣得所管國子太學廣文四門及書筭律等七館學生沈周封等六百人狀〕《考異》：「或無『得』字。」粹本「六」作「二」。

③〔雖賤微〕文本「賤微」作「微賤」。

④〔修先王〕王本、廖本「修」作「脩」。

⑤〔今天子〕魏本注：「一無『今』字。」潮本無「今」字，粹本、祝本、文本同。祝本注：「一有『今』字。」《舉正》據閣本增「今」字，云：「蜀同，李、謝校。」朱熹從方本，《考異》：「或無『今』字。」今從方本。

⑥〔經營〕祝本「營」作「榮」。

⑦〔不謀於廷〕文本「於」作「于」。

⑧〔不戰於野〕文本、南宋蜀本「於」作「于」。

⑨〔北嶽醫閭〕文本、南宋蜀本「嶽」作「岳」。粹本「醫」作「緊」。

⑩〔周之千七百國〕粹本「千七百」作「七百餘」。

⑪〔各修貢職〕祝本注：「職，一作『賦』。」魏本注同。潮本「職」作「賦」，注：「賦，一作『職』。」今從粹本。

⑫〔德又如彼〕《舉正》：「閣本『彼』作『何』，恐誤。」《考異》：「彼，或作『何』，非是。」

⑬〔首去姦孌〕祝本注：「孌，一作『孽』。」魏本注：「姦孌，一作『姦佞』。」今粹本、文本、南宋蜀本「孌」作「孽」。《舉正》出南宋監本「姦孌」，云：「《文粹》作『孽』。」《考異》：「孌，或作『孽』。」

⑭〔隨所指顧〕文本注：「指顧，一本『顧指』。」潮本作「顧指」，粹本、祝本、南宋蜀本、魏本、王本、廖本同。今從文本。

⑮〔百瑞時見〕祝本「瑞」作「端」。

⑯〔以定下土〕粹本「土」作「上」。魏本注：「定下土，一本作『定天下』。」

⑰〔血兵刓刃〕粹本「刓刃」作「刻力」。

⑱〔嗣位已來〕魏本、王本、廖本「已」作「以」。

⑲〔臣子之誠〕《考異》：「子，或作『下』。」

⑳〔闕而不奏〕南宋蜀本注：「奏，一作『逮』。」

㉑〔搢紳先生〕魏本、王本、廖本「搢」作「縉」。

㉒〔輒冒死〕文本、南宋蜀本無「輒」字。

㉓〔今公卿大夫得竭思慮〕祝本注：「思，一作『愚』。」魏本注同。

㉔〔以定大號〕文本「大」作「太」。

㉕〔臣某誠惶誠恐〕南宋蜀本注：「一無上六字。」魏本注同。王本注：「方本無『臣某』下六字。」廖本注同。粹本無此句六字。

【箋注】

〔一〕孫汝聽注：「元和十五年九月，公自袁州召爲國子祭酒，至是有此表。」

此篇作年，洪興祖、方崧卿《舉正》、《年表》、方成珪繫於長慶元年（八二一），孫汝聽、蔣抱玄繫於元和十五年。洪譜：「長慶元年辛丑：《請上尊號表》云：『坐收冀部，旋定幽都。』冀，王承元；幽，劉總也。」《舉正》：「長慶元年任祭酒日作。」方譜：「此表未轉兵部時作。」蔣抱玄注：「元和十五年九月自袁州召爲國子祭酒作此表。」謹按：《表》云「坐收冀部，旋定幽都」，前者事在元和十五年十月，後者事在長慶元年三月，見樊汝霖注。此篇作年，不得早於長慶元年三月。韓愈長慶元年七月庚申遷兵部侍郎，見《舊唐書·穆宗紀》。此篇作年，不得晚於長慶元年七月庚申。

〔二〕《莊子·大宗師》：「彷徨乎塵垢之外，逍遥乎無爲之業。」郭象注：「所謂無爲之業，非拱默而已。所謂塵垢之外，非伏於山林也。」

〔三〕文讜注：「道家有《混元經》上下篇。其言曰：聖人通玄元混氣以守其身，俗人以情愛貪慾以守其身。」蔣抱玄注：「《禮記》《學記》：『君子之於學也，藏焉，脩焉，息焉，遊焉。』」

〔四〕樊汝霖注：「元和十五年十月，成德軍節度使王承元以鎮趙深冀四州歸於有司。」

〔五〕樊汝霖注：「長慶元年三月，幽州節度使劉總以所管八州歸於有司。」

〔六〕洪興祖注：「《天文志》：昴畢間爲天街，自胃七度至畢十一度屬冀州。自尾十度至南斗十一度爲析木，屬幽州。」文讜注：「後漢志（《後漢書·郡國志》）：『黄帝推分星次，以定律度。自尾十度至斗十度百二十五分而終，曰析木之次於辰在寅，今燕分野。九十有二次，日月之所躔也。』《星經》曰：『昴西二星曰天街，三光之道主伺候關梁中外之境。』《春秋元命苞》曰：『昴畢爲天街，散爲翼周，分爲趙國，立爲恆山。』」

〔七〕文讜注：「《周官》（《職方氏》）：『正北曰并州，其山鎮曰恒山。東北曰幽州，其山鎮曰醫無閭。』注云：『恒山在定州常陽縣北，醫無閭在遼東。』」《舉正》：「此皆以幽冀言也。《周禮·職方氏》：『幽州其鎮醫閭。』北嶽，冀州也。《天文志》：『昴星爲天街，屬冀；自尾十度至南斗十一度爲析木，屬幽州。』曾子固有《賀赦表》：『鉤陳大微，星緯咸若，崑崙渤澥，波濤不驚。』蓋原公此語也。」《考異》：「今按：此長慶元年劉總納土時也。」

〔八〕魏引補注：「《後山詩話》：退之《上尊號》曰：析木天街云云。子曾子《賀赦》曰：『鉤陳太微，星緯咸若，崑崙渤澥，濤波不驚。』世莫能輕重之也。」

〔九〕文讜注：「彌，終也。」

〔一〇〕文讜注：「軼，過也。」

〔一一〕文讜注：「《尚書·舜典》曰：『肇十有二州』，孔安國云：『肇，始也。』禹治水之後，舜分冀州爲幽州、并州，又分青州爲營州，始建十二州。」

〔一二〕文讜注：「《後漢志》云：『周克商，制五等之封，凡千七百七十三國。』」孫汝聽注：「《漢·地理志》：『周諸侯千七百國。』」

〔一三〕洪興祖注：「《山海經》：『禹使大章步，自東極至於西垂，二億三萬三千五百里七十一步。又使豎亥步，自南極盡於北垂，二億三萬三千五百里七十五步。』」文讜注：「《山海經》《海外東經》曰：『四海之内，則東西二万八千里，南北二万六千里。』許氏曰：『大章豎亥皆善行人，禹臣也。』」

〔一四〕文讜注：「司馬長卿《子虚賦》云：『萬物鱗介，不可勝記。禹不能名，卨不能計。』注云：『禹善分別草木。卨善算者也。』卨，古契字。」

〔一五〕蔣抱玄注：「輻湊，與輻輳同。《戰國策》《魏一》：『諸侯四通，條達輻湊。』」

〔一六〕蔣抱玄注：「渠，渠魁也。《書經》：『殲厥渠魁』。」謹按：《書·胤征》孔傳：「渠，大。魁，帥也。」

〔一七〕文讜注：「謂逐皇甫鎛爲崖州司户，並逐李道古也。」孫汝聽注：「謂貶皇甫鎛。」

〔一八〕蔣抱玄注：「《莊子》《在宥》：『天時不和，地氣鬱結。』」

〔一九〕文讜注：「《尚書・大禹謨》曰：『水火金木，土穀惟修。正德利用，厚生惟和。九功惟敘，九敘惟歌。』孔安國曰：『言六府三事之功有次敘，皆可歌樂也。』」

〔二〇〕祝充注：「媧，公蛙切，古之聖女。《淮南子》《覽冥》：『女媧鍊五色石以補蒼天。』《晉史》《陳騫傳贊》：『媧皇鍊石。』」文讜注：「《淮南鴻烈》《覽冥》曰：『往古之時，四極廢，九州裂。天不兼覆，地不周載。火爁炎而不滅，水浩洋而不息。於是女媧殺黑龍以濟冀州，積蘆灰以止淫水。淫水涸，冀州平。』許氏注云：『黑龍，水精也。力牧殺之以止雨濟朝也。冀，九州中，謂今四海之内。』」

〔二一〕文讜注：「《淮南鴻烈》《本經》曰：『堯使羿殺九嬰於兇水之上。』許氏注云：『九嬰，水火之怪爲人害者。北狄之地有兇水。』」《舉正》：「媧皇殺黑龍以濟冀州，堯誅九嬰以定下土，並見《淮南子》。九嬰，水火之怪。」《考異》：「媧皇殺黑龍，堯誅九嬰，並見《淮南子》。」

〔二二〕祝充注：「刓，五官切，剸也。《楚辭》《九章・懷沙》：『刓方以爲圜。』」

〔二三〕文讜注：「《論語》《子路》載孔子之言曰：『苟有用我者，期月而已可也，三年有成。』孔(安國)曰：『言誠有用我於政事者，期月而可以行政教，必三年乃有成功。』」

〔二四〕祝充注：「郵，音尤。《廣韻》：『置，驛也。郵，境上舍也。』《後漢》《西域傳》：『列郵置於要害之路。』則置、郵當爲二事。《孟子》(《公孫丑上》):『速於置郵而傳命。』」魏引補注:「置郵,即今之驛傳也。」

〔二五〕孫汝聽注:「長慶元年七月,羣臣上尊號曰文武孝德皇帝。」

舉韋顗自代狀(尚書兵部)①〔一〕

中散大夫守大理少卿驍騎尉韋顗〔二〕。

右伏準建中元年正月五日制②:常參官上後三日舉一人自代者〔三〕。前件官學識該達〔四〕,器量弘深。朝推直道〔五〕,代仰清節。顯映班序,十五年餘。夷險一致,風猷益茂。屈居少列,未副羣情。文昌政本〔六〕,侍郎官重。尚德之舉〔七〕,顗宜當之。乞迴臣所授③,庶弭官謗。謹録奏聞,謹奏〔八〕。

【彙校】

①〔舉韋顗自代狀〕王本「狀」下多「一首」二字。祝本、文本、南宋蜀本、魏本題下無「尚書兵部」四字。《舉正》出南宋監本「舉韓顗自代狀」,朱熹從方本。王本、廖本題下有「尚書兵部」四字。

②〔伏準〕祝本、文本、南宋蜀本、魏本「準」作「准」。

③〔迴臣〕祝本「迴」作「回」。

【箋注】

〔一〕祝充注：「時爲兵部侍郎。一作『尚書兵部』。」南宋蜀本注：「時爲兵部侍郎。」韓醇注：「長慶元年七月，公自國子祭酒除兵部侍郎，舉顗自代。顗，字周仁，見素之孫。長慶初爲大理少卿。」韋顗，兩《唐書》附《韋見素傳》後，其生平如次：韋顗，字周人，京兆萬年人，韋見素孫。少以門蔭補千牛備身，自鄠縣尉判入等，授萬年尉。元和四年爲侍御史（《舊唐書·楊憑傳》）。歷官補闕。七年，爲兵部員外郎（《舊唐書·楊於陵傳》）。十一年九月辛未（《舊唐書·憲宗下》），自吏部郎中出爲峽州刺史（《册府元龜》卷九百三十三）。長慶元年爲大理少卿（韓愈《舉韋顗自代狀》）。旋出爲蘇州刺史（白居易《韋顗可給事中庾敬休可兵部郎中知制誥同制》），長慶二年爲給事中（《册府元龜》卷四百六十九）。敬宗立，授御史中丞。長慶四年三月丙辰，遷户部侍郎。五月乙卯，户部侍郎判度支，賜金紫。十月壬寅，爲御史中丞兼户部侍郎。寶曆元年七月丁卯，遷吏部侍郎。十一月丙申卒（《舊唐書·敬宗紀》）。李逢吉黨朋黨以專政柄，而顗附麗之，跡尤密，頗爲時人所譏。然處身儉約，有足多者。

此篇作年，程俱、洪興祖、韓醇、方崧卿《舉正》、《年表》、方成珪、蔣抱玄均繫於長慶元年（八二一）。程譜：「遷兵部侍郎，舉韋顗代。」洪譜：「長慶元年辛丑：《唐史》云：『秋七月庚申，國子祭酒韓愈爲兵部侍郎。』公爲兵部，有《舉韋顗自代狀》。」《舉正》：「元年七月，尚書兵部。」方譜：「此表七月末轉兵部時作。」

〔三〕《新唐書·百官志三》大理寺：「卿一人，從三品。少卿二人，從五品下。掌折獄、詳刑。凡罪抵流、死，皆上刑部，覆於中書、門下。繫者五日一慮。司直六人，從六品上。評事八人，從八品下。掌出使推按。凡承制推訊長史，當停務禁錮者，請魚書以往。」

〔三〕《新唐書·百官志三》：「文官五品以上及兩省供奉官、監察御史、員外郎、太常博士，流日參，號常參官。」

〔四〕樊汝霖注：「裴垍、韋貫之、李絳、崔羣、蕭俛皆顗布衣之舊，繼爲宰相，朝廷典章多所咨逮。嘗曰：吾儕五人，智不及一韋公。」該達，博學通達。權德輿《起居舍人舉人自代狀》：「該達古今，議論堅正，掖垣之任，望實所歸。」

〔五〕蔣抱玄注：「《論語》：『斯民也，三代之所以直道而行也。』」《論語·衛靈公》何晏《集解》引馬融曰：「三代夏殷周用民如此，無所阿私，所以云直道而行。」

〔六〕文讜注：「《史記·天官書》：『斗魁戴六星曰文昌，一曰上將，二次將，三貴相，四司命，五司中，六司禄。』《晉志》（《晉書·天文上》）云：『天之六府也，主集計天道。』今尚書省分建六官：曰吏、户、禮、兵、刑、工，其義取此。每部尚書一人，侍郎二人。」謹按：文昌，文昌省，即尚書省。

任希古《和左僕射燕公春日端居述懷》：「禮闈通政本，文昌總國鈞。」

〔七〕孫汝聽注：「僖二十八年《左氏》：『晉郤縠卒，原軫將中軍，胥臣佐下軍，上德也。』」

〔八〕樊汝霖注：「顗後終吏部侍郎。」

卷三十

（原本卷四十）此卷以潮本爲底本，以祝本、文本、南宋蜀本、魏本對校。

論孔戣尚書致仕狀①〔一〕

某官某。

右臣與孔戣同在南省爲官②〔二〕，數得相見。戣爲人守節清苦，議論平正。今年纔七十〔三〕，筋力耳目未覺衰老，憂國忘家③，用意深遠，所謂朝之耆德老成人者〔四〕。臣知戣上疏求致仕，故往看戣。戣爲臣言④：已蒙聖主允許⑤。伏以陛下優賢尚齒〔五〕，見戣頻上三疏，言詞懇到⑥，重違其意〔六〕，遂即許之，此誠陛下仁德之至。然如戣輩在朝不過三數人⑦，實可爲國愛惜。

自古已來及聖朝故事⑧〔七〕，年雖八九十，但視聽心慮苟未昏錯⑨〔八〕，尚可顧問。委以事者雖求退罷，無不殷勤留止，優以禄秩，不聽其去，以明人君貪賢敬老之道也。《禮》曰⑩：「大夫七十而致仕⑪。若不得謝〔九〕，則必賜之几杖安車。」〔一〇〕七十求退，人臣之常禮。若有德及氣力尚壯，則君優而留之，不必年過七十盡許致仕也。《詩》曰：「雖無老成人，尚有典刑。」〔一一〕此言老成人重於典刑，不可不惜而留也。今戣幸無疾疹〔一二〕，但以年當致仕，據禮求退。陛下若不聽許，亦無傷於義，而有貪賢之美。況左丞職事亦極清簡〔一三〕，若戣尚以繁要爲辭，自可別授秩崇而務少者⑫。今中外之臣有年過於戣尚未得退，戣獨何人，得遂所願⑬？然人皆求進，戣獨求退，尤可賢重⑭。

臣所領官無事不敢請對⑮。蒙陛下厚恩，苟有所見，不敢不言。伏望聖恩特垂察納〔一四〕，謹録奏聞。謹奏⑯〔一五〕。

【彙校】

①〔論孔戣尚書致仕狀〕南宋蜀本無「孔戣尚書」四字。《舉正》出南宋監本「論孔戣尚書致仕狀」，據杭、蜀本删「孔戣尚書」四字。朱熹訂作「論孔戣致仕狀」，《考異》：「方無『孔戣』字。」

②〔孔戣同在南省〕《舉正》出南宋監本「臣與孔戣同在南省」，云：「蜀本無『同』字，下文『戣』字皆作『某』。」《考異》：「或無『同』字。」

③〔憂國忘家〕祝本注：「憂，一作『愛』。」魏本注同。

④〔戣爲臣言〕祝本「臣」作「官」。

⑤〔聖主允許〕潮本注：「主，一作『上』。」祝本、南宋蜀本、魏本注同。
⑥〔言詞懇到〕文本、南宋蜀本「詞」作「辭」。
⑦〔然如戣輩〕潮本無「然」字，今從祝本。
⑧〔自古已來〕文本、魏本、王本、廖本「已」作「以」。
⑨〔心慮〕文本「心」作「思」。
⑩〔禮曰〕《舉正》出南宋監本「禮曰」，據蜀本删「曰」字。朱熹從方本，《考異》：「『禮』下或有『曰』字。」
⑪〔致仕〕文本注：「《禮記》《曲禮上》『致仕』作『致事』，鄭氏注云：『致其所掌之事而告老。』」《舉正》出南宋監本「大夫七十而致仕」。朱熹訂作「致事」，《考異》：「事，方作『仕』。今按《禮記》作『事』。」童第德注：「事、仕古通用。《公羊》宣元年傳『退而致仕』，何注：『致仕，還禄位於君。』《漢書·龔勝傳》、《白虎通》皆作『致仕』。亦有作『致政』者，《禮記·王制》『七十致政』，鄭注：『致政還君事。』」
⑫〔務少者〕文本「少」作「省」。
⑬〔得遂所願〕祝本「所」上多一「其」字，文本、南宋蜀本、魏本「所」作「其」。朱熹作「其願」，《考異》：「其，或作『所』。」
⑭〔尤可賢重〕南宋蜀本注：「可，一作『呼』。」
⑮〔所領〕《考異》：「或無『領』字。」
⑯〔謹録奏聞謹奏〕王本、廖本無「謹録奏聞謹奏」六字。

【箋注】

〔一〕樊汝霖注：「公嘗誌孔尚書墓，言尚書七十三上書去官。愈嘗賢其能，謂公尚壯，上三留，奚去之果？曰：吾負二宜去，尚奚顧子言。明日，奏疏請留，不報。此公所論之疏也。」孔戣，兩《唐書》有傳，其生平如次：孔戣字君嚴，曲阜人。建中元年登進士第（魏注），貞元十六年四月辛卯盧羣爲鄭滑節度使，表戣爲判官，官至殿中侍御史。九月羣卒，總攝留務。元和元年以大理正徵（《孔戣墓誌銘》），累轉侍御史、尚書郎，出爲江州刺史。元和五年，入爲尚書兵部員外郎（《孔戣墓誌銘》）。六年十月丙戌，以諫議大夫兼太子侍讀（《舊唐書·憲宗紀上》）。元和七年秋七月改給事中，權知尚書右丞，明年拜右丞（《孔戣墓誌銘》）。爲中官所惡，九年六月丙申，出爲華州刺史、潼關防禦等使。十年二月，入爲大理卿。十二年七月庚戌，自國子祭酒出爲廣州刺史兼御史大夫、嶺南節度使（《舊唐書·憲宗紀下》）。敬宗即位，元和十五年九月戊辰，召爲吏部侍郎（《舊唐書·穆宗紀》）。長慶元年，改右散騎常侍，二年轉尚書左丞。三年，以禮部尚書致仕。四年正月己未初八卒，年七十四（《孔戣墓誌銘》）。

此篇作年，程俱、洪興祖、方崧卿《舉正》、《年表》、方成珪、蔣抱玄繫於長慶三年（八二三）。程譜：「三年，尚書左丞孔戣上書致其事。愈奏疏『戣守節清苦，論議正平，憂國忘家，宜留以自助』，不報。」洪譜：「三年癸卯：是年有《論孔戣致仕狀》。」方譜：「是年四月孔戣以老自乞，狀及其時作。」

〔二〕文讜注：「《通典》（《職官三》）曰：『時謂尚書省爲南省，門下、中書爲北省；亦謂門下省爲左省，中書爲右省；通或謂之兩省。』」

〔三〕孫汝聽注：「孔戣字君嚴，長慶三年四月自尚書左丞以老自乞，時年七十三。」

〔四〕蔣抱玄注：「《書經》：『遠耆德，比頑童，時謂亂風。』《詩經》：『雖無老成人，尚有典刑。』」《尚書・伊訓》孔傳：「耆德，耆年有德。」《詩・大雅・蕩》鄭箋：「老成人謂若伊尹、伊陟、臣扈之屬。雖無此臣，猶有常事故法可案用也。」

〔五〕文讜注：「《禮記・祭義》：『虞夏商周貴德而尚齒。』」鄭玄注：「同爵尚齒，老者在上也。」

〔六〕重違，難違。《漢書・孔光傳》：「傅太后欲與成帝母俱稱尊號，唯師丹與光持不可。上重違大臣正議，又内迫傅太后，猗違者連歲。」顔師古注：「重，難也。」

〔七〕故事，先例、成例。《漢書・劉向傳》：「宣帝循武帝故事，招名儒俊材置左右。」

〔八〕心慮，思慮。《列子・仲尼》：「知去來之非我，亡變亂於心慮。」

〔九〕文讜注：「（《禮記》《曲禮上》鄭氏注云）『謝，猶聽也。君必有命，勞苦辭謝之。其有德尚壯則不聽耳。』」

〔一〇〕孫汝聽注：「已上皆《曲禮》之文。注云：謝，猶聽也。安車，坐乘車。」几杖，坐几、手杖。《禮記・曲禮上》：「謀於長者，必操几杖以從之。」安車，坐乘之車。《周禮・春官・巾車》：「安車，彫面鷺總，皆有容蓋。」鄭玄注：「安車，坐乘車。凡婦人車皆坐乘。」

〔一一〕文讜注：「《大雅・蕩》之詩傳曰：『老成人，舊故之臣。典刑，常法。』」

〔一二〕祝充注：「疹，音軫。《説文》：『疹，脣瘍也。』」魏仲舉注：「疹，音軫，又丑刃切。」《宋書・王微傳》：「疾疹重侵，難復支振。」

〔一三〕文讜注：「《通典》《職官四・尚書省》曰：『左右丞分掌六尚書事：左丞掌管轄諸司，糾正省内吏部、户部、禮部等十二司，通判都省事。』」清簡，清静簡約。《梁書・馮道根傳》：「爲政清簡，境内安定。」

〔一四〕察納，省察採納。諸葛亮《前出師表》：「陛下亦宜自謀，以諮諏善道，察納雅言。」

〔一五〕孫汝聽注：「公上疏，不報。戣竟以禮部尚書致仕，優詔褒美，仍令所司歲致羊酒如漢禮徵士故事。二年正月卒，贈兵部尚書。」

舉馬總自代狀（京兆府）①〔一〕

銀青光禄大夫檢校尚書右僕射兼户部尚書馬總②〔二〕。

右伏準建中元年正月五日制③：常參官上後三日舉一人自代者〔三〕。

臣伏以近者京尹用人稍輕，所以市井之間④，盜賊未斷；郊野之外，疲瘵尚多〔四〕。前件官文武兼資⑤，寬猛得所。累更方鎮〔五〕，皆有功能。若以代臣，實爲至當。謹録奏聞。謹奏。

【彙校】

①〔舉馬總自代狀〕潮本「總」作「揔」，祝本、文本、南宋蜀本、魏本同。《舉正》出南宋監本「舉馬揔自代狀」，朱熹從方本。謹按：馬總之名，兩《唐書》「揔」、「總」、「摠」混用。現存金石史料中，《寶刻叢編》卷十、《寶刻類編》卷七《唐平淮將佐題名》均作「總」，又《唐故衛尉卿贈左散騎常侍柏公（元封）墓誌銘》（《考古與文物》一九九二年第二期）作「總」，今從石本訂作「總」，下文同。祝本、文本、南宋蜀本、魏本題下無「京兆府」三字。《舉正》無「京兆府」三字，朱熹從方本。王本、廖本題下有「京兆府」三字。

②〔檢校尚書右僕射〕文本「檢」作「撿」。南宋蜀本「右」作「左」。

③〔伏準〕祝本、文本、南宋蜀本、魏本「準」作「准」。

④〔臣伏以近者京尹用人稍輕所以市井之間〕潮本注：「市井，一作『畿甸』。」祝本注同。魏本注：「市井，一作『畿甸』，或作『京輦』。」《舉正》據杭本删「伏以」上「臣」字，「伏以」下「近者京尹用人稍輕所以」十字，訂「畿甸」二字，作「伏以畿甸之間」。朱熹無「臣」字，餘同監本，《考異》：「方無『近者』至『所以』十字，『市井』作『畿甸』。」

⑤〔兼資〕南宋蜀本「資」作「用」。

【箋注】

〔一〕祝充注：「時爲京兆府。」南宋蜀本注同。文讜注：「長慶三年六月辛卯。」孫汝聽注：「長慶三年六月，公爲京兆尹，舉總自代。總，字會元，扶風人也。」馬總，兩《唐書》有傳，其生平如次：馬總，字會元，扶風茂陵人（李宗閔《馬公家廟碑》）。貞元二年爲大理評事（戴叔倫《意林序》）。貞元十三年四月庚辰姚南仲鎮滑臺，辟爲從事。南仲與監軍使不叶，監軍誣奏南仲不法。十六年四月己丑府罷（《舊唐書·德宗紀下》），總坐貶泉州别駕。監軍入掌樞密，福建觀察使柳冕希旨欲殺總。從事穆贊鞫總，稱無罪，總方免死。後量移恩王傅，元和二年，爲泉州刺史。四年，遷虔州刺史（《馬懿公壁記》，見《輿地碑記目》卷三「泉州碑記」）。五年七月庚申，爲安南都護本管經略使（《舊唐書·憲宗紀上》）。八年七月丁丑，轉桂州刺史、桂管經略觀察使。十二月丙戌，爲廣州刺史嶺南節度使（《舊唐書·憲宗下》）。十一年，入爲刑部侍郎（柳宗元《曹溪第六祖賜謚大鑒禪師碑并序》）。十二年七月丙辰，裴度宣慰淮西，以刑部侍郎兼御史大夫，充淮西行營諸軍宣慰副使。吴元濟誅，十一月戊申，爲彰義軍節度留後。十二月壬戌，檢校工部尚書蔡州刺史、彰義軍節度使。十三年五月丙辰，轉許州刺史、忠武軍節度陳許溵等州觀察處置等使。同年朝京師，留拜禮部尚書、華州刺史、潼關防禦鎮國軍使（《馬公家廟碑》）。十四年三月戊子，遷檢校刑部尚書鄆州刺史、天平軍節度鄆曹濮等州觀察等使，就加檢校尚書左僕射（《舊唐書·憲宗下》）。長慶元年入朝（《鄆州谿堂詩序》），四月丙子，復爲天平軍節度使。二年十二月己西，入爲檢校左僕射守户部尚書，長慶三年八月，卒於檢校尚書右僕射、户部尚書任（《舊唐書·穆宗紀》）。享年七十歲。

此篇作年，程俱、洪興祖、文讜、孫汝聽、方崧卿《舉正》、《年表》、方成珪、蔣抱玄繫於長慶三年（八二三）。程譜：「改京兆尹兼御史大夫，舉馬總代。」洪譜：「三年癸卯：公爲京兆，有《舉馬總自代狀》。」方譜：「長慶三年六月爲京兆尹時所上。」

〔二〕孫汝聽注：「長慶元年十二月，總加檢校尚書左僕射兼户部尚書。」

〔三〕《新唐書·百官志三》：「文官五品以上及兩省供奉官、監察御史、員外郎、太常博士，日參，號常參官。」

〔四〕祝充注：「瘵，側介切。」蔣抱玄注：「瘵，音債。陸贄上書，請以六德保疲瘵：曰敬老、慈幼、救疾、恤孤、賑貧、窮任失業。」

〔五〕樊汝霖注：「總嘗爲安南、桂管、嶺南、彰義、忠武、華州、鄆曹濮等鎮。」

賀雨表①〔一〕

臣某言：臣聞聖人之德，與天地通。誠發於中，事應於外。始聞其語，今見其真。

臣誠歡誠喜，頓首頓首。

伏以季夏以來，雨澤不降〔二〕。臣職司京邑②〔三〕，祈禱實頻〔四〕。青天湛然，旱氣轉甚。陛下憫兹黎庶③，有事山川〔五〕。中使纔出於九門〔六〕，陰雲已垂於四野。龍神效職，雲雨應期④。嘉穀奮興，根葉肥潤〔七〕，抽莖展穗，不失時宜。人和年豐，莫大之慶。微臣幸蒙寵任，獲覩殊祥。慶抃歡呼，倍於常品⑤。無任踴躍之至。謹奉表陳賀以聞。

【彙校】

①〔賀雨表〕《舉正》出南宋監本「賀雨表」，朱熹從方本。

②〔京邑〕潮本注：「邑，一作『尹』。」祝本、魏本注同。

③〔憫兹黎庶〕魏本注：「憫，一作『憐』。」文本「憫」作「閔」。

④〔雲雨〕《舉正》據晁本訂「雲」作「雷」字。朱熹從方本，《考異》：「雷，或作『雲』。」

⑤〔常品〕魏本「常」作「宣」。

【箋注】

〔一〕祝充注：「公尹京兆時作。」文讜注：「公時爲尹京兆，長慶三年也。公在位不過數月，而表云

『嘉穀奮張，根葉肥潤，抽莖展穗，不失時宜。』其九月十月之交乎？蓋以季夏之旱，秋收得雨，所以賀也。」

洪興祖、方崧卿《舉正》、《年表》、方成珪、蔣抱玄繫於長慶三年（八二三）。洪譜：「三年癸卯：公爲京兆，有《賀雨表》。」方譜：「是年六月作。」謹按：洪譜引《憲宗實録》：「長慶三年六月辛卯，吏部侍郎韓愈京兆尹兼御史大夫。十月癸巳，愈爲兵部侍郎。」此篇作年，應在六月辛卯之後，十月癸巳之前。

〔二〕蔣抱玄注：「《禮記》（《禮器》）：『是故天時雨澤，君子達亹亹焉。』」

〔三〕韓醇注：「長慶三年，公爲京兆尹。」《新唐書·百官志四下》外官：「西都、東都、北都、鳳翔、成都、河中、江陵、興元、興德府，尹各一人，從三品。掌宣德化，歲巡屬縣，觀風俗，録囚，恤鰥寡。」

〔四〕樊汝霖注：「公年有《祭竹林神文》、《曲江祭龍文》，皆以京尹禱雨也。」

〔五〕孫汝聽注：「有事，祭也。《左氏》（僖公十九年）：『鄭大旱，有事於山川。』」

〔六〕蔣抱玄注：「中使，宫中之使。又多以中官充之，故曰中使。九門，古天子九門，一路門，二應門，三雉門，四庫門，五皋門，六城門，七近郊門，八遠郊門，九關門。即《禮記·月令》所謂『毋出九門』是也。」

〔七〕文讜注：「吴張士然表（《爲吴令謝詢求爲諸孫置守冢人表》）曰『春雨潤木，自葉流根。』」

賀太陽不虧表(京兆府)①〔一〕

司天臺奏〔二〕：今月一日太陽不虧〔三〕。

右司天臺奏：今日辰卯間，太陽合虧。陛下敬畏天命，克己修身。誠發於中，災銷於上。自卯及巳②，當虧不虧。雖隔陰雲，轉更明朗。比於常日，不覺有殊。天且不違，慶孰爲大？

臣官忝京尹〔四〕，親覩殊祥，欣感之誠，實倍常品。謹奉狀陳賀以聞③。謹奏④。

【彙校】

①〔賀太陽不虧表〕祝本、文本、南宋蜀本、魏本題下無「京兆府」三字。《舉正》出南宋監本「賀太陽不虧表」，無「京兆府」三字，云：「蜀，謝本同。」朱熹訂「表」作「狀」，無「京兆府」三字，《考異》：「狀，蜀作『表』。」

②〔自卯及巳〕潮本注：「及，一作『至』。」祝本「及」作「至」，南宋蜀本、魏本同。祝本注：「至，一作『及』。」魏本注同。朱熹作「及」，《考異》：「及，或作『至』。」

③〔奉狀陳賀〕朱熹刪「陳」字，《考異》：「『狀』下或有『陳』字。」

④〔謹奏〕王本、廖本無「謹奏」二字。

【箋注】

〔一〕祝充注：「時爲京兆府。」文讜注：「公長慶三年六月辛卯拜尹京兆，十月癸巳改兵部侍郎。而此《表》云：『司天臺奏云：今月一日，太陽不虧。』考之《紀》、《志》，皆不見其事。獨書九月朔壬子日有食之。則所謂『今月一日』者，其十月一日歟？蓋九月朔日食，十月朔當虧不虧，故此表有『誠發於中，旱銷於上』之語。」嚴有翼注：「退之爲京兆尹時作也。」

此篇作年，洪興祖、方崧卿《年表》、方成珪、蔣抱玄繫於長慶三年（八二三）。洪譜：「三年癸卯：公爲京兆，有《賀太陽不虧表》。」《舉正》：「四表皆長慶三年作，《新史》：『三年九月壬子朔，日有食之。』公時正在京兆，豈此邪？」方譜：「是年九月朔所上。」

〔二〕蔣抱玄注：「《新唐書·百官志》）唐制：中書省司天臺置監一，少監二，丞一，屬有春官、夏官、秋官、冬官，各一人。監掌察天文稽數，凡日月星辰風雲氣色之異，率其屬而占。有通玄院，以藝學召至京師者居之。凡天文圖書器物，非其任不得與焉。每紀録祥眚，送門下中書省紀於起居注。歲終上送史館。歲頒曆於天下。」

〔三〕樊汝霖注：「今月一日，十月一日也。蓋九月朔日食，則十月朔當虧。今太陽不虧，故以爲賀。」孫汝聽注：「長慶三年九月壬子朔，日食角十二度。」

〔四〕魏引補注：「公以長慶二年六月爲京尹，十月罷。」

舉張正甫自代狀（尚書兵部）①〔一〕

通議大夫守右散騎常侍上柱國南陽縣開國子食邑五百户賜紫金魚袋張正甫〔二〕。

右臣蒙恩除尚書兵部侍郎，伏準建中元年正月五日制②：常参官上後三日舉一人自代者〔三〕。

前件官稟正直之性，懷剛毅之姿③，嫉惡如仇讎，見善若飢渴。備更内外，灼有名聲〔四〕。年齒雖高〔五〕，氣志愈勵④。甘貧苦節，不愧神明。可謂古之老成〔六〕，朝之碩德〔七〕。久處散地，實非所宜。乞以代臣，以副公望。謹録奏聞。謹奏⑤。

【彙校】

①〔舉張正甫自代狀〕祝本、文本、南宋蜀本、魏本題下無「尚書兵部」四字。《舉正》出南宋監本「舉張正甫自代狀」，題下出「尚書兵部」四字。朱熹題從方本，無「尚書兵部」四字。王本、廖本題下有「尚書兵部」四字。

②〔伏準〕祝本、文本、南宋蜀本、魏本「準」作「准」。

③〔剛毅之姿〕文本「姿」作「資」。

④〔氣志愈勵〕祝本注：「愈，一作『逾』。」文本、南宋蜀本、魏本「愈」作「逾」，文本注：「逾，一作『愈』。」魏本注同。《舉正》據閣、杭本訂「力」字，作「氣力逾勵」。朱熹從方本，《考異》：「力，或作『志』。」

⑤〔謹録奏聞謹奏〕王本、廖本無「謹録奏聞謹奏」六字。

【箋注】

〔一〕祝本注：「時再爲兵部侍郎。一云『尚書兵部』。」文讜注：「公時爲兵部侍郎，長慶三年十月癸巳也。既上，舉以自代。公爲兵部者再，前則舉韋顗。」南宋蜀本注：「時再爲兵部侍郎。」韓醇注：「公兩爲兵侍：前長慶元年七月自祭酒初除，則舉韋顗自代；今三年十月自京尹再除，則舉正甫自代。正甫，字踐方，南陽人，貞元二年進士。」張正甫，《舊唐書》有傳，其生平如次：張正甫，字踐方，南陽人。貞元二年登進士第（《竇氏聯珠集》）。爲樊澤襄陽節度判官（《太平廣記》卷一百七十九「張正甫」條），累轉監察御史。于頔代澤，辟留正甫，正甫堅辭之。遂誣奏，貶郴州長史。後由邕府徵拜殿中侍御史，遷户部員外郎，轉司封員外兼侍御史知雜事。元和六年遷户部郎中（《太平廣記》卷一百七十九「張正甫」條）。出爲鄧州刺史，遷蘇州（白居易《張正甫蘇州刺史制》）。八年十月己巳，遷湖南觀察使。十二年八月戊辰，遷河南尹（《舊唐書·憲宗下》）。十四年，自尚書右丞出爲同州刺史（《册府元龜》卷五百九十六）。長慶中，爲右散騎常侍

（韓愈《舉張正甫自代狀》）。太和元年二月己亥，自右散騎常侍、集賢殿學士判院事遷工部尚書（《舊唐書・文宗上》）。五年，檢校兵部尚書、太子詹事。明年，以吏部尚書致仕。太和八年九月辛酉卒（《舊唐書・文宗下》），年八十三，累贈太師。

此篇作年，程俱、洪興祖、文讜、韓醇、方崧卿《舉正》、《年表》、方成珪、蔣抱玄均繫於長慶三年（八二三）再爲兵部時。程譜：「愈爲兵部侍郎，舉張正甫代。數日復爲吏部。」洪譜：「三年癸卯冬，復爲兵部侍郎。再爲兵部，有《舉張正甫自代狀》。」《舉正》：「尚書兵部，十月自京兆除。」方譜：「是年十月再爲兵部侍郎時所上。」

〔二〕孫汝聽注：「正甫元和末年自同州刺史入拜左散騎常侍。」《新唐書・百官志一》尚書省吏部：「吏部郎中掌文官階品。凡文散階二十九：正四品下曰通議大夫。」《新唐書・百官志一》尚書省吏部：「司封郎中掌封命朝會賜予之級。凡爵九等：八曰開國縣子，食邑五百户，正五品上。」《新唐書・百官志一》尚書省吏部：「司勳郎中掌官吏勲級：凡十有二轉爲上柱國，視正二品。」《新唐書・百官志二》中書省：「右散騎常侍二人，正三品下。掌規諷過失，侍從顧問。」

〔三〕《新唐書・百官志三》：「文官五品以上及兩省供奉官、監察御史、員外郎、太常博士，日參，號常參官。」

〔四〕蔣抱玄注：「灼，昭明也。」謹按：灼，彰著昭明。《尚書・吕刑》：「灼于四方，罔不惟德之勤。」孔傳：「灼然彰著四方。」

〔五〕孫汝聽注：「正甫大和八年卒，年八十二。」

〔六〕蔣抱玄注：「老成，《詩經》《大雅・蕩》：『雖無老成人，尚有典刑。』」

〔七〕蔣抱玄注：「《晉書・索襲傳》：『索先生碩德名儒，真可以諮大義。』」

袁州申使狀①〔一〕

使司牒州牒〔二〕。

右自今月二日後②〔三〕，每奉公牒，牒尾「故牒」字皆爲「謹牒」字，有異於常。初不敢陳論〔四〕，以爲錯誤。今既頻奉文牒，前後並同。在愈不勝戰懼之至，伏乞仁恩特令改就常式〔五〕，以安下情。謹奉狀陳謝，謹録狀上③。

【彙校】

①〔袁州申使狀〕《舉正》出南宋監本「袁州申使狀」，朱熹從方本。

②〔今月二日〕魏本「二」作「三」。

③〔謹奉狀陳謝謹録狀上〕王本、廖本無「謹奉狀陳謝謹録狀上」九字。

【箋注】

〔一〕樊汝霖注：「王黄州嘗答丁晉公書云：退之爲袁州刺史。故事，觀察使牒部刺史皆曰『故牒』。時王仲舒廉問江西，以吏部巨賢，特自損曰『謹牒』。而退之致書，懇請以爲宜如舊制。元之所云即謂此爾。」

此篇作年，方崧卿《年表》、方成珪、蔣抱玄繫於元和十五年（八二〇）。方譜：「沈氏德毓云：仲舒以八月抵觀察任，故九月開宴。公《記》有『適及期月』之語，此《狀》九月中所上。『今月』即指九月。」

〔二〕孫汝聽注：「使司，謂江西觀察使司。」

〔三〕孫汝聽注：「元和十五年正月，公至袁州。」

〔四〕蔣抱玄注：「《晉書・王羲之傳》：『傾所陳論，每蒙允納。』」

〔五〕蔣抱玄注：「《管子》《君臣下》：國有常式，故法不隱則下無怨心。」

國子監論新注學官牒①〔一〕

國子監應今新注學官等牒。

準今年赦文②：委國子祭酒選擇有經藝堪訓導生徒者以充學官〔二〕。近年吏部所注，多循資敍，不考藝能。至今生徒不自勸勵。伏請非專通經傳，博涉墳史③，及進士五經諸色登科人，不以比擬〔三〕。其新授官上日④，必加研試，然後放上⑤，以副聖朝崇儒尚學之意⑥。具狀牒上吏部，仍牒監者。謹牒。

【彙校】

①〔國子監論新注學官牒〕南宋蜀本「牒」作「疏」。《舉正》出南宋監本「國子監論新注學官牒」，朱熹從方本。

②〔準今年〕祝本、文本、南宋蜀本、魏本「準」作「准」。

③〔墳史〕文本「墳」作「文」。

④〔新授官〕祝本注：「新，一作『所』。」魏本注同。南宋蜀本「新」作「所」。《舉正》據蜀本訂「受」字，作「其新受官」。朱熹從方本，《考異》：「受，或作『授』。」

⑤〔放上〕王本「上」作「行」。王元啓注：「『放上』與上文『上日』同義，皆指上任言之。『放上』謂放令上任也。徽本『放』下有『行』字，『上』下無『以』字，皆非是。」

⑥〔以副〕王本「以」作「上」。

【箋注】

〔一〕韓醇注：「李習之狀公行云：其爲國子祭酒也，奏儒生爲學官，曰：使會講生徒，多奔走聽聞，皆曰：韓公來爲祭酒，國子監不寂寞矣。皇甫持正《神道碑》亦云。此疏乃爲祭酒時所論也。」此篇作年，洪興祖、方崧卿《舉正》、《年表》、方成珪、蔣抱玄均繫於長慶元年（八二一）。洪譜：「長慶元年辛丑：公在國子，有《論新注學官牒》。」《舉正》：「長慶元年。」

〔二〕《長慶元年正月三日南郊改元赦文》：「三代致理，皆重學官；兩漢用人，盖先經術。天下諸色人中有能精通一經堪爲師法者，委國子祭酒訪擇。具以名聞，將加試用。」

〔三〕比擬，比照類例進擬職務。陸贄《再奏量移官狀》：「臣等任叨輔翼，職在宣行。尋具奏聞，請便進擬。聖心精一，務欲均齊，令待所司檢尋一時類例處分。臣等據所司檢勘左降官及流人送名到者，都比擬量移，及别追用。」

黄家賊事宜狀①〔一〕

右：伏以臣去年貶嶺外刺史②〔二〕，其州雖與黄家賊不相隣接〔三〕，然見往來過客并諳知嶺外事人③，所説至精至熟。其賊並是夷獠〔四〕，亦無城郭可居。依山傍險，自稱洞主。

衣服言語④，都不似人。尋常亦各營生，急則屯聚相保。比緣邕管經略使多不得人，德既不能綏懷〔五〕，威又不能臨制〔六〕。侵欺虜縛，以致怨恨。蠻夷之性，易動難安，遂至攻刧州縣，侵暴平人。或復私讎，或貪小利，或聚或散，終亦不能爲事。近者征討，本起於裴行立〔七〕、陽旻〔八〕。此兩人者本無遠慮深謀⑤，意在邀功求賞。亦緣見賊未屯聚之時，將謂單弱，立可摧破，爭獻計謀，惟恐後時。朝廷信之，遂允其請。自用兵已來⑥，已經二年⑦。前後所奏，殺獲計不下一二萬人⑧〔九〕。儻皆非虛，賊已尋盡〔一〇〕。至今賊猶依舊，足明欺罔朝廷〔一一〕。邕容兩管因此凋弊⑨，殺傷疾疫⑩，十室九空。百姓怨嗟，如出一口〔一二〕。陽旻、行立相繼身亡〔一三〕，實由自邀功賞⑪，造作兵端，人神共嫉⑫，以致殃咎⑬。陽旻、行立事既已往，今所用嚴公素者⑭〔一四〕，亦非撫御之才。不能別立規模，依前還請攻討〔一五〕。如此不已，臣恐嶺南一道，未有寧息之時〔一六〕。

一、昨者併邕、容兩管爲一道⑮〔一七〕，深合事宜。然邕州與賊逼近〔一八〕，容州則甚懸隔〔一九〕。其經略使若置在邕州，與賊隔江對岸，兵鎮所處，物力必全。一則不敢輕有侵犯⑯，一則易爲逐便控制。今置在容州，則邕州兵馬必少。賊見勢弱，易生姦心。伏請移經略使於邕州，其容州但置刺史，實爲至便。

一、比者所發諸道南討兵馬，例皆不諳山川，不服水土⑰，遠鄉羇旅，疾疫殺傷。臣自南來，見説江西所發共四百人，曾未一年，其所存者數不滿百⑱；岳鄂所發都三百人，其所存者四分纔一。續添續死，每發倍難。若令於邕、容側近召募，添置千人⑲，便割諸道見供行營人數糧賜均融充給〔二〇〕。所費既不增加，而兵士又皆便習〔二一〕。長有守備，不同客軍。守則有威，攻則有利。

一、自南討已來，賊徒亦甚傷損。察其情理，厭苦必深。大抵嶺南人稀地廣，賊之所處又更荒僻。假如盡殺其人，盡得其地，在於國計，不爲有益。容貸羈縻〔二二〕，比之禽獸，來則捍禦，去則不追，亦未虧損朝廷事勢。以臣之愚，若因改元大慶，赦其罪戾〔二三〕，遣一郎官御史親往宣諭。必望風降伏，讙呼聽命⑳。仍爲擇選有材用威信諳嶺南事者爲經略使㉑。處置得宜㉒，自然永無侵叛之事。

【彙校】

①〔黄家賊事宜狀〕《舉正》出南宋監本「黄家賊事宜狀」，朱熹從方本。

②〔右伏以臣去年貶嶺外刺史〕潮本「右」下多一「臣」字，祝本、文本、南宋蜀本、魏本同。《舉正》訂「右臣伏以」爲「一」字，作「一臣去年貶嶺外刺史」，云：「三本同，今本皆作『右臣伏以』。」朱熹從方本，《考異》：「一，或作『右』，下有『伏以』字。」王元啓删「伏以」下「臣」字，注云：「方本無『右臣伏以』四字，但云『一臣去年』云云。按

狀中分條事目，例用『一』字。然必先爲總論以發其端，如後《論淮西》及《鹽法》諸狀皆然。此狀首節先陳既往之失，尚未進言，有何款目可舉？方本突用『一』字開端，殊爲無理。幸《考異》兼存或本與建本正同，今改正。但建本『伏』下重出『臣』字當删。徽本載《考異》注，但云：『或作右臣，下或有伏以字。』不更及『臣』字。可見別本『伏以』下無此重出『臣』字。」謹按：《考異》稱「『右』下或有『伏以』字」，知其所見或本「右」下無「臣」字。今從《考異》所引或本删「右」下「臣」字。

③〔諳知嶺外事〕潮本注：「外，一作『南』。」祝本注同。文本、魏本「外」作「南」，文本注：「南，一作『外』。」魏本注同。《舉正》據閣、杭本訂「諸」字，作「并諸知嶺外事人」。朱熹從方本，《考異》：「諳，方作『諸』。」

④〔衣服言語〕祝本注：「服，一作『食』。」魏本注同。

⑤〔此兩人者〕潮本「此」下注：「一有『時』字。」祝本、魏本注同。文本「此」下多一「時」字，注：「一無『時』字。」《舉正》出南宋監本「此時兩人者」，據蜀本删「時」字，云：「謝删。」朱熹從方本。《考異》：「『此』下或有『時』字。」

⑥〔用兵已來〕文本上「已」字作「以」。

⑦〔已經二年〕潮本無「已」字，祝本、魏本同。潮本注：「一有『已』字。」祝本、魏本注同。朱熹作「已來已經」，《考異》：「方無下『已』字。」今按：恐當删上『已』字。」今從文本。

⑧〔不下一二萬人〕魏本注：「一本作『不下萬餘人』。」潮本「一二萬」作「萬餘」，祝本、文本同。潮本「萬」上注：「一有『二』字。」祝本注：「不下萬餘，一作『不下一二萬』。」文本注：「一作『一二萬人』，一作『萬餘人』。」南宋蜀本作「一二萬餘人」。《舉正》訂「一二萬」三字，作「計不下一二萬人」，云：「三本同。」朱熹從方本，《考異》：「或無

『二』字。」今從方本。

⑨〔兩管因此凋弊〕潮本「因」作「内經」，祝本、文本、魏本同。祝本注：「内，一作『因』。」文本、魏本注同。《舉正》訂「内經」作「因」，云：「三本同。」朱熹從方本，《考異》：「因，或作『内經』二字。」今從方本。

⑩〔殺傷疾疫〕南宋蜀本「疫」作「患」。《舉正》訂「疫」作「患」，云：「三本同。」朱熹從方本，《考異》：「患，或作『疫』。」王元啓注：「冒鋒刃則殺傷，犯霧露則疾疫。『患』字空虚無著。又後條亦有『疾疫殺傷』之句，不應此獨變文曰『患』。」

⑪〔自邀功賞〕南宋蜀本「自」作「身」。《舉正》據閣、杭本訂「自」作「身」。朱熹從監本，《考異》：「自，方作『身』。」

⑫〔人神共嫉〕潮本注：「嫉，一作『怒』。」祝本、文本、南宋蜀本、魏本注同。《舉正》出南宋監本「共嫉」，云：「蜀作『共怒』。」《考異》：「嫉，或作『怒』。」

⑬〔以致殃咎〕文本、魏本「致」作「至」。

⑭〔嚴公素〕《舉正》出南宋監本「嚴公素」，云：「閣本作『公集』，誤也。」《考異》：「素，或作『集』。」

⑮〔併邕容兩管〕《舉正》出南宋監本「併邕容兩管」，云：「蜀本無『併』字。」《考異》：「或無『併』字。」

⑯〔侵犯〕潮本注：「犯，一作『陵』。」祝本、魏本注同。

⑰〔不服水土〕《舉正》訂「服」作「伏」字，云：「三本同。」朱熹從方本，《考異》：「伏，或作『服』。」

⑱〔存者數〕《舉正》出南宋監本「其所存者數不滿百」，據閣、杭本删「者」字。朱熹從監本，《考異》：「方無『者』字。」

⑲〔添置千人〕潮本「置」作「致」。

⑳〔讙呼〕《舉正》訂「呼」作「叫」，云：「三本同。」朱熹從監本，《考異》：「呼，方作『叫』。」

㉑〔有材用〕《舉正》據閣、杭本訂「有」作「其」。朱熹從監本，《考異》：「有，方作『其』。」

㉒〔處置〕《舉正》據閣、杭本訂「置」作「理」。朱熹從方本，《考異》：「理，或作『置』。」

【箋注】

〔一〕樊汝霖注：「狀所陳凡三事：其一，移經略使於邕州，容州但置刺史。其二，於邕容側近召募添置千人。其三，因改元大慶，赦其罪戾，遣一郎官御史親往宣諭。」文讜注：「《唐史・南蠻傳》：貞元十年，黄洞首領黄少卿者攻陷嶺南前後十二州。德宗命唐州刺史陽旻爲容管經略招討使引師掩賊，一日六七戰，皆破之，故地盡復。至元和初又叛，十一年屠巖州。桂管觀察使裴行立輕其軍，首請發兵誅之。自是邕、容兩道死者十八以上，費調闕亡，由陽、裴二人，當時莫不咎之。長慶初，以嚴公素爲容管經略使，復上表請討黄氏。愈以兵部侍郎建言云云，不納。至敬宗時黄昌瓘始歸款請降。」孫汝聽注：「穆宗即位，公自袁州召還有此狀，不見用。」嚴有翼注：「黄家賊，即柳子厚所稱邕管黄少卿等是也。」

此篇作年，洪興祖、方崧卿《舉正》、《年表》、《增考》、方成珪、蔣抱玄繫於元和十五年（八二〇），文讜繫於長慶初。洪譜：「十五年庚子：《論黄家賊事宜狀》云『去年貶嶺外刺史』，謂在潮時。黄家賊，即柳子厚所稱邕管黄少卿等也。」《舉正》：「二狀皆袁州歸日進。」《增考》：「《黄家賊事宜狀》及《典貼良人男女狀》，二狀皆云『乞因改元大慶而行之』，是在未慶霈之前有此狀也。」方譜：「穆宗於是年閏正月即位，明年當改元。《狀》有『若因改元大慶赦其罪戾』等語，定爲是年秋作。」

〔二〕韓醇注：「元和十四年八月，公責守潮州。」

〔三〕樊汝霖注：「黄家賊，謂黄洞首領黄少卿也。其地西接南詔。」

〔四〕祝充注：「獠，張絞切。《後漢》（《南蠻西南夷傳》）：『夷獠咸以竹王非血氣所生。』」夷獠，泛指西南地區少數民族。《周書・異域傳上》：「獠者，蓋南蠻之别種，自漢中達於邛笮，川洞之間，在所皆有之。」

〔五〕綏懷，安撫關懷。《三國志・魏志・杜襲傳》：「太祖還，拜襲駙馬都尉，留督漢中軍事。綏懷開導，百姓自樂出徙洛鄴者，八萬餘口。」

〔六〕臨制，監臨控制。《史記・淮南衡山列傳》：「當今陛下臨制天下，一齊海内，汎愛蒸庶，布德施惠。」

〔七〕裴行立，《新唐書》有傳，其生平如次：裴行立，絳州稷山人。李錡甥，元和二年李錡謀叛，與兵馬使張子良、李奉仙、田少卿等密謀向順，執錡於幕（《舊唐書・李錡傳》），授沁州刺史。元和四年爲費州刺史（《册府元龜》卷六九九）。遷衛尉少卿，除河東令。元和八年八月癸未，繇蘄州刺史遷安南都護本管經略招討使（《舊唐書・憲宗紀下》）。元和十二年，徙桂管觀察使（柳宗元

《桂州裴中丞作訾家洲亭記》。黄家洞賊叛，行立討平之。元和十五年二月甲午，爲安南都護充本管經略使。鋭於立功，爲時所訾，召還。七月乙卯道卒（《舊唐書·穆宗紀》），年四十七，贈右散騎常侍。

〔八〕陽旻，《新唐書》有傳，其生平如次：陽旻字公素，平州人，惠元之子。元和五年爲邢州刺史。盧從史既縛，潞軍潰，有驍卒五千。從史嘗以子視者奔於旻，旻閉城不内。憲宗嘉之，遷易州刺史。王師討吴元濟，元和十一年七月戊寅，自隨州刺史爲唐州刺史，充淮西行營都知兵馬使（《舊唐書·憲宗紀下》），以功加御史中丞。十二年容州西原蠻反，授本州經略招討使，擊定之（《新唐書·憲宗紀》）。進御史大夫，合邕容兩管爲一道。十五年七月乙卯卒（《舊唐書·穆宗紀》），贈左散騎常侍。

〔九〕樊汝霖注：「少卿自貞元來數反覆。桂管觀察使裴行立、容管經略使陽旻欲徼幸立功，爭請討之。上從之，大發江湖兵會容桂二管入討，士卒被瘴癘死者不可勝計。行立妄奏斬獲二萬，罔天子爲解。」

〔一〇〕蔣抱玄注：「尋，旋也。」

〔一一〕蔣抱玄注：「《論語》『君子可欺以其方，難罔以非其道。』」謹按：此引文字，見《孟子·萬章上》。罔，誣罔。《論語·雍也》：「人之生也直，罔之生也幸而免。」何晏《集解》引包曰：「誣罔正直之道而亦生者，是幸而免。」欺罔，欺騙誣罔。《漢書·郊祀志下》：「挾左道，懷詐僞，以欺罔世主。」

〔一二〕方成珪注：「如出一口，全句出《韓非子·六微篇》。」

〔一三〕樊汝霖注：「十五年七月，陽旻卒。二月，以行立爲安南都護，行至海門而卒。」

〔一四〕樊汝霖注：「旻卒，以嚴公素爲本管留後。」嚴公素，兩《唐書》無傳，今鈎稽其可知者如次：元和十五年七月陽旻卒，嚴公素爲本管留後（韓愈《黄家賊事宜狀》樊汝霖注）。長慶元年十二月丙寅，自容州經略使留後爲容州刺史容管經略使。長慶二年十一月辛未受代（《舊唐書·穆宗紀》）。寶曆元年十一月癸未，自殿中少監出爲容管經略使（《舊唐書·敬宗紀》）。大和二年四月壬午受代（《舊唐書·文宗紀》）。

〔一五〕樊汝霖注：「時公素復上表請討黄氏。」文讜注：「按《唐紀》：元和十五年八月乙酉，容管經略留後嚴公素及黄洞蠻戰於神步，敗之。時穆宗未改年號。」

〔一六〕王元啓注：「此上深陳既往之失，此下乃始進言。樊注云：『公以三事爲請。』若狀首用『一』字起，則成四事矣。」

〔一七〕文讜注：「元和十五年，廢邕管經略使。嶺南五管，見《送鄭權序》。孫汝聽注：「元和十五年二月，廢邕管，命容管經略使陽旻兼領之。」

〔一八〕《元和郡縣志》卷三十八嶺南道邕州（下都督府）：「今爲邕管經略使理所，管邕州、貴州、賓州、澄州、横州、欽州、潯州、巒州，管縣三十三。」治所宣化縣，今廣西南寧。

〔二九〕《舊唐書·地理志四》嶺南道容州(下都督府)：「開元中升爲都督府，天寶元年改爲普寧郡，乾元元年復爲容州都督府，仍舊置防禦經略招討等使，以刺史領之，刺史充經略軍使。容管十州：容州、辯州、白州、牢州、欽州、禺州、湯州、瀼州、嚴州、古州。」治所普寧縣，今廣西容縣。《元和郡縣志》卷三十七嶺南道桂州(始安中都督府)：「今爲桂管經略使理所，管桂州、梧州、賀州、昭州、象州、柳州、嚴州、融州、龔州、富州、蒙州、思唐州，管縣四十七。」

〔三〇〕糧賜，軍糧軍餉。充給，供給。《後漢書·皇后紀序》：「又置美人、宫人、采女三等，並無爵秩，歲時賞賜充給而已。」

〔三一〕便習，熟悉。《後漢書·孔奮傳》：「郡多氐人，便習山谷。」

〔三二〕蔣抱玄注：「容貸，與寬貸同。《後漢書·郅壽傳》：賓客放縱，類不檢節，壽案察之，無所容貸。」羈縻，籠絡。《史記·司馬相如列傳》：「天子之於夷狄也，其義羈縻勿絶而已。」《索隱》：「羈，馬絡頭也。縻，牛紖也。《漢官儀》云：馬云羈，牛云縻。言制四夷如牛馬之受羈縻也。」

〔三三〕孫汝聽注：「元和十六年穆宗即位之明年，當改元。」方成珪注：「元和十五年正月憲宗遇弑，何十六年之有？注贅。」

應所在典貼良人男女狀①〔一〕

應所在典貼良人男女等②。

右準律③：不許典貼良人男女作奴婢驅使〔二〕。臣往任袁州刺史日，檢責州界内④，得七百三十一人，並是良人男女。準律例⑤，計傭折直〔三〕，一時放免。原其本末，或因水旱不熟，或因公私債負，遂相典貼，漸以成風。名目雖殊，奴婢不別。鞭笞役使，至死乃休。既乖律文，實虧政理。袁州至小，尚有七百餘人。天下諸州，其數固當不少。今因大慶〔四〕，乞令有司重舉舊章，一皆放免，仍勒長吏嚴加檢責。如有隱漏，必重科懲。則四海蒼生，孰不感荷聖德⑥。以前件狀如前⑦，謹具奏聞，伏聽敕旨⑧。謹奏⑨。

【彙校】

①〔應所在典貼良人男女狀〕《舉正》據閣本删「所」下「在」字，增「等」字，作「應所典貼良人男女等狀」，云：「閣本仍不出篇首九字，蜀本作『應在所典貼良人男女狀』。」朱熹從監本存「在」字，從方本增「等」字，作「應所在典貼良人男女等狀」，《考異》：「方無『在』字，或又無『等』字。方云：二狀皆袁州進。今按：狀云『往任袁州刺史』，方

說非是。」謹按：《舉正》明云「袁州歸日進」，朱説無據。

②〔應所在典貼良人男女等〕潮本無「在」字，文本、南宋蜀本、魏本同。方本從閣本無此句九字。朱熹本從監本存此句，「所」下增「在」字，《考異》：「應所在典貼良人男女等，此是狀首標目所論事，與前卷《賀白龜》狀體正同，猶今之貼黄及狀眼也。方本删去，非是。」今從祝本。

③〔右準律〕祝本、文本、南宋蜀本、魏本「準」作「准」。

④〔檢責〕文本、南宋蜀本「檢」作「撿」，下文同。潮本「責」作「到」，祝本、文本、南宋蜀本、魏本同。南宋蜀本注：「到，一作『責』。」《舉正》訂作「責」，云：「三本同。」朱熹從方本，《考異》：「責，或作『到』。」今從方本。

⑤〔準律例〕《舉正》出南宋監本「准律例」，據蜀本删「例」字，云：「謝删。」朱熹從方本，《考異》：「下或有『例』字。」

⑥〔聖德〕祝本「德」作「恩」。

⑦〔前件狀如前〕祝本、文本、南宋蜀本、魏本、王本、廖本無「狀」字。祝本「如」上注：「一有『狀』字。」魏本注同。

⑧〔敕旨〕潮本「敕」作「勅」，祝本、文本、南宋蜀本、王本、廖本同。今從魏本。

⑨〔謹奏〕王本、廖本無「謹奏」二字。

【箋注】

〔一〕樊汝霖注：「公之爲袁州也，袁人以男女爲隸，過期不贖則没入之。公至，悉計傭得所没，歸之父母七百餘人。因與約：禁其爲隸。《行狀》、《神道碑》、新舊《傳》皆書之。新《傳》所謂『没歸父母七百餘人』，則出公此狀。《神道碑》又云：『及還，請著之赦令。』則公此狀所云『今因大慶，乞令有司重舉舊章，一皆放免』。」

此篇作年，洪興祖、方崧卿《年表》、《增考》、方成珪、蔣抱玄繫於元和十五年（八二〇）。洪譜：「十五年庚子：《論典貼良人家男女狀》云：『臣往任袁州刺史。』此狀在還朝之後。袁人以男女爲隸，過期不贖，則没入之。愈至，悉計傭得贖所没，歸之父母七百餘人。」《舉正》：「二狀皆袁州歸日進。」《增考》：「《黄家賊事宜狀》及《典貼良人男女狀》，二狀皆云『乞因改元大慶而行之』，是在未慶霈之前有此狀也。」方譜：「《狀》中有『往任袁州刺史日』及『今因大慶』句，亦當定爲是年作。」

〔二〕嚴有翼注：「《雜律》（《唐律·雜律上》「良人爲奴婢質債」條）：諸妄以良人爲奴婢用質債者，各減自相賣罪三等。知情而取者，又減一等。仍計庸以當債直。」長孫無忌《唐律疏義》：「虚妄用良人爲奴婢將質債者各減自相賣罪三等，謂以凡人質債，從流上減三等；若以親戚年幼妄質債者，各依本條減賣罪三等。知情而取，謂知是良人而取爲奴婢受質債者。又減一等，謂又減質良人罪一等。仍計庸以當債直，謂計一日三尺之庸，累折酬其債直。不知情者不坐，亦不計庸以折債直。」陳景雲注：「典，猶質也。貼即賣矣。」

〔三〕文讜注：「傭音庸，功傭也。」

〔四〕文讜注：「公元和十五年九月二十二日自袁州召入爲國子祭酒。『今因大慶』，謂明年長慶改元赦云。」

論淮西事宜狀①〔一〕

右：臣伏以淮西三州之地〔二〕，自少陽疾病〔三〕，去年春夏已來，圖爲今日之事。有職位者勞其計慮撫循②〔四〕，奉所役者修其器械防守〔五〕。金帛糧畜③，匱于賞給④。執兵之卒四向侵掠，農夫織婦攜持幼弱⑤，餉於其後⑥。雖時侵掠小有所得⑦，力盡筋疲不償其費。又聞畜馬甚多，自半年已來⑧，皆上槽櫪。譬如有人雖有十夫之力，自朝及夕常自大呼跳躍，初雖可畏，其勢不久，必自委頓〔六〕。乘其力衰，三尺童子可使制其死命。况以三小州殘弊困劇之餘，而當天下之全力，其破敗可立而待也⑨。然所未可知者，在陛下斷與不斷耳。

夫兵不多⑩，則不足以取勝⑪；必勝之師⑫，不在速戰⑬。兵多而戰不速，則所費必廣。兩界之間⑭，疆埸之上⑮，日相攻刼，必有殺傷。近賊州縣，徵役百端，農夫織婦，不得安業。或時小遇水旱，百姓愁苦。當此之時，則人人異議，以惑陛下之聽⑯。陛下持之不堅，半途而罷⑰，傷威損費，爲弊必深。所以要先決於心，詳度本末，事至不惑，然可圖功⑱。爲統師者盡力行之於前，而參謀議者盡心奉之於後。内外相應，其功乃成⑲。

昔者殷高宗，大聖之主也。以天子之威，伐叛背之國⑳，三年乃剋㉑，不以爲遲。志在立功，不計所費。《傳》曰：「斷而後行，鬼神避之。」〔七〕遲疑不斷，未有能成其事者也。臣謬承恩寵，獲掌綸誥〔八〕，地親職重，不同庶寮〔九〕。輒竭愚誠，以效裨補㉒。謹條次平賊事宜一一如後：

一、諸道發兵或二三千人，勢力單弱，羈旅異鄉㉓，與賊不相諳委〔一〇〕。望風懾懼，難便前進㉔。所在將帥以其客兵，雜處指使㉕，先不撫存優恤㉖〔一一〕。待之既薄，使之又苦。或被分割隊伍，隸屬諸頭〔一二〕。士卒本將一朝相失，心孤意怯，難以有功。又其本軍各須資遣㉗〔一三〕，道路遼遠，勞費倍多。士卒有征行之艱，閭里懷離别之思。今聞陳、許、安、唐、汝、壽等州與賊界連接處，村落百姓悉有兵器。小小俘劫，皆能自防。習於戰鬭，識賊深淺。既是土人，護惜鄉里。比來未有處分，猶願自備衣糧，共相保聚，以備寇賊。若令召募，立可成軍。若要添兵，自可取足。賊平之後，易使歸農。伏請諸道先所追到行營者，悉令卻歸本道㉘。據牒所追人額㉙，器械弓矢，一物已上，悉送行營充給㉚。所召募人兵數既足，加之教練，三數月後，諸道客軍一切可罷。比之徵發遠人，利害懸隔。

一、繞逆賊州縣堡柵等各置兵馬㉛，都數雖多，每處則兵至少㉜。又相去闊遠，難相應接。所以數被攻刼，致有損傷。今若分爲四道㉝，每道各置三萬人。擇要害地屯聚一處，使有隱然之望㉞〔一四〕。審量事勢，乘時逐利。可入則諸道一時俱發㉟，使其狼狽驚惶，首尾不相救濟。若未可入，則深壁高壘㊱〔一五〕，以逸待勞，自然不要諸處多置防備。臨賊小縣，可收百姓於便地作行縣以主領之㊲，使免失散。

一、蔡州士卒爲元濟迫脅，勢不得已，遂與王師交戰。原其本根，皆是國家百姓，進退皆死㊳，誠可閔傷㊴。宜明敕諸軍㊵，使深知此意。當戰鬬之際㊶，固當以盡敵爲心㊷。若形勢已窮，不能爲惡者，不須過有殺戮。喻以聖德，放之使歸，銷其兇悖之心，貸以生全之幸，自然相率棄逆歸順。

一、《論語》曰：「欲速則不達。」見小利則大事不成。比來征討無功，皆由欲其速捷。有司計筭所費，苟務因循。小不如意，即求休罷。河北淮西等見承前事勢，知國家必不與之持久併力苦戰。幸其一勝，即希冀恩赦。朝廷無至忠憂國之人，不惜傷損威重㊸。因其有請㊹，便議罷兵。往日之事患皆然也㊺。臣愚，以爲淮西三小州之地，元濟又甚庸愚。而陛下以聖明英武之姿，用四海九州之力，除此小寇〔一六〕，難易可知。太山壓卵，未足爲喻〔一七〕。

一、兵之勝負，實在賞罰。賞厚可令廉士動心㊻，罰重可令凶人喪魄。然可集事㊼，不可愛惜所費，憚於行刑。

一、淄青恒冀兩道，與蔡州氣類略同〔一八〕。今聞討伐元濟㊽，人情必有救助之意。然皆闇弱，自保無暇。虚張聲勢則必有之，至於分兵出界，公然爲惡，亦必不敢㊾。宜特下詔云：蔡州自吴少誠以來相承爲節度使，亦微有功效。少陽之歿㊿，朕亦本擬與元濟。恐其年少未能理事，所以未便處置。待其稍能緝綏，然擬許其承繼51。今忽自爲狂悖侵掠52，不受朝命。事不得已，所以有此討伐53。至如淄青、恒州、范陽等道〔一九〕，祖父各有功業，相承節制54，年歲已久。朕必不利其土地，輕有改易，各宜自安。如妄自疑懼，敢相扇動，朕即赦元濟不問，回軍討之55。自然破膽56，不敢妄有異説〔二〇〕。

以前件謹録奏聞，伏乞天恩特賜裁擇。謹奏。

【彙校】

①〔論淮西事宜狀〕《舉正》出南宋監本「論淮西事宜狀」，云：「李本校去『狀』字。」朱熹從監本，《考異》：「方無『狀』字。」謹按：《考異》所出方本與《舉正》不同。

②〔勞其計慮〕《舉正》據蜀本訂「其」作「於」。朱熹從監本，《考異》：「於，或作『其』，非是。」

③〔糧畜〕南宋蜀本「畜」作「蓄」。

④〔匱于賞給〕潮本注：「匱，一作『耗』。」祝本、魏本注同。南宋蜀本「匱于」作「耗於」。《舉正》據蜀本訂「匱于」作「耗於」，云：「謝校。」朱熹從方本，《考異》：「耗於，或作『匱于』。」

⑤〔織婦攜持〕潮本「婦」下多一「皆」字，文本、魏本同。今從祝本。

⑥〔餉於其後〕魏本注：「餉，一作『飽』。」潮本「餉」作「飽」，祝本同。祝本注：「飽，一作『餉』。」《舉正》據閣本訂作「餉」，云：「杭本、《新史》皆同，晁、謝從『餉』。」朱熹從方本，《考異》：「餉，或作『飽』，非是。」今從文本。

⑦〔小有所得〕文本「小」作「少」。

⑧〔半年已來〕文本、魏本「已」作「以」。

⑨〔立而待〕潮本「待」下注：「一有『之』字。」祝本、魏本注同。文本、南宋蜀本「待」下多一「之」字。文本注：「一無『之』字。」《考異》：「『待』下方有『之』字，非是。」

⑩〔兵不多〕南宋蜀本注：「一無『不』。」

⑪〔則不足以取勝〕王本、廖本無「則」字，「取」作「必」。

⑫〔必勝之師〕潮本「必」作「取」，祝本、文本、南宋蜀本、魏本同。潮本注：「取，一作『必』。」祝本、文本、魏本注同。《舉正》訂「取」作「必」，云：「三本與《新史》皆同。」朱熹從方本，《考異》：「必，或作『取』。」今從方本。

⑬〔不在速戰〕祝本、文本、魏本、王本、廖本「不」作「必」。魏本注：「必，一作『不』。」《舉正》出南宋監本「不在速戰」，云：「三本與《新史》皆同。」謹按：《狀》云：「夫兵不多不足以取勝；必勝之師，不在速戰。兵多而戰不

速，則所費必廣。」此《狀》要求憲宗「先決於心」，千萬不要因爲「戰不速，所費廣」而動摇決心，「持之不堅，半塗而罷」。若作「必在速戰」，就不存在「戰不速，所費廣」的問題，此狀也就没有必要進上了。「必在速戰」與韓愈本意背道而馳，大誤。

⑭〔兩界之間〕南宋蜀本「兩」上多一「内」字。

⑮〔疆埸〕祝本、魏本「疆」作「壃」。魏本、廖本「埸」作「塲」。童第德注：「壃埸，廖本作『疆塲』。『塲』爲『埸』之譌。王本作『疆埸』，不誤。祝本作『壃塲』，『塲』爲『埸』之俗，『壃』爲『疆』之後出字。」

⑯〔陛下之聽〕文本、魏本「聽」下多一「矣」字。《考異》：「『聽』下或有『矣』字。」

⑰〔半途而罷〕文本、南宋蜀本、魏本、王本、廖本「途」作「塗」。

⑱〔然可圖功〕文本、南宋蜀本「然」作「乃」。《舉正》出南宋監本「然可圖功」，云：「《新史》作『乃可圖功』，然三本皆同上。然，然後義也。此文如『然可集事』、『然擬許其承繼』，義皆一也。」朱熹從方本，《考異》：「《新史》『然』作『乃』。方云：『然，猶然後也。下文然可集事、然擬許其承繼，皆一義。』今按：此蓋當時俗體如此，故公狀中用之，不欲改也。」

⑲〔其功乃成〕潮本「功」作「助」，今從祝本。

⑳〔伐叛背之國〕祝本、文本、南宋蜀本、魏本「叛背」作「背叛」。《舉正》出南宋監本「伐背叛之國」，據蜀本乙「背叛」作「叛背」，云：「謝校。」朱熹從監本，《考異》：「背叛，方作『叛背』。」

㉑〔三年乃剋〕祝本、文本、魏本「剋」作「尅」。祝充注：「《易》：『高宗伐鬼方，三年克之。』」

㉒〔以效裨補〕祝本文本、南宋蜀本「效」作「効」。

㉓〔羈旅〕潮本「羈」作「羇」，文本、南宋蜀本、魏本、王本、廖本同。今從祝本。

㉔〔難便前進〕《舉正》訂「便」作「更」字，云：「謝校。」朱熹從監本，《考異》：「便，方作『更』。」

㉕〔雜處指使〕文本注：「雜，一作『難』。」魏本注同。潮本「雜」作「難」，祝本、南宋蜀本同。潮本注：「難，一作『雜』。」祝本、南宋蜀本注同。《舉正》出南宋監本「難處指使」，據閣本刪「指」字，云：「杭同，李、謝校。」朱熹從方本，《考異》：「『處』下或有『指』字，非是。」謹按：此處「雜處」，即下文「分割隊伍，隸屬諸頭」。今從文本。

㉖〔撫存優恤〕《舉正》出南宋監本「先不撫存優恤」，據閣本刪「撫」字，云：「杭同，李、謝校；蜀本無『撫』字。」朱熹從方本，《考異》：「『不』下或有『撫』字，非是。」

㉗〔資遣〕南宋蜀本「資」作「遺」。

㉘〔卻歸本道〕南宋蜀本「歸」下多一「牒」字。朱熹「歸」上增一「牒」字，《考異》：「方無『牒』字。」

㉙〔據牒所追〕文本注：「牒，一作『行』，一又無『行』字。」魏本注同。潮本「牒」作「行」，祝本同。祝本注：「一無『行』字。」南宋蜀本無「牒」字。朱熹本存「行」字，「行」下增一「營」字，《考異》：「或無『行』字。今按上下文勢，合有『行』字，『行』下更合有『營』字。其理甚明，今輒補足。」今從文本。

㉚〔充給〕《考異》：「或無『充』字。」

㉛〔繞逆賊〕魏本注：「繞，一作『統』。」文本「繞」作「統」，注：「統，一作『繞』。」

㉜〔則兵至少〕《舉正》出南宋監本「每處則兵至少」，據閣本刪「兵」字，云：「李、謝刪。」朱熹從方本，《考異》：「『至』

上或有『兵』字。」

㉝〔分爲四道〕《考異》：「或無『分』字。」

㉞〔隱然〕《考異》：「隱，方作『殷』。按：《漢書》：『隱若一敵國。』方本非是。」

㉟〔諸道〕祝本注：「諸，一作『四』。」南宋蜀本、魏本注同。《舉正》據閣、蜀本訂作「四」。朱熹從方本，《考異》：「四，或作『諸』。」

㊱〔則深壁〕魏本無「則」字。

㊲〔可收百〕文本注：「收，一云『收泊』。」魏本注同。南宋蜀本「收」下多一「自」字，注：「一無『自』。」

㊳〔進退皆死〕魏本「皆」作「可」。

㊴〔閔傷〕文本、南宋蜀本「閔」作「憫」。

㊵〔諸軍〕祝本注：「軍，一作『率』。」魏本注同。南宋蜀本「軍」作「率」，注：「率，一作『軍』。」

㊶〔戰鬬之際〕魏本「際」作「怒」。

㊷〔固當以〕潮本注：「當，一作『宜』。」祝本、文本、魏本注同。

㊸〔不惜〕魏本「惜」作「措」。

㊹〔因其有請〕魏本無「其」下「有」字。

㊺〔往日〕潮本注：「往，一作『近』。」祝本、南宋蜀本、魏本注同。文本「往」作「近」，注：「近，一作『往』。」《考異》：

「往。或作『近』。」

㊻〔廉士〕《舉正》訂「廉」作「戰」字，云：「杭、蜀同，閣無『戰』字。」朱熹從監本，《考異》：「廉，方作『戰』，非是。」

㊼〔然可〕《考異》：「然，或作『則』。」

㊽〔今聞討伐〕潮本「伐」作「罰」，祝本、魏本同。潮本注：「罰，一作『伐』。」祝本、魏本注同。《舉正》出南宋監本「今聞討伐」，云：「蜀本作『罰』，下同。」《考異》：「伐，或作『罰』，下同。」今從文本。

㊾〔亦必不敢〕魏本注：「亦，一作『則』。」祝本「亦」作「則」，注：「則，一作『亦』。」

㊿〔少陽之歿〕魏本注：「陽，諸本作『誠』，誤。」潮本「陽」作「誠」，祝本、文本、南宋蜀本同。《舉正》訂作「陽」，云：「洪、謝校。」朱熹從方本，《考異》：「陽，或作『誠』，非是。」

51〔然擬許〕《考異》：「擬，或作『後』。」

52〔狂悖〕祝本、文本、南宋蜀本、魏本「悖」作「勃」。朱熹從南宋監本作「狂勃」，《考異》：「勃，或作『悖』。」童第德注：「勃、悖古通用。《左氏》莊十一年傳：『其興也悖焉。』《釋文》：『悖，亦作勃。』《莊子·庚桑楚》：『徹志之勃。』《釋文》：『勃，本又作悖。』是其證。」謹按：《玉篇》：「悖，蒲突切，逆也，亂也。又蒲輩切。」《說文》：「勃，排也。从力孛聲，薄没切。」二者文字雖可通假，語義卻自有分野。狂勃，狂暴。《論衡·遭虎》：「虎稟性狂勃，貪叨饑餓，觸自來之人，安能不食。」狂悖，狂妄悖逆。《國語·周語下》：「於是乎有狂悖之言，有眩惑之明。」此處當從潮本作「狂悖」。

53〔討伐〕潮本「伐」作「罰」，祝本、魏本同。祝本注：「罰，一作『伐』。」魏本注同。今從文本。

㊿〔相承節制〕祝本「承」下注：「一有『命』字。」魏本注同。潮本「承」下多一「命」字，文本、南宋蜀本同。南宋蜀本注：「一無『命』。」《舉正》出南宋監本「相承命節制」，據閣本删「制」字，云：「杭同，李、謝校；蜀作『相承節制』。」朱熹從方本，《考異》：「『節』下或有『制』字，或有『制』字而無『節』字。今按：李德裕之討澤潞，正用此策以伐其交。世以爲奇，不知韓公已言之矣。」

㊀〔回軍討之〕祝本、南宋蜀本、魏本、王本、廖本「回」作「迴」。

㊁〔自然破膽〕《舉正》據晁本訂「自」作「殷」字。

【箋注】

〔一〕韓醇注：「時憲宗欲討吴元濟，遣裴度視師。還奏師可用，與宰相意不合。既而盜殺宰相，憲宗遂相度以主東兵。公時爲中書舍人，乃上淮西事宜，議與裴丞相合，故兵遂用。它宰相有不便之者，以它事改公爲右庶子。及度爲淮西節度使出討蔡，以公爲行軍司馬，卒從度平蔡而還。」

此篇作年，程俱、樊汝霖、方成珪繫於元和十一年，孫伯野、洪譜、方崧卿《舉正》、《年表》、《增考》、蔣抱玄繫於元和十年（八一五）。程譜：「朝議多欲罷兵，愈狀論淮西事宜，以謂蔡可立破，所未可知者在陛下斷與不斷耳。請遣諸道兵募土人以足兵數。又請分爲四道擇要地屯聚，量勢俱發。又言蔡士卒本皆迫脅，若形勢已窮，宜敕諸軍貸以生命。又言賞罰不可不明。又請下詔淄青、恒冀使無自疑。議與度合。宰相惡之，見《行狀》。月滿遷中書舍人，賜緋魚袋。後竟以它事改太子右庶子，十一年也。」洪興祖初繫於元和九年，孫伯野《跋洪慶善年譜》駁正之：「按《通鑑》：元和九年閏八月丙辰，少陽薨。其子元濟匿喪，以病聞，自領軍務。九月，元濟不迎弔祭使，發兵四出，屠舞陽，焚葉、襄城。十年春正月，縱兵侵掠，及於東畿。己亥，制削元濟官爵，命宣武等十六道兵進討。其後師久未有功。五月，上遣中丞裴度詣行營察用兵形勢。度還，言淮西必可取之狀，考功郎中知制誥韓愈上言，謂『克淮西在陛下斷與不斷』。則是裴度察形勢還後退之方有《事宜狀》。狀中云『去年春夏已來』，蓋謂少陽未死前爾。恐宜從《通鑑》。」洪譜後改訂爲元和十年，《年譜後記》：「僕初作《昌黎年譜》，敍《淮西事宜狀》在元和九年。孫公伯野辨其非是。乙巳歲，再加考正而增廣之。」洪譜：「十年乙未：《資治通鑑》云：『九年閏八月，少陽卒。其子元濟自領軍務。十年春，縱兵侵掠，及於東畿。命宣武等十六道兵進討。其後師久未有功。五月，上遣中丞裴度詣行營察用兵形勢。度進言淮西必可取之狀。』考功郎中知制誥韓愈上言：『淮西三州之地，自少陽疾病，去年春夏已來，圖爲今日之事。』又云：『以三小州殘弊困劇之餘，而當天下之全力，其破敗可立而待。所未可知者，在陛下斷與不斷耳。』此狀在裴度察形勢之後。三州，申、光、蔡也。」《舉正》：「元和十年作。」《增考》：「洪載《淮西便宜狀》已經辯正，然公行狀載之甚明，固不必考之《通鑑》也。但《通鑑》附見裴度察形勢西歸之日，併載之五月，以《行狀》考之，公論實在《捕賊行賞》後也，察其事勢亦當然也。洪譜附於六月之前，姑從《通鑑》耳，而實非也。《墓誌》與《新傳》又併繫於遷中書舍人之後，而樊從之，蓋又差一年也。」謹按：當從《增考》。

〔二〕孫汝聽注：「至德元載，置淮西節度，管申光蔡三州。」

〔三〕韓醇注：「元和九年閏三月，彰義軍節度吴少陽卒。」

〔四〕蔣抱玄注：「撫循，《漢書·吴王濞傳》：『孝惠高后時，天下初定，郡國諸侯各務自撫循其民。』」謹按：撫循，安撫存恤。《墨子·尚同中》：「助之言談者衆，則其德音之所撫循者博矣。」

〔五〕王元啓注：「『有職位』、『奉所役』，承上『圖爲今日之事』言之，指淮西叛賊。」

〔六〕蔣抱玄注：「委頓，言疲困也。《晉書·裴楷傳》：『楷今委頓，臣深憂之。』」謹按：委頓，萎靡、疲困。《世説新語·容止》：「潘岳妙有姿容，好神情。少時挾彈出洛陽道，婦人遇者莫不連手共縈之。左太冲絶醜，亦復效岳遨遊，於是羣嫗齊共亂唾之，委頓而返。」

〔七〕孫汝聽注：「《史記》：趙高曰：斷而後行，鬼神避之。」《史記·李斯列傳》：「故顧小而忘大，後必有害。狐疑猶豫，後必有悔。斷而敢行，鬼神避之。」

〔八〕孫汝聽注：「九年十一月公知制誥」蔣抱玄注：「《禮記》（《緇衣》）：『王言如絲，其出如綸。』故曰綸誥。」謹按：綸誥，詔令文告。沈約《齊故安陸昭王碑文》：「始以文學遊梁，俄而入掌綸誥。」

〔九〕蔣抱玄注：「張衡（《思玄賦》）：『戒庶寮以夙會兮。』」謹按：庶寮，百官。楊雄《太史令箴》：

「庶寮至殷，唯天爲難。」

〔一〇〕沈欽韓注：「委，猶詳悉也。唐臨《冥報記》：『臨家兄爲益州總管府屬，故委之也。』又云：『隴西王博乂與張法義鄰近委之也。』孔穎達等《王制疏》云：『古事難委。』唐人亦單用『委』字。」謹按：諳，熟悉。《後漢書・虞延傳》：「延進止從容，占拜可觀，其陵樹株蘖，皆諳其數，俎豆犧牲，頗曉其禮。」委，知曉。晉王羲之《杂帖五》：「白屋之人，復得遷轉，極佳。未委幾人？」諳委，熟知、熟悉。《法苑珠林・簡德》：「四十二戒亦須諳委。」

〔一一〕撫存，安撫、撫慰。《晏子春秋・問上七》：「昔吾先君桓公，有管仲夷吾保乂齊國，能遂武功而立文德。糾合兄弟，撫存翌州。」優恤，優待照顧。《南齊書・氐楊氏傳》：「氐羌雜種咸同歸順，宜時領納，厚加優卹。」

〔一二〕沈欽韓注：「牙門都將爲都頭。諸頭，即謂都頭也。《遼史》契丹領兵官亦有『頭下』之稱，見《食貨志》。」

〔一三〕蔣抱玄注：「《漢書・貨殖傳》：『厚資遺之，令往來巴蜀，數年間致千餘萬。』」謹按：資遺，出資遣送。張鷟《朝野僉載》「弓嗣業」條：「後嗣明及嗣業資遺逆賊徐真北投突厥。」

〔一四〕文讜注：「《晉書》，周處隱然若一敵國。《詩》《召南・殷其靁》傳曰：『隱，靁聲也。』」謹按：隱然，隱約。李白《望鸚鵡洲悲禰衡》：「五岳起方寸，隱然詎可平。」此處「隱然之望」，謂遥遥相望，即互爲犄角、相互呼應。

〔一五〕蔣抱玄注：「《漢書·韓信傳》：『或説龍且曰，漢兵鋒不可當，不如深壁。』《史記·淮陰侯傳》：『足下深溝高壘堅壁，勿與戰。』」

〔一六〕蔣抱玄注：「徐陵與宇文護書（《爲陳主與周冢宰宇文護論邊境事書》）：『江陵小寇，既爾虔劉。』」

〔一七〕文讜注：「太山壓卵，出《晉書·何無忌傳》。」蔣抱玄注：「《晉書》（《孫惠傳》）：『是烏獲摧冰，賁育拉朽，猛獸吞狐，泰山壓卵，因風燎原，未足方也。』」

〔一八〕文讜注：「齊趙兩鎮，時李師道、王承宗也。」孫汝聽注：「淄青，謂平盧節度使李師道。恒冀，謂成德軍節度使王承宗。」

〔一九〕孫汝聽注：「范陽，謂幽州節度使劉總。淄青恒州，見上。」

〔二〇〕孫汝聽注：「李德裕勸討劉稹，賜成德王元逵、魏博何洪敬詔云：『澤潞一鎮，與河朔事體不同。勿爲子孫之謀，欲存輔車之勢。但能顯立功效，自然福及後昆。』即公此意也。」

論變鹽法事宜狀①〔一〕

張平叔所奏鹽法條件〔二〕。

右：奉敕將變鹽法②，事貴精詳，宜令臣等各陳利害可否聞奏者。

平叔所上變法條件，臣終始詳度，恐不可施行。各隨本條分析利害如後：

一件、平叔請令州府差人自糶官鹽〔三〕，收實估匹段③〔四〕。省司準舊例支用④，自然獲利一倍已上者⑤。臣今通計所在百姓貧多富少，除城郭外有見錢糴鹽者〔五〕，十無二三，多用雜物及米穀博易〔六〕。鹽商利歸於己，無物不取。或從賒貸升斗〔七〕，約以時熟填還〔八〕。用此取濟〔九〕，兩得利便。今令州縣人吏坐鋪自糶，利不關己，罪則加身。不得見錢及頭段物⑥〔一〇〕，恐失官利，必不敢糶。變法之後，百姓貧者無從得鹽而食矣。求利未得，斂怨已多，自然坐失鹽利常數。所云獲利一倍⑦，臣所未見。

一件、平叔又請鄉村去州縣遠處，令所由將鹽就村糶易〔一一〕。不得令百姓闕鹽者〔一二〕。臣以爲鄉村遠處或三家五家，山谷居住，不可令人吏將鹽家至户到。多則糶貨不盡，少則得錢無多⑧。計其往來，自充粮食不足。比來商人或自負擔斗石⑨〔一三〕，往與百姓博易。所冀平價之上，利得三錢二錢。不比所由爲官所使，到村之後，必索百姓供應⑩。所利至少，爲弊則多。此又不可行者也。

一件、平叔云：所務至重，須令廟堂宰相充使。臣以爲若法可行，不假令宰相充使；令不可行⑪，雖宰相爲使無益也⑫。又宰相所以臨察百司⑬，考其殿最〔一四〕。若自爲使，縱有敗闕，遺誰舉之？此又不可者也〔一五〕。

一件、平叔又云：行之後⑭，停減鹽司所由糧課〔一六〕，年可收錢十萬貫。臣以爲變法之後，弊隨事生，尚恐不登常數，安得更望贏利？

一件、平叔欲令府縣糶鹽，每月更加京兆尹料錢百千〔一七〕，司録及兩縣令每月各加五十千，其餘觀察及諸州刺史縣令録事參軍多至每月五十千⑮，少至五千三千者。臣今計此用錢已多，其餘官典及巡察手力所由等糧課仍不在此數。通計所給，每歲不下十萬貫。未見其利，所費已廣。平叔又云：停鹽司諸色所由糧課⑯，約每歲合減得十萬貫錢。今臣計其新法亦用十萬不啻〔一八〕。減得十萬，卻用十萬⑰。所亡所得，一無贏餘也。平叔又請以糶鹽多少爲刺史縣令殿最，多者遷轉不拘常例，如闕課利，依條科責者。刺史、縣令，職在分憂。今惟以鹽利多少爲之升黜，不復考其治行，非唐虞三載考績黜陟幽明之義也。

一件、平叔請定鹽價每斤三十文，又每二百里每斤價加收二文以充脚價。量地遠近險易⑱，加至六文。脚價不足官與出。名爲每斤三十文，其實已三十六也⑲。今鹽價京師每斤四十⑳，諸州則不登此。變法之後，秖校數文㉑，於百姓未有厚利也。脚價用五文者㉒，官與出二文㉓；用十文者，官與出四文。是鹽一斤，官糶得錢，名爲三十，其實斤多得二十八，少得二十六文。折長補短，每斤收錢不過二十六七。百姓折長補短，每斤用錢三十四。則是公私之間，每斤常失七八文也。下不及百姓，上不歸官家。積數至多，不可遽筭。以此言之，不爲有益。

平叔又請令所在及農隙時併召車牛般鹽，送納都倉，不得令有闕絶者。儻或州縣和雇車牛㉔〔二九〕，百姓必無情願。事須差配，然付脚錢。百姓將車載鹽，所由先皆無檢㉕。齊集之後，始得載鹽。及至院監請受〔三〇〕，又須待其輪次。不用門户，皆被停留。輪納之時，人事又别。凡是和雇，無不皆然。百姓寧爲私家載物取錢五文，不爲官家載物取十文錢也㉖。不和雇則無可載鹽，和雇則害及百姓。此又不可也。

一件、平叔稱停減鹽務所由，收其糧課，一歲計得十萬貫文㉗。今又稱既有巡院〔三一〕，請量閑劇留官吏於倉場〔三二〕，句當要害〔三三〕。守捉少置人數〔三四〕，優恤糧料，嚴加把捉。如有漏失私糶等，並準條處分者。平叔所管鹽務所由人數有幾？量留之外，收其糧課，一歲尚得十萬貫㉘，此又不近理也。比來要害守捉人數至多，尚有漏失私糶之弊。今又減置人數，謂能私鹽斷絶，此又於理不可也。

一件、平叔云：變法之後，歲計必有所餘，日用還恐不足。請一年已來㉙，且未責以課利，後必數倍校多者。此又不可。方今國用常言不足，若一歲頓闕課利，爲害已深。

雖云明年校多㉚，豈可懸保？此又非公私蓄積尚少之時可行者也㉛。

一件，平叔又云：浮寄姦猾者轉富，土著守業者日貧。若官自糶鹽，不問貴賤貧富㉜、士農工商、道士僧尼并兼游惰，因其所食，盡輸官錢；併諸道軍諸使家口親族遞相影占〔二五〕，不曾輸税。若官自糶鹽，此輩無一人遺漏者。臣以此數色人等，官未自糶鹽之時，糴鹽而食㉝，不待官自糶然後食鹽也。若官不自糶鹽，此色人等不糴鹽而食㉞，官自糶鹽即糴而食之，則信如平叔所言矣。若官自糶與不自糶皆常糴鹽而食㉟，則今官自糶亦無利也。所謂知其一而不知其二，見其近而不見其遠也㊱。國家榷鹽㊲，糶與商人；商人納榷，糶與百姓。則是天下百姓無貧富貴賤皆已輸錢於官矣㊳，不必與國家交手付錢然後爲輸錢於官也。

一件，平叔云：初定兩税時〔二六〕，絹一疋直錢三千，今絹一疋直錢八百。百姓貧虚，或先取粟麥價，及至收穫悉以還債。又充官税，顆粒不殘。若官中糶鹽，一家五口所食鹽價不過十錢，隨日而輸，不勞驅遣，則必無舉債逃亡之患者㊴。臣以爲百姓困弊㊵，不皆爲鹽價貴也。今官自糶鹽，與依舊令商人糶，其價貴賤，所校無多。通計一家五口所食之鹽，平叔所計，一日以十錢爲率，一月當用錢三百六十㊶。是則三日食鹽一斤，一月率當十斤。新法實價與舊每斤不校三四錢以下，通計五口之家，以平叔所約之法計之，賤於舊價，日校一錢，月校三十㊷，不滿五口之家所校更少。然則改用新法，百姓亦未免窮困流散也。初定税時，一疋絹三千，今秖八百㊸。假如特變鹽法，絹價亦未肯貴。五口之家因變鹽法，日得一錢之利，豈能便免作債？收穫之時不被徵索？輸官税後有贏餘也？以臣所見，百姓困弊日久，不以事擾之，自然漸校，不在變鹽法也。今絹一疋八百，百姓尚多寒無衣者，若使疋直三千，則無衣者必更衆多。況絹之貴賤，皆不緣鹽法。以此言之，鹽法未要變也。

一件、平叔云：每州糶鹽不少，長吏或有不親公事。所由浮詞云：當界無人糴鹽㊹。臣即請差清彊巡官檢責所在實户，據口團保，給一年鹽，使其四季輸納鹽價〔二七〕。口多糶少及鹽價遲違㊺，請停觀察使見任㊻，改散慢官；其刺史已下，貶與上佐㊼；其餘官貶遠處者〔二八〕。平叔本請官自糶鹽，以寬百姓，令其蘇息，免更流亡。今令責實户口，團保給鹽，令其隨季輸納鹽價，所謂擾而困之，非前意也㊽。百姓貧家食鹽至少㊾，或有淡食，動經旬月。若據口給鹽㊿，依時徵價。辨與不辨(51)，並須納錢。遲違及違條件，觀察使已下各加罪譴(52)。官吏畏罪(53)，必用威刑，臣恐因此所在不安，百姓轉致流散，此又不可之大者也。

一件、平叔請限商人，鹽納官後，不得輒於諸軍諸使覔職掌把錢捉店看守莊磑〔二九〕，以求影庇。請令所在官吏嚴加防察[54]，如有違犯，應有資財並令納官，仍牒送府縣充所由者。臣以爲鹽商納榷[55]，爲官糶鹽。子父相承，坐受厚利。比百姓實則校優[56]。今既奪其業，又禁不得求覓職事及爲人把錢捉店[57]，看守莊磑，不知何罪[58]，一朝窮蹙之也？若必行此，則富商大賈必生怨恨。或收市重寶，逃入反側之地〔三〇〕，以資寇盜，此又不可不慮也[59]。

一件平叔云[60]：行此策後，兩市軍人富商大賈或行財賄，邀截喧訴，請令所由切加收捉。如獲頭首，所在決殺。連狀聚衆人等各決脊杖二十。檢責軍司軍户鹽，如有隱漏，並準府縣例科決，并賞所由告人者〔三一〕。此一件若果行之，不惟大失人心，兼亦驚動遠近。不知糶鹽所獲幾何，而害人蠹政，其弊實甚。

以前件狀奉今月九日勑〔三二〕，令臣等各陳利害者〔三三〕。謹録奏聞，伏聽勑旨〔三四〕。

【彙校】

①〔論變鹽法事宜狀〕《舉正》出南宋監本「論變鹽法事宜狀」，朱熹從方本。此篇文本殘缺兩葉，自「然則改用新法」以下文字係據朱本抄補，不取。

②〔奉敕〕潮本「敕」作「勑」，祝本、文本、南宋蜀本、王本、廖本同。今從魏本。

③〔匹段〕文本「匹」作「疋」。

④〔準舊例〕祝本、文本、南宋蜀本、魏本「準」作「准」，下文同。

⑤〔已上〕文本「已」作「以」。

⑥〔頭段〕文本、南宋蜀本「頭」作「領」。

⑦〔所云獲利〕《舉正》據蜀本訂「云」字，云：「謝校。」

⑧〔得錢無多〕祝本注：「無，一作『不』。」魏本注同。《舉正》據蜀本訂「無」字，云：「謝校。」《考異》：「無，或作『不』。」

⑨〔負擔斗石〕魏本「擔」作「檐」。

⑩〔必索百姓供應〕文本無「百姓」二字，注：「一有『百姓』字。」

⑪〔令不可行〕祝本「令」作「法」。《舉正》據閣本訂「令」作「若」字，云：「李校。」朱熹從方本，《考異》：「若，或作『令』，或有『若』字無下十一字。」

⑫〔充使令不可行雖宰相爲使無益也〕潮本注：「一無上十四字。」祝本注同。文本注：「一無『充使』以下十四字。」魏本注：「舊無『充使』以下十四字。」《舉正》：「蜀本『若』下無十一字，只出『若宰相所以』」

⑬〔又宰相〕《舉正》據閣本「宰相」下增「者」字，云：「李校。蜀本亦無『者』字。」朱熹從方本，《考異》：「或無『者』字，或無『又』、『者』二字。」

⑭〔一件平叔〕《舉正》出南宋監本「一件平叔又云法行之後」，删「一件」二字，云：「三本皆連上文，無『一件』字。」朱熹從監本，《考異》：「方無『一件』字。今按：此別是一條，當有『一件』字。」

⑮〔觀察及諸州〕祝本「觀察」下多一「使」字。

⑯〔諸色所由糧課〕《考異》：「或無此（所由）二字。」

⑰〔卻用十萬〕祝本注：「一無上四字。」魏本注同。

⑱〔遠近險易〕文本「遠近險易」作「險易遠近」。

⑲〔每斤三十六〕文本「六」下多一「文」字。朱熹「六」下增一「文」字，《考異》：「方無『文』字。」

⑳〔每斤四十〕文本、魏本「十」下多一「文」字。

㉑〔秖校數文〕《考異》：「秖，方作『只』。」

㉒〔用五文〕《舉正》出南宋監本「價脚用五文者」，云：「蜀本『用』作『每』。」《考異》：「用，或作『每』。」

㉓〔官與出二文〕潮本「二」作「三」，祝本、文本、南宋蜀本、魏本同。《舉正》出南宋監本「官與出二文」，云：「蜀本與謝本皆作『三文』。」朱熹從方本，《考異》：「二，或作『三』。」

㉔〔儻或州縣〕文本注：「一無上（儻或）二字。」魏本注同。潮本無「儻或」二字，祝本、南宋蜀本、王本、廖本同。今從文本。

㉕〔先皆無檢〕文本、南宋蜀本「檢」作「撿」。

㉖〔十文錢也〕《考異》：「或無『錢』字。」

㉗〔計得十萬〕魏本無「計」字，王本、廖本「計」作「尚」。

㉘〔尚得〕《舉正》：「蜀本『尚』作『計』。」《考異》：「尚，或作『計』。」

㉙〔請一年已來〕魏本注：「請，一作『謂』。」潮本「請」作「謂」，祝本、王本、廖本同。祝本注：「謂，一作『請』。」今從文本。

㉚〔明年校多〕南宋蜀本「校」作「挍」。

㉛〔此又非〕魏本無「此」字。

㉜〔問貴賤貧富〕文本「貴賤貧富」作「貧富貴賤」。

㉝〔糴鹽而食〕潮本「糴」上多一「來」字，祝本、文本、南宋蜀本、魏本同。《舉正》出南宋監本「官未自糶鹽之時來糴鹽而食」，删「來」字，云：「謝删。」朱熹從方本作「之時糴鹽」，《考異》：「『糴』上或有『來』字。今按文勢，恐『來』字上更有『從』字，今亦補足。」王本、廖本補「從」字，作「從來糴鹽而食」。今從方本。

㉞〔糴鹽而食〕潮本「糴」作「糶」，今從祝本。

㉟〔常糴鹽而食〕祝本「常」作「當」。

㊱〔近而不〕魏本無「而」字。

㊲〔國家榷鹽〕《考異》：「國，或作『官』。」祝本、文本、南宋蜀本、魏本「榷」作「摧」，下文同。謹按：榷，專賣、專營。

「搉」，「榷」之通假字。班固《答賓戲》：「逢蒙絶技於弧矢，般輸搉巧於斧斤。」《文選》李善注韦昭曰：「韋昭曰：搉，猶專也。」

㊳〔皆已輸錢〕文本「已」作「以」。

㊴〔舉債〕潮本「債」作「賃」，南宋蜀本同。《舉正》出南宋監本「必無舉債逃亡之患」，云：「蜀本作『舉賃』，非。」朱熹從方本，《考異》：「債，或作『賃』。」

㊵〔以爲百姓〕祝本無「爲」字。

㊶〔用錢三百〕潮本「三百」下多「六十」二字，祝本、文本、南宋蜀本、魏本同。潮本「六十」下注：「恐羨二字。」祝本、魏本注同。《舉正》訂「足」字，作「一月當用錢三百六十足」，云：「謝本作『足』，今本皆作『是』，非也。一云：『六十』字恐羨，亦非。蓋鹽每斤已當三十六，月當十斤，則三百六十也。」朱熹删「六十」二字，訂「是」字，作「三百是」，《考異》：「方作『三百六十足』，云：『或云六十字恐羨，非。蓋鹽每斤已當三十六文，月當十斤，則三百六十也。足或作是，屬下句。』今按：平叔所定鹽價一斤止三十文，韓公通計民間所加脚費，多者一月或至三十六文耳。其地近者自不及此，難預計也。故此上文且云：一日以十錢爲率，則一月安得用三百六十乎？其六十字當依或説删去。『足』改作『是』而屬下句爲當。」今從朱本。

㊷〔月校三十〕祝本「十」字下多一「文」字。

㊸〔今秖八百〕秖，魏本作「秪」，王本、廖本作「只」。

㊹〔無人糴鹽〕潮本「糴」作「糶」，今從祝本。

㊺〔口多羅少〕祝本「羅」作「羅」。

㊻〔觀察使〕祝本「觀」作「官」。

㊼〔貶與上佐〕《考異》：「或無『與』字。」

㊽〔非前意也〕潮本無「非」字，祝本、南宋蜀本、魏本同。《舉正》據杭本增「非」字。朱熹從方本，《考異》：「或無『非』字。」今從文本。

㊾〔食鹽至少〕《舉正》訂「少」作「小」字，云：「三本同，《通鑑》只作『少』。」朱熹從監本，《考異》：「少，方作『小』。」

㊿〔若據口給鹽〕魏本注：「或無『鹽』字。」潮本無「鹽」字，祝本同。祝本「給」下注：「一有『鹽』字。」《舉正》據蜀本增「鹽」字，云：「謝校。」《考異》：「或無『鹽』字。」今從方本。

51〔辨與不辨〕南宋蜀本「辨與不辨」作「辨與不辨」。

52〔各加罪譴〕祝本注：「譴，一作『於』。」魏本注：「一本『譴』作『於』字，又無下文『苟』字。」《舉正》據蜀本訂「譴」字，作「各加罪譴」，云：「謝校。」《考異》：「譴，或作『於』。」

53〔官吏畏罪〕魏本「官」上多一「苟」字。

54〔嚴加防察〕潮本「防」作「訪」，祝本、南宋蜀本、魏本同。祝本注：「訪，一作『防』。」魏本注同。《舉正》據蜀本訂作「防」，云：「謝校。」朱熹從方本，《考異》：「防，或作『訪』。」今從方本。

55〔納榷〕榷，祝本、魏本作「搉」，南宋蜀本作「税」。《考異》：「榷，或作『税』。」

56〔比百姓實則校優〕廖本「比」下多一「之」字。魏本注：「則，一作『有』。」《考異》：「疑『比』下當有『之』字，今補之。」王本注：「則，一作『有』。」

57〔爲人〕南宋蜀本「人」作「掌」。

58〔不知何罪〕潮本「何」作「其」，祝本、魏本同。祝本注：「其，一作『何』。」魏本注同。《舉正》據閣、蜀本訂作「何」。朱熹從方本，《考異》：「何，或作『其』。」今從方本。

59〔不慮也〕《舉正》據閣本訂「也」作「者」字，云：「李、謝校。」朱熹從方本，《考異》：「者，或作『也』。」

60〔一件平叔云〕潮本無「云」字，祝本、南宋蜀本、魏本同。《考異》：「『叔』下疑當有『云』字或『稱』字之類，今亦補足。」今從朱本。

【箋注】

〔一〕樊汝霖注：「《食貨志》云：自兵興河北，鹽法羈縻而已。至皇甫鎛又奏置榷鹽法如江淮榷法，犯禁歲多。及田弘正舉魏博歸朝，穆宗命江北罷榷鹽。户部侍郎張平叔議榷鹽法弊，請官糶鹽，可以富國。詔公卿議可否。中書舍人韋處厚、兵部侍郎韓愈詰之，以爲不可。平叔屈服。平叔所陳利害凡十八條，公爲隨條分折，處厚則發十難以折之云。」

此篇作年，洪興祖、方崧卿《舉正》、《年表》、朱熹《考異》、方成珪、蔣抱玄均繫於長慶二年（八二二）。洪譜：「二年壬寅：是年有《論變鹽法事宜狀》。《舊史》云：『二年三月張平叔爲户部侍郎，上疏請官自賣鹽，可以富國强兵，陳利害十八條。詔下其疏，令公卿詳議。中書舍人韋處厚隨條詰難，事遂不行。』司馬温公云：『愈時奉使鎮州未還，狀云奉今月九日敕，不知其何月也。今附於四月之末。』」《舉正》：「長慶二年作。平叔所陳十八條，此狀可見者十六條。白樂天行平叔《判度支詞》曰：『計能析秋毫，吏畏如夏日。』東坡曰：『此必小人也。』按《柳氏家訓》：『平叔後以贓敗竄，失官錢四十萬緡。』是宜以此終也。」《考異》：「長慶二年，張平叔爲户部侍郎，上疏請官自賣鹽，可以富國强兵，陳利害十八條。詔下其説，令公卿詳議。公與韋處厚條詰之，事遂不行。平叔所陳十八條，此可見者十六。」方譜：「張平叔以鴻臚卿判度支爲户部侍郎，在是年三月壬寅。此《狀》當是春夏間作。」

〔二〕《東坡志林》卷二：「樂天行《張平叔户部侍郎判度支制誥》云：『吾坐而決事，丞相以下不過四五，而主計之臣在焉。』以此知唐制主計蓋坐而論事也，不知四五者悉何人。平叔議鹽法至爲割剥，事見退之集。今樂天制誥亦云：『計能析秋毫，吏畏如夏日。』其人必小人也。」張平叔，兩《唐書》無傳，其生平不詳，今鈎稽其可知者如次：張平叔，吴縣人（《江南通志》卷一百十九）。貞元十年十二月詳明政術可以理人科及第（《唐會要》卷七十六）。元和末以副鹽鐵官爲商州刺史，長慶初入爲京兆少尹知府事（白居易《張平叔可京兆少尹知府事制》）。長慶二年正月甲寅，以鴻臚卿兼御史大夫判度支。三月壬寅，以户部侍郎充職。上疏請官自賣鹽，可以富國强兵，陳利害十八條。詔下其疏，令公卿詳議。中書舍人韋處厚、兵部侍郎韓愈條詰之，以爲不可，事遂不行。十二月丁未，貶通州刺史（《舊唐書·穆宗紀》）。

〔三〕文讜注：「糶，賣也。音他弔切。俗作『粜』，非是。」

〔四〕沈欽韓注：「《册府元龜·賦税門》：『先是，天下方鎮恣意誅求，皆以實估領於人，虚估聞於上。宰臣裴垍深知其弊。』按：實估者，如絹一匹，其時直錢八百是也。《會要》八十三：『裴垍奏請天下留州送使物，一切令依省估。』省估即虚估，擡價者也。」《册府元龜》卷四百九十三：「二年三月，張平叔爲户部侍郎判度支，上言度支所管榷鹽舊法，爲弊年深。臣今請官中自糶鹽，可以富國强兵，勸農積貨。疏其利害十八條。詔下其奏，令公卿議。中書舍人韋處厚抗論不可，以平叔條制不周，經慮未盡。以爲利者反害，以爲簡者至煩。乃即其條目，隨以設難。平叔一條云：『應簡得公私鹽當日具都數申度支，便任府縣差人勾當。出糶多少，逐月申報。糶價之内所得見錢，去上都一千里者，任市當土布絹。』處厚駁曰：『竊以《禹貢》：甸服五百里近者納草，遠者納米。是量遠近而制輕重也。今言千里外市絹，則是千里内須送見錢。興元洋州並是八百里内，駱谷道路險阻非常。若送見錢，實爲不可。』」

〔五〕文讜注：「糴，買也。亭歷切。」見錢，現錢、現金。《漢書·王嘉傳》：「是時外戚貲千萬者少耳，故少府水衡見錢多也。」顔师古注：「見錢，見在之錢也。」

〔六〕蔣抱玄注：「博，通也。《孟子》（《滕文公下》）：『子不通功易事，以羨補不足。則農有餘粟，女有餘布。』」謹按：博易，交易、貿易。《唐律疏義》卷八「越度緣邊關塞」條：「共化外蕃人私相交易，謂市買博易。」

〔七〕文讜注：「賒，詩遮切。貸，他代切。」賒貸，賒欠。《漢書・食貨志》：「莽乃下詔曰：夫周禮有賒貸。」顔師古注：「《周禮》泉府之職曰：『凡賒者，祭祀無過旬日，喪紀無過三月。凡人之貸者，與其有司辨而授之，以國服爲之息。』謂人以祭祀喪紀，故從官賒買物，不過旬日及三月而償之。其從官貸物者，以共其所屬吏定價而後與之。各以其國服事之稅而輸息。謂若受園廛之田而貸萬錢者，一朞之月出息五百。貸，音土戴反。」

〔八〕時熟，秋熟、秋收。《國語・吴語》：「年穀時熟，日長炎炎。」

〔九〕取濟，獲得助益。《蘇氏演義》卷上引《神異經》：「狽無前足。一云：前足短，不能自行，附狼背而行，如水母之有蝦也。若狼爲巨獸或獵人逐之而逸，即狽墜於地，不能取濟，遂爲衆工所獲。」

〔一〇〕沈欽韓注：「頭段，謂絹布之足度者。」

〔一一〕沈欽韓注：「前代以『所由』爲所司。見《北史・朱元旭》、《南史・陸杲》等傳。《通鑑》注：『項安世《家説》曰：今坊市公人謂之所由。』」謹按：所由，即「所由官」，多指辦事胥吏。《梁書・皇后傳・高祖丁貴嬪》：「婦人無闖外之事，賀及問訊牋什，所由官報聞而已。」《資治通鑑》卷二百四十三寶曆二年：「丞相不應許所由官呫囁耳語。」胡三省注：「京尹任煩劇，故唐人謂府縣官爲『所由官』。項安世《家説》曰：『今坊市公人謂之所由。』」《資治通鑑》卷二百四十二長慶二年胡三省注：「所由，綰掌官物之吏也。事必經由其手，故謂之所由。」

〔一二〕《册府元龜》卷四百九十三：「又一條云：『州縣所要糶鹽人，委所在長吏於當州當縣倉督録事佐吏以下，本所繇中揀選，不得差配百姓。如有鄉村去州縣路遠處，即州縣揀定所繇，將鹽就鄉村糶易。』處厚駁曰：『臣曾任刺史，所繇入鄉村，是爲政之大弊。一吏到門，百家納貨。今陛下方以清静簡易休息蒼生，宜去其冗負，除其蟊賊。今山劍州縣境土至闊，其令若行，煩擾至甚。』」

〔一三〕蔣抱玄注：「檐，與『擔』同。《管子・七法篇》：『不明其則而欲出號令，猶檐竿而欲定其末。』」負擔，背負肩擔。《淮南子・氾論》：「乃爲靼蹻而超千里，肩荷負儋之勤也；而作爲之楺輪建輿，駕馬服牛，民以致遠而不勞。」斗石，量詞，十斗曰石。

〔一四〕蔣抱玄注：「殿最，考課之等差也。上者爲最，下者爲殿。《漢書》（《後漢書・百官志》）：『即奏其殿最，而行賞罰。』」《漢書・宣帝紀》：「其令郡國歲上繫囚以掠笞若瘐死者所坐名、縣、爵、里，丞相御史課殿最以聞。」顔師古注：「凡言殿最者：殿，後也，課居後也；最，凡要之首也，課居先也。」

〔一五〕《册府元龜》卷四百九十三：「又一條云：『臣今欲獻鹽法，歸於簡易。但委州縣，則無不濟。伏緣所務至重，須以廟堂宰臣充關内河東山劍等道鹽鐵使。』處厚駁曰：『臣竊以度支使四方稟奉，不殊宰相，權柄已重，不假臺司。臺司者，三公論道之地。雜以鹺務，實非所宜。三十年來竇參、程異、皇甫鎛並以錢穀居臺鉉。非惟國體不可，抑亦名利難兼。所以參輩不受國誅，必有天禍。』」

〔一六〕蔣抱玄注：「糧課，即鹽稅也。」謹按：《舊唐書·德宗紀上》貞元二年九月詔：「宜增禄秩，以示優崇。並宜加給料錢及隨身糧課。」《唐書·張延賞傳》：「今官繁費廣，州縣殘困。宜并省其員，悉收廩料糧課輸京師賞戰士。」《唐會要》卷六十五：「今請於使計所給料錢數尅減十千，添給所由二十人糧課。」《唐會要》卷六十九：「其應停減官俸糧禄、職田雜料、手力糧課等一切已上，各宜令度支勘審檢收納，送上都左藏庫收貯。」隨身、所由、手力，均下層胥吏。則所謂「糧課」，當爲下層胥吏俸禄。蓋平叔主張改官産商賣爲官産官賣，此前具體負責商家管理的「鹽司所由」即可以減省，並由此省下「糧課」每年計十萬貫。蔣注釋爲「鹽稅」，不確。

〔一七〕蔣抱玄注：「料錢，唐制，職官俸禄外另給食料，或准折錢，謂之料錢。」

〔一八〕陳景雲注：「按：『啻』字句絶。不啻，猶言不止也。《左傳》『鮮不五稔』，杜注：『少尚當歷五年，多則不啻。』又柳子厚序棊亦有『相去千萬不啻』語。」王元啓注：「按：『啻』字句絶，或連下『減得十萬』爲句者，非。」

〔一九〕蔣抱玄注：「和雇，謂募雇民夫予以相當之值，事出於兩願者。（陸贄《劾裴延齡表》）：『以和雇爲稱而不償其傭。』」謹按：和雇，官府出錢雇傭。魏徵《十漸疏》：「雜匠之徒，下日悉留和雇。」

〔二〇〕文讜注：「唐志（《新唐書·食貨志》）：乾元元年，鹽鐵鑄錢使第五琦初變鹽法，就山海井竈近利之地置監院，吴揚楚越有十監。」

〔二一〕文讜注：「《唐志》：劉晏立榷鹽法，自淮置巡院十三，以捕私鹽，姦盜爲之衰息。」

〔二二〕蔣抱玄注：「收納糧課之地，統稱倉場。」

〔二三〕蔣抱玄注：「句當，猶言幹辦也。《北史·序傳》：『事無大小，士彦一委仲舉勾當。』」

〔二四〕蔣抱玄注：「（《新唐書·兵志》）唐初，兵之戍邊者大曰軍，小曰守捉，曰城曰鎮，而總之者曰道。」

〔二五〕蔣抱玄注：「影占，謂假冒而擅據之也。」謹按：此處「影占」，謂虚冒軍籍以逃避税收者。

〔二六〕文讜注：「唐志（《新唐書·食貨志》）開元以後，盗起兵興，財用益屈，而租庸調法弊。自代宗始以畝定税而斂以夏秋。至德宗相楊炎，遂作兩税法。」

〔二七〕《册府元龜》卷四百九十三：「又一條云：『據每道每州糶鹽不少，今所在户口都不申明實數。臣請令長吏有不親公事，信任所繇浮詞云當界無人糶鹽，交恐不濟。臣即請差清彊巡官往所訴州簡責，實户口數團保。』處厚駁曰：『臣曾爲外州刺史，備諳此事。自兵興以來垂二十載，百姓粗能支濟，免至流離者，實賴所存浮户相倚，兩税得充。縱遇水旱蟲霜，亦得相全相補。若搜索悉盡，立至流亡。宇文融當開元全盛之時，搜丁出户，猶以殘人斂怨，瘁國害身。此策若行，則甚於彼。臣前月二十四日思政殿面奉德音，深恤疲人，且不配户。聖慮周悉，繇見事情。臣等退而抃躍，以爲昇平坐致。若據此節，即與配户無殊。平叔所陳，未副聖德。』」

〔二八〕《册府元龜》卷四百九十三：「又一條云：『諸州府縣簡得鹽，便於當處官倉收貯。其京城兩縣簡責得鹽，於度支兩常平院貯。當日各據數勒留，依所定估出糶。從敕下後諸巡院便計料般鹽，分付府縣供糶，常令所貯有剩，不得令闕。如有違闕，知院官聞奏，貶遠惡處。官典所繇節級重科決停，解如府縣。不存公心，課利减耗，及所送官鹽價匹段濫弱并送納不時，妄有申訴，其京兆亦令司録及觀察使停見任，改散慢官。其專判鹽案及刺史請貶與上佐。本州專判案官録事參軍縣令亦請遠貶。』處厚駁曰：『臣竊以古人云：人愛其狐裘，反而負芻。皮既不存，毛將安傅？皮喻百姓，毛喻國家。百姓不存，國家不立。今兩税編户是國根本，擇忠信之長，命慈惠之師，推赤子之仁，布愷悌之化，猶懼不及而有傷痍。今爲鹽鐵不登，便須貶黜。雖龔黄召杜之政，卓魯蒲密之能，無所施於聖代矣。』」

〔二九〕祝充注：「磑，五對切，磨也。《世本》：『公輸般作之。』《晉史》（《晉書·褚陶傳》）：褚陶年十三，作《鷗鳥》、《水磑》二賦。」

〔三〇〕蔣抱玄注：「反側，謂懷二心者。《後漢書》（《光武帝紀》）：光武得諸吏人與王郎交通書，不之省，會諸將燒之，曰使反側子自安。」

〔三一〕《册府元龜》卷四百九十三：「其末條云：『以設法之初，沮議者衆。聖斷先定，則成績可期。令出之後，輦轂之下尤要隄防。恐爾兩軍市人鹽商大賈，或行財貨，邀截喧訴，臨時必有此色姦人。伏乞聖慈委兩軍中尉兼京令尹切加把捉。如有此色，捉獲頭首，所在決殺。連狀聚衆人各加脊杖二十。』處厚駁曰：『臣竊以古人云：利不百，不變法；工不十，不易器。改更之事，自古所難。故云：謀不欲多，决之欲獨。臣於平叔無親故無讎，嫌所陳者非挾情，所議者歸利害。唯聖上獨斷，推於至公。然彊人之所不能，事必不立；禁人之所必犯，法必不行。臣嘗爲開州刺史，當時被鹽監吏人橫攪官政，亦欲鹽歸州縣，總領其權。嘗試研求，事有不可。蓋以設法施行，須順風俗。或東州便則西州害，或南州易則北州難。且據山南一道明之：興元巡管不用見錢，山谷貧人隨土交易。布帛既少，食物隨時。市鹽者或一斤麻，或一兩絲，或蠟或漆或魚或雞。瑣細叢雜者，皆因所便。今逼之使出布帛，則俗且不堪其弊。官中貨之以易絹，勞而無功。伏惟聖明裁擇。』」

〔三二〕《資治通鑑》卷二百四十二繫其事於長慶二年夏四月。《通鑑考異》：「《實録》因三月壬寅平叔遷户部侍郎事，遂言變鹽法及處厚駁議。按：韓愈時奉使鎮州猶未還。又壬寅，三月十一日。愈論鹽法狀云：『奉今月九日敕。』不知其何月也。今附於四月之末。」

〔三三〕《舉正》：「平叔所陳十八條，此狀可見者十六條。」王元啓注：「按：今狀所列『一件』云者只一十三條。內五、六兩條各分二款，則總計公所駁者一十五條。沈曰：第十一條中『寬百姓免流亡』亦是平叔疏中語。故云十六條。」謹按：韋處厚駁議分「據口團保」與「違闕貶黜」爲二條。所闕一條，當爲「追徵逋懸」。《舊唐書·李渤傳》：「張平叔判度支，奏徵久遠逋懸。渤上疏曰：伏奉詔敕，云度支使所奏，令臣設計徵填當州貞元二年逃户所欠錢四千四百一十貫。臣當州管田二千一百九十七頃，今已旱死一千九百頃有餘。若更勒徇度支使所爲，必懼史官書陛下於大旱中徵三十六年前逋懸。」

〔三四〕《文獻通考·征榷考二·鹽鐵》：「按鹽之爲利，自齊管仲發之，後之爲國者榷利日至。其初也，奪竈户之利而官自煮之，甚則奪商販之利而官自賣之。然官賣未必能周徧，而細民之食鹽者不能皆與官交易，則課利反虧於商税。於是立爲蠶鹽、食鹽等名，分貧富五等之户而俵散抑配之。蓋唐張平叔所獻官自賣鹽之策而昌黎公所以駁議之者，其慮已略及此矣。逮其極弊也，則官復取鹽自賣之，别取其錢。而人户所納鹽錢遂同常賦，無名之横斂永不可除矣。當時江南亦配鹽於民，而徵米在後；鹽不給而徵米如故，其弊歷三百年而未除。宇縣分割，國自爲政，而苛斂如出一轍，異哉！」

卷三十一

(原本外集卷一)此卷以祝本爲底本,以文本、魏本對校,潮本、南宋蜀本闕。

明水賦(以玄化無宰至精感通爲韻)①〔一〕

古者聖人之制祭祀也②,必主忠敬③〔二〕,崇吉蠲〔三〕。不貴其豐④,乃或薦之以水〔四〕;不可以黷⑤〔五〕,斯用致之於天⑥。其事信美⑦,其義惟玄。月實水精〔六〕,故求其本也⑧;明爲君德〔七〕,因取以名焉。

於是命烜氏,候清夜⑨〔八〕。或將祀圓丘於玄冬⑩〔九〕,或將祭方澤於朱夏⑪〔一〇〕。持鑑而精氣旁射〔一一〕,照月而陰靈潛下〔一二〕。視而不見⑫,謂合道於希夷〔一三〕;挹之則盈〔一四〕,方同功於造化〔一五〕。

應於有,生於無⑬。形象未分,徒騁離婁之目⑭〔一六〕;光華暗至,如還合浦之珠〔一七〕。既齊芳於酒醴⑮〔一八〕,詎比賤於潢汙〔一九〕。

明德惟馨〔二〇〕,玄功不宰⑯〔二一〕。于以表誠潔,于以戒荒怠⑰。苟失其道,殺牛之祭何爲〔二二〕；如得其情⑱，明水之薦斯在⑲。

不引而自致，不行而善至〔二三〕。雖辭麴蘖之名⑳，實處罇罍之器。降於圓魄〔二四〕，殊匪金莖之露㉑〔二五〕；出自方諸〔二六〕，乍似鮫人之淚㉒〔二七〕。將以贊于陰德，非獨配于陽燧㉓〔二八〕。

夜寂天清，煙消氣明。桂華吐耀〔二九〕，兔影流精㉔〔三〇〕。聊設監以取水㉕，伊不注而能盈。霏然垂象㉖〔三一〕，的爾而呈㉗〔三二〕。始漠漠而霜積㉘〔三三〕，漸微微而浪生〔三四〕。豈不以德協于坎㉙，同類則感㉚〔三五〕。

形藏在空㉛，氣應則通〔三六〕。鶴鳴在陰之理不謬㉜〔三七〕，武嘯于谷之義可崇㉝〔三八〕。足以驗聖賢之無黨㉞〔三九〕，知天地之至公㉟。竊比大羹之遺味㊱〔四〇〕，幸希薦於廟中〔四一〕。

【彙校】

①〔明水賦〕此篇又載《文苑英華》卷五七，據校。文本脱此卷首葉，篇首至「陰靈潛下」一段文字係據廖本抄補，不取。

祝本「明」上多「省試」二字，魏本同。祝本「精」作「誠」，魏本同。祝本注：「玄化無宰至誠感通。誠，或作『精』。」魏本注：「玄化無宰至誠感通爲韻。」嚴有翼注：「此賦以玄化無宰至誠感通爲韻。而賦中不押『誠』字，或疑有誤。以予考之，歐陽詹亦以是年擢第，其集中所載《明水賦》韻云『玄化無宰至精感通』。則知『誠』字爲誤。」《舉正》出南宋監本「明水賦」，訂側註「精」字，作「玄化無宰至精感通」，云：「貞元八年省試。蜀本不録，以

《文苑》校。」朱熹從方本，《考異》：「以玄化無宰至精感通爲韻。精，或作『誠』。」今從苑本。

②〔古者聖人之制祭祀也〕苑本無「者」、「也」二字，注：「一有『者』字。一有『也』字。」《舉正》出南宋監本「制祭祀也」，據《文苑》删「也」字。朱熹從監本，《考異》：「方無『者』字。方無『也』字。」

③〔必主〕苑本「必」下注：「一無此字。」

④〔不貴〕苑本「貴」作「責」，注：「責，一作『貴』。」

⑤〔不可以黷〕苑本「黷」作「瀆」。

⑥〔致之於天〕《舉正》據《文苑》訂「于」字，作「致之于天」。倫按：今苑本同監本。朱熹從監本，《考異》：「於，方作『于』。」

⑦〔信美〕祝本「美」作「矣」，今從苑本。

⑧〔求其本〕苑本「求」作「水」，注：「水，一作『求』。」

⑨〔候清夜〕苑本「候」作「侯」。

⑩〔祀圓丘〕祝本注：「祀，一作『祭』。」王本注：「祀，方作『祭』。」苑本、魏本「祀」作「祭」。魏本注：「祭，一作『祀』。」苑本注同。《考異》：「祀，或作『祭』。」

⑪〔祭方澤〕王本注：「祭，或作『祀』。」廖瑩中注同。魏本「祭」作「祀」，注：「祀，一作『祭』。」

⑫〔視而不見〕苑本「而」作「之」。

⑬〔生於無〕祝本注：「生，一作『聲』。」魏本注同。《考異》：「生，或作『聲』。」

⑭〔徒騁〕苑本「騁」作「逞」。

⑮〔齊芳〕苑本「芳」作「高」，注：「高，一作『芳』。」《舉正》據《文苑》訂作「高」，云：「《禮》：夏尚明水，商尚醴，周尚酒。今作『齊芳』，非。」朱熹從監本，《考異》：「芳，方作『高』。今按：明水當在酒醴之上，不應反言『齊高』。此蓋以其都無臭味，嫌不足於芬芳，故有『齊芳』之語。方説非是。」

⑯〔玄功〕苑本「玄」作「神」，注：「神，一作『玄』。」

⑰〔戒荒怠〕苑本「戒」作「誡」。

⑱〔其情〕苑本注：「情，一作『宜』。」祝本「情」作「宜」，文本、魏本同。《舉正》據《文苑》訂作「情」。朱熹從監本，《考異》：「宜，方作『情』。」王元啓注：「作『情』與前『主忠敬』、『表誠潔』意相應，作『宜』無謂。」今從苑本。

⑲〔明水之薦〕祝本注：「薦，一作『爲』者非。」魏本注同。《考異》：「薦，或作『爲』。」

⑳〔雖辭麴櫱〕文本「雖辭」作「辭雖」。

㉑〔殊匪金莖之露〕《考異》：「匪，或作『非』。露，或作『靈』。」

㉒〔乍似〕苑本「乍」作「已」，注：「已，一作『乍』。」《舉正》據《文苑》訂作「已」。朱熹從監本，《考異》：「乍，方作『已』。」

㉓〔非獨配于陽燧〕苑本「非獨配于」作「配夫」，注：「『配夫』二字一作『非獨配于』。」《舉正》據《文苑》删「配」上「非獨」二字，訂「夫」字，作「配夫陽燧」。朱熹從方本，《考異》：「『夫』或作『于』。上或有『非獨』二字。」

㉔〔兔影流精〕苑本注：「兔影流精，一作『玉兔騰精』。」祝本作「玉兔騰精」，文本、魏本同。祝本注：「玉兔，一作『兔影』。」魏本注同。《舉正》據《文苑》訂「騰」作「流」。朱熹作「兔影騰精」，《考異》：「兔影，或作『玉兔』。騰，方作『流』。」今從苑本。

㉕〔設監以取水〕苑本「監」作「教」，注：「教，一作『鑒』。」魏本注：「監，當作『鑑』。」

㉖〔霏然垂象〕祝本注：「垂，一作『無』。」魏本注同。今苑本「垂」作「有」，注：「有，一作『垂』。」《舉正》據《文苑》訂「而」字，作「霏然而象」。朱熹從方本，《考異》：「而，或作『垂』，或作『無』。」

㉗〔的爾〕《考異》：「的，方作『酌』。」

㉘〔始漠漠而霜積〕苑本「漠漠而」作「茫茫以」，注：「茫茫以，一作『漠漠而』。」《舉正》據《文苑》訂「茫茫以」三字，作「始茫茫以霜積」。朱熹從監本，《考異》：「下（漠漠而）三字方作『茫茫以』。」

㉙〔德協于坎〕魏本「協」作「叶」。

㉚〔同類則感〕苑本「同」作「有」，注：「有，一作『同』。」《舉正》據《文苑》訂「有」字，作「有類則感」。朱熹從監本，《考異》：「同，方作『有』。今按：『同類』與下文『氣應』對屬差互，恐當作『類同』。」

㉛〔形藏〕苑本「藏」作「昭」，注：「昭，一作『藏』。」《舉正》據《文苑》訂「昭」字，作「形昭在空」。祝本注：「在，一作『於』。」魏本注同。朱熹從監本，《考異》：「在，或作『於』。」

㉜〔理不謬〕苑本「理」作「論」，注：「論，一作『理』。」《舉正》據《文苑》訂作「論」。朱熹從監本，《考異》：「理，方作『論』。」

㉝〔武嘯于谷之義〕祝本注：「武，一作『虎』。」樊汝霖注：「此曰『武』者，避唐太祖諱也。」文本注：「唐太祖廟諱『虎』，故變文爲『武』。」魏本注：「武嘯，今本作『武嘯』。」王本「武」作「虎」，廖本同。王本注：「虎，方作『武』。今按：作『虎』爲是。但當時程試避諱當作『武』耳。」廖本注同。苑本「義」作「道」，注：「道，一作『義』。」《舉正》據《文苑》訂「道」字，作「武嘯于谷之道可崇」。朱熹從監本作「武嘯于谷之義」，《考異》：「武，或作『虎』。今按：作『虎』爲是。但當時程試避諱當作『武』耳。義，方作『道』。」

㉞〔足以驗聖賢〕苑本「足以驗」作「庶令知」，「賢」作「真」，注：「一作『足以驗聖賢』。」魏本無「賢」字。《舉正》據《文苑》訂「庶令知」、「真」四字，作「庶令知聖真」。朱熹從監本，《考異》：「足以驗聖賢，方作『庶令知聖真』。」

㉟〔知天地〕苑本「知」作「驗」。《舉正》據《文苑》訂作「驗」。朱熹從監本，《考異》：「知，方作『驗』。」

㊱〔遺味〕苑本「遺」作「貴」。

【箋注】

〔一〕樊汝霖注：「東平呂夏卿云：《通解》、《崔虞部書》、《明水賦》、《河南同官記》，趙德《文録》所載。德，潮人，公爲刺史時攝海陽尉督州學生徒者。疑德親受本於公，比它本爲最可信。」孫汝聽注：「貞元八年禮部侍郎陸贄知貢舉，試進士《明水賦》、《御溝新柳詩》。公詩逸矣，唯此賦存。」魏仲舉注：「玄化無宰至誠感通，出《周禮·司烜氏》掌以夫遂取火於日，以鑒取明水於月，以供祭祀之明齍。明燭共明水，明潔也。取水火於日月，欲得陰陽之潔氣也。」

此篇作年，洪興祖、方崧卿《舉正》、《年表》、《增考》、王元啓、方成珪、蔣抱玄均繫於貞元八年（七九二）。洪譜：「《唐科名記》云：『貞元八年，陸贄主司，試《明水賦》、《御溝新柳詩》。其人賈稜、陳羽、歐陽詹、李博、李觀、馮宿、王涯、張季友、齊孝若、劉遵古、許季同、侯繼、穆贄、韓愈、李絳、温商、庾承宣、員結、胡諒、崔羣、邢册、裴光輔、萬瓘，是年一牓，多天下孤雋偉傑之士，號龍虎牓。』」《增考》：「按姚康《科第録》，李博實本年末名。《科名記》録於第四，非也。又《歐陽詹傳》謂：『詹與韓愈、李觀、李絳、崔羣、王涯、馮宿、庾承宣聯第，皆天下選，時稱龍虎榜。』蓋是牓由此八人而重也。」

〔二〕蔣抱玄注：「《禮記》《祭統》：『賢者之祭也，致其誠信與其忠敬。』」

〔三〕祝充注：「蠲，音涓，明也。《詩·天保》：『吉蠲爲饎。』毛氏注云：『吉，善。蠲，潔也。』」

〔四〕孫汝聽注：「《周禮》《司烜氏》：『共明水者以爲玄酒。』」蔣抱玄注：「薦，獻也，進也。《易經》（《豫·象》）：『殷薦之上帝。』」

〔五〕蔣抱玄注：「黷，同『瀆』，褻也。《漢書》（《鄒陽傳》）：『媟黷貴幸。』」《公羊傳》桓公八年：「亟則黷，黷則不敬。」何休注：「黷，渫黷也。」

〔六〕蔣抱玄注：「精靈曰精。（晉楊泉）《物理論》：『月水之精。潮有大小，月有虧盈。』」《論衡·説日篇》：「日者，火之精也。月者，水之精也。」

〔七〕蔣抱玄注：「《書經》（《文侯之命》）：『丕顯文武，克慎明德。』」

〔八〕祝充注：「《周禮》有司烜氏。」文讜注：「烜，音燬。」《周禮·秋官·序官》：「司烜氏：下士六人，徒十有二人。」鄭玄注：「烜，火也。讀如衛侯燬之『燬』。」蔣抱玄注：「清夜，深夜也。魏文帝詩（《於譙作》）：『清夜延貴客。』」司馬相如《長門賦》：「懸明月以自照兮，徂清夜於洞房。」

〔九〕蔣抱玄注：「圓，與『圜』通。圓丘，冬至祭天之處也。《周禮》（《春官·宗伯下》）：『凡樂，冬日至於地，上之圜丘奏之。』（鄭玄注）：『土之高者曰丘。圜者，象天圜也。』（梁元帝）《纂要》：『冬曰玄冬。』」《漢書·楊雄傳》：「於是玄冬季月，天地隆烈。」顔師古注：「北方色黑，故曰玄冬。」

〔一〇〕蔣抱玄注：「方澤，地壇也。其制方，故名。《周禮》（《春官·宗伯下》）：『夏至祭地於澤中之方丘。』傅咸《木槿賦》（《舜華賦》）：『逮朱夏而誕英。』」謹按：朱夏，夏季。《爾雅·釋天》：「夏爲朱明。」

〔一一〕韓醇注：「《淮南子》（《天文》）：『積陰之寒氣爲水，水氣之精者爲月。』」蔣抱玄注：「《易經》：『精氣爲物。』」《易·繫辭上》孔穎達疏：「云精氣爲物者，謂陰陽精靈之氣，氤氲積聚而爲萬物也。」

〔一二〕樊汝霖注：「謝莊《月賦》：『日以陽德，月以陰靈。』」

〔一三〕文讜注：「《老子》曰：『視之不見故曰希，聽之不聞名曰夷。』」河上公注：「無色曰夷，無聲曰希。」

〔一四〕文讜注：「《法苑珠林》（《祈雨篇·感應緣》）：『太山之東有澧泉，其形如井，本體是石也。欲取飲者，皆洗心志，跪而挹之，則泉出如流，多少足用；若或汙慢，則泉縮焉。蓋神明之嘗。』挹，酌也，乙及切。」蔣抱玄注：「挹，引也，酌也。《太玄經》《玄攡第九》：其道游冥而挹盈。」王符《潛夫論·遏利》：「是以持盈之道，挹而損之，則亦可以免於亢龍之悔、乾坤之愆矣。」

〔一五〕蔣抱玄注：「《淮南子》《覽冥》：『懷萬物而友造化。』（高誘注）：『造化，天地也。』」

〔一六〕樊汝霖注：「趙岐註《孟子》《離婁上》：『離婁，古之明目者，黄帝時人。黄帝遺珠，使離朱索之。離朱即離婁也。能視百步之外，見秋毫之末。』」

〔一七〕文讜注：「《後漢》《孟嘗傳》：孟嘗爲合浦太守，郡境舊採珠以易米。先時二千石貪穢，使民採珠，積以自入。珠忽徙去，合浦無珠。餓死者盈路。孟嘗行化，一年之間去珠復還。」

〔一八〕樊汝霖注：「《禮記·明堂位》：夏后氏尚明水，殷尚醴，周尚酒。」蔣抱玄注：「《釋名》《釋飲食》：『醴之一宿而成醴。』《書》：『若作酒醴，爾惟麴蘖。』」《書·説命下》孔傳：「酒醴須麴蘖以成，亦言我須汝以成。」

〔一九〕文讜注：「《左氏》（隱公三年）：『臧僖伯云：苟有明信，潢汙行潦之水可薦於鬼神。』杜預注：『潢汙，停水。潢，音黄。』」

〔二〇〕文讜注：「《尚書》云：『黍稷非馨，明德惟馨。』」《書·君陳》孔傳：「所聞上古聖賢之言，政治之至者，芬芳馨氣，動於神明。所謂芬芳，非黍稷之氣，乃明德之馨，勵之以德也。」

〔二一〕文讜注：「《老子》曰：『生而不有，長而不宰，是謂玄德。』」謹按：玄功，自然之功。謝朓《三日侍宴曲水代人應詔》詩：「徒勤日用，誰契玄功。」

〔二二〕文讜注：「《易·既濟》九五爻辭：『東鄰殺牛，不如西鄰之禴祭。』（鄭玄注）：『東鄰，謂紂也；西鄰，謂文王也。既濟，離下坎上，離爲牛，坎爲豕。言殺牛而凶，不如殺豕受福。喻奢而慢，不如儉而敬也。』」

〔二三〕文讜注：「《易·繫辭》：『惟神也，不疾而速，不行而至。』」

〔二四〕樊汝霖注：「《書》（《康誥》）：『哉生魄。』（孔）注：『月十六日也。』」文讜注：「《禮記》（《鄉飲酒義》）：『月者三日成魄。』注云：『魄，光也。』」

〔二五〕文讜注：「《後漢書》（《班固傳》）班固《西都賦》：『抗仙掌以承露，擢雙立之金莖。』注云：『武帝時作銅柱仙人掌之屬建章宫。承露盤高二十丈，大七圍，以銅爲之。上有仙人掌承露，和玉屑飲之。金莖，即銅柱也。』《三國志》（《魏志·衛覬傳》）衛覬曰：『漢武帝求神仙之道，謂當得雲表之露以餐玉屑。故立仙掌以承露焉。』」廖瑩中注：「漢建章宫露盤金莖，事見《三輔黄圖》。」

〔二六〕文讜注：「《淮南》（《天文》）曰：『陽燧見日則燃而爲火，方諸見月則津而爲水。』許氏注云：『陽燧，金也。取金杯無緣者，熟摩令熱，日中時以當日下，以艾承之則燃，得火也。方諸，陰燧大蛤也。熟磨拭令熱，月盛時以向月下，則水生。以銅盤受之，下水數滴。』《論衡》云：『若此言之，則二器如板狀，安能得水火也。』鑄陽燧，用五月五日丙午日午時，鍊五色石爲之形，向日則得火。方諸以十一月壬子夜半時，鍊五色石爲之。狀如圬杯。向月即得津水。今取大蚌蛤向月，亦有津潤焉。」孫汝聽注：「鄭氏註《周禮》云，鑒鏡屬取水者，世謂之方諸。《淮南子》曰：方諸見月則津而爲水。高誘註云：方諸，陰燧大蛤也。熟摩令熱以向月，則水生銅槃，受之下，水數石也。《漢書》名鏡爲方諸。」

〔二七〕樊汝霖注：「梁任昉《述異記》：南海有鮫人，水居而能織。曾寓人宿，既去，泣別，所墮淚皆成珠。」文讜注：「《搜神記》曰：『南海之外有鮫人，水居如魚，不廢織。其人能泣珠。』又《洞冥記》曰：『踈勒國人常有蛟人宿其舍，既去，泣別，所墮淚皆成珠。』鮫，海魚也。」

〔二八〕祝充注：「《周禮》（輈人）：『金錫半謂之鑒燧之齊。』注：『鑒燧，取水火於日月之器。』」

〔二九〕文讜注：「《緗素雜記》曰：舊傳月中有桂，故異書言：『月桂高五百丈，下有一人常斫之，樹創隨合。人姓吴名剛，西河人。學仙有過，謫令伐樹。』釋氏書言：『須彌山南面有閻扶樹，月過，樹影入月中。蟾、桂，地影也。空際，天影也。』此語差近之。」韓醇注：「虞喜《安天論》云：月中有仙人桂枝。」倫按：桂華，即「桂花」，因月桂而代指月光、月色。庾信《舟中望月》：「天漢看珠蚌，星橋視桂花。」張九齡《和秋夜望月憶韓廣等諸侍郎因以投贈吏部侍郎李林甫》：「皓皓庭際色，稍稍林下光。桂華澄遠近，璧綵散池塘。」

〔三〇〕孫汝聽注：「玉兔，白兔。傅玄（《擬天問》）曰：『月中何有，白兔擣藥，興福降祉。』騰精，騰其光也。」

〔三一〕霏然，雲氣彌漫貌。此語始見韓文，後人亦有採用者。如《太清神鑑》「青色出没」條：「青色初起如銅青，將盛之時，如草木初生。欲去之時，如碧雲之色，霏霏然浮散。」（《太清神鑑》卷三）《通幽記·趙旭》：「其樂唯笙簫琴瑟略同人間，其餘並不能識，聲韻清鏘。奏訖而雲霧霏然，已不見矣。」（《太平廣記》卷六十五）王定保《唐摭言》卷八：「予次匡廬，其夕遥祝九天使者。俄夢朱衣道人長丈餘，特以青灰落，衣襟霏霏然。」

〔三二〕文讜注：「《魯靈光殿賦》云：『的爾殊形。』」謹按：的爾，形象清晰貌。《文選》五臣注吕向曰：「的爾，分明貌。」

〔三三〕蔣抱玄注：「《荀子》：『聽漠漠而以爲洶洶。』」《荀子·解蔽》楊倞注：「漠漠，無聲也。」

〔三四〕蔣抱玄注：「《景福殿賦》：『皎皎白間，微微列錢。』」謹按：何晏《景福殿賦》原文，《文選》、《藝文類聚》均作「離離列錢」，張邦基《墨莊漫録》卷七引作「微微列錢」。

〔三五〕文讜注：「《易·繫辭》曰：『坎爲水。』劉向《新序》：『孔子曰：物類之相感，若響之應聲也。』」

〔三六〕文讜注：「《易》乾卦之文（九五）曰：『同聲相應，同氣相求，水流濕，火就燥。』」

〔三七〕文讜注：「《中孚》九二爻辭：『鳴鶴在陰，其子和之。』王弼注云：『修誠則物應也。』」

〔三八〕樊汝霖注：「《淮南子》：『虎嘯而谷風生。』」文讜注：「《淮南子·天文》：『虎嘯而谷風至，龍舉而景雲屬。』許氏注云：『虎，土物也。風，木氣也。木生於土，故虎嘯而谷風至。龍，水也。

雲生水，故龍舉而景雲會也。』」孫汝聽注：「《易·中孚》鳴鶴在陰，其子和之。言鑑之取水，其相應亦如是也。《乾卦》（九五·文言）雲從龍，風從虎。龍吟則景雲出，虎嘯則谷風生，皆同類相感也。」

〔三九〕蔣抱玄注：「《論語》：『君子矜而不爭，羣而不黨。』」《論語·衛靈公》何晏《集解》：「孔曰：黨，助也。君子雖衆，不相私助，義之與比也。」

〔四〇〕文讜注：「《禮記》（樂記）曰：『大饗之禮尚玄酒而俎腥魚。大羹不和，有遺味者矣。』又《周禮》（《庖人》）云：『祭祀共大羹。』鄭司農注云：『大羹肉湆不致五味。』遺，猶餘也。」

〔四一〕祝充注：「此賦漏『誠』字韻，恐有誤。」魏仲舉注：「此賦漏官韻『誠』字，疑本脱誤。」謹按：此篇用「精」字韻不用「誠」字韻，祝、魏誤。

此篇用韻，據《廣韻》：蠲，平聲先韻；天，平聲先韻；玄，平聲先韻；焉，平聲仙韻。夜，去聲禡韻；夏，上聲馬韻；下，上聲馬韻；化，去聲禡韻。無，平聲虞韻；目，入聲屋韻；珠，平聲虞韻；汚，平聲模韻。宰，上聲海韻；怠，上聲海韻；在，上聲海韻。致，去聲至韻；至，去聲至韻；器，去聲至韻；露，去聲暮韻；淚，去聲至韻；燧，去聲至韻。清，平聲清韻；明，平聲庚韻；精，平聲清韻；盈，平聲清韻；呈，平聲清韻；生，平聲庚韻。坎，上聲感韻；感，上聲感韻。空，平聲東韻；通，平聲東韻；崇，平聲東韻；公，平聲東韻；中，平聲東韻。

請遷玄宗議①

右禮儀使奏：謹按《周禮》：「天子七廟：三昭三穆，與太祖之廟而七。」《尚書·咸有一德》亦曰：「七世之廟，可以觀德。」《荀子》亦曰：「有天下者事七世，有一國者事五世。」則知天子上祭七代，典籍通規，祖功宗德不在其數。國朝九廟之制，法周之文。太祖景皇帝始爲唐公，肇基天命，義同周之后稷。高祖神堯皇帝創業經始，化隋爲唐，義同周之文王。太宗文皇帝神武應期，造有區夏，義同周之武王也。其下三昭三穆，謂之親廟，與太祖而七。四時常饗，自如禮文。伏以今年宗廟遞遷，玄宗明皇帝在三昭三穆之外。是親盡之祖，雖有功德，新主入廟，禮合祧遷，藏太廟中從第一夾室。每至禘祫之歲，合食如常。謹議。

【彙校】

①〔請遷玄宗議〕此篇祝本、文本、魏本、方本、朱本、王本、廖本收録。樊汝霖注：「此議《舊史》載於《禮儀志》。曰『長慶四年五月，禮儀使奏』云云。公時豈以吏部侍郎爲禮儀使耶？是歲穆宗崩，肅、代、德、順、憲、穆，是爲三

昭三穆。明皇帝親盡，當遷而祔。穆宗及高祖太宗爲九廟。故公有此議。」謹按：此篇《唐會要》卷十五録入，云「長慶四年五月禮儀使奏謹。」《舊唐書·禮儀志五》録入，云：「長慶四年正月禮儀使奏。」《册府元龜》卷五百九十一録入，云：「牛僧孺爲禮儀使長慶四年七月奏。」《全唐文》録入卷六八二牛僧孺名下。此篇非韓愈所作，應無疑問。今據祝本保留原文，以供參考，不作校注。

范蠡招大夫文種議①

范蠡既辭越到齊，廼移書文種，亦令亡去，以逃其長頸之難。遂使種假疾不朝，竟承賜劍之詔。悲夫！爲人謀而不忠者，范蠡其近之矣。夫君存與存，君亡與亡，備三才之道，未有不顯然而自知矣。勾踐奮鳥棲之勢，申鼠竄之息，竟能焚姑蘇，虜夫差。方行淮泗之上，以受東諸侯之盟者，范蠡、文種有其力也。既有其力，則宜閉雷霆，藏風雲，截斷三江，叱開四方，高提霸王之器，大弘夏禹之烈，使天下徘徊，知越有人矣。奈何反未及國，則背君而去。既行之於身，又移之於人，人臣之節合如是耶？且臣之於君，其道在於全大義，弘休烈。生死之際，又何足道哉！況君者，天也，天可逃乎？君以長頸之狀，難以同樂，則舉吴之後，還越之日，汎輕舟，游五湖者，豈惟范子乎？靜而言之，則知范子有匡君之智，而無事君之義明矣。其所以移文種之書，亦由拔勾踐之劍也，句踐何過哉？予所謂爲人謀而不忠者，其在於此也。

【彙校】

①〔范蠡招大夫文種議〕此篇祝本、文本、魏本收録。洪興祖注：「此篇及《詩之序議》、《三器論》恐非退之作。」朱熹從方本删，《考異》：「此以下三篇，方從蜀本删去，今從之。」今據祝本保留原文，以供參考，不作校注。

詩之序議①

或曰：學者云《詩》之序，子夏之爲也，夫子固不然。愚亦無已，必思而殆，願有以明之。

予曰：是何明也？昔孔子閔周德之衰，懼王道之既喪於天下，是故紀正《詩》《書》《樂》《易》《禮》《春秋》佐之，以爲民經。而子夏，門人之高第者也。詩之序，明作之所以云。其辭不諱君上，顯暴醜亂之跡、帷薄之私，不是六經之志。若人云哉？夫詩刺實隱文達意，存上下之道，以故言之者不爲訕，而其所諷者莫之猶知知之，諸國猶世亦莫知之。宜云。故子夏不序詩之道有三焉：知不及，一也；暴揚中冓之私，春秋所不明不道，二也；諸侯猶世，不敢以云，三也。察夫詩序，其漢之學者欲自顯立其傳，因藉之子夏。故其序大國詳，小國略，斯可矣。

或曰：詩之序既聞矣。敢問宗魯不風，何也？曰：隱之也。親親尊尊之道存焉耳。

【彙校】

①〔詩之序議〕此篇祝本、文本、魏本收録，祝本注：「此後二篇疑有誤處。」朱熹從方本删。今據祝本保留原文，以供參考，不作校注。

三器論①

或曰：古者天子坐於明堂，執傳國璽，列九鼎，使萬方之來矣。愓然知天下之人意有所歸，而太平之階具矣。後王者或闕，何如？對曰：異乎吾所聞。歸天人之心，興太平之基，是非三器之能繫也。子不謂明堂，天子布政者耶？周公、成王居之而朝諸侯，美矣！幽、厲居之何如哉？子不謂傳國之璽，帝王所以傳寶者耶？漢高、文、景得之而爲寶，美矣！新莽、胡石得之何如哉？子不謂九鼎，帝王之所謂神器耶？夏禹鑄之、周武遷之而爲寶，美矣！桀癸、紂辛有之何如哉？若然，歸天人之心，興太平之階，決非三器之所能也。且帝王和天人，用土木，不過於障風雨，扞寒暑。帝堯之政，美亦足矣，茅茨之室其何，豈俟明堂耶？秦嬴之布政，怨是足矣，阿房之室其如，豈俟明堂耶？若帝王之用玉者，禮天地，奠鬼神，禳火災，班羣后而已矣。至天人之心者，質大信如寒暑，視天人如父子，豈俟咫尺之玉爲要約，蟲鳥之字爲符瑞哉？若帝王之用金者，劍鏃之爲兵器，剡刃而植黍禾，鬲釜而飪毛血，斤斧而入山林乃已矣。若高大則爲神器，其鎔鑄者役豐隆耶？役鬼神耶？役人人耶？苟役人人，皆内而大之矣。嗚呼！豎三器而爲重者，其夸者之詞耶？夫帝王之聖者，卑宫室，賤金玉，斥無用之器以示天下，貽子孫。而後王猶殫天下之土木不肯已，栢梁更建章，恐恐若室家無所庥其躬，寒暑無所禦其災，使桑者不絲身，農者不穀腹，尸尸然，佗佗然，役如圜羊。當時既帝王之意於彼，理其進説者，又安忍誇廣之，尊其爲明堂歟！若傳國璽之狂嬴，賊斯童心，侈意而爲之。示既有之，不祇之足矣，稱其符瑞則未也。若九鼎之死百牢不能膏其腹，火萬載不能黔其足。其烹飪祠之用又足取，豈不爲無用之器哉？或曰：秦璽之不爲器，可矣。若九鼎之制，其夏禹已；明堂之篇，其周公已。王帝得不踵其制而行其道耶？某曰：堯水滔天，人禽鬼神之居相混已，禹導川決水以分神人之居，乃銷九金，乃鑄九鼎，儀萬有之族，露怪異之狀，其護人已，其救人已。後王決不知如大禹識鬼神之狀，又無當時汩没之危，而徒欲鬬金，大廣器物。與夫墊巾效郭，易名同藺者，豈不遠哉？是亦見謬也。若明堂之篇，紀周公皇朝之盛已，夫越裳之九譯而至，慕聖德已，非爲複廟重屋而來。周公之政，焦勞日夜，成方寸已。非坐夫總章左个而後思。後王之飛翬如雲之殿餘萬拱，易其名爲明堂耶？百十明堂矣。宜急急者握髮吐哺，師賢卑躬，則神聖文，又何必憂勞廣役，然後稱慕夫周公哉！若能致萬萬昇平由大履已，百戰懼伏儀虎被已，豈不皆過歟？嗟乎！歷代張名辯舌之臣，不欲以事天子之難其君而不以金玉土木，敵來芊楚之問非九鼎。夫助僞之兇非辟雍，若卞玉之璽何代而不傳，何僞而不得，其可略已。噫！天於代亦么璅已。若有人窮雕鏤以求文明，嚴書契以質浮僞，盛器示奇，速辜請罪之不暇，必見夫申手足而老，休其光大盛德之可望也。噫！何以然不務其修誠於内，而務其盛飾於外，匹夫之不可，而況帝王哉？或曰：子謂明堂之爲器，可乎？而建皇極者，於三器果何取？某曰：不出乎身而出乎力，皆器也；不可變通而執一隅，皆器也。賜之爲器，豈瑚璉歟？明堂之爲器，其非怪矣。始有之而不毀之，始無之而不求之，果無取。

【彙校】

①〔三器論〕此篇祝本、文本、魏本收録。樊汝霖注：「此篇疑非公作。其間如『桑者不絲身，農者不穀腹』、『與夫塾巾效郭，易名同藺者』等語，頗類皇甫持正。蓋學公而不至者之爲也。」朱熹從方本删。今據祝本保留原文，以供參考，不作校注。

卷三十二

（原本外集卷二）此卷以潮本爲底本，以祝本、文本、魏本對校，南宋蜀本闕。

上賈滑州書①〔一〕

愈儒服者〔二〕，不敢用他藝干進②〔三〕。又惟古執贄之禮，竊整頓舊所著文一十五章以爲贄③〔四〕，而喻所以然之意於此。

曰：豐山上有鍾焉④〔五〕，人所不可至，霜既降則鏗然鳴⑤〔六〕。蓋氣之感，非自鳴也〔七〕。愈年二十二⑥，讀書學文十五年〔八〕，言行不敢戾於古人。愚故泯泯⑦〔九〕，不能自計〔一〇〕，周流四方，無所適歸。伏惟閤下昭融古之典義，含和發英⑧〔一一〕，作唐德元⑨，簡棄詭說〔一二〕，保任皇極〔一三〕。是宜小子刻心悚慕⑩〔一四〕，又焉得不感而鳴哉！徒以獻策闕下⑪〔一五〕，方勤行役〔一六〕。且有負薪之疾〔一七〕，不得稽首軒階〔一八〕。遂拜書家僮⑫，待命于鄭之逆旅⑬〔一九〕。伏以小子之文可見於十五章之内，小子之志可見於此書。與之進，敢不勉；與之退，敢不從⑭。進退之際，實惟閤下裁之。

【彙校】

①〔上賈滑州書〕此篇又載《文苑英華》卷六七二，據校。

②〔他藝〕今苑本注：「藝，蜀本作『術』。」《舉正》據蜀、苑本訂「藝」作「術」字。朱熹從方本，《考異》：「術，或作『藝』。」

③〔一十五章〕祝本注：「章，一作『首』，下同。」今苑本注：「章，集作『首』。」文本、魏本「章」作「首」，下文同。魏本注：「首，或作『章』，下同。」《舉正》據《文苑》訂作「章」，云：「下同，蜀作『首』。」朱熹從方本，《考異》：「章，或作『首』，下同。」

④〔有鍾焉〕廖本「鍾」作「鐘」。童第德注：「『鐘』本字，『鍾』借字。」《說文》「鐘，樂鐘也。秋分之音，物穜成。从金童聲，職茸切。鍾，酒器也。从金重聲，之松反。」段注：「鐘，經傳多作『鍾』，假借酒器字。」

⑤〔霜既降則鏗然鳴〕文本無「既」字。祝本注：「一無『鳴』字。」魏本注同。《舉正》：「蜀本無『既』字，《文苑》有之。」《考異》：「或無『既』字。」

⑥〔年二十二〕潮本「二十二」作「二十三」，苑本、文本、魏本「二十二」作「二十有三」。《舉正》據蜀、苑本增「有」字，作「年二十有三」。朱熹從方本，《考異》：「或無『有』字。三，或作『二』。」謹按：據下文「讀書學文十五年」，當作「二十二」。今從祝本。

⑦〔愚故泯泯〕今苑本注：「故，集作『固』。」《舉正》據蜀、苑本訂作「固」。《考異》：「固，或作『故』，非是。」童第德注：「此文作『故』，或作『固』，皆語詞，故二字通用。《禮記・哀公問篇》『固民是盡』，鄭注：『固，猶故也。』是其

證。朱氏以作『故』爲非，則以『固』爲『固陋』字矣。」謹按：故，本也。《荀子·性惡》：「凡禮義者，是生於聖人之僞，非故生於人之性也。」楊倞注：「故，猶本也。」不煩改字。

⑧〔含和發英〕魏本注：「和，一作『華』。」苑本注：「和，蜀本作『華』。」《舉正》出南宋監本「含和」，云：「《文苑》作『和』，蜀本作『華』。」《考異》：「和，或作『華』。」

⑨〔作唐德元〕苑本注：「元，集作『臣』。」潮本「元」作「臣」，祝本、文本、魏本同。《舉正》訂作「元」，云：「蜀本、《文苑》同。《周書》註：『德之首也。』賈耽嗜古學，明地理。」朱熹從方本，《考異》：「元，或作『臣』。方云：《周書》注：『元，德之首也。』」謹按：德元，道德典範。《尚書·召誥》「其惟王位在德元」，孔傳：「其惟王居位，在德之首。」今從苑本。

⑩〔悚慕〕苑本「悚」作「竦」。

⑪〔闕下〕文本「闕」作「門」。

⑫〔家僮〕苑本「僮」作「僕」，注：「僕，集作『僮』。」《舉正》據蜀、苑本訂作「僕」。朱熹從方本，《考異》：「僕，或作『僮』。」

⑬〔鄭之逆旅〕《舉正》：「蜀本無『之』字。」《考異》：「或無『之』字。」

⑭〔敢不從〕今苑本注：「從，集作『退』。」《舉正》據蜀、苑本訂作「退」。朱熹從監本，《考異》：「從，方作『退』。」

【箋注】

〔一〕文讜注：「《唐史》：賈耽字敦詩，滄州南皮人。德宗貞元初拜義成節度使，治滑州。此書貞元六年作。」魏引集注：「貞元二年九月，以賈耽爲義成軍節度使。義成，滑州也。《書》稱『年二十三』，則貞元六年也。八年而公登第，九年而耽入相，十一年公三上宰相書，耽時正當國，亦不報。誠以暗投人耶？」賈耽，兩《唐書》有傳。其生平如次：賈耽字敦詩，滄州南皮人。天寶十載明經高第，乾元中授貝州臨清尉（鄭餘慶《左僕射賈耽神道碑》）。上疏論時政，授絳州太平尉。河東節度使王思禮署爲度支判官，累進汾州刺史。召授鴻臚卿，兼左右威遠營使。大曆十四年十一月十一月辛未，檢校左散騎常侍、兼梁州刺史、御史大夫、山南西道節度使。建中三年十一月己卯，檢校工部尚書、兼御史大夫、山南東道節度使。興元元年四月甲寅，爲工部尚書。貞元元年六月壬午，以本官爲東都留守。二年七月己酉，加東都畿唐汝鄧都防禦觀察使。九月丁酉（十一日），改檢校右僕射兼滑州刺史、義成軍節度使（《舊唐書·德宗紀上》）。九年五月甲辰，徵爲尚書右僕射、同中書門下平章事（《舊唐書·德宗紀下》）。俄封魏國公。十六年，轉左僕射，依前平章事（權德輿《贈太子太保姚公神道碑》）。貞元末，遷門下侍郎守吏部尚書，仍平章事。永貞元年三月庚寅，檢校司空兼左僕射，依前平章事（《順宗實録》）。永貞元年十月丁酉卒（《舊唐書·憲宗紀上》），年七十六。《元和郡縣志》卷八河南道滑州（望）：「今爲鄭滑節度使理所，管滑州、鄭州，管縣十四。州城即古滑臺城。」治所在今河南滑縣東南八里城關鎮。

此篇作年，洪興祖繫於貞元五年（七八九），文讜、方崧卿《舉正》、《年表》、《增考》、方成珪、蔣抱玄繫於貞元六年。洪譜：「五年己巳，有《上賈滑州書》。《書》云：『愈年二十二，讀書學文十五年。』自七歲讀書，至此首尾十六年。一本作『二十三』，誤矣。又云：『獻策闕下，方勤行役。』時退之復來京師。」《增考》：「公《祭老成文》云：『吾年十九，始來京城。其後四年，而歸視汝。』當在來年也。《上賈滑州書》疑來歲歸途之所獻。『讀書學文十五年』，豈亦總言之耶？舊本皆作『年二十三』。」《舉正》：「賈耽以貞元二年爲滑州刺史，九年召還。此書作於六年也。」方譜：「以《書》中有『年二十有三』句定爲是年作。」謹按：「讀書學文十五年」，諸本無異文。韓文屢言生七歲讀書。《感二鳥賦》：「讀書著文，自七歲至今。」《與鳳翔邢部尚書書》：「生七歲而讀書。」自七歲下推十五年，此篇當作於二十二歲、貞元五年。《增考》據《祭老成文》訂此篇作於貞元六年，與「十五年」牴牾，不確。《祭老成文》所謂「其後四年而歸視汝」，可以確定其抵達宣城在貞元六年。但自京師首途，卻不妨在貞元五年。參見張清華《韓愈年譜匯證》。

〔二〕蔣抱玄注：「《禮記》（《儒行》）：『魯哀公問於孔子曰：夫子之服，其儒服與？』」

〔三〕蔣抱玄注：「《離騷》：『既干進而務入兮，又何芳之能祗。』」王逸《楚辭章句》：「干，求。」

〔四〕文讜注：「《春秋公羊傳》（莊公二十四年）曰：『凡贄，天子用鬯，諸侯用玉，卿用羔，大夫用雁，士用雉。雉取其耿介；雁取其在人上，有先後行列；羔取其執之不鳴，殺之不號，乳必跪而受之，類死義知禮者也；玉取其至清而不自蔽其惡，潔白而不受汙，内堅剛而外溫潤，有似乎備德之君子；噕取芬芳在上，臭達於天，而淳粹無擇，有似乎聖人。故視其所執，而知其所任矣。』鄭氏注《周禮》（《大宗伯》）曰：『執之言至，所以自至。』贄，音至。」蔣抱玄注：「《禮記》（《檀弓下》）：『魯人有周豐也者，哀公執摯請見之。』」謹按：贄，見面禮。《尚書·舜典》：「修五禮：五玉、三帛、二生、一死，贄。」孔傳：「修吉凶賓軍嘉之禮五等，諸侯執其玉。三帛：諸侯世子執纁，公之孤執玄，附庸之君執黄。二生：卿執羔，大夫執鴈。一死：士執雉。玉帛生死，所以爲贄以見之。」

〔五〕祝充注：「《山海經》云：『豐山有九鍾和霜鳴。』注云：『霜降則鍾鳴。』」

〔六〕蔣抱玄注：「鏗然，金聲也。《禮記》（《樂記》）：『鍾聲鏗。』」

〔七〕文讜注：「《山海經》（《中山經》）曰：『南陽西鄂有豐山，神耕父處之。有九鍾焉，是知霜鳴。』郭璞注曰：『霜降則鍾鳴，故言知也。物有自然感應，而不可爲者也。』」

〔八〕《考異》：「洪云：公《與邢尚書書》云：『生七歲而讀書，十三而能文，二十有五而擢第於春官。』」

〔九〕泯泯，昏亂貌。《吕氏春秋·慎大》：「衆庶泯泯，皆有遠志。」高誘注：「龍逢忠而桀殺之，故衆庶泯泯然亂。有遠志，離散也。」

〔一〇〕自計，自忖。《孔叢子·巡狩》：「今子自計，必不能行。」

〔一一〕蔣抱玄注：「含和發英，謂和順積中而英華發外也。」

〔一二〕簡棄，簡擇拋棄。葛洪《抱朴子・交際》：「或有矜其先達，步高視遠，或遺忽陵遲之舊好，或簡棄後門之類味。」

〔一三〕蔣抱玄注：「皇極，言天子建立準則爲臣民所取法也。《洪範》：『五皇極，皇建其有極。』」

〔一四〕刻心，銘記於心。《漢書・外戚列傳》：「皇后其刻心秉德，毋違先后之制度。」悚慕，敬畏仰慕。李華《四皓銘》：「悚慕玄風，徘徊古詞。」

〔一五〕蔣抱玄注：「闕下，宮闕之下。《史記》（《封禪書》）：『上書闕下。』其用意與閣下同。」

〔一六〕行役，行旅。柳惲《擣衣詩》：「行役滯風波，遊人淹不歸。」

〔一七〕《禮記・曲禮上》：「君使士射，不能，則辭以疾，言曰：『某有負薪之憂。』」鄭玄注：「射者所以觀德，唯有疾可以辭也。」孔穎達疏：「某有負薪之憂者，此稱疾之辭也。」

〔一八〕蔣抱玄注：「稽首，致敬之禮。《周禮・大祝》：『辨九拜：一曰稽首。』注：『稽，音啓。稽首，拜頭至地也。』稽首，拜中之最重者。軒階，即庭階也。」《北齊書・上洛王思宗傳》：「遂使刀鋸刑餘，貴溢軒階。」

〔一九〕蔣抱玄注：「《左傳》僖公三十年：『鄭許之，使待命于東。』」《左傳》僖公二年：「今號爲不道，保于逆旅。」杜預注：「逆旅，客舍也。」

上考宏詞崔虞部書①〔一〕

愈不肖〔二〕，行能誠無可取，行己頗僻，與時俗異態，抱愚守迷〔三〕，固不識仕進之門。乃與羣士爭名競得失，行人之所甚鄙②，求人之所甚利，其爲不可，雖童昏實知之。如執事者不以是爲念，援之幽窮之中，推之高顯之上〔四〕。是知其文之或可，而不知其人之莫可也；知其人之或可③，而不知其時之莫可也。既已自咎④〔五〕，又歎執事者所守異於人人，廢耳任目⑤，華實不兼⑥，故有所進，故有所退〔六〕。且執事始考文之明日，浮囂之徒已相與稱曰：「某得矣，某得矣。」問其所從來，必言其有自，一日之間，九變其說。凡進士之應此選者三十有二人，其所不言者數人而已⑦，而愈在焉。及執事既上名之後⑧〔七〕，三人之中，其二人者固所傳聞矣⑨，華實兼者也，果竟得之⑩，而又升焉。其一人者則莫之聞矣。實與華違，行與時乖，果竟退之〔八〕。如是，則可見時之所與者、時之所不與者之相遠矣。

然愚之所守，竟非偶然⑪，故不可變⑫。凡在京師八九年矣〔九〕，足不跡公卿之門，名不譽大夫士之口⑬。始者謬爲今相國所第〔一〇〕，此時惟念，以爲得失固有天命，不在趨時〔一一〕。而偃仰一室〔一二〕，嘯歌古人〔一三〕。今則復疑矣，又未知天竟如何⑭，命竟如何。由人乎哉？不由人乎哉⑮？欲事干謁⑯，則患不能小書，困于投刺⑰〔一四〕；欲學爲佞⑱，則患言訥詞直⑲〔一五〕，則事不成⑳，徒使其躬儽焉如不終日㉑〔一六〕。是以勞思長懷，中夜起坐㉒，度時揣己，廢然而返〔一七〕，雖欲從之，末由也已〔一八〕。

又常念古之人日已進㉓，今之人日已退。夫古之人四十而仕〔一九〕，其行道爲學，既已大成，而又之死不倦，故其事業功德，老而益明，死而益光。故《詩》曰：「雖無老成人，尚有典刑。」〔二〇〕言老成之可尚也㉔。又曰：「樂只君子，德音不已。」㉕〔二一〕謂死而不已也㉖。夫今之人務利而遺道㉗，其學其問㉘，以之取名致官而已。得一名，獲一位㉙，則棄其業，而役役於持權者之門〔二二〕，故其事業功德，日以忘㉚，月以削，老而益昏，死而遂亡㉛。愈今二十有六矣㉜〔二三〕，距古人始仕之年尚十四年，豈爲晚哉㉝？行之以不息，要之以至死。不有得於今，必有得於古；不有得於身，必有得於後。用此自遣，且以爲知己者之報，執事以爲如何哉㉞？其信然否也？今所病者在於窮約。無僦屋賃僕之資，無縕袍糲食之給〔二四〕。驅馬出門，不知所之。斯道未喪，天命不欺，豈遂殆哉！豈遂困哉！竊惟執事之於愈也㉟，無師友之交，無久故之事，無顏色言語之情㊱，卒然振而發之者〔二五〕，必有以見知耳㊲。故盡暴其所志，不敢默默㊳。又懼執事多在省，非公事不敢以至是㊴，則拜見之不可期㊵，獲侍之無時也。是以進其說如此，庶執事察之也㊶。

【彙校】

①〔上考宏詞崔虞部書〕此篇篇題，潮本作「上考功宏詞官虞部崔員外書」，祝本、文本、魏本同。呂譜引作「崔虞部書」，洪譜引作「上考宏詞崔虞部書」，《舉正》作「上考功崔虞部書」，云：「蜀本校。」朱熹從方本，《考異》：「或作『上考功宏詞官虞部崔員外書』。」沈欽韓注：「按文當云『上考宏詞官崔虞部書』。宏詞科試於吏部，而他官有文名者定其優劣，不屬考功司也，此『功』字誤。」謹按：唐代官制，考功屬吏部，虞部屬工部。「虞部」、「考功」不可得兼，稱「考功」則不當稱「虞部」，稱「虞部」則不當稱「考功」。今從洪譜。

②〔行人〕潮本注：「一無『行』字。」祝本、文本、魏本注同。《考異》：「或無『行』字。」

③〔知其人之或可〕文本「知」上注：「一有『是』字。」魏本「知」上多一「是」字，注：「一無『是』字。」《舉正》據蜀本增「是」字，作「是知其人之或可」。朱熹從監本，《考異》：「『也』下方有『是』字。」

④〔既已自咎〕朱熹訂「已」作「以」，《考異》：「以，方作『已』。」謹按：《舉正》未出此條。

⑤〔異於人人廢耳任目〕潮本「人人」下多一「之」字，「人之」屬下句。祝本、文本、魏本同。朱熹删「之」字，《考異》：「『人』下或有『之』字。今按：『人』字屬上句。」今從朱本。

⑥〔華實不兼〕《考異》：「不，疑當作『必』。」

⑦〔不言者〕《舉正》據蜀本訂「言」作「云」。朱熹從監本，《考異》：「言，方作『云』。」

⑧〔上名之後〕魏本無「之」字。

⑨〔其二人者〕魏本注：「一無『其』字。」祝本、文本無「其」字。祝本、文本、魏本「者」下多一「則」字。《舉正》據蜀本增「其」字，删「則」字。朱熹從方本，《考異》：「或無『其』字。上或有『則』字。」

⑩〔果竟得之〕潮本「果」作「畢」，祝本、文本、魏本同。潮本注：「畢，一作『果』。」祝本、文本注：「畢，一作『果』，下同。」魏本注同。《舉正》據蜀本訂作「果」，云：「下同。」《考異》：「果，或作『畢』。下同。」今從方本。

⑪〔竟非偶然〕潮本「竟」作「僅」，祝本、文本、魏本同。祝本注：「僅，一作『竟』。」文本注：「僅，一作『竟』，非。」魏本注同。《舉正》據蜀本訂作「竟」。朱熹從方本，《考異》：「竟，或作『僅』。」今從方本。

⑫〔故不可變〕潮本「故」作「固」，祝本、文本、魏本同。《舉正》據蜀本訂作「故」。朱熹從方本，《考異》：「故，或作『固』。」今從方本。

⑬〔名不譽大夫士之口〕潮本無「士」字，祝本、魏本同。《舉正》據蜀本增「於」、「士」二字，作「名不譽於大夫士之口」。朱熹從方本，《考異》：「或無『譽』字；於，或作『一』；或無『士』字。」今從文本。

⑭〔又未知天竟如何〕潮本注：「竟，一作『意』。」《舉正》據蜀本删「又」字，增「夫」字，作「未知夫天竟如何」。朱熹從方本，《考異》：「上或有『又』字；或無『夫』字；竟，或作『意』。」

⑮〔由人乎哉不由人乎哉〕潮本「人乎」作「乎人」，祝本、文本、魏本同。《舉正》出南宋監本「由乎人哉不由乎人哉」，據蜀本乙「乎人」作「人乎」。朱熹從方本，《考異》：「兩語或並作『乎人』。」今從方本。

⑯〔欲事干謁〕潮本「欲」上注：「一有『夫』字。」祝本、魏本注同。文本「欲」上注：「一有『殆』字。」《考異》：「上或有

『夫』字。」

⑰〔困于投刺〕《舉正》據蜀本訂「于」作「於」。朱熹從方本，《考異》：「於，或作『于』。」

⑱〔欲學爲佞〕《舉正》據蜀本訂「爲」作「于」。朱熹從監本，《考異》：「爲，方作『于』。」童第德注：「于佞、爲佞，義得兩通。《論語・憲問篇》『爲佞』字兩見，應以作『爲佞』爲長。」

⑲〔則患言訥詞直〕潮本「患」下注：「一有『於』字。」《考異》：「『患』下或有『於』字。」

⑳〔則事不成〕《舉正》據蜀本訂「則」作「卒」。朱熹從方本，《考異》：「卒，或作『則』。」

㉑〔徒使其躬儳焉如不終日〕《舉正》據蜀本訂「而」字，作「徒使其窮儳焉而不終日」，云：「蜀本作『而』，今本皆以《禮記》《表記》語刊作『如』。然不知古『而』、『如』同意，此語不當以『如似』之義讀之。唐人惟韓、柳知此，子厚《答韋中立書》『假而以僕年先吾子』與公此文是也。董彦遠曰：《春秋》（莊公七年）書『星隕如雨』，《左氏》（僖公二年）『室如縣磬』，是皆以『如』爲『而』；《風俗通》（《正失・葉令祠》）『國人望君而望歲』，鄒陽《書》（《獄中上書自明》）『白頭而新』，是皆以『而』爲『如』。按：《家語》（《五儀解》）『君入廟如右』，《荀子》（《哀公》）作『而右』。《樂府》『艾如張』亦作『艾而張』。今人所用『漣洏』，考之李善《文選》（王粲《贈蔡子篤詩》），乃『漣而』也，實用《易》（《屯》）之『泣血漣如』爲義。去古益遠，字義多失，惟韓、柳文時見一二，因爲詳之。」朱熹從監本作「其躬」，從方本作「而不」，《考異》：「（其躬）方本如此而舉正『躬』作『窮』，蓋誤。諸本『而』作『如』。今按：《孟子》（《離婁下》）『望道而未之見』亦是此例。《方言》又有『而』、『如』古字通用之說。然陸德明論當時語音之失，有曰『北人則而、如靡異』，蓋不以爲然也。然則此『而』字須讀爲『如』乃爲正耳。董引『室如縣磬』，乃據《左傳》作『磬』字。而杜預注云：『如，而也，言居室而資糧縣盡。』故其說如此。《國語》則作『縣磬』，而韋昭注云：『府藏

空虛，但有榱梁如縣磬。』《左傳》蓋借『罄』爲『磬』，而杜氏誤解；《國語》則正作『磬』字，而韋說得之。董氏所引不足據以爲說，今併論之，附見於此。」

㉒〔中夜起坐〕文本「中」作「終」。

㉓〔又常念古之人日已進〕《舉正》據蜀本訂「常」作「嘗」。朱熹從監本，《考異》：「常，方作『嘗』。」

㉔〔老成之可〕潮本「之」下多一「人」字，祝本、文本、魏本同。《舉正》出南宋監本「言老成之人可尚也」，據蜀本删「人」字。朱熹從方本，《考異》：「『之』下或有『人』字。」今從方本。

㉕〔德音不已〕潮本「已」作「忘」，祝本、文本、魏本同。文本注：「忘，今作『已』，見《小雅·南山有臺》詩。注云：『已，止也。』或唐本作『忘』。」《舉正》據蜀本訂「忘」作「已」字，云：「下同。」朱熹從方本，《考異》：「已，或作『忘』。」今從方本。

㉖〔死而不已〕潮本「已」作「忘」，祝本、文本、魏本同。潮本注：「忘，一作『亡』。」祝本、魏本注同。《舉正》據蜀本訂作「已」。朱熹訂作「亡」，《考異》：「亡，或作『忘』，方作『已』。」倫按：《詩·小雅·南山有臺》：「樂只君子，德音不已。」鄭箋：「已，止也。不止者，言長見稱頌也。」又《詩·鄭風·有女同車》：「彼美孟姜，德音不忘。」鄭箋：「不忘者，後世傳其道德也。」今從方本。

㉗〔夫今之人務利而遺道〕潮本「遺」作「違」，祝本、文本、魏本同。《舉正》據蜀本删「夫」字，訂「遺」字。朱熹從監本存「夫」字，從方本訂「遺」字，《考異》：「方無『夫』字；遺，或作『違』。」今從朱本。

㉘〔其學其問〕潮本「問」上注：「一無『其』字。」祝本、魏本無「其」字。祝本「問」下注：「一有『其』字。」魏本注同。

《舉正》據蜀本「問」上增一「其」字。朱熹從方本，《考異》：「或無『其』字。」

㉙〔獲一位〕潮本注：「位，一作『官』。」《考異》：「位，或作『官』。」

㉚〔日以忘〕魏本「忘」作「亡」。《舉正》據蜀本訂作「亡」。朱熹從監本作「忘」，《考異》：「忘，方作『亡』。」

㉛〔死而遂亡〕魏本「亡」作「忘」。

㉜〔今二十有六〕潮本「今」下多「年始」二字，祝本、文本、魏本同。《舉正》出南宋監本「今年始二十有六矣」，據蜀本刪「年始」二字。朱熹從方本，《考異》：「『今』下或有『年始』二字。」今從方本。

㉝〔尚十四年豈爲晚哉〕潮本「豈」上多「矣夫」二字，「矣」字屬上句，「夫」字屬下句。祝本、文本、魏本同。《舉正》出南宋監本「尚十四年矣夫豈爲晚哉」，據蜀本刪「矣夫」二字。朱熹從方本，《考異》：「『年』下或有『矣夫』二字。」今從方本。

㉞〔執事以爲如何哉〕祝本、文本、魏本「爲」作「謂」。《舉正》據蜀本訂作「爲」。朱熹從方本，《考異》：「爲，或作『謂』。」

㉟〔執事之於愈也〕文本「事」下注：「一有『者』字。」潮本「事」下多一「者」字，祝本同。潮本注：「一無『者』字。」《舉正》出南宋監本「執事者之於愈也」，據蜀本刪「也」字。朱熹删「者」字，存「也」字，《考異》：「『事』下方有『者』字；方無『也』字。」今從文本。

㊱〔無顔色言語之情〕《舉正》出南宋監本「無顔色言語之情」，據蜀本乙「顔色言語」作「言語顔色」。朱熹從監本，《考異》：「方作『言語顔色』。」

㊲〔必有以見知耳〕《舉正》據蜀本訂「耳」作「爾」。朱熹從方本，《考異》：「爾，或作『耳』。」

㊳〔不敢默默〕《舉正》據蜀本訂「以」字，作「不敢以默」。朱熹從方本，《考異》：「或作『默默』。」

㊴〔以至是〕潮本「至」下注：「一有『於』字。」祝本、文本、魏本注同。《考異》：「『至』下或有『於』字。」

㊵〔不可期〕潮本「期」下多一「也」字，祝本、文本、魏本同。潮本注：「一無『也』字。」《舉正》出南宋監本「不可期也」，據蜀本删「也」字。朱熹從方本，《考異》：「『期』下或有『也』字。」今從方本。

㊶〔庶執事〕潮本「庶」下注：「一有『幸』字。」祝本、魏本注同。《考異》：「庶，或作『幸』。」

【箋注】

〔一〕樊汝霖注：「崔虞部，或云崔翰。按《傳》：翰名鵬，以字行。舉進士，博學宏辭、賢良方正皆異等，仕至比部郎中卒。獨不載爲虞部員外郎，史逸之也。公以貞元八年第，九年試博學宏詞於吏部，作此書。」文讜注：「或云崔員外，謂崔元翰也。《唐史》有傳，列於《文藝》。唐進士，禮部既登第後，吏部以宏辭試之，中其程，然後命以官。公貞元八年進士，至是再試宏辭不售。按此書云公『年二十六』，即貞元九年也。而古本《省試代齋郎議》，貞元十年應宏辭時作。即公九年、十年兩應是科也。故《與崔立之書》云：『凡二試於吏部，一既得之，又黜於中書。』此是再黜後書也。」王儔注：「呂夏卿云：此書趙德《文録》載之，誠公之作也。崔虞部，元翰也。而今考之《傳》，則未嘗書其爲虞部，史豈逸之耶？『今年二十六』者，貞元九年也。公以八年陸贄下及第，九年贄當國，以博學宏辭試於吏部，而作此書。『今相國』，謂陸贄。」謹按：考崔元翰生平，其人貞元八年至十一年均在比部郎中任，則此處「虞部崔員外」絶非元翰。今鈎稽崔元翰生平以供參考。崔元翰，兩《唐書》有傳，其生平如次：崔元翰，名鵬，以字行，博陵人。年近五十始舉進士（《舊唐書·于邵傳》），建中二年進士擢第，登博學宏詞制科，貞元四年又應賢良方正直言極諫科（《廣卓異記》引《登科記》），三舉皆昇甲第。李勉鎮滑臺，以典校秘書辟爲從事。後北平王馬燧在太原，聞其名，致禮命之，又爲燧府掌書記，歷太常寺協律郎、大理評事。入朝爲太常博士、禮部員外郎。貞元七年春，轉職方員外郎知制誥。八年終，罷爲比部郎中。十一年夏卒於任（權德輿《比部郎中崔君元翰集序》），年七十餘。

此篇作年，洪興祖、樊汝霖、文讜、王儔、方崧卿《舉正》、《年表》、《增考》、方成珪繫於貞元九年（七九三），蔣抱玄繫於貞元十年。洪譜：「九年癸酉：博學宏詞試《太清宫觀紫極舞賦》、《顔子不貳過論》，見《上考功崔虞部書》及《與韋舍人書》。《省試顔子不貳過論》一本注其下云：『貞元九年宏詞試。』公《上考宏詞崔虞部書》云『執事援之幽窮之中，推之高顯之上』，又『執事既上名之後，三人之中，二人者則固所傳聞矣，畢竟得之，而又升焉。其一人者則莫之聞矣，畢竟退之』，即《答崔立之》云『一既得之，而又黜於中書』者。又云『凡在京師八九年矣』，自貞元二年至此八年。又云『始者謬爲今相國所第』。相國，陸宣公也，八年夏爲中書侍郎同平章事。」《舉正》：「貞元九年作。」方譜：「以《書》中有『今二十有六』句定爲是年作。」蔣抱玄注：「崔元翰名鵬，以字行。玩語意，似已受知。按：崔薦韓爲《學生代齋郎議》係十年博學試，則此書亦當於貞元十年作。」謹按：韓愈初試宏辭在貞元八年，參見《上考功崔虞部書》。其年試題爲《中和節詔賜公卿尺詩》，見《唐詩紀事》卷四十；《鈞天樂賦》，見《文苑英華》卷七十三。再試宏辭在貞元九年，其年試題爲《顔子不貳過論》、《太清宫觀紫極舞賦》，見洪譜、方崧卿《增考》。三試宏辭在貞元十年，其年試題爲《學生代齋郎議》、《朱絲絃賦》、《冬日可愛詩》，參見洪譜、方崧卿《增考》、徐松《登科記考》。此篇作於貞元八年初試宏辭之後，貞元九年再試宏辭之前。其具體時間，當據「今二十有六」定在貞元九年。蔣説出自儲欣。儲欣《昌黎先生全集録》注《學生代齋郎議》云：「舊注：『公貞元十年應博學宏詞作。』蓋崔虞部薦之，而見黜於中書者。」但儲、蔣對此均未作考證。其説無據，不取。

〔二〕不肖，不似其父。引申爲不賢、不如人。《禮記·雜記下》：「某之子不肖，不敢辟誅。」鄭玄注：「肖，似也。不似，言不如人。」

〔三〕抱愚守迷，固執愚昧。此謙辭，執著也。此語始見韓文，後人亦有採用者。如張載《與趙大觀書》：「載抱愚守迷，未厭山僻，脩慝免過弗能，固無暇撰述。」（《宋文鑑》卷一百十九）明陳獻章《復張東白内翰》：「僕僻處海隅，相與麗澤者，某輩數人耳。抱愚守迷，無足以副内翰期待之重。」（《陳白沙集》卷二）

〔四〕文讜注：「此謂一既得之。」

〔五〕蔣抱玄注：「《左傳·昭公二十八年》：『中置自咎曰：「豈將軍食之而有不足？」是以再歎。』」

〔六〕文讜注：「公不爲時所喜，虞部雖欲再取，而同考者異焉，是又黜也。」

〔七〕蔣抱玄注：「上名，謂上其名於有司也。」

〔八〕文讜注：「此文公自謂也。」《增考》：「按《科第録》：是年博學宏詞，試《太清宫觀紫極舞賦》、《顏子不貳過論》，應者三十二人，中選者李觀、裴度、陸復禮也。公《與崔虞部書》謂『三人之中，二人者華實兼者也，畢竟得之，而又升焉；一人華與實違者，畢竟退之。』豈固退公而收陸耶？」方成珪云：「華實兼者謂李、裴。實與華違，行與時乖，則公自謂。而置陸子不道，殆亦不屑道耳。」謹按：二方説誤。《書》云：「三人之中，其二人者果竟得之，其一人者果竟退之。」所謂「二人」，即陸復禮、李觀。所謂「一人」，即韓愈本人。《唐詩紀事》卷四十「陸復禮」條：「貞元八年宏詞試：復禮第一人，李觀、裴度次之。」徐松《登科記考》據此載其事於貞元八年。並引明張燧《千百年眼》：「裴晉公度，在裴垍下第四人及第。」徐松考云：「按晉公於劉太真下第進士，此云『及第』者，蓋登宏詞科也。《舊書·裴垍傳》：『轉殿中侍御史，尚書禮部、考功二員外郎。時吏部侍郎鄭珣瑜請垍考詞判。垍守正不受請託，考覈皆務才實。』是此年宏詞考官爲裴垍矣。惟《文苑英華》只載三人。而晉公爲第四，未知闕者何人。」《書》云：「上名之後，其一人者果竟退之。」《答崔立之書》云：「凡二試於吏部，一既得之，而又黜於中書。」可知韓愈即貞元八年宏辭試第三名。韓愈被黜於中書，第四名依次遞補者即爲裴度。上名之後被黜，故此書多牢騷之言。但晚年編集時，裴度已爲一代名臣，且與韓愈交往密切。保留此篇，極不得體。此篇被删出正集，當緣於此。

〔九〕嚴有翼云：「退之以貞元二年來京師，至此八年也。」

〔一〇〕文讜注：「公登貞元八年第，明年應宏辭。」孫汝聽注：「貞元八年，兵部侍郎陸贄知舉，公登第。是年四月，贄同平章事，十年十二月罷。」

〔一一〕蔣抱玄注：「《易經》《繫辭下》：『變通者，趨時者也。』」

〔一二〕蔣抱玄注：「偃仰，俯仰也。《詩經》《小雅·北山》：『或棲遲偃仰，或王事鞅掌。』」

〔一三〕蔣抱玄注：「《詩經》《小雅·白華》：『嘯歌傷懷，念彼碩人。』」

〔一四〕蔣抱玄注：「《梁書·諸葛璩傳》：『璩安貧守道，悦禮敦詩，未嘗投刺邦宰，曳裾府寺。』」刺，名帖。投刺，投遞名帖。《釋名·釋書契》：「書姓字於奏上曰書刺。」《後漢書·禰衡傳》：「始達潁川，乃陰懷一刺。既而無所之適，至於刺字漫滅。」

〔一五〕蔣抱玄注：「《論語》：『君子欲訥於言而敏於行。』訥，謂難於言也。」《論語·里仁》何晏《集解》引包曰：「訥，遲鈍也。言欲遲而行欲疾。」

〔一六〕祝充注：「儳，仕陷切，以輕賤貌。《禮記》：『君子不以一日使其躬儳焉如不終日。』」文讜注：

「《禮記·表記》之文。鄭氏注曰：『儳焉，可輕賤之貌；如不終日，言死無時也。』儳，在鑑切。一音巉。」

〔一七〕嚴有翼注：「《莊子》之文。」廢然，怒氣消除貌。《莊子·德充符》：「我怫然而怒，而適先生之所，則廢然而反。」郭象注：「見至人之知命遺形，故廢向者之怒而復常。」

〔一八〕嚴有翼注：「《論語》文。」《論語·子罕》：「博我以文，約我以禮，欲罷不能。既竭吾才，如有所立，卓爾雖欲從之，末由也已。」何晏集解：「孔安國曰：言夫子既以文章開博我，又以禮節節約我，使我欲罷而不能。已竭我才矣，其有所立，則又卓然不可及。言己雖蒙夫子之善誘，猶不能及夫子之所立也。」

〔一九〕文讜注：「《禮記·曲禮》曰：『四十强而仕。』」

〔二〇〕文讜注：「《大雅·蕩》之詩。」謹按：典刑，成法、常法。《詩·大雅·蕩》：「雖無老成人，尚有典刑。」鄭箋：「老成人，謂若伊尹、伊陟、臣扈之屬。雖無此臣，猶有常事故法可案用也。」

〔二一〕《詩·小雅·南山有臺》：「樂只君子，德音不已。」鄭箋：「已，止也。不止者，言長見稱頌也。」

〔二二〕蔣抱玄注：「《莊子》：『終身役役，而不見其成功。』」役役，勞苦不息貌。《莊子·齊物論》郭象注：「夫物情無極，知足者鮮。故得此不止，復逐於彼，皆疲役終身未厭其志，死而後已。故其成功者無時可見也。」

〔二三〕樊汝霖注：「貞元九年。」嚴有翼注：「退之生於大曆戊申，至是癸酉，二十六也。」

〔三四〕祝充注：「糲，蘭未切，又厲賴切。」文讜注：「《墨子》曰：『糲粱之食。』服虔曰：『糲，粗米也。』張晏曰：『一斛粟七斗米爲糲。』糲音賴。」《漢書·孝成許皇后傳》「妾誇布服糲食」，顔師古注：「孟康曰：糲，粗米也。」蔣抱玄注：「緼，舊絮也。《論語》：『衣敝緼袍。』」謹按：緼，麻絮。《論語·子罕》何晏集解：「孔安國曰：緼，枲著也。」《玉篇》：「緼，於忿切。枲也，舊絮也，緜也，亂也。」

〔三五〕蔣抱玄注：「卒，同猝。卒然，俗言霎時也。」《莊子·列禦寇》：「故君子遠使之而觀其忠，近使之而觀其敬，煩使之而觀其能，卒然問焉而觀其知。」

與張徐州薦薛公達書①〔一〕

愈聞士有已未達而達人者，大夫意寧實之哉②〔二〕？小子誠其人。今言則無故過濡恩惠，思以極報之謂也〔三〕。

伏惟閣下仁義風天下③〔四〕，任帝室宏寄④〔五〕，名譽之美，刑政之威，化道之事⑤〔六〕，使四方先聲色之娱⑥、金帛之富⑦、車服之制以從之⑧，則亦稱位⑨，雍容暇豫〔七〕，而又何求⑩？則可以取特達不羈之士〔八〕，奉之以非常之禮⑪，俾耀名天下，答天子鴻恩。側見河東薛公達⑫，年二十有六，抱驚世之偉材⑬，發言挺志，敻絶天秀⑭〔九〕，服仁食義〔一〇〕，融内光外。直剛簡質，與世不常。想其升朝廷議，凜瑩冰玉⑮；隱慝潛姦〔一一〕，滅心鑠謀⑯〔一二〕。然今尚幽塞未光〔一三〕，跱縮銛利⑰〔一四〕，靜居河洛⑱。惟高公之清風〔一五〕，驅馬千里⑲，文以爲贄⑳，求拜華軒〔一六〕。公則見之，以遇未甚厚㉑。懼左右者不明，喜蔽能，善黷聽以不令之言㉒〔一七〕。故小子忘懼，激憤獻此，惟公明之。夫垂纖餌溟泉㉓〔一八〕，冀吞舟之魚則疎〔一九〕；施薄禮天下，取特達之士亦難㉔。大夫其裁之㉕！

【彙校】

①〔與張徐州薦薛公達書〕此篇又載《文苑英華》卷六七二，據校。苑本「與」作「上」，注：「上，集作『與』。」《考異》：「此篇方本有之，今疑非公作，當刪。」王本、廖本存其目，删其文。

②〔意寧實之〕潮本注：「一無『實』字。」魏本注同。祝本無「實」字，注：「一有『實』字。」

③〔伏惟閣下〕魏本注：「一無『閣下』二字。」潮本無「閣下」二字，祝本、文本同。祝本注：「一有『閣下』二字。」《舉正》據蜀本增「閣下」二字，作「伏惟閣下」。今從苑本。

④〔帝室宏寄〕潮本「宏」作「横」，祝本、文本、魏本同。祝引洪興祖注：「横，當作『宏』，今作『横』，誤。」文本、魏本注

同。《舉正》據蜀、苑本訂作「宏」，云：「洪校。」今從苑本。

⑤〔化道之事〕今苑本注：「道，集作『導』。」《舉正》據苑本訂「導」字，作「化導之事」，云：「蜀本亦作『化導』。」謹按：今苑本同監本。

⑥〔使四方先〕今苑本注：「使四方先聲色之娱，集作『則無四方聲色之娱』。」《舉正》據苑本訂「則亦先」三字，作「則亦先四方」。謹按：今苑本同監本。

⑦〔金帛之富〕《舉正》：「金帛之富，其下當别爲一義，今本脱誤不可讀。」

⑧〔車服之制以從之〕今苑本注：「一無此（以從之）三字。」《舉正》出南宋監本無「以從之」三字。

⑨〔則亦稱位〕祝本「則亦」作「則以」。苑本「稱」下多一「顯」字。《舉正》據苑本增「顯」字，作「則亦稱顯位」。

⑩〔而又何求〕今苑本注：「而，一作『於』。」《舉正》據苑本訂「於」字，作「於又何求」。謹按：今苑本同監本。

⑪〔非常之禮〕《舉正》出南宋監本「以非常之禮」，據蜀、苑本删「之」字。謹按：今苑同監本。

⑫〔側見〕潮本「側」作「則」，祝本同。《舉正》據蜀、苑本訂作「側」。今從苑本。

⑬〔偉材〕文本「偉」作「奇」，注：「奇，一作『偉』。」

⑭〔夐絶〕苑本注：「絶，集作『拔』。」《舉正》據苑本訂「絶」作「拔」。謹按：今苑本同監本。

⑮〔凜瑩〕潮本注：「凜，一作『稟』。」祝本、文本、魏本注同。

⑯〔鑠謀〕潮本「鑠」作「爍」，祝本、文本、魏本同。《舉正》據蜀本訂「爍」作「鑠」，云：「《文苑》無『直剛簡質』已下六

語。」謹按：今苑本有此六句。《說文》：「爍灼爍，光也。从火樂聲，書藥切。鑠，銷金也。从金樂聲。書藥切。」今從苑本。

⑰〔弢縮〕苑本注：「弢，集作『彌』，非。」潮本「弢」作「彌」，祝本、魏本同。潮本注：「彌，一作『弭』。」祝本注：「洪曰：『彌，當作弭。今作彌，誤。』」魏本注同。文本「弢」作「弭」，注：「弭，一作『彌』，非。」《舉正》據苑本訂「弢」字，作「弢縮銛利」，云：「蜀本作『弭縮』，監本作『彌縮』。字經三寫，其訛日增，要知舊本之可貴也。」今從苑本。

⑱〔靜居河洛〕苑本注：「靜，集作『靖』。」《舉正》據蜀、《苑》訂「靜」作「靖」。謹按：今苑本同監本。

⑲〔驅馬千里〕魏本「千里」作「十里」。

⑳〔文以爲贄〕潮本「文」作「又」，祝本、文本、魏本同。今從苑本。

㉑〔公則見之以遇未甚厚〕潮本「以」作「矣」，「未」作「采」，今苑本、祝本、文本、魏本同。苑本注：「矣，集作『以』。采，集作『未』。」《舉正》據苑本訂「以」、「未」二字，作「公則見之以遇未甚厚」。謹按：今苑本同監本。今從方本。

㉒〔黷聽以不令之言〕潮本作「黷視聽不以今之譽言」，今苑本、祝本、文本、魏本同。苑本注：「『黷視聽不以今之譽言』九字，集作『黷聽不令之言』。」《舉正》據苑本刪「黷」下「視」字，乙「不以」作「以不」，訂「令」字，刪「言」上「譽」字。謹按：今苑本同監本。今從方本。

㉓〔垂纖餌〕魏本注：「一本無『纖』字。」潮本無「纖」字，祝本、文本同。祝本注：「一有『纖』字。」文本注：「《辨證》云：『垂纖餌溟泉』，今本脱『纖』字。『泉』即『淵』也，避諱爾。」《舉正》據蜀、苑本增「纖」字。今從苑本。

㉔〔亦難〕苑本「難」作「艱」。《舉正》據蜀、苑本訂作「艱」。

㉕〔其裁之〕潮本無「其」字，祝本、文本、魏本同。《舉正》據苑本增「其」字。今從苑本。

【箋注】

〔一〕文讜注：「徐州張建封也。公達，集有墓銘。此書貞元四年作，時公未第。」孫汝聽注：「貞元四年十一月以濠壽廬三州都團練使張建封爲徐泗豪節度使，治徐州。」韓醇注：「公時未第，故首云『己未達而達人』。」張建封，兩《唐書》有傳，其生平如次：張建封字本立，兖州人。大曆初，道州刺史裴虬薦建封於觀察使韋之晉，辟爲參謀，奏授左清道兵曹。轉運使劉晏奏試大理評事，勾當軍務。大曆十年，馬燧爲河陽三城鎮遏使，辟爲判官，奏授監察御史賜緋魚袋。建中初，燧薦之於朝。楊炎將用爲度支郎中，盧杞惡之，出爲岳州刺史。建中四年爲壽州刺史，加兼御史中丞本州團練使（《新唐書·方鎮表五》）。興元元年十二月乙亥，充濠壽廬三州都團練觀察使（《舊唐書·德宗紀上》）。貞元四年十一月（《資治通鑑》卷二百三十三），爲徐州刺史兼御史大夫徐泗濠節度支度營田觀察使。七年進位檢校禮部尚書，十二年加檢校右僕射，十三年十二月丁丑入覲，十四年三月還鎮（《寶刻類編》卷一德宗《送張建封還鎮詩》）。十六年五月庚戌卒（《舊唐書·德宗紀下》），時年六十六，册贈司徒。謚曰襄（《唐會要》卷八十）。薛公達，兩《唐書》無傳，今鈎稽其生平如次：薛公達，字大順，濮上五門薛氏大房（《新唐書·宰相世系表三上》)。貞元九年進士第(韓愈《國子助教薛君墓誌銘》文讜注引《登科記》),補家令主簿,佐邢君牙鳳翔隴州觀察使府。帥不喜,自免去。後佐河陽軍,拜協律郎。元和初入爲國子助教,分教東都生(韓愈《祭薛公達助教文》樊汝霖注)。元和四年卒,年四十七(《國子助教薛君墓誌銘》)。

此篇作年,洪興祖、樊汝霖、文讜、嚴有翼、方崧卿《舉正》、《年表》、方成珪繫於貞元四年(七八八)。洪譜:「四年戊辰:是年張建封爲徐泗豪節度,公薦薛公達於建封云:『河東薛公達,年二十有六。』按《公達墓誌》云:『元和四年,年四十七卒。』自元和己丑逆數之,至今年二十六歲。公時年二十一,始有文章見集中。」樊汝霖注:「貞元四年,公達年二十有六。」《舉正》:「貞元四年作,洪、樊譜同。」

〔二〕孫汝聽注:「實,猶信也。」

〔三〕魏懷忠云:「極,盡也。」

〔四〕魏仲舉注:「風,動也。」

〔五〕宏寄,重托。謹按:此語始見韓文,後人未見採用者。

〔六〕魏仲舉注:「道,達也。」

〔七〕暇豫,悠閑自在、自得其樂。《國語·晉語二》:「我教兹暇豫事君。』」韋昭注:「暇,閑也;豫,樂也。」

〔八〕特達,特出、傑出。《世説新語·言語》:「此子珪璋特達,機警有鋒。」

〔九〕祝充注：「敻，休正切。」敻絶，超卓絶倫。顏延之《赭白馬賦》：「分馳迴場，角壯永埒，別輩越羣，絢練敻絶。」

〔一〇〕服仁食義，躬行仁義。此語始見韓文，後人亦有採用者。如宋楊萬里《陳先生墓誌銘》：「蓋其素履，服仁食義。身中徽墨，言中榘矱。」（《誠齋集》卷一百二十七）李廷忠《通張總幹》：「服仁食義，知所學之有傳；樹業建功，要以身而自致。」（《橘山四六》卷十五）程珌《休寧縣脩學記》：「服仁食義兮力菑畬，圓規方矩兮行瓊琚。」（《洺水集》卷七）

〔一一〕隱慝潛姦，威懾姦邪。此語始見韓文，後人亦有採用者。如宋李廷忠《賀徐殿院》：「隱慝潛姦，豈待雷霆之盡擊；危言正色，自令山嶽之皆摇。」（《橘山四六》卷十六）

〔一二〕滅心爍謀，消寢姦謀。此語始見韓文，後人亦有採用者。如宋宗澤《乞回鑾疏》：「四夷凶殘，必滅心爍謀，以就殄滅。」（《宗忠簡集》卷一）洪适《乞刺壯健乞匄人劄子》：「若使有穿窬之志，亦可使滅心鑠謀矣。」（《盤洲文集》卷四十三）

〔一三〕幽塞，幽閉、困守。《愍帝詔》：「朕今幽塞窮城，憂慮萬端。」（《晉書·元帝紀》）

〔一四〕祝充注：「銛，思廉切。《說文》：『革屬。』《吕氏春秋》《仲秋紀·簡選》：『兵械銛利。』」弢，同「韜」。《漢書·藝文志》：「《六弢》六篇。」顏師古注：「即今之《六韜》也。弢，字與『韜』同也。」《說文》：「弢，弓衣也。韜，劍衣也。」引申爲藏匿、收斂。《廣雅·釋器》：「韜，弓藏也。」《廣韻》：「韜，藏也。」韜縮，收斂、韜光晦跡。此語始見韓文，後人亦有採用者。如宋周孚《次韻士美求予舊詩之句》：「十年韜縮不願售，須信柙藏定干越。」（《蠹齋鉛刀編》卷八）元盧摯《湖南宣慰使趙公墓誌銘》：「早歲莅政，以敏鋭著稱。晚迺弢縮冲漠，權以適易。」（《元文類》卷五十一）銛利，鋒利。《説文》：「銛，臿屬。从金舌聲，讀若棪，桑欽讀若鐮，息廉切。」《廣雅·釋詁》：「銛，利也。」弢縮銛利，謂收斂鋒芒。

〔一五〕清風，高潔之風操。刘勰《文心雕龍·誄碑》：「標序盛德，必見清風之華。」

〔一六〕華軒，華美之宫室。潘岳《爲賈謐作贈陸機詩》：「優游省闥，珥筆華軒。」《文選》五臣注吕向曰：「華軒，殿上曲欄也。」

〔一七〕黷，污濁、污穢。陸機《漢高祖功臣頌》：「芒芒宇宙，上墋下黷。」《文選》李善注：「天以清爲常，地以靜爲本。今上墋下黷，言亂常也。墋，不清澄之貌也，楚錦切。《國語》：『觀射父曰：民神異業，敬而不黷。』賈逵曰：『黷，媟也。』」不令，不善。《詩·小雅·十月之交》：「爗爗震電，不寧不令。」鄭玄箋：「天下不安，政教不善之徵。」

〔一八〕纖餌，極細微之魚餌，比喻極小的代價。此語始見韓文，後人亦有採用者。如宋晁補之《北渚亭賦》：「纖餌投限，微鱗掛空。」（《雞肋集》卷二）明劉基《釣竿》：「鈎纖餌香魚不知，石鱗激水谿毛動。」（《誠意伯文集》卷一）闕名《畸人傳序》：「今夫纖餌畢命者，□魚也」（《明文海》卷二百三十二）溟泉，深淵。祝引洪興祖注：「凡公文以『民』爲『人』，以『虎』爲『武』，以『淵』爲『泉』者，皆避諱耳。」

〔一九〕《列子·楊朱》：「吞舟之魚，不游枝流；鴻鵠高飛，不集汚池。」

與少室山李渤拾遺書①〔一〕

十二月某日，愈頓首②〔二〕：

伏承天恩〔三〕，詔河南敦諭拾遺公③〔四〕。朝廷之士引頸東望，若景星鳳皇之始見也④〔五〕，爭先覩之爲快。方今天子仁聖，小大之事⑤，皆出宰相，樂善言如不得聞。自即大位已來，於今四年〔六〕。凡所施者⑥，無不得宜。勤儉之聲，寬大之政，幽閨婦女，山野小人⑦，皆飽聞而厭道之。愈不通於古⑧，請問先生世非太平之運歟⑨？加又有非人力而至者⑩：年穀熟衍⑪〔七〕，符貺委至〔八〕。若干紀之姦〔九〕，不戰而拘纍；彊梁之兇⑫，銷鑠縮栗〔一〇〕，迎風而委伏〔一一〕。其有一事未就正，自視若不成人⑬。四海之所環，無一夫甲而兵者⑭，未有若此時也⑮。拾遺公不疾起與天下之士君子樂成而享之，斯無時矣。

昔者孔子知不可爲而爲之不已，足跡接於諸侯之國⑯，即可爲之時⑰，自藏深山，牢關而固距〔一二〕，即與仁義者異守矣。想拾遺公冠帶就車，惠然肯來，舒所蓄積以補綴盛德之有闕遺⑱。利加於時⑲，名垂於將來⑳。踊躍悚企，頃刻以冀㉑。

又竊聞朝廷之議必起拾遺公，使者往若不許，河南必繼以行㉒。拾遺徵君，若不至，必加高秩㉓〔二三〕。如是即辭少就多㉔，傷於廉而害於義，拾遺公必不爲也。善人斯進㉕，其類皆有望於拾遺公。拾遺公儻不爲起㉖，使衆善人不與斯人施也㉗〔二四〕。由拾遺公而使天子不盡得良臣，君子不盡得顯位，人庶不盡被惠利㉘，其害不爲細。必望審察而長遠思之㉙，務使合於孔子之道。幸甚，愈再拜。

【彙校】

①〔與少室山李渤拾遺書〕《舉正》出南宋監本「與少室李拾遺書」，云：「渤。《書》云：『自即大位，於今四年。』此書作於元和三年也。公時尚爲博士，《新書》云『洛陽令』，誤也。」朱熹從方本，《考異》：「諸本『室』下有『山』字，『李』下有『渤』字。方從蜀、苑、《新書》。」

②〔十二月某日愈頓首〕《舉正》删此八字，云：「蜀本無。」朱熹從監本，《考異》：「方無此八字。」

③〔拾遺公〕《舉正》出南宋監本「拾遺公」，云：「《新書》皆只作『遺公』。」《考異》：「《新書》作『遺公』，篇内並同。」

④〔鳳皇〕祝本、文本、王本、廖本「皇」作「凰」。

⑤〔小大之事〕潮本「事」作「士」，祝本、文本、魏本同。祝本注：「士，《唐史》作『事』。」魏本注同。《舉正》據蜀、《新書》乙「小大」作「大小」，訂「事」字，作「大小之事」。朱熹從監本作「小大」，從方本作「事」，《考異》：「事，或作

「士」。小大，《舉正》作『大小』，恐誤。」今從朱本。

⑥〔凡所施者〕《舉正》出南宋監本「凡所施者」，云：「《新書》作『凡所出而施者』。」《考異》：「者，或作『爲』。」

⑦〔山野小人〕《舉正》據蜀本訂「山」作「草」，云：「《新書》作『草野小子』。」朱熹從方本，《考異》：「草，或作『山』。《新書》『人』作『子』。」

⑧〔愈不通於古〕《舉正》據蜀本訂「某」、「于」二字，作「某不通于古」。朱熹從監本，《考異》：「愈，方作『某』。於，方作『于』。」

⑨〔請問先生世非太平之運歟〕《舉正》據蜀本訂「匪」字，作「請問先生匪太平之運歟」，云：「《新書》作『茲非太平世歟』。」朱熹從監本，《考異》：「世非太平之運歟，方無『世』字『非』作『匪』《新書》作『茲非太平世歟』。」

⑩〔有非人力〕文本「有非」作「非有」。

⑪〔年穀熟衍〕《新書》「熟衍」作「屢熟」。

⑫〔彊梁〕祝本「彊」作「疆」。

⑬〔自視若不成人〕潮本「視」作「是」，文本、魏本同。魏本注：「『是』字《史》作『視』」《舉正》訂作「視」，云：「《新書》作『視』，蜀本作『是』，《新書》亦無『自』字。然《新書》多從省文，作『視』爲當。」朱熹從方本，《考異》：「《新書》無『自』字。視，或作『是』，非是。」今從祝本。

⑭〔甲而兵者〕潮本「而」作「與」，祝本、文本、魏本同。魏本注：「與，一作『而』。」《舉正》據《新書》訂作「而」。朱熹從方本，《考異》：「而，或作『與』。」今從方本。

⑮〔未有若此〕《舉正》出南宋監本「未有若此時也」，據蜀本、《新書》删「未有」二字。《考異》：「『若此』上或有『未有』二字。」

⑯〔足跡接於〕潮本注：「一無『足跡』字。」祝本注同。《考異》：「或無此（足跡）二字。」

⑰〔即可爲〕方成珪注：「即，當從《新史》作『今』。」童第德注：「《爾雅·釋詁》：『即，尼也。』郭注：『即，猶今也。』《史記·汲黯列傳》：『吾今召君矣。』《索隱》：『今，猶即今也。』無煩更改。」

⑱〔闕遺〕《舉正》出南宋監本「盛德之有闕遺」，據蜀本乙「闕遺」作「遺闕」，云：「《新書》只作『盛德之闕』。」《考異》：「闕遺，方作『遺闕』。《新書》無『有遺』二字。」

⑲〔利加於時〕魏本注「一無『加』字。」潮本無「加」字，祝本、文本同。祝本注：「《唐史》有『加』字。」名垂於將來《舉正》據蜀本增「加」字，作「利加於時」，云「《新書》作『利加于時』。」朱熹從方本，《考異》：「或無『加』字。《新書》『於』作『于』。」

⑳〔垂於〕《舉正》：「《新書》作『名垂將來』，無下『於』字。」《考異》：「《新書》無『於』字。」

㉑〔頃刻〕王本、廖本「頃」作「傾」。王本注：「傾，或作『頃』。」廖本注同。王元啓注：「作『傾』，則『刻』當作『渴』。」方成珪注：「《新史》『傾』作『頃』，當從之。」童第德注：「《説文》：『傾，仄也。頃，頭不正也。』義相近，二字古通用。《説文》：『俄，行頃也。《詩》曰：仄弁之俄。』《詩·賓之初筵》作『側弁之俄』，鄭箋：『俄，傾貌。』許作『頃』，鄭作『傾』，是『頃』、『傾』通用之證。王、方二氏不悟『頃』、『傾』通用，王士欲改『頃刻』爲『傾渴』，猶非。」

㉒〔河南必繼〕魏本「河」上注：「一有『即』字。」《舉正》據蜀本、《新書》「河」上增一「即」字。朱熹從方本，《考異》：

「或無『即』字。」

㉓〔必加高秩〕方成珪注：「必加，《新史》作『更加』。按：必、更二字似宜並存之。」

㉔〔即辭少〕《舉正》據蜀本訂「即」作「則」，云：「《新書》無此一字。」朱熹從方本，《考異》：「則，或作『即』，《新書》無『則』字。」

㉕〔善人斯進〕方成珪注：「《新史》無『斯』字。」

㉖〔有望於拾遺公拾遺公儻不〕祝本無複出「拾遺公」三字。

㉗〔使衆善人不與斯人施也〕潮本無「使」字，祝本、文本、魏本同。祝本「也」作「者」，文本、魏本同。《舉正》據蜀本增「使」字，訂「也」字，作「使衆善人不與斯人施也」。朱熹從方本，《考異》：「或無『使』字。也，或作『者』。今按此句疑有誤。」王元啓注：「愚謂誤在『人』字，改作『大』字即通。『大施』，如下文『君子盡得顯位，人庶盡被惠利』是也。」童第德注：「『衆善人』，即上所云『善人斯進其類』。『衆善人不與斯人施』，謂衆善人不得預於施膏澤民庶之事。文義本自明白，朱子疑此句有誤，蓋偶未審。王氏便改『人』爲『大』，無據。」今從方本。

㉘〔人庶〕潮本「人庶」作「庶人」，祝本、文本、魏本同。《舉正》出南宋監本「庶人」，據蜀本、《新書》乙作「人庶」。朱熹從方本，《考異》：「人庶，或作『庶人』。」今從方本。

㉙〔長遠思之〕文本注：「一無『長』字。」魏本注同。《舉正》出南宋監本「望審督而長遠思之」，據蜀本刪「長」字，云：「《新書》作『諦思之』，皆無『長』字。」謹按：「督」、「察」，古今字。朱熹從方本刪「長」字，《考異》：「『而』下或有『長』字。《新書》『遠』作『諦』。」

【箋注】

〔一〕文讜注：「《唐史》：渤字濬之，刻志於學，與仲兄涉偕隱廬山。久之，更徙少室。元和初户部侍郎李巽、諫議大夫韋況交章薦之，詔以右拾遺召。於是河南少尹杜兼遣使持詔幣即山敦促，渤上書謝：『昔屠羊説有言：位三旃，禄萬鐘，知貴於屠羊。然不可使妄施。彼賤賈也，猶能忘己愛君。臣雖欲盜榮以濟所欲，得無愧屠羊乎？』不拜。洛陽令韓愈遺書，渤心善其言，始出家東都。元和九年，起爲著作郎。太和中，終太子賓客。」王儔注：「此書不入正集，然史氏載之渤傳，則知其爲公之作也。其曰『洛陽令韓愈』者，史氏誤也。河南府在唐治河南、洛陽二縣。公元和五年冬爲河南令，未嘗爲洛陽縣令也。」孫汝聽注：「渤字濬之，魏横野將軍申國公發之裔。」韓醇注：「此書雖不見於正集，而載於《新史》。則知外集之文亦未可輕議其非也。」李渤，兩《唐書》有傳，其生平如次：李渤字濬之，勵志於文學，不從科舉。與仲兄涉偕隱廬山，久之更徙少室。元和初，户部侍郎李巽、諫議大夫韋況交章薦之。元和元年九月癸丑，詔以右拾遺召（《舊唐書・憲宗上》），不拜。韓愈遺書，渤心善其言，始出家東都。每朝廷有闕政，輒附章列上。元和九年討淮西，上平賊三術。又上《禦戎新録》，四月壬午以著作郎召（《册府元龜》卷六百一）。渤遂起，歲餘遷右補闕。以直忤旨，下遷丹王府諮議參軍分司東都。十二年遷贊善大夫，依前分司。再遷爲庫部員外郎。十三年上疏論時政，以峭直觸要臣意，乃謝病歸。穆宗立，召拜考功員外郎。十一月定京官考，不避權幸，皆行昇黜。長慶元年五月己亥，貶虔州刺史

（《舊唐書·穆宗紀》）。不閱歲，遷江州刺史。二年，入爲職方郎中。三年，遷諫議大夫。九月乙卯，知匭奏。擢給事中，賜金紫服。以疏奏中人及神策軍人罪，寶曆元年正月壬申，出爲桂州刺史兼御史中丞充桂管都防禦觀察使（《舊唐書·敬宗紀》）。在桂管二年，風恙求代，罷歸洛陽。太和五年，以太子賓客徵至京師，月餘卒，時年五十九。七月庚子，贈禮部尚書（《舊唐書·文宗紀下》）。

此篇作年，程俱繫於元和五年，洪興祖、嚴有翼、方崧卿《舉正》、《年表》、《增考》、方成珪繫於元和三年（八〇八），孫汝聽、蔣抱玄繫於元和四年。程譜：「五年，代薛戎爲河南令。少室山人李渤以拾遺召，渤堅卧不起，愈以書勸説之，渤悦其言，乃行。」《增考》：「公《遺李渤書》在三年十二月，洪已辨之。按《新史》云：『渤隱少室，元和初以右拾遺召，於是河南少尹杜兼遣吏持詔幣即山敦促，渤謝不拜，洛陽令韓愈遺書云云。渤心善之，始出家東都。朝廷有闕政，輒附章列上。』按杜兼爲少尹實在三年，次年則遷尹矣。兼亦竟卒於次年之冬，固不應在五年也。公五年爲河南令，亦非洛陽也。」洪譜：「三年戊子，改真博士。有《與少室山李渤拾遺書》，云：『十二月某日，伏承天恩，詔河南敦諭拾遺公。方今天子仁聖，自即大位以來，於今四年。』憲宗永貞元年即位，至今四年也。《唐史》紀、傳皆云元和元年詔以左拾遺召，不赴。《寄玉川子》詩云：『少室山人索價高，兩以諫官徵不起。』則元年、三年皆被徵。公遺以書，渤善其言，乃出家東都。至九年，始應著作之命也。《新史》云：『洛陽令韓愈遺渤書。』公是時爲博士，五年方爲河南令，未嘗爲洛陽令也。」謹按：當從洪譜。

〔二〕孫汝聽注：「元和四年。」

〔三〕蔣抱玄注：「專制時代以君主比天，故謂君恩曰天恩。《後漢書·鄧隲傳》：『上全天恩，下完性命。』」

〔四〕蔣抱玄注：「敦諭，一作『敦喻』。《晉書·李胤傳》：『遣侍中宣旨，優詔敦諭，絶其章表，不得已起視事。』」

〔五〕文讜注：「《白虎通》（《封禪》）曰：天下太平，符瑞至，景星見，鳳凰翔。景星者，大星也。月或不見，景星當見，可以夜作者，益於民也。」

〔六〕嚴有翼注：「憲宗以永貞元年即位，至今四年，即元和三年也。」

〔七〕蔣抱玄注：「衍，充滿業，肥美也。」

〔八〕蔣抱玄注：「符貺，符瑞也。天賜曰貺。」

〔九〕《新書》無「若」字。

〔一〇〕蔣抱玄注：「銷鑠，銷滅也。《戰國策》（《趙二》）：『刼韓包周，則趙自銷鑠。』」

〔一一〕蔣抱玄注：「委伏，屈服也。」

〔一二〕蔣抱玄注：「牢關，謂牢守門户也。距，與『拒』同。固距，嚴加拒絶也。」

〔一三〕蔣抱玄注：「高秩，高爵也。《後漢書・朱祐傳》：『高秩厚禮，允答元功。』」

〔一四〕蔣抱玄注：「斯人，與斯民同。」

答劉秀才論史書①〔一〕

六月九日〔二〕，韓愈白秀才劉君足下②：

辱問見愛，教勉以所宜務，敢不拜賜〔三〕。愚以爲凡史氏褒貶大法③〔四〕，《春秋》已備之矣。後之作者在據事跡實録〔五〕，實録則善惡自見矣④。然此尚非淺陋偷惰者所能就，況褒貶邪？孔子聖人，作《春秋》，辱於魯衛陳宋齊楚，卒不遇而死〔六〕。齊太史氏兄弟幾盡⑤〔七〕。左丘明紀春秋時事以失明〔八〕，司馬遷作《史記》刑誅〔九〕，班固瘐死⑥〔一〇〕，陳壽起又廢，卒亦無所至〔一一〕，王隱謗退死家⑦〔一二〕，習鑿齒無一足〔一三〕，崔浩〔一四〕、范曄亦族誅⑧〔一五〕，魏收夭絶⑨〔一六〕，宋孝王誅死〔一七〕。足下所稱吴兢〔一八〕，亦不聞身貴而後有聞也⑩。夫爲史者不有人禍，則有天刑，豈可不畏懼而輕爲之哉？

唐有天下二百年矣，聖君賢相相踵，其餘文武之士立功名跨越前後者不可勝數⑪，豈一人卒能紀而傳之邪⑫？僕年志已就衰退⑬，不可自敦率⑭〔一九〕。宰相知其無他才能⑮，不足用。哀其老窮，齟齬無所合，不欲令四海内有戚戚者⑯。猥言之上，苟加一職榮之耳〔二〇〕，非必督責迫蹙令就功役也⑰〔二一〕。賤不敢逆盛指〔二二〕，行且謀引去⑱〔二三〕。且傳聞不同⑲，善惡隨人所見。甚者附黨，憎愛不同，巧造語言⑳，鑿空構立善惡事迹㉑〔二四〕。於今何所承受取信？而可草草作傳記令傳萬世乎㉒？若無鬼神，豈可不自慙愧㉓；若有鬼神，將不福人。僕雖騃，亦粗知自愛，實不敢率爾爲也。

夫聖唐鉅跡及賢士大夫事皆磊磊㉔〔二五〕，掀天抶地必不沈没㉕〔二六〕。今館中非無人，必將有作者勤而纂之㉖〔二七〕。後生可畏，安知不在足下㉗？亦宜勉之。愈再拜㉘〔二八〕。

【彙校】

①〔答劉秀才論史書〕此篇又載《文苑》卷六九〇，據校。

苑本題作「答劉秀才書」。《舉正》出南宋監本「答劉秀才論史書」，云：「《文苑》只作『答劉秀才書』。」朱熹題同監本，《考異》：「方從蜀、苑。」謹按：朱引方本與《舉正》不同。

②〔六月九日韓愈白秀才劉君足下〕或無此〔六月九日韓愈白秀才〕九字或作某月日韓愈白。《舉正》出南宋監本「六月九日韓愈白秀才劉君足下」，删「六月九日韓愈白秀才」九字，云：「蜀本無上九字，《文苑》只作『某月日韓愈白劉君足下』。」

③〔愚以爲〕潮本「爲」作「謂」，祝本、文本、魏本同。《舉正》據蜀、苑本訂作「爲」。朱熹從方本，《考異》「爲，或作『謂』。」

④〔實録則善惡自見矣〕苑本無複出「實録」二字，句末無「矣」字，注：「蜀本有『實録』字。蜀本有『矣』字。」《舉正》出南宋監本「據事跡實録」，無複出「實録」二字，據苑本删「矣」字，云：「蜀本、《文苑》皆無複出『實録』二字。」朱熹從方本，《考異》：「或複出此〔實録〕二字。『見』下或有『矣』字。」

⑤〔太史氏〕潮本無「氏」字，祝本、文本同。《舉正》據蜀、苑本增「氏」字。朱熹從方本，《考異》：「或無『氏』字。」今從苑本。

⑥〔班固瘐死〕潮本「瘐」作「瘦」，祝本、魏本同。祝本注：「洪曰：瘐，音愈，囚以飢寒死也。今本作『瘦』，傳寫之誤。」《舉正》訂作「瘐」，云：「漢律：囚以飢寒死者曰瘐死，見《宣紀》。《文苑》作『瘐』，蜀本作『廋』，非。」朱熹從方本，《考異》：「洪云：瘐，音愈，囚以飢寒死也。今本誤作『疲』，或作『瘦』，或作『廋』，皆非是。」今從苑本。

⑦〔謗退死家〕祝本無「家」字。

⑧〔亦族誅〕文本「亦」作「以」。苑本注：「『亦族』二字，蜀本作『赤』。」《舉正》據《文苑》訂「亦族」作「赤」。謹按：今苑本同監本。朱熹從方本，《考異》：「赤，或作『亦族』二字。」

⑨〔夭絶〕文本注：「夭絶，一作『天絶』。」潮本「夭」作「天」。《舉正》據《文苑》訂作「夭」。朱熹從方本，《考異》：「夭，或作『天』。」今從苑本。

⑩〔身貴而後有聞〕苑本「而」下多一「其」字。《舉正》「而」下增「今其」二字，云：「並《文苑》。」謹按：今苑本無「今」

字。朱熹從方本，《考異》：「或無『今其』二字，或無『其後』二字。」

⑪〔文武之士〕《舉正》出南宋監本「文武之士」，删「之」字，云：「蜀本、《文苑》同。」按：今苑本有「之」字。朱熹從監本，《考異》：「『士』上或無『之』字。」

⑫〔一人卒能紀而傳之〕苑本注：「蜀本叠『卒』字。」《舉正》「卒」下增一「卒」字，云：「蜀本、《文苑》同。卒，音『猝』。《司馬遷傳》：『卒卒無須臾之間。』顔曰：促遽之意也。」謹按：今苑本無複出「卒」字。朱熹從方本，《考異》：「或無下『卒』字。」

⑬〔已就衰退〕潮本無「就」字，文本、魏本同。魏本注：「一云『年志已就衰退』。」《舉正》據蜀、苑本增「就」字。朱熹從方本，《考異》：「或無『就』字。」今從苑本。

⑭〔自敦率〕苑本注：「敦率，蜀本作『敢爲』。」潮本無「敦率」二字，祝本、文本、魏本同。文本「自」下注：「一有『效』字。」魏本注：「一云『不可自敢爲』，又一云『不可自效率爲』。」《舉正》「自」下增「敦率」二字，云：「以《文苑》定。蜀本訛作『敢爲』，監本删二字，非也。」朱熹從方本，《考異》：「或作『敢爲』，或無此二字。今按：此二字恐有脱誤。」今從苑本。

⑮〔無他才能〕《舉正》出南宋監本「知其無他才能」，據苑本删「無」字。按：今苑本有「無」字。朱熹從監本，《考異》：「方無『無』字。」

⑯〔有戚戚者〕苑本「戚戚」作「慼慼」。

⑰〔令就功役也〕文本「就」下注：「一有『其』字。」苑本「就」下注：「集有『其』字。」潮本「就」下多一「其」字，祝本、魏

本同。《舉正》出南宋監本「令就其功役也」，據苑本刪「其」字。朱熹從方本，《考異》：「『就』下或有『其』字。」今從苑本。

⑱〔行且謀〕廖本注：「且，一作『自』。」

⑲〔傳聞不同〕潮本「傳」下多一「云」字，「聞」下多一「見」字，祝本、文本、魏本同。《舉正》出南宋監本「且傳云聞見不同」，據苑本刪「云」、「見」二字。謹按：今苑本有「云」、「見」二字。朱熹從方本，《考異》：「傳聞，或作『傳云聞見』。」今從方本。

⑳〔巧造語言〕潮本「造」作「其」，今從苑本。祝本「語言」作「言語」。

㉑〔鑿空構立〕文本「構」作「搆」。

㉒〔作傳記令傳萬世乎〕苑本無「乎」字，注：「一無〔記令傳〕三字。『世』下集有『乎』字。」《舉正》出南宋監本「令傳萬世乎」，刪「乎」字。朱熹從監本，《考異》：「方無『乎』字。」

㉓〔豈可不自慙愧〕今苑本「愧」作「懼」，注：「豈可不自慙懼，一作『豈不自心慙愧』。」《舉正》據苑本刪「不」下「可」字，增「心」字，作「豈不自心慙愧」，云：「蜀本亦無『可』字。」朱熹從方本，《考異》：「『不』下或有『可』字，非是。或無『心』字。」

㉔〔夫聖唐鉅跡〕文本無「夫」字。潮本無「聖」字，祝本、文本、魏本同。文本注：「一有『聖』字。」魏本注同。「鉅」，祝本作「距」，文本作「巨」。《舉正》據蜀、苑本增「聖」字。朱熹從方本，《考異》：「或無『聖』字。」今從苑本。祝本注：「磊磊，一云『落落』。」文本、魏本注同。苑本注：「磊磊，一作『磊落』。」

㉕〔掀天抉地必不沈没〕苑本、祝本、文本、魏本「抉」作「決」。祝本注：「一無『決』字。一云『掀天地決不沈没』。」文本注同。苑本注：「決地，集作『地決』。」魏本作「軒天地決不沈没」，注：「一作『掀天決地』，一無『決』字。決，一作『必』。」《舉正》出南宋監本「軒天決地必不沈没」，據苑本乙「決地」作「地決」，云：「柳子厚論史書亦可考，蜀本作『落落掀天地決不沈没』，無『必』字。」謹按：今苑本作「決地」。朱熹訂作「軒天地決不沈没」，《考異》：「方從《文苑》『決』下有『必』字。又云：蜀本作『落落掀天地』，而無『必』字；又『地決』或作『決地』，又或作『抉地』。」今按：古潮本『軒』亦作『掀』而無『必』字。蓋因柳子厚書云：『所云磊磊軒天地者決必沈没。』故諸本或誤加『必』字耳。今從柳集作『軒』從潮本去『必』字。」

㉖〔必將有〕今苑本「之」下多一「耳」字，注：「必將，一作『將必』。」《舉正》出南宋監本「必將有作者」，據蜀、苑本乙「必將」作「將必」。朱熹從方本，《考異》：「將必，或作『必將』。」

㉗〔安知不在足下〕祝本注：「洪曰：今本脱『不在』二字。」魏本注同。潮本無「不在」二字，文本同。潮本注：「一有『不在』字。」文本注：「《辨證》云：『安知不在足下』，今本脱『不在』二字。」《舉正》據蜀、苑本增「不在」二字。朱熹從方本，《考異》：「或脱此（不在）二字。」今從苑本。

㉘〔愈再拜〕苑本「再拜」作「頓首」。

【箋注】

〔一〕樊汝霖注：「劉秀才名軻，字希仁。元和十四年進士。公時史館，劉有書勉之，公答焉。子厚集有與公論史官書曰『前獲書言史事，云具《與劉秀才書》，及今乃見書稿，私心甚不喜』云云。反復論辯，皆以公不任史責爲慊。柳所見即此書也。李漢自謂收拾遺文，無所失墜，乃逸此篇於正集之外，豈以其嘗爲子厚所辯駁而遂棄歟？」文讜注：「劉軻始嘗爲僧，因葬遺骸，夢一書生遺以三雞子。軻嚼一吞二，後乃精儒，名在史官。時韓愈欲爲文贊焉，會貶，不果就。此所謂劉秀才者，豈其人邪？軻嘗有書與馬植，大言誇詫，以史自任。計其詒書於公，必不肯少屈。公所答云爾，亦蓋抑之也。事見《雲溪友議》及《南部新書》。」王儔注：「公元和九年爲史館作。此書不入正集而見於外集。然子厚集中有《與韓愈論史書》云云，則知此誠公之作矣。『求國家之遺事，作唐一經』，公嘗有是言矣，何至是則畏懼而不能爲哉？君子之言有抑揚，未可以一概論也。軻，字希仁。元和十四年進士。歷膳部員外郎、史館修撰，邵州刺史。」魏引補注：「或問張子韶曰：退之《與劉秀才論史書》謂『爲史不有人禍必有天殃』，子厚作書闢之，其説甚有理。退之於理似屈。子韶曰：此亦退之説得未盡處，想其意亦不專在畏禍，但恐褒貶足以貽禍，故遷就其説而失之泥。宜爲子厚所攻。」劉軻，兩《唐書》無傳，今鈎稽其生平如次：劉軻，字希仁（《新唐書·藝文志》），沛縣人，天寶末徙貫南鄙（劉軻《上座主書》），居於韶右。少爲僧，釋名海納（《太平廣記》卷一百十七引《雲溪友議》），止於豫章高安縣南果園（《唐摭言》卷十一）。元和初（《上座主書》），求黃老之術，隱於廬山（《唐摭言》卷十一）。元和十四年登進士第（陳舜俞《廬山記》卷三）。大和元年爲集賢修撰（《册府元龜》卷四百八十一）歷監察御史（《廬山記》卷三）。

二年，以殿中侍御史爲張仲方福建觀察使府幕僚，攝泉州刺史（黄滔《莆山靈巖寺碑銘》）。九年爲朝議郎行尚書膳部員外郎、史館修撰（劉軻《唐故朝議郎行陝州硤石縣令上柱國侯公（績）墓誌銘并序》）。開成初遷秘書丞、史館修撰（《廬山記》卷三）。二年，爲朝議郎檢校屯田郎中使持節洺州諸軍事守洺州刺史兼侍御史上柱國賜緋魚袋，四年仍在洺州（劉軻《大唐三藏遍覺法師塔銘并序》）。終於任（《新唐書·藝文志》）。

此篇作年，吕大防、洪興祖、韓醇、方成珪繫於元和八年，方崧卿《舉正》、《年表》繫於元和九年，蔣抱玄繫於元和七年。吕譜：「元和八年癸巳：拜比部郎中、史館修撰。時有《與劉秀才論史書》。」洪譜：「八年癸巳：春，守尚書比部郎中史館修撰。此除在八年癸巳三月乙亥。《實録》云：『八年三月乙亥，國子博士韓愈比部郎中史館修撰。』《新史》云：『愈數黜官，又下遷，乃作《進學解》以自喻。執政覽之，奇其才。』《舊史》云：『執政覽其文而憐之，以其有史才，改比部郎中史館修撰。』然則執政憐其數黜，且以有史才，故除是官，非止奇其能文而遷擢之也。《新史》務簡，遂失其實。時宰相武元衡、李吉甫、李絳也。公除官制曰：『太學博士韓愈，學術精博，文力雄健，立詞措意，有班、馬之風，求之一時，甚不易得。加以性方道直，介然有守，不交勢利，自致名望。可使執簡，列爲史官，記事書法，必無所苟。仍遷郎位，用示褒升。』白居易詞也。是年公在史館，有《答劉秀才論史書》。九年甲午冬，爲考功郎中知制誥。《實録》云：『九年十月甲子，韓愈考功郎中依前史館修撰。十二月戊午，以考功知制誥。』答劉書以六月九日，柳宗元與公論史書以正月二十一日。宗元云：『前獲書言史事，云具《與劉秀才書》，及今乃見書藁。』知公答劉在去年六月，宗元書在今年正月也。」《舉正》：「元和九年作。」方譜：「書首云『六月九日』，中有『宰相知其無他才能』云云，當係是年初爲史館修撰時作。」

〔二〕韓醇注：「元和八年。」

〔三〕蔣抱玄注：「《儀禮·鄉飲酒禮》：『明日賓鄉服以拜賜，主人如賓服以拜辱。』」鄭玄注：「拜賜，謝恩惠。」

〔四〕蔣抱玄注：「《春秋序》：『春秋雖以一字爲褒貶，然皆須數句以成言。』」

〔五〕蔣抱玄注：「《漢書·司馬遷傳贊》：『其文直，其事核，不虚美，不隱善，故謂之實録。』」應劭注：「實録，言其録事實。」

〔六〕嚴有翼云：「《史記》《孔子世家》：『孔子曰：吾道不行矣，何以自見於後世。乃約魯史而作《春秋》。』是孔子以不遇故作《春秋》，非以作《春秋》而不遇也。」

〔七〕文讜注：「《左傳》襄二十五年：齊崔子之難，太史書曰：『崔杼弑其君。』崔子殺之。其弟嗣書，而死者二人。其弟又書，乃舍之。南史聞太史氏盡死，執簡以往。聞既書矣，乃還。」

〔八〕文讜注：「司馬遷《與任安書》曰：『左丘失明，厥有《國語》。』丘明，孔子弟子。」

〔九〕文讜注：「《前漢》《司馬遷傳》：司馬遷作《史記》，論次十年，而遭李陵之禍，幽於纍紲。乃歎曰：『是余之罪，身虧不用矣。』退而深惟，卒述陶唐以來至於麟止。」孫汝聽注：「《漢書》《司馬遷傳》：天漢二年，李陵降匈奴。遷盛言陵忠。武帝以遷誣罔，欲沮貳師，下遷蠶室。」

〔一〇〕文讜注：「班彪，扶風安陵人。彪子固，相繼作《前漢書》。以嘗從竇憲出征捕繫，遂死獄中。瘐，音勇主切。漢律：囚以飢寒而死曰瘐。」孫汝聽注：「和帝永元初，洛陽令种兢以事捕固。固死獄中。」

〔一一〕文讜注：「《晉書》《陳壽傳》：陳壽字承祚，巴西安漢人也。仕蜀爲觀閣内史，屢被譴黜。蜀平，張華愛其才，除著作郎，領本部中正。撰魏、吴、蜀《三國志》凡六十五篇，時人稱其善敍事，有良史之才。以母憂去職。初，譙周嘗謂壽曰：『卿必以才學成名，當被損折，亦非不幸也，宜深慎之。』壽至此再致廢辱，皆如周言。元康七年病死。」孫汝聽云：「壽字承祚，仕蜀爲觀閣令史。遭父喪，有疾，使婢丸藥，鄉黨以爲貶議。及蜀平，沈滯者累年。其後以母憂，母遺言葬洛陽，壽遵其志。又坐不歸葬，竟被貶議。」

〔一二〕文讜注：「《晉書》《王隱傳》：王隱字處叔，陳郡陳人也。父銓，有著述之志，每私録晉事及功臣行狀，未就卒。隱授父遺業，西都舊事多所諳記。太興初，典章稍備，乃召隱及郭璞俱爲著作郎並撰晉史。時著作郎虞預私撰晉書，而生長東南，不知中朝事，數訪於隱，並借隱所著書竊寫之，所聞漸廣。是後更疾隱，形於顏色。預既豪族，交結權貴，共爲朋黨以斥。竟以謗黜歸於家，年七十餘卒。」

〔一三〕文讜注：「《晉書》（《習鑿齒傳》）：習鑿齒，字彦威，襄陽人也。博物洽聞，以文筆著稱。荆州刺史桓温辟爲從事，累遷滎陽太守。時温覬覦非望，鑿齒在郡著《漢晉春秋》以裁正之，凡五十四卷。後以腳疾，遂廢於里。」

〔一四〕文讜注：「《北史》：崔浩，字伯深，事魏總百揆。著《國書》三十卷，刻石載路，以彰直筆。北人忿毒，譖之於帝，景穆大怒，遂夷其族。」孫汝聽注：「浩字伯深，後魏人，著《國書》三十卷。太武帝太平真君十一年，以罪夷其族。」

〔一五〕文讜注：「沈休文《宋書》曰：范曄字蔚宗。删衆家《後漢書》爲一家之作。至於屈伸榮辱之際，未嘗不致意。爲高祖相國掾，稍遷太子詹事。坐謀反誅。」孫汝聽注：「曄字蔚宗，宋人，删衆家《後漢書》爲一家之作，文帝元嘉二十二年謀反伏誅。」

〔一六〕文讜注：「《北史》：魏收，字伯起，鉅鹿下曲陽人也。魏天保元年除中書令兼著作郎。二年，詔撰魏史。五年，奏上之，合一百三十卷。位至特進。武平三年薨。收史筆多憾於人，齊亡之後，收冢被發，棄骨於外。」孫汝聽注：「收字伯起，著《後魏書》一百三十卷。北齊後主武平三年卒，無子。」

〔一七〕文讜注：「《唐書·藝文志·雜史類》云：『宋孝王作《關東風俗傳》六十三卷。』」孫汝聽注：「孝王事高齊，爲北平王文學，撰《關東風俗傳》三十卷。周大象初，預尉遲迥事誅死。」

〔一八〕文讜注：「《唐史》：吴兢私撰《唐史》、《唐春秋》。」孫汝聽注：「兢撰梁、齊、周史各十卷、陳史五卷、隋史二十卷。天寶八載卒於恒王傅。」嚴有翼注：「兢，汴州浚儀人。魏元忠、朱敬則薦其才，詔直史館。爲拾遺、補闕，累遷起居郎、諫議大夫，復修史。坐書事不當貶荆州司馬，累遷洪州刺史，又坐累下除舒州。天寶初入爲恒王傅，卒。」

〔一九〕《舉正》：「敦率，猶敦勉也。」謹按：敦率，猶勤勉奉職。陸機《辨亡論》：「敦率遺典，勤民謹政。」《文選》五臣注張銑曰：「敦，勉。率，循。典，法也。言借使中才之人，勉循孫權遺法也。」

〔二〇〕孫汝聽注：「是歲正月，以公爲比部郎中、史館修撰。」

〔二一〕蔣抱玄注：「《後漢書》《楊終傳》：『秦築長城，功役繁興。』」

〔二二〕蔣抱玄注：「盛指，指示也。又與『旨』同。《晉書·鄭冲傳》：『覽其盛指，俾朕憮然。』」謹按：盛，敬辭也。盛指，盛情、盛意。《孔叢子·抗志》：「今重違公子之盛旨，則有諂禮之愆焉。」

〔二三〕蔣抱玄注：「退歸曰引去。《魏志·典韋傳》：『布衆退。會日暮，太祖乃得引去。』」《史記·平原君虞卿列傳》：「居歲餘，賓客門下舍人稍稍引去者過半。」

〔二四〕祝充注：「空，上聲。《周禮》《函人》：『眡其鑽空，欲其窓也。』」鄭玄注：「鄭司農云：窓，小孔貌。窓讀爲莞，彼北林之莞。」陸德明《音義》：「空，音孔，又如字。」蔣抱玄注：「《漢書·張騫傳》：『於是西北國始通於漢矣。然騫鑿空。』猶言開鑿空地也。今以事之憑空捏造者曰鑿空，義本此。」童第德注：「『鑿空』字見《史記·大宛傳》：『然張騫鑿空。』《集解》：蘇林曰：鑿空，開通也。騫開通西域道。《索隱》案：謂西域險阨，本無道路，今鑿空而通之也。顔師古《漢書・張騫傳》注：「空，孔也，猶言始鑿其孔穴也。」按：公此文「鑿空」字乃用顔氏義。祝注但解「空」字，未釋「鑿」字。」謹按：鑿空，無中生有。周矩《爲索元禮首案制獄疏》：「推劾之吏皆以深刻爲功，鑿空爭能，相矜以虐。」

〔二五〕祝充注：「磊，魯猥切。《楚辭》《山鬼》：『石磊磊兮葛蔓蔓』」王逸注：「山石磊磊，葛草蔓蔓。」洪興祖補注：「磊，衆石貌，魯猥切。」蔣抱玄注：「磊磊，石衆多貌，猶言歷歷也。」

〔二六〕掀天抉地，猶言驚天動地。此語始見韓文，後人亦有採用者。如宋楊萬里《跋東坡所書雉帶箭大字帖》：「東坡先生所挾，孰非招尤取疾之具？復出此掀天決地大字，投畀嶺海，豈元符大臣罪哉！」（《誠齋集》卷一百）

〔二七〕蔣抱玄注：「《禮記》《樂記》：『作者之謂聖，述者之謂明。』」

〔二八〕文讜注：「公嘗以此書示柳子厚，子厚亦有書以答之，大與公異。事見柳集。」王儔注：「柳子厚亦有書致《段太尉逸事》云：『前有書進退之力史事，奉答誠中吾病。』則子厚此書，公嘗答之矣。意公必說前所謂君子之言有抑揚，惜乎世逸之也。」

與大顛師書①〔一〕

愈啓②：

孟夏漸熱，惟道體安和③〔二〕。愈弊劣，無謂坐事，貶官到此。久聞道德，切思見顔④。緣昨到來⑤〔三〕，未獲參謁〔四〕。儻能暫垂見過，實爲多幸⑥。已帖縣⑦〔五〕，令具人船奉迎⑧。日久竚瞻⑨〔六〕，不宣⑩。愈白⑪。

愈啓⑫：

海上窮處〔七〕，無與話言〔八〕。側承道高，思獲披接，專輒有此咨屈。儻惠能降喻⑬，非所敢望也。至此一二日，却歸高居，亦無不可。旦夕渴望⑭，不宣。愈白⑮。

愈啓⑯：

惠勻至〔九〕，辱答問，珍悚無已。所示廣大深迴〔一〇〕，非造次可諭⑰〔一一〕。《易大傳》曰⑱：「書不盡言，言不盡意。」然則聖人之意，其終不可得而見邪⑲？如此而論，讀來一百遍⑳，不如親面顔色，隨問而對之易了㉑〔一二〕。此旬來晴明，旦夕不甚熱。儻能乘閑一訪，幸甚！旦夕馳望㉒。

愈聞道無疑滯㉓，行止繫縛㉔。苟非所戀著，則山林閑寂〔一三〕，與城郭無異㉕。大顛師論甚宏博㉖，而必守山林，義不至城郭㉗。自激修行，獨立空曠無累之地者，非通道也㉘。勞於一來㉙，安於所適，道故如是㉚。不宣。愈頓首㉛。

【彙校】

①〔與大顛師書〕此篇祝本不載。文本、魏本據嘉祐杭本録入；《考異》據方本録入，王本、廖本從朱本。《晦庵先生朱文公文集》（四部叢刊本）卷七十一《考韓文公與大顛書》全文録入，文字與《考異》略有異同。今據《考異》録存全文，據文本、魏本、朱熹集本對校。

文本題作「召大巔和尚書三」，魏本題作「召大巔和尚書」，朱集本作「與大顛書」。《考異》：「此書諸本皆無，唯嘉祐小杭本有之，其篇次在此。『與』作『召』，『顛』作『巔』，『師』作『和尚』。方本列於石刻之首，今從杭本附此，而名篇從方氏。」

此篇石本，《集古録跋尾》卷八著録：「唐韓文公與顛師書，歲月闕。」跋云：「右韓文公與顛師書，世所罕傳。余以集録古文，其求之既勤且博，蓋久而後獲。其以『易繫辭』爲『大傳』，謂『著山林與著城郭無異』等語，宜爲退之之言，其後書『吏部侍郎潮州刺史』則非也。蓋退之自刑部侍郎貶潮州，後移袁州，召爲國子祭酒，遷兵部侍郎，久之始遷吏部。而流俗相傳，但知韓吏部爾。《顛師遺記》雖云長慶中立，蓋並韓書皆國初重刻，故謬爲附益爾。治平元年三月十三日書。」《集古録目》卷九「大顛禪師壁記」條云：「大顛，名寶通，《壁記》歷敍其所居，並退之請大顛三書，皆國初重刻，無書人名氏。」其後《寶刻叢編》卷十九「潮州」下即據《集古録目》入録。此外，《輿地碑記目》卷三「潮州碑記」有「韓退之題名」，注云：「《集古録》云：唐韓愈元和四年題名，在濟源，並《大顛壁記》附。」關於此篇石刻的流傳，《考異》引嘉祐杭本注云：「唐元和十四年刻石，在潮陽靈山禪院。宋慶曆丁亥，江西袁陟世弼得此書，疑之，因之滁州謁歐陽永叔，永叔覽之曰：實退之語，他意不及也。」《考異》又引方崧卿注：「今石刻乃元祐七年重立。」綜合以上材料，此篇石刻可知者兩點：其一，此碑刻於潮陽靈山寺，內容包括《大顛禪師壁記》、《與大顛書》及模刻韓愈元和四年濟源題名。其二，碑已經四刻：元和十四年、長慶中、宋初、元祐七年。

自歐陽修跋尾之後，此篇石刻流傳甚廣。但全文録入韓集，當始於嘉祐杭本，其後方崧卿《舉正》初稿本亦收入此書。《考異》云：「此書諸書皆無，唯嘉祐小杭本有之，其篇次在此（外集卷二之末）。『與』作『召』，『顛』作『巔』，『師』作『和尚』。方本列於石刻之首。今從杭本附此，而名篇從方氏。」謹按：方氏南安刻本已佚，今本《舉正》石刻之首亦無此書。但方本文字已爲朱熹所録，其後王伯大本、廖瑩中本録存此書，文字均屬方本系統。如「易大傳曰」、「苟非所戀著，則山林閑寂與城郭無異」等語，與歐跋所引正同，可知同爲一本。其第一書六十五字，第二書五十五字，第三書一百六十九字。據歐《跋》，此當爲宋初刻本。嘉祐杭本所録文字與方本文字相去甚遠，其篇題爲《召大巔和尚書》，文中「易大傳曰」作「傳曰」、「城郭」作「城隍」。其第一書爲五十三字，第二書爲四十五字，第三書爲一百三十七字。今傳集本中，文讜本、魏仲舉本均同嘉祐杭本。據《考異》引方崧卿注，此當爲元祐七年重刻本。

②〔愈啓〕《考異》：「方無此二字。」

③〔孟夏漸熱惟道體安和〕王本注：「『熱』下或有『伏』字。」廖本注同。朱集本「安和」作「和安」。

④〔切思見顔〕文本、魏本、朱集本「切」作「竊」。《考異》：「切，杭作『竊』，方據石本如此。『切』乃懇切之意，此下大率多從石本云。」

⑤〔緣昨到來〕朱集本無「到」字。

⑥〔儻能暫垂見過實爲多幸〕朱集本「儻」作「倘」，「多」作「至」。《考異》：「杭本無『儻能』以下十字。」

⑦〔已帖縣〕魏本「帖」作「貼」。《考異》：「帖，杭作『貼』。」

⑧〔令具人船〕魏本「具」作「其」。

⑨〔日久竚瞻〕《考異》：「久，當作『夕』。竚，方據石本作『佇』。」

⑩〔不宣〕文本、魏本無「不宣」二字。

⑪〔愈白〕朱集本「愈」作「某」。《考異》：「方據石本無此〔愈白〕二字。今據石本，此下具銜姓名，下云：『上顛師四月七日』。」

⑫〔愈啓〕《考異》：「方無此二字。」

⑬〔儻惠能降喻〕朱集本「儻」作「倘」，「喻」作「諭」。《考異》：「『惠』字疑衍。或下有『然』字，而并在『能』字之下。諸本及石本皆誤。」

⑭〔儻惠能降喻非所敢望也至此一二日却歸高居亦無不可旦夕渴望〕以上二十七字，文本、魏本作「此旬晴明不甚熱儻能乘閑一訪實謂幸也」。《考異》：「杭本無『儻惠』以下二十七字，而有『此旬晴明不甚熱儻能乘間一訪實謂幸也』十八字。今按：『此旬』以下乃下篇語，定從石本。」

⑮〔不宣愈白〕朱集本「愈」作「某」。《考異》：「方據石本無下〔愈白〕二字。今據石本，與前書同，但云『六月初三日』。」

⑯〔愈啓〕《考異》：「方無此二字。」

⑰〔造次可諭〕文本、魏本「諭」作「量」。《考異》：「諭，杭作『量』。」

⑱〔易大傳曰〕文本、魏本作「傳云」。《考異》：「或無『易大』二字。曰，一作『云』。」

⑲〔聖人之意其終不可得而見邪〕《考異》：「據石本，『意』作『旨』，無『而』字，『邪』作『也』。今按：《易》實作『意邪』而無『終而』二字。大氏石本亦自多誤也。後倣此。」

⑳〔一百遍〕《考異》：「『一』字疑衍。蘇氏所謂『凡鄙』，蓋指此等處耳。」

㉑〔親面顔色隨問而對之〕文本、魏本無「顔色隨問而」、「易了」七字。朱本「面」作「□」。朱集本删此字。《考異》：「方據石本如此，但無『親』字。今按：『親』下當有『見』字。而兩本皆闕，故不敢增，而空其處以待知者。杭但云『不如親面而對之』，是亦蘇氏所謂凡鄙者。然『親』字乃方本之闕文，『面』字乃『問』字之誤筆，而又脱去『□顔色隨』、『易了』六字耳。」今從文本、魏本訂「面」字。

㉒〔此句來晴明旦夕不甚熱儻能乘閑一訪幸甚旦夕馳望〕文本、魏本無以上二十二字。《考異》：「杭本已見上篇，此不復出。」

㉓〔疑滯〕文本、魏本、朱集本「疑」作「凝」。

㉔〔行止縶縛〕元郭翼《雪履齋筆記》引此書，「止」作「無」。

㉕〔與城郭無異〕文本、魏本「郭」作「隍」。朱集本「異」作「易」。《考異》：「此從杭本，但『郭』作『隍』，今據歐公語。據石本，『止』下有『所』字，『縛』下有『愛戀』字，『所』下無『戀』字及『則』字，而『著』字下複出『著』字及『與』字，『異』下有『邪』字，皆非是。其用『邪』字尤不當律令。亦所謂凡鄙者也。但或疑『非』字下當有『有』字，言於行止縶縛若無所戀著，則静鬧一致，語尤明白耳。或又疑『非』當作『有』，則語意賓主尤順。然未知孰是。又諸本

皆無，不敢輒增改也。」

㉖〔大顛師〕文本、魏本「顛」作「巔」。《考異》：「顛，杭見上。或無『師』字。」

㉗〔義不至城郭〕文本、魏本無「義」字，「城」作「州」。《考異》：「杭無『義』字，『城』作『州』。」

㉘〔自激修行獨立空曠無累之地者非通道也〕《考異》：「自，或作『似』。然細考之，與下文『激修行』四字皆可疑。或又以『也』爲『矣』，而并『非通道』四字屬於『行』字之下；又以『獨』爲『自』，而『立』下有『於』字，皆非是。」

㉙〔勞於一來〕朱集本「來」作「水」。

㉚〔安於所適道故如是〕文本、魏本「於」作「于」。文本、魏本、朱集本「適」作「識」。《考異》：「於，杭作『于』。適，方據石本與杭本並作『識』。今得真石本考之乃如此，然則方之所考亦不詳矣。蓋『適』猶便也，與『唯適之安』之語用字略同。言一來雖勞，而既來則當隨其所便，無處不安也。道故如是，即所以結上文『道無疑滯』之意。方以『如』爲『此』，亦石本誤。」

㉛〔不宣愈頓首〕朱集本「愈」作「某」。《考異》：「方據石本無末三字。今據石本，與前二書同，但云『大顛禪師七月十五日』。不知韓公之於大顛，既聞其語，而爲禮益恭如此，何也？」

【箋注】

〔一〕此篇歷來有真僞之爭，歐跋以爲「實退之語」，從之者自朱熹以下甚多。蘇軾《記歐陽論退之文》則以爲「世乃妄撰退之《與大顛書》，其詞凡鄙，退之家奴僕亦無此語。」《金石録》卷二十九「韓退之題名」條則斷言：「乃國初一學佛者僞作。」洪譜：「近世所傳退之《别傳》，載公與大顛往復之語，深詆退之，其言多近世經義之說。又於其末作永叔跋云：『使退之復生，不能自解免。』吾友吴源明云：『徐君平見介甫不喜退之，故作此文耳。』」《增考》：「公《與大顛》手簡三刻石在潮州靈山院。慶曆中袁世弼得其墨本，疑之，以質歐公。歐公云：『實退之語，它意不及也。』手簡上二簡皆招速常語耳。第三簡最後云：『愈聞道無凝滯，行止繫縛。苟非所戀著，則山林閑寂，與城隍無異。大顛師論甚宏博，而必守山林，不至州郭。自激修行，立空曠無累之地者，非通道也。勞於一來，安于所識，道故如是。』故歐公謂其以『繫辭』爲『大傳』，謂『著山林與著城郭無異』，謂宜爲退之言者此也。近世妄撰公《别傳》，以爲孟簡所纂，純載公與大顛答問佛法語，故世儒與前簡併廢之，然公上三手簡固無它語也。以孟簡書質之，公固嘗邀之至州郭耳。歐公跋語見於《集古録》，豈洪亦未之考耶？」文讜注：「公《與孟簡書》云：『潮州有一僧號大巔，頗聰明，識道理。遠地無可與言者，數自山召至州郭，留數十日。及祭神海上，遂造其廬。及來袁州，留衣服爲別。』東坡云：『退之喜大巔，如喜澄觀、文暢之意。而世妄稱《與顛書》，其詞凡鄙。有一士人又於其末題云：歐陽永叔謂此文非退之莫能及。此又誣永叔也。』然今世刊本皆存之，用不敢削。」方崧卿初從歐說，《舉正》初稿録存此書；最終判斷此書爲僞，淳熙十六年刻本删去此篇。《考異》：「杭本又注云：『唐元和十四年刻石，在潮陽靈山禪院。宋慶曆丁亥，江西袁陟世弼得此書，疑之，因之滁州謁歐陽永叔。永叔覽之曰：實退之語，它意不及也。』方本略載其語，又録歐公《集古録跋尾》云（略）。方又注云：『今石刻乃元祐七年重立。』又云：『按公三簡皆邀速常語耳，初無崇信佛法之説。妄者旁沿，别撰答問等語以肆誣謗，要當存此簡以解後世之惑。』今按：杭本不知何人所注，疑袁自書也。更以《跋尾》參之，其記歐公之語，不謬矣。而《東坡雜説》乃云：『韓退之喜大顛，如喜澄觀、文暢意，非信佛法也。而或者妄撰退之《與大顛書》，其詞凡鄙，雖退之家奴僕亦無此語。今一士人又於其末妄題云：歐陽永叔謂此文非退之不能作。又誣永叔矣。』蘇公此語，蓋但見集注之出於或人，而未見《跋尾》之爲歐公親筆也。二公皆號一代文宗，而其去取不同如此，覽者不能無惑。然方氏盡載歐語而略不及蘇説，其意可見。至吕伯恭乃於《文鑑》特著蘇説以備乙覽，則其同異之間，又益後人之惑矣。以余考之，所傳三書，最後一篇實有不成文理處。但深味其間語意一二，文勢抑揚，則恐歐、袁、方意誠不爲過。但意或是舊本亡逸，僧徒所記不真，致有脱誤。歐公特觀其大概，故但取其所可取而未暇及其所可疑。蘇公乃覺其所可疑，然亦不能察其爲誤，而直斥以爲凡鄙。所以其論雖各有以，而皆未能無所未盡也。若乃後之君子，則又往往不能究其本根。其附歐説者既未必深知其所以爲可信，其主蘇氏者亦未必果以其説爲然也。徒幸其言可爲韓公解紛，若有補於世教，故特表而出之耳，皆非可與實事而求是者也。至如方氏雖附歐説，然亦未免曲爲韓諱。殊不知其言既曰『久聞道德』，又曰『側承道高』，又曰『所示廣大深迴非造次可喻』，又曰『論甚宏博』，安得謂初無崇信其説之意邪？韓公之事，余於《答孟簡書》已論其詳矣，故不復論。特從方本載此三書於別集，并録歐公二語而附蘇説、方説於其後。且爲全載書文於此，而考其同異，訂其謬誤如左。方以爲讀者以此觀之，則其決爲韓公之文而非它人之所能作無疑矣。方氏所據石本與杭本又自不同，則疑傳寫之訛。而歐公所疑官稱之誤，亦爲得之。但愚意猶恐當時既謫刺遠州，亦未必更帶侍郎舊官也。方氏所駁世俗僞造誣謗之書，即今所謂《別傳》者，洪氏《辯證》云：『《別傳》載公與大顛往復之語，深詆退之，其言多近世經義之説。又僞作永叔《跋》云：使退之復生，不能自解免。吴源明云：徐君平見介甫不喜退之，故作此文。』方氏又云：『周端禮曰：徐安國自言年二十三四時戲爲此，今悔之無及。』然則其爲徐作無疑矣。但君平字安道，而方云安國，未知便是君平否耳。然靈山石刻張繫所撰，其間載韓公問大顛云：『西國一真之法，何不教人？』顛云：『教人達性，離無名貪嗔驕慢，不生嫉妬。』此亦釋子常言，初無難解。但韓公素所未聞，而頗中其病，故雖不盡解，而適亦有會於心耳。又載韓公責云：『人生貴賤各有定分，何得以三塗之説誑人？』而顛答云：『公何不常守侍郎之任而來此爲官邪？』則恐其有謬誤，或其徒所附益也。」謹按：此書真僞，宋人論辯紛然。東坡等人指此書爲僞，目的在「爲韓公解紛」；朱熹指此書爲真，目的在指實韓愈「死款」（《朱子語類》卷一百三十七）。實際上，與僧人交往與反對佛教並不矛盾；恭維某高僧「廣大深迴」、「論甚宏博」，也不能等同於崇信佛教。唐人行止本自通達坦蕩，宋人狹隘拘謹，遂多紛紜。據《與孟簡尚書書》「因與來往」、「遂造其廬」，可信韓愈與大顛確有交往。有此三書，並不奇怪。但此書傳世諸本均源於潮陽靈山寺石刻，佛徒文字，率多浮誇。此書文字是否能保持韓文原貌，亦大可懷疑。

此篇作年，洪興祖、方崧卿《增考》、方成珪、蔣抱玄繫於元和十四年（八一九）。方譜：「第一書云：『孟夏漸熱。』則此三書皆是年夏作。然筆意凡猥，絶非公作。」謹按：此書作於元和十四年，應無疑問。其具體月日，可據石本確定爲四月七日、六月初三日、七月十五日。

〔二〕蔣抱玄注引《北史·徐則傳》：「霜風已冷，海氣將寒，偃息茂林，道體休悆。」

〔三〕蔣抱玄注：「昨，與『乍』同。纔也，猝也。」謹按：「昨」無「猝」義。《説文》：「昨，累日也。从日乍聲，在各切。」《玉篇》：「昨，才各切，一宵也。」《廣韻》：「昨，在各切。昨日，隔一宵。」引申爲日前。《莊子·外物》：「周昨來，有中道而呼者。」

〔四〕蔣抱玄注：「參謁，敬詞，即參見也。《北史·韋藝傳》：『每夷狄參謁，必整儀衛，盛服以見之。』」

〔五〕帖，公文。《木蘭詩》：「昨夜見軍帖，可汗大點兵。」此作動詞，謂發付公文。

〔六〕蔣抱玄注：「竚，立也。瞻，望也。竚瞻，與仰瞻同。蘇武詩：『寒夜立清庭，仰瞻天漢濱。』」劉長卿《贈别于羣投筆赴安西》：「元帥許提携，他人佇瞻矚。」

〔七〕蔣抱玄注：「宋玉《九辯》：『與其無義而有名兮，寧窮處而守高。』」

〔八〕蔣抱玄注：「《詩經》：『其維哲人，告之話言，順德之行。』」《詩·大雅·抑》毛传：「話言，古之善言也。」

〔九〕蔣抱玄注：「惠勻，大顛弟子名。」

〔一〇〕蔣抱玄注：「迴，音炯。深迴，深遠也。《楚辭》（《九思·哀歲》）：『目瞥瞥兮西没，道遐迴兮阻歎。』」謹按：迴，僻遠。班彪《北征賦》：「野蕭條以莽蕩，迴千里而無家。」深迴，深遠。柳宗元有詩《登蒲州石磯望横江口潭島深迴斜對香零山》。柳詩「深迴」，謂幽深僻遠；韓文「深迴」，謂深沉超卓。此義始見韓文，後人亦多採用者。如明周瑛《讀劉靜脩渡江賦》：「凡所議論，皆高廣深迴。」（《翠渠摘稿》卷四）陸粲《書鄧尉山志後》：「比得君志讀之，則往時秀傑深迴之觀猶歷歷在目，爲之太息不能已。」（《陸子餘集》卷七）清李光地《承修性理精義》：「六籍誠深迴，大義亦已明。」（《榕村集》卷三十八）

〔一一〕蔣抱玄注：「造，讀糙，急遽之時也。《論語·里仁》：『君子無終食之間違仁，造次必於是。』」

〔一二〕蔣抱玄注：「了，明了也。《晉書》（《傅咸傳》）：『官事未易了也。』」

〔一三〕《宋書·顧覬之傳》：「晝日垂簾，門階閑寂。」

卷三十三

(原本外集卷三)此卷以潮本爲底本,以祝本、文本、魏本對校,南宋蜀本闕。

送汴州監軍俱文珍序(并詩)①〔一〕

今之天下之鎮,陳留爲大〔二〕。屯兵十萬,連地四州〔三〕。左淮右河,抱負齊楚〔四〕。濁流浩浩,舟車所同②〔五〕。故自天寶已來,當藩垣屏翰之任③〔六〕,有弓矢鈇鉞之權〔七〕,皆國之元臣,天子所左右。其監統中貴必材雄德茂〔八〕,榮耀寵光,能俯達人情,仰喻天意者然後爲之。故我監軍俱公輟侍從之榮,受腹心之寄。奮其武毅,張我皇威〔九〕。遇變出奇,先事獨運,偃息談笑〔一〇〕,危疑以平④〔一一〕。天子無東顧之憂,方伯有同和之美⑤。十三年春〔一二〕,將如京師,相國隴西公飲餞於青門之外⑥〔一三〕。謂功德皆可歌之也,命其屬咸作詩以鋪繹之〔一四〕。詩曰:

奉使羌池静〔一五〕,臨戎汴水安⑦。冲天鵬翅闊,報國劍鋩寒。曉日驅征騎,春風詠采蘭〔一六〕。誰言臣子道,忠孝兩全難⑧〔一七〕?

【彙校】

①〔送汴州監軍俱文珍序〕《舉正》出南宋監本「送汴州監軍俱文珍序」，無「并詩」二字。朱熹從方本。王本、廖本有「并詩」二字。

②〔舟車所同〕文本「同」作「通」。

③〔藩垣屏翰〕《舉正》出南宋監本「藩垣屏翰」，據蜀本乙「屏翰」作「翰屏」。朱熹從監本，《考異》：「屏翰，方作『翰屏』。」

④〔危疑以平〕《舉正》出南宋監本「危疑以平」，據蜀本乙「危疑」作「疑危」。朱熹從監本，《考異》：「危疑，方作『疑危』。」

⑤〔同和之美〕文本「同和」作「和同」。

⑥〔飲餞於青門之外〕潮本「於青」作「于」，祝本、文本、魏本同。潮本注：「于，一作『青』。」祝本、魏本注同。文本「于」下注：「一有『青』字。」《舉正》訂「於青」二字，云：「並蜀本。」朱熹從方本，《考異》：「於，或作『于』，無『青』字。」今從方本。

⑦〔汴水安〕祝本注：「安，一作『間』。」魏本注同。潮本「安」作「閒」，注：「閒，一作『安』。」《考異》：「安，或作『間』，非是。」謹按：間、閑，平聲山韻。作「閑」作「間」，就用韻及語義而言均無問題。今從祝本。

⑧〔忠孝兩全難〕廖本「全難」作「難全」。

【箋注】

〔一〕樊汝霖注：「此序不入正集，李漢以文珍故爲公諱耶？」文讜注：「《唐史》：宦者劉貞亮，本俱氏，名文珍。冒所養宦父，故改焉。性忠强，識義理。出監宣武軍，自置親兵千人。後爲元和忠臣。」韓醇注：「隴西公董晉爲宣武軍節度使，俱文珍爲監軍，公爲觀察推官。文珍將如京師，作序詩而送之。」俱文珍，兩《唐書》有傳，其生平如次：俱文珍，本俱氏，後從所養宦父，改名劉貞亮。貞元三年，從渾瑊與平涼之盟，爲吐蕃所執，旋得釋歸（《舊唐書·渾瑊傳》）。貞元十年爲宣慰使，從袁滋册異牟尋爲南詔王（《新唐書·南蠻傳》）。貞元十二年，監軍汴州。節度使李萬榮卒，其子廼自署爲兵馬使，文珍執之械送京師（《新唐書·劉玄佐傳》）。董晉代爲節度使，十五年晉卒，汴軍亂，文珍以宋州刺史劉逸准爲汴將，軍得戢（《新唐書·董晉傳》）。時文珍自置親兵千人。至貞元末，宦人領兵附益者益衆。順宗立，文珍惡叔文等，乃與中官劉光琦、薛盈珍等謀立廣陵王爲太子監國，遂盡逐叔文之党。元和元年，高崇文討劉闢，復爲監軍。累遷右衛大將軍，知内侍省事。元和八年卒，贈開府儀同三司。

此篇作年，洪興祖、嚴有翼、方崧卿《年表》、方成珪、蔣抱玄繫於貞元十三年（七九七）。洪譜：「十三年丁丑，公在汴，有《送汴州監軍俱文珍序》。」

〔二〕樊汝霖注：「汴州陳留郡，宣武節度使所治。」嚴有翼注：「《漢書音義》曰：留本鄭邑，後爲陳所併，故曰陳留。今屬汴州。」

〔三〕樊汝霖注：「宣武節度府管汴宋亳潁四州。」文讜注：「《通典》曰：『汴州陳留郡，本鄭邑，後爲陳所併，故曰陳留。』時汴宋亳潁爲一道節度使。《漢・酈食其傳》：『陳留天下之衝，四通五達之郊也。』」

〔四〕文讜注：「言齊據其後，楚附其前。」

〔五〕文讜注：「汴州有通濟渠，受河入淮，以漕運東南。」

〔六〕文讜注：「《大雅・板》之詩曰：『价人維藩，大師維垣，大邦維屏，大宗維翰。』傳曰：『藩，屏也。垣，墻也。翰，幹也。』」孫汝聽注：「藩垣屏翰，謂爲諸侯也。」

〔七〕祝充注：「鈇鉞，上音膚，下音越。」文讜注：「《禮記・王制》曰：『諸侯賜弓矢然後征，賜鈇鉞然後殺。』」

〔八〕孫汝聽注：「唐節度府監軍一人，以中官爲之。」

〔九〕蔣抱玄注：「皇威，天子之威靈也。張華詩（《勞還師歌》）：『戎車震朔野，羣帥贊皇威。』」陳琳《檄吴將校部曲文》：「謂爲舟楫足以距皇威，江湖可以逃靈誅。」

〔一〇〕蔣抱玄注：「偃息，閑暇之意。《詩經》：『或偃息在牀。』」《詩・小雅・北山》：「或息偃在牀，或不已于行。」

〔一一〕樊汝霖注：「貞元十二年，宣武帥李萬榮卒，其子廼自稱留後，文珍執之。」文讜注：「段干木偃息以藩魏室，魯仲連談笑而卻秦軍。文珍有佐汴之功，故喻以此。見《董晉行狀》云。」

〔一二〕嚴有翼注：「十三年春，謂貞元十三年。時董晉帥汴，俱文珍爲監軍，以是年春歸京師，晉餞之於青門之外，故作是詩。文珍，即劉貞亮也。」

〔一三〕文讜注：「青門亭，去京城十三里，在故城東門外，邵平種瓜之處。見《兩京雜記》。」謹按：青門，特指長安東南門。《三輔黄圖·都城十二門》：「長安城東，出南頭第一門曰霸城門。民見門色青，名曰青城門，或曰青門。門外舊出佳瓜，廣陵人邵平爲秦東陵侯，秦破，爲布衣，種瓜青門外。」後泛指城東門。何遜《車中見新林分别甚盛》：「金谷賓游盛，青門冠蓋多。」

〔一四〕文讜注：「鋪，布也。繹，陳也。」韓醇注：「鋪繹，猶鋪陳也。《詩》：『鋪時繹思。』」《詩·周頌·賚》毛傳：「繹，陳也。」鄭箋：「敷，猶徧也。文王既勞心於政事，以有天下之業。我當而受之，敷是文王之勞心，能陳繹而行之。」

〔一五〕樊汝霖注：「貞元十年六月，以祠部郎中袁滋爲册南詔使，册異牟尋爲南詔王，以成都少尹龐頎爲副使，崔佐時爲判官，内給事俱文珍爲宣慰使，劉幽巖爲判官。」文讜注：「平涼之盟，文珍在渾瑊軍中。會虜變被執且西，俄而得歸。」沈欽韓注：「《渾瑊傳》：『貞元三年閏五月，與吐番盟於平涼州。吐蕃劫盟，中官俱文珍等俱陷於賊。尚結贊至原州，放文珍等歸朝。』詩所謂『奉使羌池靜』者如此。」

〔一六〕孫汝聽注：「束皙《補亡詩》曰：『循彼南陔，言采其蘭。』采蘭以養親也。」

〔一七〕此詩用韻,據《廣韻》:安,平聲寒韻;寒,平聲寒韻;蘭,平聲寒韻;難,平聲寒韻。

送浮屠令縱西游序①〔一〕

其行異,其情同,君子與其進可也②〔二〕。令縱,釋氏之秀者③,又善爲文④。浮游徜徉⑤〔三〕,跡接天下。藩維大臣〔四〕,文武豪士,令縱未始不褰衣而負業⑥〔五〕,往造其門下。其有尊行美德,建功樹業⑦,令縱從而爲之歌頌⑧。典而不諛,麗而不淫,其有中古之遺風歟⑨!乘閒致密⑩〔六〕,促席接膝⑪〔七〕,譏評文章,商較人士⑫。浩浩乎不窮,愔愔乎深而有歸⑬〔八〕。於是乎吾忘令縱之爲釋氏之子也。其來也雲凝,其去也風休。方懽而已辭⑭,雖義而不求。吾於令縱不知其不可也,盍賦詩以道其行乎⑮!

【彙校】

①〔送浮屠令縱西游序〕此篇又載《文苑英華》卷七三〇,據校。

文本注:「縱,一作『蹤』。」苑本題作「送令縱上人西遊序」。《舉正》據苑、蜀本訂「令縱上人」四字,作「送令縱上人西遊序」。朱熹從監本,《考異》:「方無『浮屠』字,『縱』下有『上人』二字。」

②〔與其進〕《舉正》出南宋監本「君子與其進可也」，據蜀、苑本刪「進」字。謹按：今苑本同監本。朱熹從監本，《考異》：「方無『進』字，非是。」

③〔秀者〕魏本注：「一本無『者』字，有『而』字。」

④〔又善爲文〕《考異》：「『又』上或有『而』字。」

⑤〔浮游〕苑本「游」作「泛」，注：「泛，集作『游』。」

⑥〔褰衣〕苑本「衣」作「裳」，《考異》：「衣，或作『裳』。」

⑦〔建功樹業〕苑本「樹」作「植」，注：「植，集作『樹』。」《舉正》南宋監本「樹業」，云：「《文苑》作『植業』。」《考異》：「樹，或作『植』。」

⑧〔歌頌〕苑本「歌頌」作「頌歌」，注：「頌歌，集作『歌訟』。」

⑨〔其有中古之遺風歟〕潮本作「其中有古人之遺風與」，祝本、文本、魏本同。潮本「風」下注：「一有『可』字。」祝本注同。魏本注：「『與』字諸本音義不同，句讀隨異。又一本作『其有中古人之遺風與』，一本作『可與乘閑致密』。」《舉正》出南宋監本「其中有古人之遺風與」，據苑、蜀本乙「中有」作「有中」，刪「人」字，作「其有中古之遺風與」。朱熹從方本，《考異》：「有中，或作『中有』。『古』下或有『人』字，『風』下或有『可』字。」今從苑本。

⑩〔乘閒致密〕《舉正》：「《文苑》無此四字，只增『及』字。」《考異》：「或無此四字而有『及』字。」

⑪〔促席接膝〕苑本「促」上多一「及」字，注：「『其有中古之遺風歟及促席接膝』十三字，集作『其中有古人之風所與乘間致密促席接膝』。」

⑫〔商較人士〕文本「人士」下注：「《辯證》云：『一作『士人』，非。』」潮本「人士」作「士人」，祝本、魏本同。祝本注：「士人，一作『人事』。」魏本注同。《舉正》出南宋監本「士人」，據蜀、苑本乙作「人士」。朱熹從方本，《考異》：「人士，或作『士人』，或作『人事』。」今從苑本。

⑬〔愔愔乎〕魏本「愔愔」作「湆湆」。

⑭〔方懽〕苑本「懽」作「歡」。

⑮〔賦詩〕苑本「賦」下多一「歌」字，注：「集無此字。」

【箋注】

〔一〕樊汝霖注：「公《送文暢序》云：『人固有儒名而墨行，墨名而儒行者』。此序云『其行異，其情同，君子與其進可也。』其後皇甫湜《送簡師序》云：『師雖佛其名而儒其行，雖夷狄其衣服而人其知。』三序大旨略同。」韓醇注：「公與浮屠氏游，於詩則見澄觀、惠師、靈師、盈上人、無本師、廣宣、僧約、文暢師，於序則見文暢、高閑、令縱，皆取其行不取其名焉。不然，則排釋老爲虛語矣！」

此篇作年，諸譜失考，方譜收入「無年可考」諸篇中。

〔二〕蔣抱玄注：「《論語·述而第七》：『與其進也，不與其退也，唯何甚。』」何晏《集解》：「孔安國曰：教誨之道，與其進，不與其退。怪我見此童子惡惡何一甚也。」童第德注：「公《送浮屠文暢師序》云：『楊子雲稱在門牆則揮之，在夷狄則進之。吾取以爲法焉。』此文『君子與其進可也』，即彼文『在夷狄則進之』之義。《送靈師》詩云：『方將斂之道，且欲冠其顛。』《送僧澄觀》詩云：『我欲收斂加冠巾。』『冠其顛』及『加冠巾』，皆欲其棄釋氏而返儒服，所謂『與其進』也。」

〔三〕祝充注：「徜徉，上音常，下音羊。」文讜注：「徜徉，戲蕩也。上辰羊、下余章切。」謹按：浮游，漫遊。《離騷》：「和調度以自娱兮，聊浮游而求女。」徜徉，盤旋往還。《淮南子·人間》：「翱翔乎忽荒之上，徜徉乎虹蜺之間。」

〔四〕蔣抱玄注：「藩維，猶言藩鎮也。《頭陀寺碑》：『觀政藩維，樹風江漢。』」

〔五〕魏仲舉注：「業，文也。」

〔六〕蔣抱玄注：「乘閒致密，謂乘隙時而談心曲也。」

〔七〕蔣抱玄注：「古者席地而坐，故謂坐近曰促席。左思賦（《蜀都賦》）：『合樽促席，引滿相罰。』」

〔八〕祝充注：「愔，揖淫切。」蔣抱玄注：「愔，讀如陰。愔愔，安和貌。《左傳》（昭公十二年）：『祈招之愔愔。』」

與路鵠秀才序①〔一〕

輞川男子平陽路鵠應進士舉四年〔二〕。愈自河南令還職方，復爲博士②，鵠執弟子摳衣之容〔三〕。今年春獲譴南荒〔四〕，鵠轡羸車偕焉〔五〕。今汍瀾涕洟拜手于西〔六〕，請予敍述以釋塵翳③〔七〕。

路氏得姓歷二千年，洎中路侯後〔八〕，至拜諫議大夫，凡二十三世。世稱德門，人不得並。鵠不圮先人之餘烈〔九〕，既丱角學文〔一〇〕，文有新才④。非君臣上下之訓不踐於口⑤。國家每歲貢士凡數千，登墉彀隼考藝⑥〔一一〕，偕鵠者十缺其七八⑦。向鵠屢戰不勝⑧，將堪會於賢春官也〔一二〕，非鵠愚也，由是病夫。昌黎韓愈命文序路鵠。

【彙校】

①〔與路鵠秀才序〕《考異》：「方云：『《送路鵠》、《送别》二序，語意無倫，脱誤不可讀。如曰自河南令爲博士，於公所歷官次亦不合。故並闕之。』今從其説删去。」王儔注：「《宰相世系表》：路氏出自姬姓。帝摯子玄，堯封於中路。歷虞夏稱侯，子孫以國爲氏。漢符離侯博德始居平陽，裔孫嘉字君賓，晉安東太守。孫藻，藻二子纂、建，建十世至季登，爲諫議大夫。則中路侯至建遠矣。故曰『凡二十三世』、其曰『四年愈自河南令復爲博士』，則疑其字誤。公元和五年冬河南令，六年秋遷職方員外郎，七年二月坐柳澗事復爲國博。『今年春獲譴南荒』，則十四年春自刑侍刺潮也。」魏引補注：「公元和七年爲博士，十四年貶潮州。此序云云，時日抵捂，若可疑焉。」謹按：此篇文字有脱誤，但諸家並無疑其爲僞者。方本以其「脱誤不可讀」而「闕之」，未見允當；朱本徑直「删去」，尤爲魯莽。

祝本注：「與，一作『送』。」魏本注同。

②〔四年愈自河南令遷職方復爲博士〕潮本無「遷職方」三字，祝本、文本、魏本同。文本注：「公元和五年冬爲河南令，六年秋遷職方員外郎，七年二月坐柳澗事復爲國子博士。今序云『四年』，疑作『六』字；並『河南令』下脱『遷職方』字。」謹按：此「四年」當屬上句。「路鴟應進士舉四年」、「愈復爲博士」，謂其人自元和三年至元和六年四應進士舉。至元和七年韓愈復爲國子博士，路鴟得以「執弟子摳衣之容」。今據文本增「遷職方」三字。

③〔塵翳〕文本注：「《辨證》云：翳，一作『堅』，於計切。」

④〔文有新才〕潮本注：「文，一作『又』。」文本注同。祝本「文」作「又」，注：「又，一作『文』。」魏本注同。

⑤〔不踐於口〕潮本注：「踐，一作『道』。」魏本注同。祝本「踐」作「道」，注：「道，一作『踐』。」

⑥〔登墉彀隼考藝〕潮本注：「考，一作『者』。」魏本注同。

⑦〔偕鴟者〕潮本注：「一無『者』字。」祝本、魏本注同。

⑧〔向鴟屢戰〕魏本「向」下多一「今」字。注云：「『今』一作『令』。」

【箋注】

〔一〕此篇作年，諸譜不載。據「今年春獲譴南荒」，當作於元和十四年（八一九）。

〔二〕祝充注：「輞，音罔。輞川，地名。《唐史》：王維别墅在輞川。」文讜注：「輞川，在藍田山。平陽，路氏世族所出。」宋程大昌《雍録》卷七「輞谷」條：「輞川，在藍田縣西南二十里。王維別墅在焉，本宋之問別圃也。」《元和郡縣志》卷十二河東道晉州（平陽郡），治所臨汾縣，今屬山西省。

〔三〕祝充注：「摳，格侯切，挈衣也。《禮記》（《曲禮》）『摳衣趨隅。』」文讜注：「《禮記》（《曲禮》）曰：『將即席，兩手摳衣，去齋尺。』《前漢・儒林傳》曰：『唐生、褚生應博士弟子選，詣博士。摳衣登堂，頌聲甚嚴。』顔師古曰：『摳衣，謂以手内舉之令離地也。音口侯切。』」

〔四〕孫汝聽注：「十四年正月，貶刺潮州。」

〔五〕祝充注：「羸，倫爲切。」

〔六〕文讜注：「汍瀾，流貌，上胡官切。兩手至地曰拜手。于，往也，言別而西行也。」汍瀾，熱淚縱横貌。漢《金鄉長侯成碑》：「號泣發哀，泣涕汍蘭。」（宋洪适《隸釋》卷八）涕洟，眼淚鼻涕。《禮記・檀弓》：「主人深衣練冠，待於廟，垂涕洟。」陸德明《釋文》：「自目曰涕，自鼻曰洟。」

〔七〕祝充云：「翳，音壁，《說文》：『塵埃也。』」謹按：塵翳，塵埃遮蔽。《楚辭・七諫・沉江》「高陽無故而委塵兮」，王逸注：「委塵，坋塵也。言帝顓頊聖明克讓，然無故塵翳。」此處引申爲疑惑。

〔八〕樊汝霖注：「按《宰相世系表》：路氏出自姬姓。帝摯子玄元，堯封於中路。歷虞夏稱侯，子孫以國爲氏。」

〔九〕祝充注：「圮，符鄙切。」文讜注：「圮，毁也，部鄙切。」圮，毁壞。《尚書・咸有一德》：「祖乙圮于耿。」孔傳：「河水所毁曰圮。」

〔一〇〕祝充注：「丱，吉患切。」《詩・齊風・甫田》：「婉兮孌兮，總角丱兮。」毛傳：「婉孌，少好貌。總角，聚兩髦也。丱，幼穉也。」

〔一一〕文讜注：「登墉彀隼，喻射策決科也。《解卦・上六・爻辭》曰：公用射隼于高墉之上，獲之無不利。子曰：隼者，禽也；弓矢者，器也；射之者，人也。君子藏器於身，待時而動，何不利之有。」

〔一二〕文讜注：「春官，禮部。是，猶此也。」

贈別序①〔一〕

昔余汎淮至壽，揖生於南陽伯門〔二〕。釋然相笑，假論以相同。合燕終月，揚文露志②，去而息絶〔三〕。默以記念，則罔交知。格于茲三年〔四〕，予實來徐方〔五〕，惘焉又見。氣質清茂〔六〕，大幾乎成。靜而究之，朗動經册，穆爲焉能傳③，我則歎異不窮④。噫，學之弘人，諒哉！始則然，吾用知其往。方將友夫子於直道，廼惑離而不志⑤〔七〕，又焉昭予知。

【彙校】

①〔贈别序〕潮本注：「此篇疑有誤處。」祝本注同。《考異》：「方云：『《送路鵠》、《送别》二序，語意無倫，脱誤不可讀。如曰自河南令爲博士，於公所歷官次亦不合。故並闕之。』今從其説删去。」謹按：此篇文字有脱誤，但諸家並無疑其爲僞者。方本以其「脱誤不可讀」、「闕之」，未見允當；朱本徑直「删去」，尤爲魯莽。

②〔揚文露志〕文本「揚」作「楊」。

③〔穆爲焉能傳〕祝本注：「一無『爲』字。」魏本注同。文本注：「疑溢『爲』字。」

④〔歎異不窮〕文本注：「歎，一作『歡』。」

⑤〔惑離而不志〕文本注：「志，一作『忘』。」

【箋注】

〔一〕文讜注：「李别，字君房，張建封之甥也。見《愛直篇》。」韓醇注：「此篇不知爲誰氏作。然曰『南陽伯』，曰『來徐方』，則是依張建封於徐州時作。字句多脱誤，不可得而訂。」李别，兩《唐書》無傳，其生平不詳。今鈎稽其生平可知者如次：李别，字君房，張建封之壻（韓愈《贈别序》文讜注）。貞元六年進士，自著作佐郎除太子舍人，知宗子表疏（韓愈《愛直贈李君房别》魏引《集注》）。

此篇作年，諸譜不載。韓醇定爲「依張建封於徐州時作」，則當在貞元十五年（七九九）秋至十六年（八〇〇）五月之間。《愛直贈李君房别》一篇，方崧卿、魏引集注、方成珪繫於貞元十五年。此篇當爲同時所作。

〔二〕文讜注：「張建封，鄧州南陽人。德宗時爲壽州刺史，遷觀察使。貞元四年拜御史大夫、徐泗濠節度使。徐得賢帥，復爲重鎮，奏公爲幕府。建封始封南陽公，後進伯爵。」張建封，兩《唐書》有傳，其生平如次：張建封字本立，兖州人。大曆初，道州刺史裴虬薦建封於觀察使韋之晉，辟爲參謀，奏授左清道兵曹。轉運使劉晏奏試大理評事，勾當軍務。大曆十年，馬燧爲河陽三城鎮遏使，辟爲判官，奏授監察御史賜緋魚袋。建中初，燧薦之於朝。楊炎將用爲度支郎中，盧杞惡之，出爲岳州刺史。建中四年爲壽州刺史，加兼御史中丞本州團練使（《新唐書·方鎮表五》）。興元元年十二月乙亥，充濠壽廬三州都團練觀察使（《舊唐書·德宗紀上》）。貞元四年十一月（《資治通鑑》卷二百三十三），爲徐州刺史兼御史大夫徐泗濠節度支度營田觀察使。七年進位檢校禮部尚書，十二年加檢校右僕射，十三年十二月丁丑入覲，十四年三月還鎮（《寶刻類編》卷一德宗《送張建封還鎮詩》）。十六年五月庚戌卒（《舊唐書·德宗紀下》），時年六十六，册贈司徒。謚曰襄（《唐會要》卷八十）。

〔三〕文讜注：「息，消息。」

〔四〕文讜注：「格，至也。」

〔五〕韓愈抵徐州，在貞元十五年二月暮，見《此日足可惜》。張建封奏爲節度推官在其年秋，見《與孟東野書》。至十六年五月之前已離徐幕，見《題下邽李生壁》。

〔六〕清茂，清逸超卓。《三國志·吴志·孫登傳》：「皇子和仁孝聰哲，德行清茂。」

〔七〕文讜注：「志，記也。」

送毛仙翁十八兄序①〔一〕

仙翁姓毛②，名干③。姬與韓爲族〔二〕，愈末年爲弟也④〔三〕。相識於潮陽逆旅⑤〔四〕，敍宗焉。察其言⑥，不由乎孔聖道，不由乎老莊教。而以慧性知人爵禄厚薄、壽命長短⑦。發言如駃驅⑧〔五〕。囁嚅持疑於脣吻間〔六〕，即信乎異人也，若古之許負輩不足以言哉〔七〕。然兄言果有徵期⑨：愈自典袁州⑩，從袁州除國子祭酒⑪，後主兵部事，續拜京兆尹，又改吏部侍郎⑫〔八〕。若果如兄言⑬，即掃廳屋，候兄一日歡笑資⑭，亦足馳不朽之名也⑮。酒酣留詞⑯，走筆而成，不能采其文華之要也⑰。時元和十四年己亥四月十六日⑱，族弟門人韓愈序〔九〕。

【彙校】

①〔送毛仙翁十八兄序〕此篇又載《唐詩紀事》（四部叢刊本）卷八十一，據校。《考異》：「方云：『《直諫表》、《論顧威狀》、《種蠡議》、《毛仙翁序》皆最末見，決非公文。舊杭本之有外集者，表狀亦不録。足以知其果僞也。』今並從方本删去。」謹按：唐人遊戲之作甚多，此篇是否僞作，難以斷然肯定。「皆最末見」，亦非確證。姑録此篇，疑以傳疑。

②〔姓毛〕文本注：「一作『姓毛氏』。」

③〔名干〕潮本「名」作「字」，祝本、文本、魏本同。今從《唐詩紀事》。潮本「干」作「于」，祝本、文本同；魏本「于」作「千」，注：「洪曰：杜光庭云：『名干字鴻漸。』與此不同。今本誤作『字千』。」今從《唐詩紀事》引杜光庭《毛仙翁傳》。

④〔愈末年爲弟〕魏本注：「一本無『愈』字。」潮本無「愈」字，祝本同。今從《唐詩紀事》。

⑤〔潮陽逆旅〕《唐詩紀事》「潮」作「湖」。

⑥〔察其言〕潮本「其」作「乎」，祝本、文本、魏本同。今從《唐詩紀事》。

⑦〔慧性〕契嵩《鐔津集·非韓下第二十九》、《唐詩紀事》「慧」作「惠」。

⑧〔駃騳〕「駃」，祝本作「駚」，《鐔津集》、《唐詩紀事》作「駛」。

⑨〔果有徵期〕《唐詩紀事》「徵」作「證」。

⑩〔自典袁州〕《唐詩紀事》「典」作「與」。
⑪〔從袁州除〕《唐詩紀事》「袁」作「表」。
⑫〔吏部侍郎〕《唐詩紀事》「侍郎」作「郎中」。
⑬〔若果如兄言〕《唐詩紀事》「若果如兄言」作「若如言」。
⑭〔一日歡笑資〕祝本注：「資，一作『是』。」魏本注：「資，一作『兹』，又一作『是』。」文本「資」作「兹」，《唐詩紀事》「歡」作「勸」，「資」作「質」。
⑮〔足馳不朽之名〕《唐詩紀事》無「足馳」二字，「朽」作「杇」。
⑯〔酒酣留詞〕文本注：「酒，一作『醉』。」魏本注同。
⑰〔采其文華〕祝本注：「華，一作『章』。」魏本注同。《唐詩紀事》「華」作「章」。
⑱〔元和十四年己亥〕潮本「四」作「六」，祝本、文本同。祝本注：「洪曰：十四年，今本誤作『十六年』。」魏本注同。文本注：「六，當作『四』。元和紀號止於十五年，『己亥』乃十四年。公以是年春責守潮陽。」今從《唐詩紀事》。

【箋注】

〔一〕洪興祖注：「唐人贈仙翁歌詩贊序甚衆。劉夢得云：『長慶二年壬寅秋九月，止鄂州官舍。有異客毛仙翁至，豐容秀目，精貌輝然。坐久，語及相國裴公、侍郎韓公，皆爲方外交，嘗有述序。

其察人吉凶貴賤壽夭，皆驗發利辭，指陳毫釐，無所疑忌，聞者失色。至於金火飛伏之道，鍊魂御氣之訣，吾又莫得而窮之矣。』元微之曰：『余廉問浙東歲，毛仙翁惠然見顧。越之人士識之者相與言曰：仙翁嘗與葉法善、吳筠遊稽山，逮兹多歷年所，而風貌愈少。真風遺骨，玄格高情，冥鴻孤鶴，不可云喻。』微之觀察浙東，在長慶四年也。牛思黯曰：『今兄不離世間而出世間，浩蕩乎嗜慾之境，蹂躪乎人情之圃。雙眸炅然，紅膚若花，迅駚無羈，束步飄然。予安謂其非至人乎？昔昌黎韓公、裴李二相皆命世大賢，與兄文字，不曰師則曰友。賄利軒冕，固仙兄不萌於心。大和三年秋九月，偶邂逅兄夏口。眷予塵俗，受之玄記。』杜光庭曰：『仙翁名干，字鴻漸。得久視之道，不知其甲子。常如三十許人，雪肌玄髪若處子。裴晉公度、牛公僧孺、令狐公楚、李公程、宗閔、紳、楊公嗣復、於陵、王公起、元公稹，當代之賢相。韓公愈、白公居易、崔公鄲、鄭都尉瀚、李公益、張公仲方、沈公傳師、崔公元略、劉公禹錫、柳公公綽、李公翺，當代之名士。或師以敬之，或兄以事之，或美其登真出世，或紀其孺質嬰姿，或異其藏往知來，或叙其液金水玉、霞綺交煥、組綉相宣。蓋玄史之盛事也。自元和洎大中戊寅，五十餘年，容色不改，信非常人矣。人之所以生化者，有爲也。情以動之，智以役之，是非以感之，喜怒以戰之，取捨以斃之，馳騖以勞之。氣耗於内，神疲於外。氣竭而形衰，形凋而神逝，以至死矣。修道之士黜嗜好，隳聰明，凝然無心，澹然無欲，收視反聽，虚室生白，吻合自然。觀化之初，窮物之始。浩然動息，與道爲一，寒暑不能干。指顧乎八極之外，逍遥乎六虚之表。無所不察，無所不知，目能洞察，耳能洞聽，亦能不由乎耳目。何者？神鑒於未然，智通於無極也。如此則世人之休咎壽夭富貴貧賤，皎然在目，豈俟乎陰陽之數，蓍龜之兆而後知之乎？仙翁其人也。』戊寅，大中十二年也。白樂天在江州有《贈仙翁詩》，見本集。」謹按：洪興祖注係節引杜光庭所編《毛仙翁贈行詩》。《唐詩紀事》卷八十一全文收録此卷，包括唐人贈毛仙翁歌詩贊序計二十一家：裴度、僧孺、李翺、令狐楚、李程、李宗閔、韓愈、崔郾、王起、李益、鄭澣、楊於陵、楊嗣復、元微之、沈傳師、崔元略、柳公綽、白居易、李紳、劉禹錫、張仲方。末録杜光庭序及《毛仙翁傳》。

〔二〕祝引洪興祖注：「毛，姬姓也。」

〔三〕文讜注：「毛、韓二族皆出姬姓。《左傳》（僖公二十四年）：『周大夫富辰曰：魯衛毛聃，文之昭也；邘晉應韓，武之穆也。』」

〔四〕韓醇注：「公時爲潮州，元和十五年也。」

〔五〕祝充注：「駃，音史，又疏吏切。《玉篇》：『疾也。』《詩》（《秦風·晨風》）『鴥彼晨風』，（毛傳）注：『賢人往之，駃疾如晨風之飛入北林。』」文讜注：「駃騠，駿馬名。四馬爲駟。駃，古穴切，行疾也。」

〔六〕祝充注：「囁嚅，上之陟切，又而陟切。下音儒。」囁嚅，竊竊私語。東方朔《七諫·怨世》：「改前聖之法度兮，喜囁嚅而妄作。」王逸《楚辭章句》：「囁嚅，小語謀私貌也。」此處引申爲欲語又止之貌，形容其持重之態。

〔七〕文讜注：「《荀子》曰：許負、唐舉、鄧通、條侯，此四公皆善相。《史記》《周勃傳》亦有許負，應劭曰：『河内温人，老嫗也。』」

〔八〕韓醇注：「後皆如其言。」

〔九〕洪興祖注：「或曰：此序非退之作，公於仙翁不當稱門人。然以唐人贈仙翁詩文考之，則退之實有此序矣。」

卷三十四

（原本外集卷四）此卷以潮本爲底本，以祝本、文本、魏本對校，南宋蜀本闕。

通解①〔一〕

今之人以一善爲行而恥爲之，慕達節而稱夫通才者多矣〔二〕，然而脂韋汨没以至於老死者相繼②〔三〕，亦未見他人之稱③，其豈非害教賊名之術歟④？且五常之教與天地皆生⑤〔四〕，然而天下之人不得其師，終不能自知而行之矣。故堯之前千萬年，天下之人促促然不知其讓之爲美也〔五〕。於是許由哀天下之愚且以爭爲能，乃脱屣其九州〔六〕，高揖而辭堯。由是後之人竦然而言曰〔七〕：「雖天下猶有薄而不售者，況其小者乎？」⑥故讓之教行於天下，許由爲之師也⑦〔八〕。

自桀之前千萬年，天下之人循循然不知忠易其死也〔九〕。故龍逢哀天下之不仁⑧，覩君父百姓入水火而不救，於是進盡其言，退就割烹⑨。故後之臣竦然而言曰：「雖萬死猶有忠而不懼者⑩，況其小者乎？」⑪故忠之教行於天下⑫，由龍逢爲之師也⑬〔一〇〕。

自周之前千萬年⑭，渾渾然不知義之可以換其生也⑮〔一一〕。故伯夷哀天下之偷⑯，且以彊則服⑰〔一二〕，食其葛薇，逃山而死。於是後之人竦然而言曰⑱：「雖餓死猶有義而不懼者⑲，況其小者乎？」⑳故義之教行於天下，由伯夷爲之師也㉑。

是三人俱以一身立教㉒，而爲師於千萬年間㉓，其身亡而其教存㉔，扶持天地㉕，功亦厚矣㉖！嚮令三師恥獨行，慕通達，則堯之日必曰：得位而濟道，安用讓爲㉗？夏之日必曰：長進而否退，安用死爲？周之日必曰：和光而同塵㉘〔一三〕，安用餓爲？若然者，天下之人促促然而爭，循循然而佞，渾渾然而偷，其何懼而不爲哉？是則三師生於今㉙，必謂偏而不通者矣㉚，其可不謂之大賢人哉㉛？

嗚呼！今之人其慕通達之爲弊也！且古聖人言通者，蓋百行衆藝備於身而行之者也㉜；今恒人之言通者，蓋百行衆藝闕於身而求合者也。是則古之言通者，通於道義；今之言通者㉝，通於私曲，其亦異矣！將欲齊之者，其不猶矜糞丸而擬質隨珠者乎㉞〔一四〕？且今今父兄教其子弟者㉟，曰：「爾當通於行如仲尼。」雖愚者亦知其不能也㊱。曰：「爾尚力一行，如古之一賢。」㊲雖中人亦希其能矣。豈不由聖可慕而不可齊，賢可及而可齊邪㊳？今之人行未能及乎賢，而欲齊乎聖者，亦見其病矣㊴。夫古人之進修或幾乎聖人㊵。今之人行不出乎中人，而恥乎力一行爲獨行㊶。且曰：「我通同如聖人。」㊷彼其欺心耶？吾不知矣；彼其欺人而賊名耶？吾不知矣。余懼其説之將深㊸，爲《通解》。

【彙校】

①〔通解〕《舉正》出南宋監本「通解」，朱熹從方本。洪興祖注：「《通解》見於趙德《文録》，德親受本於文公，比它本最可信。」王儔注：「呂夏卿以爲趙德親受之於公，則此文誠公之作無疑矣。」《舉正》：「二《解》並蜀本校。陳齊之曰：《通解》之乎者也下皆未當。此雖少作，然亦本訛也。」

②〔然而〕文本無「而」字。

③〔亦未見他人之稱〕《舉正》出南宋監本「未見他人之稱」，據蜀本删「人」字。朱熹從方本，《考異》：「『他』下或有『人』字。今按：此句疑有脱誤。」

④〔其豈非害教〕文本無「其」字。《舉正》據蜀本訂「害」作「亂」。朱熹從方本，《考異》：「亂，或作『害』。」

⑤〔天地皆生〕《舉正》據蜀本「皆」上增一「而」字。朱熹從監本無「而」字，《考異》：「『地』下方有『而』字，非是。」

⑥〔小者乎〕潮本「乎」作「焉」，祝本、文本、魏本同。魏本注：「焉，一作『乎』，下仿此。」《舉正》據蜀本訂作「乎」，云：「下文皆同，李本從上校。」朱熹從方本，《考異》：「乎，或作『焉』，下同。」今從方本。

⑦〔許由爲之師〕潮本「爲之」作「之爲」，祝本、文本、魏本同。《舉正》出南宋監本「許由之爲師也」，據蜀本乙「之爲」

作「爲之」，云：「二語下文皆同，李本從上校。」朱熹從方本，《考異》：「或作『之爲』，下二語同。」今從方本。

⑧〔天下之不仁〕魏本注：「『不』上一有『人』字。」文本「不」上多一「人」字。

⑨〔退就割烹〕潮本「退就」下多一「其」字，祝本、文本、魏本同。《舉正》出南宋監本「退就其割烹」，據蜀本删「其」字。朱熹從方本，《考異》：「『就』下或有『其』字，非是。」今從方本。

⑩〔忠而不懼〕魏本脱「不」字。

⑪〔小者乎〕潮本「乎」作「焉」，祝本、文本、魏本同。《舉正》據蜀本訂作「乎」，朱熹從方本。今從方本。

⑫〔故忠之教〕魏本注：「『忠』上一有『其』字。」潮本「忠」上多一「其」字，祝本、文本同。《舉正》出南宋監本「故其忠之教」，據蜀本删「其」字。朱熹從方本，《考異》：「『故』下或有『其』字，非是。」今從方本。

⑬〔由龍逢爲之師〕祝本「由」作「猶」。潮本「爲之」作「之爲」，祝本、文本、魏本同。《舉正》據蜀本乙「之爲」作「爲之」。朱熹從方本。今從方本。

⑭〔自周之前千萬年〕潮本注：「周，一作『殷』。」祝本、魏本注同。《舉正》據蜀本訂「周」作「殷」。朱熹從監本作「周」，《考異》：「周，或作『殷』。」

⑮〔可以换其生〕《舉正》出南宋監本「可以换其生」，據蜀本删「以」字。朱熹從監本存「以」字，《考異》：「方無『以』字。」

⑯〔天下之偷〕文本無「之」字。《考異》：「『之』下或有『人』字。」

⑰〔以彊則服〕潮本「服」作「伏」，祝本、文本、魏本同。《舉正》據蜀本訂作「服」。朱熹從方本，《考異》：「此句疑有

脱誤。」今從方本。文讜注：「言天下之人不知捨生而取義，偷墮苟且自以爲彊。」

⑱〔於是後之人〕《舉正》據蜀本訂「於是」作「故」。朱熹從方本，《考異》：「『故』或作『於是』。」

⑲〔義而不懼者〕文本注：「義，監本正文作『死』，注云：『一作彊。』」魏本注：「義，一作『强』，一作『死』。」潮本「義」作「彊」，注：「一作『死』。」祝本作「死」，注：「一作『强』，一作『義』。」《舉正》據蜀本訂作「義」，朱熹從方本，《考異》：「義，或作『死』，或作『强』。」今從文本。

⑳〔小者乎〕潮本「乎」作「焉」，祝本、文本、魏本同。《舉正》據蜀本訂作「乎」，朱熹從方本。今從方本。

㉑〔由伯夷爲之師也〕潮本「爲之」作「之爲」，祝本、文本、魏本同。《舉正》據蜀本乙作「爲之」，朱熹從方本。今從方本。

㉒〔是三人〕魏本「人」下多一「者」字。

㉓〔而爲師於千萬年間〕祝本「千」上注：「一有『百』字。」魏本注同。《舉正》據蜀本「千」上增一「百」字。朱熹從方本，《考異》：「或無『百』字。」

㉔〔其身亡而其教存〕文本注：「教，一作『名』。」

㉕〔扶持天地〕潮本「扶」上多一「於」字，祝本、文本、魏本同。《舉正》出南宋監本「於扶持天地」，據蜀本删「於」字，云：「李校同。」朱熹從方本，《考異》：「『存』下或有『於』字。」今從方本。

㉖〔功亦厚矣〕潮本「功」上多一「而」字，祝本、文本、魏本同。《舉正》出南宋監本「而功亦厚矣」，據蜀本删「而」字，云：「李校同。」朱熹從方本，《考異》：「上或有『而』字。」今從方本。

㉗〔安用讓爲〕魏本注：「用，一作『能』。」《考異》：「用，或作『能』。」

㉘〔和光而同塵〕《舉正》據蜀本訂「和光而同塵」作「同塵而和光」。朱熹從監本，《考異》：「方作『同塵而和光』。」

㉙〔是則三師生於今〕魏本注：「一無『是則』。」《舉正》出南宋監本「是則三師」，據蜀本删「則」字。朱熹從監本，《考異》：「方無『則』字。」魏本無「生」字。

㉚〔必謂偏而不通者矣〕《舉正》據蜀本訂「必謂」作「爲」，「矣」作「也」。朱熹從監本，《考異》：「方無『必』字，『謂』作『爲』。矣，方作『也』。」

㉛〔其可不謂之大賢人哉〕《舉正》據蜀本「人」下增一「者」字。朱熹從方本，《考異》：「或無『者』字。」廖本脱此句。

㉜〔備於身而行之〕潮本「而」上多一「通」字，祝本、文本、魏本同。《舉正》出南宋監本「備於身通而行之」，據蜀本删「通」字。朱熹從方本，《考異》：「『而』上或有『通』字。」今從方本。

㉝〔古之言通者今之言通者〕潮本「古之」、「今之」下多一「人」字，祝本、文本、魏本同。《舉正》出南宋監本「古之人言通者」、「今之人言通者」，據蜀本删「人」字。朱熹從方本，《考異》：「『之』下或並有『人』字。」今從方本。

㉞〔其不猶矜糞丸而擬質隨珠〕潮本無「不」字，祝本、文本、魏本同。文本「猶」作「由」。魏本注：「其猶，一本作『其不由』。」祝本、文本「隨」作「隋」。《舉正》據蜀本訂「不猶」二字。朱熹從方本，《考異》：「或無『其』字，或無『不』字，或無『其』、『矜』二字。」今從方本。

㉟〔子弟者〕文本無「者」字，注：「一有『者』字。」

㊱〔亦知其不能也〕文本「亦」下多一「固」字。魏本注：「也，一作『耶』。」文本「也」作「耶」。《舉正》據蜀本删「知」上

「亦」字，訂「也」字，作「愚者知其不能也」，云：「『也』字以潮本定。」朱熹從監本，《考異》：「方無『亦』字。也，或作『邪』，非是。」

㊲〔如古之一賢〕潮本無「一」字，祝本、文本、魏本同。魏本注：「官本『古』下有『人』字，『之』下有『一』字。」《舉正》據蜀本增「一」字。朱熹從方本，《考異》：「或無『一』字。」今從方本。

㊳〔聖可慕而不可齊賢可及而可齊邪〕潮本「不可齊」下多一「耶」字，祝本、文本、魏本同。潮本「而可齊邪」作「而可齊也」，祝本、文本、魏本同。《舉正》據蜀本訂「也」作「邪」。朱熹從監本作「也」，《考異》：「也，方作『邪』。今按：恐上句無『邪』字，下句『也』字却當作『邪』。」今從朱熹理校删上句「耶」字，從方本訂下句「邪」字。

㊴〔其病矣〕文本「矣」作「也」。

㊵〔夫古人之進修〕文本「古」作「中」。《舉正》本出南宋監本「夫古人之進修」，云：「蜀本作『中人』。」《考異》：「進修，或作『中人』，非是。」倫按：方氏所謂「蜀本作中人」，謂蜀本「古人」二字作「中人」。朱熹以校語緊接「進修」二字之下，以爲蜀本「進修」二字作「中人」，大誤。「夫古人之中人或幾乎聖人」，令人瞠目。朱熹抄撮《舉正》以吹毛求疵，未認真翻檢原始文獻，實在是無可諱言。

㊶〔而恥乎力一行爲獨行〕魏本注：「一無『乎』字。」《舉正》出南宋監本「恥乎力一行」，據蜀本删「乎」字。

㊷〔我通同如聖人〕潮本「我」下多一「周」字，祝本、文本、魏本同。魏本注：「一無『周』字。」《舉正》出南宋監本「我周通同」，據蜀本删「周」字。朱熹從方本，《考異》：「『我』下或有『周』字。『同』字疑衍。」今從方本。

㊸〔余懼其説之將深〕文本注：「説，一作『悦』。」

【箋注】

〔一〕此篇作年不詳，洪興祖、方崧卿、方成珪以爲少作。洪興祖注：「《通解》、《擇言解》、《鄠人對》，或云皆少作。」方譜録入「無年可考」諸篇之中。

〔二〕達節，通達而不違節義。《左傳》成公十五年：「聖達節，次守節，下失節。」楊伯峻注：「最高道德爲能進能退，能上能下，而俱合於節義。」

〔三〕《楚辭·卜居》：「將突梯滑稽如脂如韋以絜楹乎。」王逸注：「轉隨俗也，柔弱曲也，順滑澤也。」引申爲圓滑。劉孝標《廣絶交論》：「金膏翠羽將其意，脂韋便辟導其誠。」汩没，淹没、湮滅。李白《日出入行》：「羲和羲和，汝奚汩没於荒淫之波。」

〔四〕《尚書·泰誓下》：「今商王受，狎侮五常。」孔穎達疏：「五常即五典，謂父義、母慈、兄友、弟恭、子孝，五者人之常行。」皆，同「偕」。《尚書·湯誓》：「時日曷喪，予及汝皆亡。」《孟子·梁惠王上》引作「偕」。

〔五〕蔣抱玄注：「促促，急切之貌。魏文帝《蒼舒誄》：『惟人之生，忽若朝露。促促百年，亹亹行暮。』」謹按：「促促百年」，謂短暫。引申爲急於、忙於。葛洪《抱朴子内篇·明本》：「徐徐於民間，不促促於登遐。」此處形容汲汲惶惶、奔波辛勞。此義始見韓文，後人亦多採用者。如孟郊《靖安寄居》：「役生皆促促，心竟誰舒舒。」（《孟東野詩集》卷四）劉禹錫《途中蚤發》：「中庭望啓明，促促事晨征。」（《劉賓客文集》卷二十二）張籍《南歸》：「促促念道路，四支不常寧。」（《張

司業集》卷一）

〔六〕蔣抱玄注：「脱屣，謂視其事如敝屣而脱之也。《漢書》：『誠得如黄帝，吾視去妻子如脱屣耳！』」《漢書·郊祀志上》顔師古注：「『屣，小履。脱屣者，言其便易，無所顧也。』」

〔七〕竦然，恭敬貌。《後漢書·黄憲傳》：「潁川荀淑至慎陽，遇憲於逆旅。時年十四，淑竦然異之。揖與語，移日不能去。謂憲曰：『子，吾之師表也。』」

〔八〕文讜注：「嵇康《高士傳》：『許由，字武仲。堯舜皆師之。與齧缺論堯而去，隱乎沛澤之中。堯舜乃致天下而讓焉。由乃去，宿於逆旅之家，旦而遺其皮冠。巢父聞由爲堯所讓，以爲汙，乃臨池水而洗其耳。池主怒曰：『何以汙我水？』由乃退，而遁耕於中岳潁水之陽，箕山之下。』」魏引補注：「《莊子》《逍遥遊》：『堯讓天下於許由。由曰：予無所用天下爲。』」

〔九〕蔣抱玄注：「循循然，安分之貌。」謹按：循循，有條不紊。《論語·子罕》：「夫子循循然善誘人」何晏集解：「循循，次序貌也。」引申爲循規蹈矩。南朝梁沈緄《答敕答臣下神滅論》：「徒以闇識因果，循循局誠，冀履霜不退，堅冰可至耳。」

〔一〇〕文讜注：「《博物志》曰：桀造石室瑤臺，關龍逢諫桀。桀曰：『吾之有民，如天之有日。日亡我亡。』以爲龍逢妖言而殺之。」蔣抱玄注：「《韓詩外傳》：『夏桀無道，爲酒池、糟丘。關龍逢極諫，桀因而殺之。』」

〔一一〕渾渾，混沌無邊之貌。《淮南·俶真》：「渾渾蒼蒼，純樸未散。」高誘注：「渾渾蒼蒼，混沌大貌。」引申爲無知之貌。《淮南·兵略》：「渾渾沉沉，孰知其藏。」

〔一二〕魏引補注：「《史記》(《伯夷列傳》)：『武王平商亂，天下宗周。伯夷叔齊恥之，義不食周粟，隱於首陽山，采薇而食之，遂餓死於首陽山。』」《左傳》襄公三十一年：「趙孟將死矣，其語偷。」杜注：「偷，苟且。」《爾雅·釋言》：「彊，暴也。」郭璞注：「彊梁淩暴。」

〔一三〕《老子》：「和其光，同其塵。」王弼注：「無所特顯，則物無所偏爭也；無所特賤，則物無所偏耻也。」

〔一四〕文讜注：「《莊子·讓王篇》：『以隋侯之珠，彈千仞之雀。』疏云：『隋國近濮水，濮水出寶珠。即是靈蛇所銜以報者。故謂之隋侯之珠。事見元協律詩。』」阮侃《答嵇康》：「隋珠豈不曜，雕瑩啓光榮。」

擇言解①〔一〕

火洩於密，而爲用且大。能不違於道，可燔可炙，可鎔可甄〔二〕，以利乎生物②。及放而不禁③，反爲災矣。

水發於深，而爲用且遠。能不違於道④，可浮可載，可飲可灌，以濟乎生物⑤。及導而不防⑥，反爲患矣。言起於微，而爲用且博。能不違於道，可化可令，可告可訓，以推乎生物⑦。及縱而不慎⑧，反爲禍矣。

火既我災，有水而可伏其焰，能使不陷於灰燼矣⑨；水既我患，有土而可遏其流⑩，能使不仆於波濤矣〔三〕。言既我禍，即無以掩其辭，能不罹其失者亦鮮矣⑪。所以知理者又焉得不擇其言歟⑫？其爲慎而甚於水火⑬。

【彙校】

①〔擇言解〕《舉正》出南宋監本「擇言解」，朱熹從方本。

②〔利乎生物〕《舉正》據蜀本訂「於」字，作「以利於生物」。朱熹從監本，《考異》：「乎，方作『於』。」

③〔及放而不禁〕潮本「及」下注：「一有『其』字。」祝本、文本、魏本「及」下多一「其」字。魏本注：「一無『其』字。」朱熹存「其」字，《考異》：「方無『其』字，下二語同。」

④〔違於道〕文本「於」作「其」。

⑤〔以濟乎生物〕《舉正》據蜀本訂「於」字，作「以濟於生物」。朱熹從監本，《考異》：「乎，方作『於』。」

⑥〔及導而不防〕潮本「及」下多一「其」字，祝本、文本、魏本同。《舉正》出南宋監本「及其導而不防」，據蜀本删「其」

字，云：「三語『乎』皆作『於』，并無『其』字。」朱熹從監本。

⑦〔以推乎生物〕《舉正》據蜀本訂「於」字，作「以推於生物」。朱熹從監本，《考異》：「乎，方作『於』。」

⑧〔及縱而不慎〕潮本「及」下多一「其」字，祝本、文本、魏本同。《舉正》據蜀本删「其」字。朱熹從監本。

⑨〔不陷於灰燼〕潮本「陷」作「焰」，祝本、魏本同；文本作「蹈」。祝本注：「焰，或作『陷』，或作『蹈』。」魏本注同。《舉正》據蜀本訂作「陷」。朱熹從方本，《考異》：「陷，一作『蹈』，又作『焰』。」

⑩〔有土而可遏〕魏本注：「一本此句無『而可』字。」潮本、文本無「而可」二字。《考異》：「方無『而可』字。」

⑪〔不罹其失者〕祝本注：「失，一作『於過』。」魏本注：「其失，一作『於過』。」《舉正》據蜀本訂「失」作「於過」。朱熹訂作「不罹於過」，《考異》：「於過，或作『其失』。『過』下方有『失』字。」

⑫〔不擇其言歟〕《舉正》出南宋監本「不擇其言歟」，據蜀本删「其」字。朱熹從監本，《考異》：「方無『其』字。」

⑬〔其爲慎而甚於水火〕《考異》：「『而』字恐誤。」王元啓注：「愚謂改作『也』字較通。」童第德注：「『而』猶『乃』也。《公羊》宣八年傳：『而者何？難也。乃者何？難也。曷爲或言而或言乃？乃難乎而也。』此文『其爲慎而甚於水火』，言其爲慎乃甚於水火也。朱子蓋偶未審，王氏遽改作『也』，不免率爾。」

【箋注】

〔一〕韓醇注：「此篇雖曰『擇言甚於水火』，然曰『知理者必擇於言』，則未嘗欲人緘默苟容而已。不然，則幕中之評，臺中之辯，公豈遂忘言乎哉？」

此篇作年不詳，洪興祖、方崧卿、方成珪以爲少作。洪興祖注：「《通解》、《擇言解》、《鄠人對》，或云皆少作。」方譜録入「無年可考」諸篇之中。

〔二〕文讜注：「鎔，謂鑄器之模範。甄，作瓦之人也，吉延切。《董仲舒傳》：『猶泥之在鈞，唯甄者之所爲；猶金之在鎔，唯冶者之所鑄。』」

〔三〕祝充注：「仆，敷故切，又匹候切。」

鄠人對①〔一〕

鄠有以孝爲旌門者②，乃本其自於鄠人。曰：彼自剔股以奉母。疾瘳，大夫以聞其令、尹③，令尹以聞其上，上俾聚土以旌門④，使勿輸賦以爲後勸⑤。鄠大夫常曰⑥：「他邑有是人乎？」⑦

愈曰⑧：母疾，則止於烹粉藥石以爲是⑨，未聞毀傷支體以爲養⑩〔二〕。在教未聞有如此者。苟不傷於義，則聖賢當先衆而爲之也⑪。是不幸因而致死⑫，則毀傷滅絶之罪有歸矣⑬。其爲不孝，得無甚乎？苟有合孝之道⑭，又不當旌門。蓋生人之所宜爲，曷足爲異乎⑮？既以一家爲孝，是辨一邑里皆無孝矣；以一身爲孝，是辨其祖父皆無孝矣⑯。然或陷於危難，能固其忠孝而不苟；生之逆亂⑰〔三〕，以是而死者，乃旌表門閭⑱〔四〕，爵禄其子孫，斯爲爲勸已⑲，矧非是而希免輸者乎？曾不以毁傷爲罪，滅絶爲憂⑳。不腰於市而已黷於政，況復旌其門！

【彙校】

①〔鄠人對〕《舉正》出南宋監本「鄠人對」，朱熹從方本。

②〔以孝爲旌門〕《考異》：「『爲』字疑衍，又疑是『而』字。」

③〔聞其令尹〕《考異》：「按：尹，謂京兆尹。『令』字恐衍，下同。」蔣抱玄注：「令尹，縣令、府尹也。」

④〔以旌門〕魏本注：「『門』上一有『其』字。」《舉正》據蜀本「門」上增一「其」字，云：「李校。」朱熹從方本，《考異》：「或無『其』字。」

⑤〔以爲後勸〕潮本「以」作「欲」，祝本、文本、魏本同。魏本注：「『欲』下一有『以』字。」《舉正》據蜀本訂「欲」作「以」。朱熹從方本，《考異》：「以，或作『欲』。」今從方本。

⑥〔鄠大夫常曰〕文本「常」作「嘗」。方成珪注：「當作『嘗』。」童第德注：「常、嘗古通用，無煩改字。」

⑦〔他邑〕魏本「他」作「它」。

⑧〔愈曰〕《舉正》：「蜀本無『愈』字。」《考異》：「或無『愈』字。」

⑨〔母疾則止於烹粉藥石以爲是〕潮本無「止」字，祝本、文本、魏本同。文本無「於」字，注：「則，一作『於』。」魏本注：「『則』下一有『止』字。」《舉正》據蜀本「則」下增「止」字，云：「李校：《新史》作『父母疾烹藥餌以是爲孝』。」朱熹從方本，《考異》：「或無『止』字。《新史》作『父母疾烹藥餌以是爲孝』。今按：『是』字或是『事』字。」今從方本。

⑩〔未聞毁傷〕《考異》：「按下文又有『未聞』字，此『未聞』字恐衍，或是『若夫』字之類。」

⑪〔聖賢〕《舉正》出南宋監本「聖賢當先衆而爲之」，據蜀本乙「聖賢」作「賢聖」。朱熹從監本，《考異》：「聖賢，方作『賢聖』。」

⑫〔因而致死〕潮本「而」下多一「且」字，祝本、文本、魏本同。魏本注：「一無『且』字。」《舉正》出南宋監本「因而且致死」，據蜀本删「且」字，云：「《新史》作『因而且死』。」朱熹從方本，《考異》：「『而』下或有『且』字。今按：此句上『是』字疑是『且』字。」今從方本。

⑬〔滅絶〕廖本注：「滅絶，一作『絶滅』。」

⑭〔茍有合孝之道〕《考異》：「茍，或作『若』。『合』下疑有『乎』字。」

⑮〔曷足爲異乎〕潮本無「足」字，文本同。文本注：「《辨證》云：曷足爲異乎，今脱『足』字。」《舉正》據蜀本增「足」字，云：「洪校。」朱熹從方本，《考異》：「或無『足』字。」

⑯〔祖父皆無孝〕文本「祖父」作「父祖」。

⑰〔生之逆亂〕《舉正》：「劉仲忱曰：『之』當作『於』。」《考異》：「方云：劉仲忱謂『之』當作『於』。恐或然也。」童第

德注：「之，猶『於』也。見王氏《經傳釋詞》。王云：《大戴記·事父母篇》曰：『養之内不養於外，則是越之也；養之外不養於内，則是疏之也。』『之』亦『於』也，證據明白。劉當云『之猶於』，云『當作』，則以『之』爲誤字矣。」

⑱〔旌表門閭〕祝本「表」下注：「一有『其』字。」魏本注同。《考異》：「『表』下或有『其』字。」

⑲〔斯爲爲勸〕潮本上「爲」字下注：「爲，去聲。」文本注：「上『爲』，于僞切。」

⑳〔滅絶爲憂〕文本「爲」作「其」，注：「《辨證》云：滅絶爲憂，今誤作『其』字。」魏本注：「『憂』上一有『其』字。」《考異》：「爲，或作『其』，非是。」

【箋注】

〔一〕樊汝霖注：「《新史·孝友傳》云：唐時陳藏器注《本草拾遺》，謂人肉治羸疾。自是民間以父母疾，多刲股肉以進。或給帛，或旌門。善乎韓愈之論，謂父母疾烹藥餌以是爲孝，未聞毁支體者也。《新史》所載如此，不可謂此篇非公作矣。鄠，縣名，屬京兆。李蘩曰：李漢自謂收拾遺文，無所失墜，故世多疑外集之文非漢所序。如《三器論》、《直諫表》，其文誠不類。然《鄠人對》見於《孝友傳》，《李拾遺書》見於《李渤傳》，《毛仙翁序》見於《劉夢得集》，《與劉秀才論史書》見於《柳子厚集》，此等孰謂非公之作？」文讜注：「《唐史·孝友傳》云：『唐時陳藏器著《本草拾遺》，謂人肉治羸疾。自是民間以父母疾，多刲股肉而進。今有京兆張阿九等二十有八人，或給帛，或旌表門閭，皆名在國史，善乎韓愈之論云云。雖然委巷之陋，非有學術禮儀之資，能忘身以及其親，出其誠心，亦足稱者，故列十七八焉。』鄠，音户，屬京兆府，即古有扈之國也。史氏所載張阿九者，無乃是歟？」嚴有翼注：「鄠，古有扈之地。夏爲扈，殷爲崇，秦改爲鄠。今鄠北二十里有故鄠城，城周四里，亦有甘亭，即啓與有扈戰處也。」

此篇作年不詳，洪興祖、方崧卿、方成珪以爲少作。洪興祖注：「《通解》、《擇言解》、《鄠人對》，或云皆少作。」方譜録入「無年可考」諸篇之中。

〔二〕文讜注：「《孝經》《開宗明義章》：『身體髮膚，受之父母，不敢毁傷，孝之始也。』」

〔三〕文讜注：「之，適也。」

〔四〕文讜注：「里門謂之閭。旌表者，若今樹闕而顯之。」

河南府同官記①〔一〕

永貞元年〔二〕，愈自陽山移江陵法曹參軍②〔三〕，獲事河東公〔四〕。公嘗與其從事言③，建中初，天子始紀年更元〔五〕，命官司舉貞觀、開元之烈④〔六〕，羣臣惕慄奉職〔七〕，命材登良〔八〕，不敢私違。當時自齒朝之士而上⑤，以及下百執事官⑥，闕一人，將補必取其良。然而河南同時於天下稱多⑦，獨得將相五人⑧。故於府之參軍則得我公〔九〕，於河南主簿則得故相國范陽盧公⑨〔一〇〕，於汜水主簿則得相國今太子賓客滎陽鄭公⑩〔一一〕，於陸渾主簿則得相國今吏部侍郎天水趙公⑪〔一二〕，於登封主簿則得故吏部尚書、東都留守吴郡顧公⑫〔一三〕。盧公去河南爲右補闕，其後由尚書左丞至宰相⑬〔一四〕。鄭公去汜水爲監察御史佐山南軍，其後由工部侍郎至宰相，罷而又爲〔一五〕。趙公去陸渾爲右拾遺，其後由給事中爲宰相〔一六〕。顧公去登封爲監察御史，其後由京兆尹至吏部尚書、東都留守〔一七〕。我公去府爲長水尉，其後由膳部郎中爲荆南節度行軍司馬，遂爲節度使〔一八〕，自工部尚書至吏部尚書。三相國之勞布在史册⑭，顧吏部慎職小心，于時有聲。我公願潔而沉密，開亮而卓偉。行茂于宗，事脩于官。嗣紹家烈，不違其先〔一九〕。作帥荆南⑮，厥聞休顯〔二〇〕。武志既揚，文教既熙⑯。登槐贊元〔二一〕，其慶且至。故好語故事者，以爲五公之始迹也同⑰，其後進而偕大也亦同，其稱名臣也又同，官職雖分而功德有巨細⑱，其有忠勞於國家也同⑲。有若將同其後而先同其初也⑳。有聞而問者㉑，於是焉書。

既五年〔二二〕，始立石刻其語河南府參軍舍庭中㉒。於時河東公爲左僕射宰相㉓，出藩大邦，開府漢南〔二三〕。鄭公以工部尚書留守東都㉔〔二四〕。趙公以吏部尚書鎮江陵〔二五〕。漢南地連七州〔二六〕，戎士十萬，其官宰相也。留守之官居禁省中㉕，歲時出，旌旗序㉖〔二七〕，留司文武百官於宮城門外而衙之。江陵，故楚都也〔二八〕，戍士五萬。三公同時〔二九〕，千里相望，可謂盛矣。河東公名均，姓裴氏。

【彙校】

①〔河南府同官記〕此篇又載《文苑英華》卷八三一，據校。苑本無「府」字。《舉正》出南宋監本「河南同官記」，云：「元和五年作。」朱熹從監本，《考異》：「方無『府』字。」

②〔江陵法曹〕苑本「江陵」下多一「府」字，注：「集無『府』字。」

③〔河東公公嘗與〕潮本無複出「公」字，苑本、祝本、文本、魏本同。《舉正》出南宋監本「嘗與其從事言」，云：「蜀本語上再出『公』字。」朱熹增複出「公」字，《考異》：「方無下『公』字。」今從朱本。

④〔命官司舉貞觀開元之烈〕魏本注：「烈，一作『列』。」潮本「烈」作「列」，祝本、文本同。祝本注：「列，一作『烈』。」文本注：「列，當作『烈』。」《舉正》訂作「列」，云：「蜀作『烈』，《文苑》作『例』，監本作『列』。」謹按：今苑本作「烈」。朱熹訂作「烈」，《考異》：「烈，或作『例』，或作『列』，非是。」今從朱本。

⑤〔齒朝之士〕祝本「朝」下多一「廷」字。

⑥〔以及下百執事官〕潮本「百」下多一「吏」字，苑本、祝本、文本、魏本同。祝本注：「一無『吏』字。」魏本注同。《舉正》據蜀本、苑本「百」下增一「吏」字。朱熹删「吏」字，《考異》：「『百』下方有『吏』字。」今從朱本。

⑦〔河南同時於天下〕潮本無「同時」二字，祝本、文本、魏本同。潮本「河南」下注：「一有『同時』字。」祝本、文本、魏

本注同。《舉正》據蜀本、苑本增「同時」二字。朱熹從方本，《考異》：「或無此二字。」今從苑本。

⑧〔獨得將相五人〕《舉正》出南宋監本「獨得將相五人」，刪「將」字，云：「《文苑》刪，蜀本有『將』字，非。」謹按：今苑本有「將」字。朱熹從監本存「將」字，《考異》：「方無『將』字。今按下文所記，實爲宰相者三人，裴、顧未爲真相，故特著其官職戎馬之盛，則此處宜有『將』字，方本誤也。」

⑨〔范陽盧公〕苑本「公」作「君」，注：「君，集作『公』。」潮本「公」下多一「邁」字，苑本、祝本、文本、魏本同，王本、廖本小字側注「邁」字。《舉正》出南宋監本無「邁」字，今從方本。

⑩〔得相國今太子賓客滎陽鄭公〕苑本「得」下注：「集有『故』字。」潮本「得」下多一「故」字，祝本、文本、魏本同。《舉正》出南宋監本「於汜水主簿則得故相國今太子賓客滎陽鄭公」，據苑本刪「故」字。朱熹從監本，《考異》：「方無『故』字。今按：故相猶今言前宰相，非亡没之謂，方本誤也。」謹按：下文「趙宗儒」稱相國而未加「故」字，則此句不當有「故」字。今從苑本。潮本「公」下多「餘慶」二字，苑本、祝本、文本、魏本同，王本、廖本小字側注「餘慶」二字。《舉正》出南宋監本無此二字，今從方本。

⑪〔於陸渾主簿則得相國今吏部侍郎天水趙公〕祝本「渾」訛作「運」，下注：「音魂。」知誤在刻工。苑本注：「相國今，集作『今相國』。」潮本作「今相國」，祝本、文本、魏本同。《舉正》出南宋監本「於陸渾主簿則得今相國吏部侍郎天水趙公」，乙「今相國」作「相國今」。朱熹從方本，《考異》：「或作『今相國』。」潮本「公」下多「宗儒」二字，苑本、祝本、文本、魏本同，王本、廖本小字側注「宗儒」二字。方本出南宋監本無此二字，今從方本。

⑫〔得故吏部尚書東都留守吳郡顧公〕《舉正》據苑本「故」下增「相國」二字，云：「時盧與顧並已先没故也，蜀本亦誤。」謹按：今苑本無「相國」二字。朱熹從監本無「相國」二字。《考異》：「『故』下方有『相國』字。今以下文考

之，非是。」潮本「公」下多「少連」二字，苑本、祝本、文本、魏本同，王本、廖本小字側注「少連」二字。方本出南宋監本無此二字，今從方本。

⑬〔尚書左丞至宰相〕苑本「左」作「右」，注：「右，集作『左』。」謹按：據《舊唐書》本傳，盧邁於貞元九年五月甲辰以尚書左丞同平章事。

⑭〔布在史册〕《舉正》出南宋監本「布在史册」，據蜀本删「布」字。朱熹從方本，《考異》：「上或有『布』字。」

⑮〔作帥荆南〕潮本注：「帥，一作『扞』。」魏本注同。文本注引洪興祖《辨證》：「帥，一作『扞』。」《考異》：「帥，或作『扞』。」苑本注：「帥，蜀本作『扞』。」文本注：「荆南，一作『南荆』。」苑本注：「荆南，集作『南荆』。」潮本「荆南」作「南荆」，祝本、魏本、王本、廖本同。今從苑本。

⑯〔文教既熙〕文本注：「熙，一作『亦』。」魏本注同。苑本注：「熙，蜀本作『亦』。」《舉正》出南宋監本「文教既熙」，云：「《文苑》作『既』，蜀本作『亦』。」朱熹訂作「亦」，《考異》：「亦，方作『既』。」

⑰〔始迹也同〕魏本注：「始，一作『治』。」文本「始」作「治」。

⑱〔官職雖分而功德有巨細〕文本注：「官職雖分，一作『雖則無官職分』。」魏本注：「一無『官職』字，『分』字作『則』。」祝本「分」作「則」。潮本無「而」字，祝本、文本、魏本同。《舉正》據苑本增「官職」、「而」三字，訂「分」字，作「官職雖分而功德有鉅細」。云：「蜀本無『而』字，餘同上。」朱熹從方本，《考異》：「或無『官職』字，『分』作『則』，屬之下文，而無『而』字。」今從苑本。

⑲〔其有忠勞於國家也同〕苑本「有」下注：「集無『有』字。」潮本無「有」字，祝本、文本同。《舉正》據苑本增「有」字，

作「其有忠勞於國家也同」，云：「蜀本同。」朱熹從方本，《考異》：「或無『有』字，或無『也』字。」苑本「也」下注：「蜀本有『亦』字。」文本、魏本「也」下多一「亦」字。今從苑本。

⑳〔先同其初也〕魏本無「先」下「同」字。文本注：「一無『也』字。」

㉑〔有聞而問者〕《舉正》出南宋監本「有聞而問者」，刪「有」字，云：「《文苑》刪，蜀本存。」謹按：今苑本有「有」字。朱熹從監本，《考異》：「方無『有』字。」

㉒〔刻其語河南府〕苑本「語」下多一「于」字，注：「集無『于』字。」《舉正》據苑本校增一「于」字。朱熹從監本，《考異》：「語下方有『于』字。」

㉓〔於時河東公爲左僕射〕苑本注：「時，集作『是』。」潮本「時」作「是」，祝本、文本同。《舉正》據苑本訂作「時」。朱熹從方本，《考異》：「時，或作『是』。」今從苑本。苑本「爲左」作「則爲右」，注：「『則爲右』三字集作『爲左』。」謹按：《舊唐書・憲宗紀》元和三年九月己丑：「以右僕射裴均檢校左僕射同平章事、襄州刺史充山南東道節度使。」

㉔〔以工部尚書〕苑本「工」作「兵」，注：「兵，集作『工』。」

㉕〔留守之官〕苑本「之」作「守」，注：「守，集作『之』。」《舉正》據苑本訂作「守」。朱熹從監本，《考異》：「之，方作『守』。」

㉖〔旌旗序〕魏本「序」作「敍」。

【箋注】

〔一〕文讜注引洪興祖《辨證》：「自永貞元年至元和四年凡五年。是年刻石於河南參軍舍。時退之分司東都。」樊汝霖注：「此篇亦趙德所録，吕夏卿以爲可信者。其敘事筆力非公不能，誠公之作矣。」廖瑩中注：「《記》謂永貞元年愈自陽山移江陵法曹，獲事河東公，言裴均時節度荆南也。後五年始立石，則元和五年也。」陳景雲注：「此《記》洪譜繫於元和四年，朱子於本傳附注從之。蓋《記》中『既五年』句乃合永貞元年言之，上下文義甚明。此注中『元和五年』當作『四年』，又『既五年』注當削。」蔣抱玄注：「敍事難矣，往復敍尤難。筆大如椽勁如鐵，可望而知其韓之爲者，那得不録？按《史》：均以賄進，尤諂附宦官，得特命僕射。入朝，踰位立。御史中丞盧坦揖而退之，曰：『昔姚南仲爲僕射，位在此。』均曰：『南仲何人？』坦曰：『是守正不交權倖者。』而公言若此，何邪？」謹按：此篇爲韓愈所作，傳世諸本無異説。其被擯於正集，正當緣此。此篇作年，洪興祖、方崧卿《年表》、方成珪繫於元和四年（八〇九），韓醇、方崧卿《舉正》、廖瑩中、蔣抱玄繫於元和五年。洪譜：「四年己丑，改都官員外郎守東都省。是年有《河南府同官記》。」方譜：「是年東作。」謹按：當從洪譜。

〔二〕孫汝聽注：「貞元二十一年八月，改元永貞。」

〔三〕孫汝聽注：「是歲八月憲宗即位，公量移江陵法曹參軍。」《唐六典》卷三十大都督府中都督下都督官吏：「大都督府法曹參軍事一人，正七品下。法曹司法參軍，掌律令格式，鞫獄定刑，督捕盜賊，糾逖姦非之事。以究其情僞，而制其文法。赦從重而罰從輕，使人知所避而遷善遠罪。」

〔四〕樊汝霖注：「江陵節度使裴均，字君齊，河東人。」裴均，《新唐書》有傳，其生平如次：均字君齊，行儉玄孫，絳州聞喜人。以明經爲諸暨尉，張建封鎮濠壽，表爲團練判官。以勞加上柱國，襲正平縣男，遷累膳部郎中。擢荆南節度行軍司馬，貞元十九年五月乙未，爲江陵尹兼御史大夫荆南節度使（《舊唐書·德宗紀下》）。元和三年四月丁丑，入爲尚書右僕射判度支。九月庚寅，檢校左僕射同平章事襄州長史，充山南東道節度使。累封郇國公。六年五月丙午卒（《舊唐書·憲宗紀上》），年六十二。

〔五〕孫汝聽注：「大曆十五年正月，改元建中。」

〔六〕蔣抱玄注：「官司，百官有司也。《左傳》：『皂隸之事，官司之守，非君所及也。』」《左傳》隱公五年杜注：「小臣有司之職，非諸侯之所親也。」

〔七〕蔣抱玄注：「惕慄，戒懼之意。《墨子·尚同中》：『是以舉天下之人皆恐懼振動，惕慄不敢爲淫暴。』」

〔八〕魏仲舉注：「登，進也。」

〔九〕魏仲舉注：「我公，即裴均也。」

〔一〇〕樊汝霖注：「邁字子玄，范陽人。」盧邁，兩《唐書》有傳，其生平如次：盧邁字子玄，祖籍范陽，世居河南府洛陽縣遵化鄉恭安里（權德輿《朝議大夫守太子賓客上輕車都尉賜紫金魚袋贈太子太傅盧公行狀》）。兩經及第，歷太子正字、藍田尉，以書判拔萃授河南主簿，充集賢校理。建中初遷右補闕，俄換侍御史。興元元年，遷刑部員外郎。間一日，又以本官兼侍御史，介相國蕭公宣慰於江淮。既復命，轉吏部員外郎。貞元初（杜牧《上宰相求湖州第一啓》），以族屬客江介，出爲滁州刺史。入爲司門郎中，自時厥後，比歲超拜。遷右諫議大夫，轉給事中（《盧公行狀》）。貞元八年，爲尚書右丞（《唐會要》卷五十九）。九年五月甲辰，以本官同中書門下平章事。歲餘，遷中書侍郎。十二年於政事堂中風，七月丙戌上表請罷官，九月己丑除太子賓客。貞元十四年六月癸卯卒（《舊唐書·德宗紀下》），時年六十，贈太子太傅。

〔一二〕樊汝霖注：「餘慶字居業，滎陽人。」祝充注：「汜音凡，水名。《前漢》：『渡兵汜水。』又姓。皇甫謐云：本姓凡，遭秦亂避地於汜水，因改焉。」鄭餘慶，兩《唐書》有傳，其生平如次：餘慶字居業，滎陽人。大曆中舉進士。建中末，山南節度使嚴震辟爲從事，累官殿中侍御史，丁父憂罷。貞元初入朝，歷左司、兵部員外郎、庫部郎中，八年，選爲翰林學士。十三年五月壬子，遷工部侍郎知吏部選事。十四年七月壬申，拜中書侍郎平章事。十六年九月庚戌，貶郴州司馬（《舊唐書·德宗紀下》）。順宗登極，五月癸未，徵拜尚書左丞（《舊唐書·順宗紀》）。憲宗嗣位，八月癸亥，擢守本官平章事。元和元年五月庚辰，罷相爲太子賓客。九月丙午，改國子祭酒。十一月庚戌，拜河南尹。三年六月甲戌，兼東都留守。六年十月戊辰，入爲吏部尚書（《舊唐書·憲宗紀上》)。七年十二月丙戌,改太子少傅,兼判太常卿事。九年三月辛酉,拜檢校右僕射兼興元尹、充山南西道節度觀察使。十二年,除太子少師。十三年三月丁未,拜尚書左僕射。七月庚戌,改鳳翔尹、鳳翔隴節度使。十四年九月甲午,爲太子少師、檢校司空,封滎陽郡公,兼判國子祭酒事(《舊唐書·憲宗紀下》)。及穆宗登極,進位檢校司徒。元和十五年十一月癸亥卒(《舊唐書·穆宗紀》),時年七十五。贈太保,謚曰貞。

〔二〕樊汝霖注:「宗儒字秉文,鄧州人。」趙宗儒,兩《唐書》有傳,其生平如次:趙宗儒字秉文,南陽穰縣人(《元和姓纂》卷七)。舉進士,初授弘文館校書郎。滿歲,又以書判入高等,補陸渾主簿。數月,徵拜右拾遺。建中元年,自左拾遺充翰林學士。四年加屯田員外郎,内職如故。十一月出守本官(丁居晦《重修承旨學士壁記》)。居父憂,免喪,授司門、司勳二員外郎。貞元六年領考功事。遷考功郎中。丁母憂。終喪,授吏部郎中。十一年遷給事中,十二年十月甲戌,以本官同中書門下平章事,賜紫金魚袋。十四年七月壬申,罷相爲左庶子(《舊唐書·德宗紀下》)。二十年,遷吏部侍郎。元和元年十一月庚戌,檢校禮部尚書判東都尚書省事,兼御史大夫充東都留守畿汝都防禦使。入爲禮部、户部二尚書。尋檢校吏部尚書守江陵尹,兼御史大夫荆南節度營田觀察等使。六年四月己卯,入爲刑部尚書(《舊唐書·憲宗紀上》)。七年正月己巳,轉檢校吏部尚書興元尹,兼御史大夫充山南西道節度觀察等使。九年三月辛酉,召拜御史大夫。七月乙未,遷檢校右僕射河中尹,兼御史大夫晉絳磁隰節度觀察等使(《舊唐書·憲宗紀下》)。十一年七月，入爲兵部尚書。九月，改太子少傅，權知吏部尚書銓事。十四年九月，拜吏部尚書。復拜太子少傅，判太常卿事。長慶元年二月閏十月庚寅，爲吏部尚書（《舊唐書·穆宗紀》）。四年六月丁未，爲太常卿。八月甲子。改太子少師（《舊唐書·敬宗紀》）。寶曆元年，遷太子太保。昭肅晏駕，爲大明宮留守。太和四年，拜檢校司空兼太子太傅。六年九月庚子，以司空致仕。是月庚戌卒（《舊唐書·文宗紀下》），年八十七。册贈司徒，謚曰宣（《唐會要》卷七十九）。

〔一三〕樊汝霖注：「少連字夷仲，蘇州人。」顧少連，《新唐書》有傳，其生平如次：顧少連，字夷仲，蘇州吴人。大曆五年舉進士，尤爲禮部侍郎薛邕所器，擢上第（《登科記考》）。丁父憂。久之，以書判高第典校秘文。秩滿，授登封主簿。及休告東洛，居守鄭公叔則辟爲從事。非其所好，終以疾辭。其明年，書判超絶登第，御史大夫于頎薦爲監察御史（杜黄裳《東都留守顧公神道碑》）。德宗幸奉天，徒步詣謁，授水部員外郎、翰林學士。興元元年六月己酉，爲禮部郎中，並依前充翰林學士（《舊唐書·德宗紀上》）。四年二月，以禮部郎中知制誥（《唐會要》卷五十五）。再遷中書舍人。歷吏部侍郎。貞元九年，自户部侍郎權知貢舉（《太平廣記》卷一百五十一引《感定録》）。爲散騎常侍。貞元十三年二月，以尚書左丞權禮部貢舉（《唐會要》卷七十五）。十六年五月丁卯，改京兆尹。十七年十月庚戌，遷吏部尚書，封本縣男。十八年六月癸巳，徙兵部尚書、東都留守東都畿汝防禦使（《舊唐書·德宗紀下》）。貞元十九年癸未十月四日薨於洛陽讓里之私第，卒年六十三。贈尚書右僕射，謚曰敬（《顧公神道碑》）。

〔一四〕文讜注：「貞元九年爲相，十三年九月罷。」孫汝聽注：「貞元九年五月，邁自左丞同平章事。至十三年九月罷。」

〔一五〕樊汝霖注：「餘慶去汜水爲監察御史，史傳逸之。」文讜注：「貞元十四年七月爲相，十六年九月罷。永貞元年八月爲相，元和元年十一月罷。」孫汝聽注：「建中末，山南西道府節度使嚴震辟餘慶爲府從事。貞元十四年七月，自工部侍郎同平章事。十六年九月，罷爲郴州司馬。永貞元年八月，復以尚書左丞同平章事。元和元年五月罷。」

〔一六〕文讜注：「貞元十二年十月爲相，十四年七月罷。」孫汝聽注：「貞元十二年十月，宗儒自給事中同平章事。十四年七月罷。」

〔一七〕孫汝聽注：「貞元十六年五月，以少連爲京兆尹。十八年六月，自吏部尚書爲東都留守。」

〔一八〕樊汝霖注：「均去府爲長水尉，史傳逸之。」文讜注：「《周禮·職方氏》：『正南曰荆州。』故曰荆南，治江陵。」孫汝聽注：「貞元十九年五月，均自荆南行軍司馬爲本軍節度使。」

〔一九〕孫汝聽注：「均曾祖行儉，祖光庭。」

〔二〇〕魏仲舉注：「聞，音問。」休顯，光耀、榮耀。晉夏侯湛《東方朔畫贊》：「出不休顯，賤不憂戚。」

〔二一〕祝充注：「《周禮》（《朝士》）：三公面槐。登槐，謂爲三公也。贊元，謂輔贊元首。」文讜注：「《周禮·秋官》朝士之所掌，三公面三槐。鄭氏謂：槐之言懷也，懷來於此，欲與之謀。元，與

『元首明哉』之『元』同。」

〔二二〕韓醇注：「謂元和五年也。」

〔二三〕文讜注：「《裴均傳》曰：均既率荆南，元和三年入爲尚書右僕射。俄檢校左僕射同平章事，爲山南東道節度使。唐開元時分山南爲東西。東道理襄陽，西道理梁洋。襄陽即漢南也，以其在漢水之南。」孫汝聽注：「元和三年四月，均自荆南召爲右僕射判度支。是歲九月庚寅，加同平章事，出爲山南東道節度使。漢南，謂漢水之南。」陳景雲注：「按：均入爲僕射，後加同平章事出鎮襄陽。《記》中兩稱宰相，以其新命言之也。僕射不爲正宰相，自唐中葉後已爲定制。今注脱其加使相事，似未明悉。」

〔二四〕樊汝霖注：「餘慶守東都，史傳逸之，獨見公此記。又見公《上留守鄭尚書啓》及《送鄭涵校理敍》。」孫汝聽注：「元和三年六月，餘慶自工部尚書爲東都留守。」

〔二五〕孫汝聽注：「元和三年，宗儒檢校吏部尚書爲荆南節度使。」

〔二六〕文讜注：「山南東道統江陵、復、郢、峽、歸、夔、澧七州。」孫汝聽注：「山南東道，管襄、鄧、隋、唐、安、均、房七州。」《通典·州郡十三》荆州：「大唐分置十五部，此爲山南東道。江陵（荆州）、竟陵（復州）、富水（郢州）、夷陵（峽州）、巴東（歸州）、武陵（朗州）、澧陽（澧州）等郡地是也。」

〔二七〕陳景雲注：「按：東都留守，其之官例賜旗甲，見《唐史·吕元膺傳》。出旌旗城外衙之，即謂出所賜旌麾也。」

〔二八〕文讜注：「《通典》（《州郡十三·古荆州》）：『江陵，故楚之郢地。秦分郢置江陵縣，今縣界有故郢城。有夏水口，即《左傳》沈尹戌奔命於夏汭之地。有荒谷，即莫敖所縊谷也。』」

〔二九〕樊汝霖注：「時盧、顧死矣，故止及裴、鄭、趙三公云。」

記宜城驛①〔一〕

此驛置在古宜城内〔二〕。驛東北有井②，傳是昭王井③。有靈異，至今人莫汲〔三〕。驛前水，傳是白起堰西山下澗灌此④〔四〕。城壞，楚人多死，流城東陂，臭聞遠近，因號其陂曰臭陂⑤。有蛟害人⑥，漁者避之。井東北數十步有楚昭王廟⑦，有舊時高木萬株，多不得其名⑧。歷代莫敢翦伐⑨〔五〕，尤多古松大竹。于太傅帥襄陽⑩〔六〕，遷宜城縣，并改造南境數驛，材木取足此林。舊廟屋極宏盛，今惟草屋一區。然問左側人，尚云每歲十月，民相率聚祭其前〔七〕。廟後小城⑪，蓋王居也。其内處偏高廣員八九十畝，號殿城⑫，當是王朝内之所也⑬。多甎，可爲書硯。自小城内地今皆屬甄氏，甄氏於小城北立墅以居。甄氏有節行〔八〕。其子逢⑭，以學行爲助教〔九〕。元和十四年二月二日題。

【彙校】

①〔記宜城驛〕魏本注：「一本題云『宜城驛記』。或云：代姪作。」祝本、文本題作「宜城驛記」。《舉正》出南宋監本「宜城驛記」，云：「蜀本下有『愈代姪孫作』五字。」朱熹訂作「記宜城驛」，《考異》：「方作『宜城驛記』，下或有『愈代姪孫作』五字。」

②〔驛東北有井〕潮本「驛」上多「宜城」二字，祝本、文本、魏本同。潮本注：「一無『宜城』字。」魏本注同。《舉正》出南宋監本「宜城驛東北有井」，據蜀本删「宜城」二字。朱熹從方本，《考異》：「『内』下或有『宜城』字。」

③〔昭王井〕《舉正》出南宋監本「傳是昭王井」，據蜀本删「昭」字。朱熹從監本，《考異》：「方無『昭』字。」

④〔白起堰西山下澗〕《考異》：「或脱『堰』字。」

⑤〔陂曰臭陂〕《舉正》出南宋監本「號其陂曰臭陂」，據蜀本删「曰」字。朱熹從方本，《考異》：「『臭陂』上或有『曰』字。」

⑥〔有蛟害人〕祝本「蛟」作「鮫」。

⑦〔楚昭王〕魏本注：「一無『昭』字。」潮本無「昭」字，祝本、文本同。祝本「楚」下注：「一有『昭』字。」《舉正》據蜀本增「昭」字。朱熹從方本，《考異》：「或無『昭』字。」今從方本。

⑧〔不得其名〕《舉正》據蜀本訂「名」作「始」。朱熹從監本，《考異》：「『名』，方作『始』。」

⑨〔翦伐〕王本、廖本「翦」作「剪」。童第德注：「翦伐，字應作『前』。後人用爲前後字。依《説文》段注：前，齊斷也。翦，羽生也，假字。剪，後出字。」

⑩〔于太傅帥襄陽〕文本「傅」下注：「一有『頔』字。」魏本注同。《舉正》：「蜀本無『陽』字，太傅，于頔也。」《考異》：「或無『陽』字。」

⑪〔廟後小城〕祝本注：「洪曰：後，今誤作『複』，音偪。」魏本注同。潮本「後」作「複」，文本同。《舉正》據蜀本訂作「後」，朱熹從方本，《考異》：「後，或作『複』。」今從祝本。

⑫〔號殿城〕祝本注：「洪曰：城，今誤作『域』。」魏本注同。潮本「城」作「域」，文本同。《舉正》據蜀本訂作「城」。朱熹從方本，《考異》：「城，或作『域』。」今從祝本。

⑬〔當是王朝内之所〕祝本注：「洪曰：朝，今誤作『廟』。」魏本注同。潮本「朝」作「廟」，文本同。《舉正》據蜀本訂作「朝」。朱熹從方本，《考異》：「朝，或作『廟』。」今從祝本。

⑭〔其子逢〕文本「逢」作「逄」。

【箋注】

〔一〕祝充注：「宜城，襄州縣。公出爲潮州時記。」王儔注：「元和十四年二月記者，公時出爲潮州也。」廖瑩中注：「公嘗有《楚昭王廟詩》云：『丘園滿日衣冠盡，城郭連雲草樹荒。猶有國人懷舊德，一間茅屋祭昭王。』與此記合。」宋王象之《輿地碑記目》卷三襄陽府碑記：「唐宜城驛記，元和十四年韓愈撰。」

此篇作年，洪興祖、祝充、王儔、方崧卿《年表》、方成珪繫於元和十四年（八一九）。洪譜：

「十四年己亥：春，貶潮州刺史。以二月二日過宜城，見《宜城驛記》。」方譜：「《記》末云：是年二月二日題。」

〔二〕文讜注：「《通典》《州郡七》：襄陽宜城縣，本楚之鄢都，漢置宜城縣，其地在今縣南。」孫汝聽注：「（《左傳》定公六年）楚昭王畏吴，遷於鄀。鄀即宜城。」《元和郡縣》卷二十八山南道襄州宜城縣：「故宜城在縣南九里，本楚鄢縣。秦昭王使白起伐楚，引蠻水灌鄢城，拔之，遂取鄢。即此城也。至漢惠帝三年改名宜城。」謹按：古宜城舊址，即今湖北宜城市東南十五里楚皇城遺址。

〔三〕文讜注：「開元二十二年，初置十道採訪使，韓朝宗以襄州刺史兼山南東道襄州。南楚故城有昭王井，傳言汲者死。行人雖渴困，不敢視。朝宗移書諭神，自是飲者無恙，人更號韓公井。朝宗者，思復之子，《史》有傳。」

〔四〕文讜注：「白起，秦昭王將。」

〔五〕蔣抱玄注：「《詩經》：『蔽芾甘棠，勿翦勿伐。』」《詩・召南・甘棠》毛傳：「翦，去。伐，擊也。」

〔六〕孫汝聽注：「貞元十四年九月，于頔爲山南東道節度使。」于頔，兩《唐書》有傳，其生平如次：于頔字允先，河南人。始以蔭補千牛，調授華陰尉。黜陟使劉灣辟爲判官。又以櫟陽主簿攝監察御史充入蕃使判官，再遷司門員外郎兼侍御史賜紫，充入西蕃計會使。歷長安縣令、駕部郎中。貞元七年，出爲湖州刺史（于頔《釋皎然〈杼山集〉序》）。十一年爲蘇州刺史（《至元嘉禾志》卷三）。十三年四月己卯，自大理卿遷陝州長史陝虢觀察使。十四年九月丙辰，爲襄州刺史山南東道節度使（《舊唐書·德宗紀下》）。永貞元年十二月甲辰，加左僕射平章事。元和二年八月辛巳，封燕國公。三年九月入覲，庚寅，册拜司空平章事（《舊唐書·憲宗紀上》）。元和八年二月丁酉，貶恩王傅（《新唐書·憲宗紀》）。九月壬申，貶太子賓客。十年十月壬子，爲户部尚書（《舊唐書·憲宗紀下》）。十三年表求致仕，宰臣擬授太子少保，御筆改爲太子賓客。其年八月卒，贈太保。

〔七〕祝充注：「洪曰：即公詩云『一間茅屋祭昭王』者。」

〔八〕孫汝聽注：「甄濟，字孟成。來瑱爲襄州節度使，以濟爲參謀。宜城楚昭王廟壖地廣九十畝，濟立墅其左右。有子曰逢。」韓醇注：「元侍御嘗以書請於公，乞書甄氏父子節義，見公《答元侍御書》。」甄濟，兩《唐書》有傳，其生平如次：甄濟，字孟成，中山無極人。家於衛州，隱居青巖山十餘年。天寶十載，以左拾遺召。未至而安禄山入朝，求濟於玄宗，授試大理評事充范陽郡節度掌書記。天寶十二載，禄山反狀漸兆。慮不得脱，乃偽瘖其口，遂舁歸（元稹《與史館韓郎中書》）。及禄山反，使封刀来召。安慶緒亦使人至縣，强舁至東都安國觀。代宗收東京，濟起詣軍門上謁，乃送上都。肅宗館之於三司，使令受僞命官瞻望，以媿其心。授秘書郎，轉太子舍人。寶應初，來瑱辟爲陝西襄陽參謀，拜禮部員外郎。瑱死，屏居七年。大曆初，江西節度使魏少游表爲著作郎兼侍御史。終於襄州。元和中，襄州節度使袁滋奏其節行，詔贈秘書少監。

〔九〕甄逢，《新唐書》附其事於其父甄濟傳，其可知者如次：甄逢，原名憲臺，更名逢。幼而孤，及長，耕宜城野。自力讀書，不謁州縣。曾任襄州文學掾（元稹《與史館韓郎中書》）。常以父名不得在國史，欲詣京師自言。與元稹善，稹移書於史館修撰韓愈，愈以書答，由是父子俱顯名。

題李生壁①〔一〕

余始得李生於河中，今相遇於下邳②〔二〕。自始及今，十五年矣③。始相見，吾與之皆未冠，未通人事，追思多有可笑者，與生皆然也。今者相遇，皆有妻子。昔時無度量之心〔三〕，寧復可有是？生之爲交，何其近古人也④。是來也，余黜於徐州〔四〕，將西居於洛陽〔五〕。汎舟於清泠池〔六〕，泊於文雅臺下〔七〕。西望商丘⑤，東望脩竹園〔八〕，入微子廟〔九〕，求鄒陽、枚叔、司馬相如之故文。久立於廟陛間⑥，悲《那》頌之不作於是者已久⑦〔一〇〕。隴西李翺〔一一〕、太原王涯〔一二〕、上谷侯喜實同與焉⑧〔一三〕。貞元十六年五月十四日，昌黎韓愈書⑨。李生名平⑩。

【彙校】

①〔題李生壁〕祝充題下注：「名平。」文本題作「題李平壁記」。魏本注：「或曰李生名平，一本作『題李平壁』。」《舉

正》出南宋監本「題李生壁」，朱熹從方本。

②〔下邳〕樊汝霖注：「《唐·地理志》：下邽縣隸華州；下邳縣隸泗州，元和四年來隸徐州，今隸淮陽軍。公題此時猶隸泗州也。其曰『是來也，予黜於徐州，將西居於洛』，又敍其所經行，可知其爲『下邳』矣。作『邽』者非。」祝本注：「邳，今本誤作『邽』。」文本注：「下邳，縣名，屬徐州。一作『下邽』，非。下邽屬京兆府。」魏本注：「邳，一作『邽』。」潮本「邳」作「邽」。《舉正》訂「邽」作「邳」，云：「下邳，舊隸徐州，洪、樊校。」朱熹從方本，《考異》：「邳，或作『邽』，非是。」今從祝本。

③〔十五年〕潮本「五」作「四」，文本、魏本、王本、廖本同。謹按：韓愈貞元二年自宣城入京，時年十九，見《祭兄子十二郎老成文》。途中曾至河中，見《條山蒼》王元啓注。此文云「始得李生於河中」、「吾與之皆未冠」，與之相合。自貞元二年至十六年爲十五年。今從祝本。

④〔近古人〕《考異》：「『近』下方有『於』字。」

⑤〔商丘〕潮本「丘」作「州」，祝本、文本、魏本同。祝本注：「州，一作『丘』。」洪興祖注：「商州，一作『商丘』，是也。」嚴有翼注：「商州，當作『商丘』。」《舉正》據蜀本訂「州」作「丘」。朱熹從方本，《考異》：「丘，或作『州』，非是。」廖本「丘」作「邱」。謹按：商丘，即宋州。《元和郡縣志》卷七河南道宋州：「禹貢豫州之域，即高辛氏之子閼伯所居商丘，今州理是也。」治所在今河南商丘西南。商州，今陝西商縣。清泠池、文雅臺均在宋州之東，故曰「西望商丘」。今從方本。

⑥〔久立於廟陛閒〕祝本「久」作「人」。潮本「陛閒」作「下」，祝本、魏本同。《舉正》據蜀本訂作「陛閒」。朱熹從方本，《考異》：「廟陛間，或作『廟下』，或作『廟下陛閒』。」今從文本。

⑦〔悲那頌之不作〕《舉正》據蜀本乙「頌之」作「之頌」。朱熹從監本，《考異》：「頌之，方作『之頌』。」

⑧〔太原王涯〕《考異》：「涯，或作『渥』。」

⑨〔韓愈書〕文本「書」作「記」，注：「記，一作『書』。」

⑩〔李生名平〕祝本、文本、魏本、王本、廖本無「李生名平」四字。魏本注：「一本有『李生名平』四字。」

【箋注】

〔一〕此篇作年，程俱、洪興祖、樊汝霖、方崧卿《年表》、方成珪、蔣抱玄均繫於貞元十六年（八〇〇）。程譜：「明年夏去徐州，將西居於洛陽，見《題李生壁》。」洪譜：「十六年庚辰：夏五月《題下邽李生壁》云：『余黜於徐州，將西居於洛陽。汎舟清冷池，泊於文雅臺下，西望商州，東望脩竹園，入微子廟，求鄒陽、枚叔、司馬相如之故文。』按：公將西居於洛，則『下邽』當作『下邳』。下邳，貞觀中屬泗，元和中屬徐。」樊譜：「十六年庚辰五月壬子，張建封薨。公去徐居洛，見公《題李生壁》。」方譜：「文末云：是年五月十四日書。」

〔二〕《元和郡縣志》卷十河南道泗州下邳縣，治所在今江蘇睢寧縣西北古邳鎮東三里。

〔三〕蔣抱玄注：「度量，齊物之器。《周禮》：『壹其度量。』原意謂不識利害也。」謹按：《周禮·合方氏》之「度量」，指計量標準。鄭玄注：「尺丈釜鍾不得有大小。」此處「度量」，指器量。《史記·

司馬相如列傳》：「人之度量相越，豈不遠哉？」

〔四〕孫汝聽注：「貞元十六年五月，徐州節度使張建封卒。」

〔五〕嚴有翼注：「退之在張建封幕中，以骾言無所忌，雖建封知己亦不能容，故去徐還洛。」

〔六〕《元和郡縣志》卷七河南道宋州宋城縣：「清泠池在縣東二里。」《太平寰宇記》卷十二河南道宋州宋城縣：「清泠池在縣東北二里，梁孝王故宮有釣臺，謂之清泠臺，今號清泠池。」

〔七〕《明一統志》卷二十七歸德府：「文雅臺在府城東南里許。世傳孔子適宋，與羣弟子習禮大樹下，即此。後梁孝王時鄒、枚、相如之徒相與游咏其間。」

〔八〕《太平寰宇記》卷十二河南道宋州宋城縣：「修竹園在縣東南十里。《西京記》：梁孝王好宫室園苑之樂，作睢華宫，築兎園。中有白靈山、落猿巖、栖龍岫。又有鴈池，池中有鶴州鳧渚。《水經》云：睢水東南過竹圃。又鴈鶩池，取龍睢溝水。」

〔九〕樊汝霖注：「清泠池、脩竹園、微子廟皆在睢陽，蓋唐之宋州，下邳其近地也。」嚴有翼注：「清泠池、文雅臺、商丘脩竹園、微子廟皆在睢陽，即梁孝王城。鄒枚、相如皆孝王之客也。」《記纂淵海》卷十七應天府：「微子廟在府城西。」《明一統志》卷二十七歸德府：「微子廟，舊在府城東一十二里。宋行新法鬻祠廟，閼伯、微子廟皆爲賈區。張方平留守南京，上言宋王業所基，閼伯封於商丘，以主大火。微子爲始封之君，亦不得免乎？神宗震怒，於是祠廟皆得不鬻。」

〔一〇〕文讜注：「《商頌·那》，祀成湯也，微子之祖。」嚴有翼注：「《那》，《商頌》，祀成湯之詩。睢陽有亳城，湯所都也。其後武王伐殷，以微子奉商祀。有正考父者得《商頌》十二篇於周之太師，以《那》爲首。睢陽，宋地也，故退之過此而有所感焉。」

〔二〕李翺，兩《唐書》有傳，其生平如次：李翺字習之，祖籍隴西，世居開封，涼武昭王十四代孫。貞元十四年登進士第。十六年，爲鄭滑節度使李元素觀察判官（李翺《論故度支李尚書事狀》）。貞元末，東都留守韋夏卿辟署幕府（《唐語林》卷三）。元和元年，爲京兆府司録參軍（白居易《權攝昭應早秋書事寄元拾遺兼呈李司録》）。轉國子博士、史館修撰，分司東都，尋權知職方員外郎。三年十月，出爲嶺南節度使楊於陵掌書記（李翺《來南録》）。四年十一月，權攝循州（李翺《解惑》）。五年三月府罷，宣歙觀察使盧坦辟爲從事（李翺《祭故東川盧大夫文》）。十二月府罷，浙東觀察使李遜辟爲觀察判官（李翺《叔氏墓誌銘》）。九年九月府罷，十年，爲河南户曹參軍（李翺《勸河南尹復故事書》）。十四年，爲國子博士、史館修撰（李翺《陵廟日時朔祭議》）。十五年六月，授考功員外郎，並兼史職。庚辰，出爲朗州刺史（《舊唐書·穆宗紀》）。十二月二十八日，改舒州刺史（李翺《於湖州别女足墓文》）。長慶三年十二月，入爲禮部郎中（《别灊山神文》）。寶曆元年二月辛卯，出爲廬州刺史（《舊唐書·敬宗紀》）。大和元年九月，爲諫議大夫知制誥（李翺《祭故福建獨孤中丞文》）。三年二月，拜中書舍人。六月，左授少府少監分司東都（《册府元龜》卷九百二十九）。四年，爲鄭州刺史。五年十二月癸巳，出爲桂州刺史、御史中丞，充桂管都防禦使（《舊唐書·文宗紀下》）。七年六月，改授潭州刺史、湖南觀察使。八年十二月己亥，徵爲刑部侍郎。九年，轉户部侍郎。八月甲戌，檢校户部尚書襄州刺史，充山南東道節度使。開成元年七月前卒於鎮。謚曰文。參見劉真倫《李翺行年考》。

〔一二〕王涯，兩《唐書》有傳，其生平如次：涯字廣津，太原人。貞元八年進士擢第（《韓子年譜》引《唐科名記》），十八年登宏辭科（《登科記考》），釋褐藍田尉。貞元二十年十一月丁酉，召充翰林學士（《舊唐書·德宗紀下》），拜右拾遺、左補闕、起居舍人，皆充内職。爲宰相所怒，元和三年四月乙丑（《唐會要》卷七六），罷學士，守都官員外郎。居數日，再貶虢州司馬。五年，入爲吏部員外。七年七月丁亥，改兵部員外郎知制誥。九年八月壬戌，正拜舍人，兼皇太子諸王侍讀。十一年正月十八日，以中舍充翰林學士。十月十七日，轉工部侍郎知制誥（《承旨學士院記》）。加通議大夫、清源縣開國男，學士如故。十一月丁未，加中書侍郎同平章事。十三年八月壬子，罷相守兵部侍郎。尋遷吏部。十五年正月丁巳，檢校禮部尚書梓州刺史劍南東川節度使（《舊唐書·憲宗紀下》）。長慶三年，入爲御史大夫。四年四月甲申，改户部侍郎兼御史大夫充鹽鐵轉運使，俄遷禮部尚書充職。寶曆二年二月丁卯，檢校尚書左僕射興元尹山南西道節度使（《舊唐書·敬宗紀》），就加檢校司空。太和三年正月己酉，入爲太常卿（《舊唐書·文宗紀上》）。四年正月丙申，守吏部尚書檢校司空，復領鹽鐵轉運使。其年九月庚辰，守右僕射領使。七年七月壬寅，以本官同平章事，進封代國公。八年正月，加檢校司空、門下侍郎、弘文館大學士、太清宫使。九年五月辛未，正拜司空，加開府儀同三司，仍兼領江南榷茶使（《舊唐書·文宗紀下》）。

十一月二十一日壬戌甘露事變，被殺。

〔三〕廖瑩中注：「與，音預。」侯喜，兩《唐書》無傳，今鈎稽其生平如次：侯喜，字叔起（韓愈《贈侯喜》），上谷人（韓愈《題李生壁》），行十一（韓愈《詠燈花同侯十一》）。貞元十七年，韓愈薦之於盧虔（韓愈《與汝州盧郎中論薦侯喜狀》），貞元十八年，又薦之於陸傪（韓愈《與祠部陸員外書》）。貞元十九年登進士第（《容齋四筆》卷五「韓文公薦士」條引《登科記》），元和七年爲校書郎（韓愈《石鼎聯句詩序》），十一年爲協律郎（韓愈《和侯協律詠筍》），十五年爲國子主簿（韓愈《雨中寄張博士籍侯主簿喜》），長慶三年卒。

卷三十五

（原本外集卷五）此卷以潮本爲底本，以祝本、文本、魏本對校，南宋蜀本闕。

除崔羣户部侍郎制①〔一〕

勑②：地官之職〔二〕，邦教是先。必選國華〔三〕，以從人望〔四〕。具官崔羣〔五〕，體道履仁，外和内敏③。清而容物〔六〕，善不近名〔七〕。從容禮樂之間，特達圭璋之表④〔八〕。比參密命，弘益既多〔九〕；及貳儀曹，升擢惟允〔一〇〕。邁此令德⑤，藹然休聲。選賢與能〔一一〕，于今惟重⑥。擇才經賦⑦，自古尤難。往慎乃司⑧〔一二〕，以服嘉命。可云云⑨。

【彙校】

①〔除崔羣户部侍郎制〕《舉正》出南宋監本「除崔羣户部侍郎制」，朱熹從方本。

②〔勑〕潮本「敕」作「勅」，祝本、文本、魏本同。今從王本。

③〔外和内敏〕潮本作「内和外敏」，祝本、文本、魏本同。《舉正》據蜀本訂「外」、「内」二字，作「外和内敏」，云：「與

《舉錢徽狀》語同。」朱熹從方本，《考異》：「或作『内和外敏』。」今從方本。

④〔特達圭璋〕魏本注：「達，一作『進』。」王本、廖本「圭」作「珪」。

⑤〔邁此令德〕王本、廖本「此」作「玆」。王本注：「玆，或作『此』。」廖本注同。

⑥〔于今惟重〕祝本注「惟重，一作『惟盛』。」魏本注同。《舉正》據蜀本訂「重」作「盛」。朱熹訂「惟重」作「雖重」，《考異》：「雖，方作『惟』。重，或作『盛』。」

⑦〔擇才經賦〕《舉正》據蜀本訂「經」作「均」，云：「（以上）三文並蜀本校。」朱熹從方本，《考異》：「均，或作『經』。」

⑧〔往慎廼司〕祝本、王本、廖本「廼」作「乃」。

⑨〔可云云〕王本、廖本無「云云」二字。王本注：「下或有『云云』字。」廖本注同。

【箋注】

〔一〕樊汝霖注：「公知制誥者踰年，登辭掖者累月，而制辭見於世者止此，又不入正集，則公之文遺佚多矣。流落人間者，太山一毫芒。其斯之謂歟？」嚴有翼注：「退之自元和九年冬以考功郎中知制誥，至十一年春遷中書舍人，掌綸誥一年。而制誥止此一篇而已。李漢作文集序云：『收拾遺文，無所失墜。』豈其然乎？」崔羣，兩《唐書》有傳，其生平如次：崔羣，字敦詩，清河武城人。貞元八年登進士第（柳宗元《送崔羣序》韓醇注）。十年十二月，登賢良方正能直言極諫科

（《唐會要》卷七十六），授秘書省校書郎，累遷右補闕。元和二年十一月六日自左補闕充翰林學士，三年四月二十八日加庫部員外郎（丁居晦《重修承旨學士壁記》），六年二月四日加庫部郎中知制誥，七年四月二十九日遷中書舍人（元稹《承旨學士院記》）。九年六月二十六日遷禮部侍郎（《重修承旨學士壁記》）。十年，轉户部侍郎（韓愈《除崔羣户部侍郎制》）。十二年七月丙辰，拜中書侍郎同中書門下平章事。十四年十二月乙卯，出爲湖南觀察都團練使（《舊唐書·憲宗紀下》）。十五年穆宗即位，徵拜吏部侍郎。九月己酉，拜御史大夫。丙寅，授檢校兵部尚書兼徐州刺史武寧軍節度徐泗濠觀察等使。長慶二年三月癸丑，爲其副使王智興所逐，四月癸未，授秘書監分司東都（《舊唐書·穆宗紀》）。未幾，改華州刺史兼御史大夫。三年，爲宣州刺史歙池等州都團練觀察等使（《唐故江南西道都團練副使侍御史内供奉滎陽鄭府君（高）合祔墓誌銘并序》）。太和元年正月戊寅，徵拜兵部尚書。三年二月辛亥，改檢校吏部尚書江陵尹荆南節度觀察使（《舊唐書·文宗紀上》）。四年三月甲辰，入爲檢校右僕射兼太常卿。五年十月甲寅，拜檢校左僕射兼吏部尚書。六年八月辛酉卒（《舊唐書·文宗紀下》），年六十一，册贈司空。《新唐書·百官志一》尚書省户部：「尚書一人，正三品。侍郎二人，正四品下。掌天下土地、人民、錢穀之政，貢賦之差。」

此篇作年，洪興祖繫於元和十一年，方崧卿《舉正》繫於元和十年（八一五）。洪譜：「十一年丙申：公九年冬以考功知制誥，至今春竟一歲矣。李漢云：『收拾遺文無所失墜。』公掌綸誥一年，無一篇見收者，失墜多矣。唯後集有《崔羣户部侍郎制》一首云：『比参密命，弘益既多。及貳儀曹，升擢惟允。』《舊史》云：『羣元和初爲翰林學士，以讜言正論聞於時，遷禮部侍郎，選拔才行，咸爲公當，轉户部。』《新史》不載其爲禮部，闕文也。」《舉正》：「元和十年。」謹按：當從《舉正》。

〔二〕文讜注：「按《周官》：『司徒掌邦教。』孔安國云：『地官也。』自吴有户部，隋謂之民部。唐修《隋志》，復爲户部，以廟諱故也。」

〔三〕蔣抱玄注：「國華，猶言一國之菁華也。」《國語·魯語上》：「且吾聞以德榮爲國華，不聞以妾與馬。」韋昭注：「以德榮顯者，可以爲國光華也。」

〔四〕蔣抱玄注：「人望，衆人所仰望也。《後漢書》（《齊武王縯傳》）：『諸將會議立劉氏，以從人望。』」

〔五〕蔣抱玄注：「具官，備位之官也。《史記·孔子世家》：『齊魯會於夾谷，孔子攝相事。曰：古者諸侯出疆，必具官以從。』」

〔六〕童第德注：「《莊子·田子方篇》：『清而容物』郭注：『夫清者患於大絜。今清而容物，與天同也。』」

〔七〕童第德注：「《莊子·養生主篇》：『爲善無近名。』」

〔八〕文讜注：「《禮記·聘義》：『圭璋特達，德也。』」蔣抱玄注：「特達，特出於衆也。《晉書》（《江統傳》：『天授逸才，聰鑒特達。』」

〔九〕孫汝聽注：「羣元和初爲翰林學士，歷中書舍人。」

〔一〇〕孫汝聽注：「九年除禮部侍郎，十年知貢舉，取士三十人，選拔才行，咸爲公當。」韓醇注：「《舊史》云：羣爲翰林學士，遷禮部侍郎，轉户部。《新史》但云：『自翰林學士、中書舍人進户部侍郎。』蓋逸之也。」

〔一一〕童第德注：「句見《禮記·禮運》。」

〔一二〕蔣抱玄注：「司，所掌之事也。《書經》《君陳》：『往慎乃司。』」

祭汴州董相公文①〔一〕

維貞元十五年歲次己卯二月乙亥朔某日，節度行軍司馬檢校右散騎常侍兼御史大夫知使事吴縣開國男食邑三百户陸長源②〔二〕、度支營田判官檢校金部員外郎侍御史孟叔度③〔三〕、觀察支使監察御史裏行丘穎④〔四〕、觀察推官守秘書省校書郎韓愈等，謹以少牢之奠，敬祭于故尚書右僕射平章事隴西公之靈〔五〕：

嗚呼！天高而明，地厚而平。五氣敘行，萬彙順成〔六〕。交感旁暢，聖賢以生。雨水于雲⑤，瀆水于坤⑥。蕃昌生物⑦，有假有因。天睠唐邦〔七〕，錫之元臣。旽旽元臣⑧，其德孔碩。不容不諂⑨〔八〕，不威不赫。不求其用⑩，不致其敵⑪。爰立作相⑫，訏謨實勤⑬〔九〕。出若無辭，疇德之聞⑭。帝念東土，公其來撫。乃守洛都〔一〇〕，乃藩浚郊〔一一〕。迺去厥疾⑮，迺施厥膏。不知其勞，鰥寡以饒。維昔浚郊⑯，厥亂維舊⑰。有狡有狂，其羣孔醜。公其來矣，爲民父母⑱。父誨其義，母仁其愚。既變既從，孰云其初⑲。自邇徂遠⑳，混然一區。公來自中，天子所倚。公今不歸，誰佐天子？公既來止㉑，東人以完。公既殁矣㉒，人誰與安？濁流渾渾㉓，有闖其郛。填道歡呼，公來之初。今公之歸，公在喪車㉔。旨酒既盈，嘉肴在盛〔一二〕。嗚呼我公，庶享其誠。尚饗〔一三〕！

【彙校】

①〔祭汴州董相公文〕《舉正》出南宋監本「祭汴州董相公文」，删「汴州」二字，側註「晉」字。朱熹從方本，《考異》：「『祭』下或有『汴州』字。」

②〔吴縣開國男食邑三百户〕文本「檢」作「撿」，魏本同。潮本「縣開國」作「郡」，無「食邑三百户」五字，祝本、文本、魏本同。《舉正》訂「縣開國」三字，增「食邑三百户」五字。按：南宋監本原文「縣開國」作「郡」，參見潮本、祝本、文本、魏本及《考異》。朱熹從方本，《考異》：「吴縣開國，或作『吴郡』。或無此〔食邑三百户〕五字。」今從方

本。

③〔檢校〕文本「檢」作「撿」。

④〔丘穎〕廖本「丘」作「邱」。

⑤〔雨水于雲〕魏本「雨」作「兩」。童第德注：「『兩』爲『雨』之形訛，《舉正》正作『雨』。」

⑥〔瀆水于坤〕潮本「坤」作「神」，祝本、魏本同。《舉正》據李、范本訂作「坤」。朱熹從方本，《考異》：「坤，或作『神』。」童第德注：「神，當依《舉正》作『坤』。此文承上『天高而明地厚而平』四句來，雨降自天，故曰『假』。『假』爲『假』之借字，至也。瀆行地中，物資潤澤，故曰『因』。『雨』、『瀆』蓋分別天、地言之。如作『神』，則坤德不著矣。」今從文本。

⑦〔蕃昌生物〕《舉正》據李、范本訂「昌生」作「生庶」。朱熹從監本，《考異》：「昌生，方作『生庶』。」

⑧〔肫肫元臣〕祝本注：「肫肫，字當從『月』，音諄。」《舉正》訂「肫肫」作「肫肫」。朱熹從方本，《考異》：「肫肫，或作『肫肫』，誤。」孫汝聽注：「『肫，當作『肫』，音諄。肫肫，懇誠貌。《記》曰：『肫肫仁，淵淵其淵。』」謹按：《禮記·中庸》：「夫焉有所倚？肫肫其仁，淵淵其淵，浩浩其天。」鄭玄注：「肫肫，讀如『誨爾忳忳』之忳忳。忳，懇誠貌也。肫肫，或爲『純純』。」柳宗元《天爵論》：「肫肫於獨見，淵淵於默識。」韓醇注：「肫，音『諄』。《説文》曰：『目也。』」謹按：「肫」有「諄」一音。肫肫，義同「肫肫」。《説文》：「暙，謹鈍目也。从目𦎧聲，之閏切。」《集韻》去聲二十二稕：「肫肫，朱閏切，懇誠。」《考異》謂「肫肫誤」，不確。

⑨〔不容不諂〕潮本無「不容」二字，祝本、文本、魏本同。潮本「不諂」上注：「一有『不容』字。」祝本注：「一作『不容

不諂』，一作『不陷不酷』。」文本注：「一本云『不容不諂不威不赫不求其用不致其敵』，《辨證》云：當從後本。」魏本注：「一作『不容不諂』，一作『不諂不酷』。」《舉正》出南宋監本無「不容」二字，「不諂」下增「不笑」二字，作「不諂不笑」，朱熹從方本。今從文本引洪興祖《辨證》補「不容」二字。

⑩〔不求其用〕朱熹訂「用」作「盈」，《考異》：「盈，方作『用』。」

⑪〔不致其敵〕潮本「敵」下多「不讎」二字，祝本、文本、魏本同。潮本注：「一無『不讎』字。」祝本注：「一本『不諂』上有『不容』字，此即無『不讎』字。」魏本注同。《舉正》作「不威不赫不求其用不致其敵」，云：「已上並李、范本以古本校。蜀本『不諂不笑』作『不陷不酷』，其『敵』下亦無『不讎』二字。洪云：上語一作『不容不諂』。」《考異》：「不諂不笑，或作『不容不諂』，或作『不陷不酷』；或無『不笑』二字而連下文『不威』爲句，下文『其敵』下别出『不讎』二字，與上『求』字叶。」今從文本引洪興祖《辨證》删「不讎」二字。

⑫〔爰立作相〕祝本注：「立，一作『初』。」魏本注同。《舉正》訂「立」作「初」字，云：「李、范校同。」朱熹從監本，《考異》：「立，方作『初』。」

⑬〔訏謨實勤〕祝本「勤」作「勤」。

⑭〔疇德之聞〕《舉正》：「李本校『德』作『得』，上語『不求其用』，『用』亦作『盈』，不知取之何本。然舊本蜀本皆只同上。」德或作得

⑮〔廼去厥疾〕文本注：「一本『厥』作『廼』。」

⑯〔維昔浚郊〕潮本注：「昔，一作『若』。」魏本注同。文本注：「《辨證》云：昔，一作『若』。」《考異》：「昔，或作

「若」。

⑰〔厥亂維舊〕潮本作「維亂舊政」，祝本、文本、魏本同。《舉正》據保大本訂作「厥亂維舊」，云：「蜀本作『亂維政舊』。」朱熹從方本，《考異》：「厥亂維舊，或作『維亂舊政』，或作『亂維政舊』。」童第德注：「方校是。『舊』與下『魄』、『母』韻。如作『維亂舊政』，則失韻矣。」今從方本。

⑱〔爲民父母〕祝本、魏本「爲民」作「公爲」，祝本注：「公爲，一作『公爲』。」魏本注同。『爲民』或作『公爲』，非是。

⑲〔孰云其初〕潮本「孰云」作「親去」，祝本、文本、魏本同。文本注：「去，一作『云』。」魏本注同。《舉正》訂作「孰云」，云：「李校，蜀本亦作『云』。」朱熹從方本，《考異》：「孰云，或作『親去』，或作『親云』，非是。」

⑳〔自邇徂遠〕潮本「邇」作「爾」，祝本同。今從文本。

㉑〔公既來止〕潮本作「既來至止」，祝本、文本、魏本同。文本注：「一作『既來既止』。」魏本注同。《考異》：「方作『既來至止』，或作『公來至止』，今依《行狀》更定。」今從朱本。

㉒〔公既歿矣〕祝本「歿」作「没」。

㉓〔濁流渾渾〕潮本「濁」作「獨」。今從祝本。

㉔〔公在喪車〕祝本注：「喪，一作『哀』。」魏本注同。潮本「喪」作「哀」。今從祝本。

【箋注】

〔一〕韓醇注：「董晉薨於汴州。喪行，公與同寮爲文以祭。四日而汴軍亂，諸人皆遇害，公以從喪至偃師，獨免焉。時日寮吏，並見本篇。」嚴有翼注：「董晉之在汴州，陸長源爲副，而楊凝、孟叔度、丘穎及退之實在幕。今《祭文》只列長源、叔度、穎及退之而無凝名，凝以十四年冬朝正，明年春復命，汴州亂，不可入，又西走闕下，故不與祭也。退之雖與祭，然從喪以出，故亦免於禍。當時遇害者，陸長源、孟叔度、丘穎而已。」王儔注：「董晉以貞元十五年二月三日薨，薨三日而殮，殮而行。於行之四日，公從喪至偃師而汴軍亂，陸、孟、丘皆遇害。此文雖見於外集，觀公所作晉行狀，則此實公之作也。其曰『塡道歡呼』，『歡呼』云者，觀柳子厚《訊畤篇》，則此言信不疑矣。」

此篇作年，方成珪、蔣抱玄繫於貞元十五年（七九九）。方譜：「文首云：是年二月乙亥朔某日。」

〔二〕陸長源，兩《唐書》有傳，其生平如次：陸長源字泳之，吴郡吴縣人（《元和姓纂》卷十）。乾元中佐昭義軍節度薛嵩，累授檢校郎中（《册府元龜》卷七百二十八）。建中元年，爲建州刺史（劉長卿《送建州陸使君》）。興元元年權領湖州，旋改授信州（皎然《奉和陸使君長源夏月游太湖》）。貞元初浙西節度韓滉兼領江、淮轉運，奏長源檢校郎中、兼中丞，充轉運副使。累加至朝議大夫檢校國子司業兼御史中丞，封吴縣開國男（陸長源《華陽三洞景昭大法師碑》）。罷爲都官郎中，改萬年縣令。五年，爲汝州刺史（《集古録目》卷五《則天幸流杯亭宴詩》）。十二年八月丙子，授檢校禮部尚書、宣武軍行軍司馬。十五年二月丁丑，宣武軍節度使董晉卒。乙酉，以長源檢校禮部尚書汴州刺史御史大夫宣武軍節度度支營田汴宋亳潁節察等使。是日汴州軍亂，被殺（《舊唐書·德宗紀下》）。贈尚書右僕射。

〔三〕孟叔度，兩《唐書》無傳，其生平可知者如次：孟叔度，貞元十二年八月自殿中侍御史爲檢校金部員外郎充宣武支度營田判官（韓愈《贈太傅董公行狀》）。十五年二月爲侍御史（韓愈《祭董相公文》）。其月乙酉，軍亂被殺（《舊唐書·德宗紀下》）。

〔四〕沈欽韓注：「《册府元龜·貢舉部》：『丘潁，貞元十年登賢良方正科。』《會要》六十：『龍朔元年，忻州定襄縣尉王本立爲監察御史裏行。』裏行之名始見於此。《六典》又云：『始於馬周。』按《馬周傳》，《六典》爲是。」《大唐新語》卷六：「初，馬周以布衣直門下省，太宗命就監察裏行，俄拜監察御史裏行。裏行之名，自周始也。」丘潁，兩《唐書》無傳，其生平可知者如次：丘潁，貞元九年進士登第（權德輿《送丘潁應制舉序》），十年十二月賢良方正能直言極諫科及第（《唐會要》卷七十六）。十五年二月爲宣武觀察支使監察御史裏行（韓愈《祭董相公文》）。其月乙酉，軍亂被殺（《舊唐書·德宗紀下》）。

〔五〕孫汝聽注：「是歲二月，宣武軍節度使隴西公董晉卒。」董晉，兩《唐書》有傳，其生平如次：董晉，字混成，河中虞鄉人。明經及第，至德初謁肅宗於彭原，授校書郎、翰林待制。再轉衛尉丞，出爲汾州司馬。未幾，刺史崔圓改淮南節度，奏晉以本官攝殿中侍御史充判官。尋歸臺授本官。遷侍御史、主客員外郎、祠部郎中。大曆中兵部侍郎李涵送崇徽公主使迴紇，奏晉爲判官。

使還，拜司勳郎中。歷秘書、太府、太常少卿監、左金吾將軍。旬日，德宗嗣位，改太常卿，遷右散騎常侍兼御史中丞知臺事。尋爲華州刺史兼御史中丞潼關防禦使。久之，加兼御史大夫。朱泚僭逆，晉奔赴行在，授國子祭酒。貞元元年六月辛卯，自國子祭酒遷左金吾衛大將軍。二年八月己巳，改尚書右丞（《舊唐書·德宗紀上》）。復拜太常卿。五年二月庚子，自大理卿爲門下侍郎同中書門下平章事。九年五月丙戌，改禮部尚書，罷知政事。十二年三月戊申，自兵部尚書爲東都留守判東都尚書省東畿汝州都防禦使。會汴州節度李萬榮疾甚，其子廼爲亂。七月乙未，檢校左僕射同中書門下平章事汴州刺史宣武軍節度使宋亳潁觀察使。十五年二月丁丑卒（《舊唐書·德宗紀下》），年七十六。贈太傅，謚曰恭惠。

〔六〕蔣抱玄注：「彙，類也。」

〔七〕蔣抱玄注：「厚意曰睠。」《玉海》：「眷，古援切，眷屬。《説文》云：『顧也。』睠，同上。」

〔八〕不容，喜怒不形於色。《文子·自然》：「天道嘿嘿，無容無則，大不可極，深不可測。」不容不諂，對下不作威福，對上不作諂媚。

〔九〕孫汝聽注：「《詩》（《大雅·抑》）：『訏謨定命。』（毛傳）注：『訏，大也。』」

〔一〇〕孫汝聽注：「貞元十六年三月，晉爲東都留守。」

〔一一〕文讜注：「浚郊，汴州也。浚，古之衛邑，即今汴州是也。衛風《詩》曰：『爰有寒泉，在浚之下。』」孫汝聽注：「是歲七月，晉鎮宣武。」

〔二〕祝充注：「盛，音成。嘉肴在盛，黍稷在器也。《周禮》（《封人》）：『共其粢盛。』後同。」文讜注：「盛，祭祀之器，時征切。」

〔三〕此文用韻，據《廣韻》：明，平聲庚韻；平，平聲庚韻；行，平聲庚韻；成，平聲清韻；生，平聲庚韻。雲，平聲文韻；坤，平聲魂韻；因，平聲真韻；臣，平聲真韻。碩，入聲昔韻；赫，入聲陌韻；敵，入聲錫韻。勤，平聲欣韻；聞，平聲文韻。土，上聲姥韻；撫，上聲麌韻。郊，平聲肴韻；膏，平聲豪韻。勞，平聲豪韻；饒，平聲宵韻；郊，平聲肴韻；舊，去聲宥韻；郊，平聲肴韻。舊，去聲宥韻；醜，上聲有韻；母，上聲厚韻。愚，平聲虞韻；初，平聲魚韻；區，平聲虞韻。倚，上聲紙韻；子，上聲止韻；止，上聲止韻。完，平聲桓韻；安，平聲寒韻。郛，平聲虞韻；初，平聲魚韻；車，平聲魚韻。盛，平聲清韻；誠，平聲清韻。

雷塘禱雨文①

惟神之居，爲坎爲雷。專此二象，宅于巖隈。風馬雷車，肅焉徘徊。能澤地産，以祛人災。欽茲有靈，爰以廟饗。神惟智知，我以誠往。苟失其應，人將安仰？歲既旱暵，害茲生長。敢用昭告，期於肸蠁。愈自朝受命，臨茲裔壤。莅一方，庶無淫枉。潔廉自持，忠信是仗。苟有獲戾，神其可罔。擢擢嘉生，惟天之養。豈使粢盛，夷於草莽。騰波通氣，出地奮響。欽若神功，惟神是饗。

【彙校】

①〔雷塘禱雨文〕潮本注：「此文亦見柳子厚集。」祝本注：「此文見柳子厚集。洪曰：子厚所作。此本訛誤不可讀。」樊汝霖注：「雷塘在柳州，子厚爲柳州日，禱雨於雷塘而作，其弟宗直預焉。故其年志其殯（《志從父弟宗直殯》）曰：『謁雨雷塘，神所還戲，靈泉上洋洋也。歸卧至旦，呼之無聞，就視形離矣。』又祭其靈（《祭弟宗直文》）曰：『雷塘靈泉，言笑如故。一寐不覺，便爲古人。』今乃載公外集，誤矣。」韓醇《詁訓柳先生文集》：「元和十年作。或載之韓文公集，非是。蓋公嘗志其從父弟宗直之殯，謂元和十年召爲柳州，七月南來，宗直嘗從謁雨雷塘。則此文爲公之作，蓋非文公之文明也。」謹按：宋祝穆《方輿勝覽》卷十九江西路袁州：「雷塘在州東北七里，方三頃。昌黎有《雷塘祈雨文》。」宋潘自牧《記纂淵海》卷十一、宋謝維新《古今合璧事類備要》外集卷四則録作柳宗元文。是此篇作者，宋人已多淆亂。今據潮本録存正文，以供參考，不作校注。

祭石君文①〔一〕

維元和七年，歲次壬辰，七月二十七日，右補闕宋景〔二〕、國子博士韓愈謹以清酌庶羞之奠，敬祭于石三學士之靈②〔三〕：

惟君學成于身，名彰于人。知道之可行，見人之不幸③。不事顧讓，以圖就功。如何奄忽〔四〕，永喪其躬④。曰景愈也⑤，與游爲久⑥。自君之逝，相遇輒哀。傍無彊親⑦〔五〕，子孩妻稚⑧〔六〕。敢忘分濟，念力未任⑨。客葬秦原〔七〕，孤魂誰附？奠以送訣，悲何可窮？尚饗〔八〕！

【彙校】

①〔祭石君文〕洪譜引作「祭石三學士洪文」。《舉正》出南宋監本「祭石君文」，側註「洪」字，云：「保大本作『祭石濬川文』。」朱熹從方本，《考異》：「或作『祭石濬川文』。」

②〔敬祭〕潮本無「敬」字，祝本、文本、魏本同。《舉正》據蜀本增「敬」字。朱熹從方本，《考異》：「或無『敬』字。」

③〔見人之不幸〕祝本注：「見人，一作『知命』。」魏本注同。潮本「見人」作「知命」。《舉正》訂作「見人」，云：「蜀本只作『見人不幸』。」朱熹從方本，《考異》：「見人，或作『知命』，或作『見命』。『不』上或無『之』字。」

④〔永喪其躬〕祝本「永」作「求」。《舉正》：「蜀本作『以喪其良能』，下有『知微有議』四字。保大本作『如何奄忽不負長已誰能知（闕一字）有義何害景與愈也與游日久』。二本皆有脱誤，姑從傳本。」《考異》：「或作『以喪其良能』，下或有『知微有議』四字；或作『不負長已誰能知□有義何害』。今按：諸本皆無文理，疑不足據。」

⑤〔曰景愈也〕潮本注：「一作『於戲』。」魏本注：「一作『於戲愈也』，一作『景與愈也』，又一作『能知微有議景與愈』。」《舉正》據蜀本删「景」上「曰」字，增「與」字，作「景與愈也」。朱熹訂作「曰景與愈」，《考異》：「或無『曰』字，『景』下或無『與』字，『愈』下有『也』字。」

⑥〔與游爲久〕《考異》：「爲，或作『日』。」

⑦〔傍無彊親〕文本、魏本、王本、廖本「彊」作「强」。

⑧〔妻稚〕潮本「稚」作「姖」，祝本、文本、魏本同。文本注：「姖，當作『挋』，字之誤也。按（《禮記》）《喪記》：『大夫士浴用絺巾，挋用浴衣，沐用瓦盤，挋用巾。』鄭云：『挋，音震，拭也。』今石君旁無强親，而子亦孩稚，而妻自沐浴其屍爾。撿字書無『姖』字。或疑作『妻姖子孩』協韻，姖，少女之稱也；《辨證》作『稚』，皆非是。」《舉正》訂作「姖」，云：「蜀本作『姖』，樊、李本作『稚』。姖，古文『姬』字，然義亦不近。」謹按：《山海經·大荒西經》：「大荒之中，有山名日月山，天樞也。吴姖天門，日月所入。」郝懿行疏：「『姖』字，《説文》、《玉篇》所無。藏經本作『姬』。」金石史料中，《魏司馬景和妻墓誌銘》有此字。《字彙補》：「姖，臼許切，音巨。《山海經》《大荒西經》：『金門之山有人，名曰黄姖之尸。』」《考異》：「姖，或作『稚』。」王元啓注：「按：作『姖』無義。正集《改葬服議》『或游仕在千百里外，子幼妻稚』，與此文『客葬』之語相似。則『妻稚』二字宜爲公所常用。」方成珪注：「姖，當從樊、李本作『稚』。」沈欽韓注：「《晏子》外篇：『家貧親老子𡥈。』《玉篇》：『𡥈，音矩，孤也。』」「姖」乃「𡥈」之誤。」蔣抱玄注：「姖，本文音『巨』，義不稱。應作『姬』，古字讀『居』，義即寡居之意。《列子·黄帝篇》：『姬將告女』注：『姬，居也。』」童第德注：「方氏謂『姖古文姬』，《説文》、《廣韻》皆未收。《晏子春秋》外篇第七『身老子𡥈』，盧文弨云：『𡥈，小弱也，疑與孺同。《玉篇》音矩，孤也。』洪頤煊云：『𡥈即孺之俗。《莊子·大宗師

篇》：而色若孺子。《釋文》：孺，弱子也。孺、孺形相近。」按：沈謂「㚻乃孺之誤」，似矣而未盡。「㚻」乃「孺」之異體，巨聲、禹聲同部，從子、從女皆取弱義，故其字又作「㚻」。《説文》：「鄅，讀若規榘之榘。」是其證。盧、洪二氏以「孺」爲「孺」，亦備一説。一曰：孺即踽字。《説文》：「踽，孺行皃。《詩》曰：獨行踽踽。」《杕杜》毛傳：「踽踽，無所親也。」「孺行」與「無所親」義同，妻喪其夫，塊然無所親矣。於義亦通。」謹按：據以上諸家之説，作「㚻」、「稚」、「拒」、「姫」、「孺」、「孺」，義俱可通。但此句與上文「哀」字押韻。哀，平聲咍韻；姫，平聲之韻。上古音系之、咍合韻，「哀」、「姫」可通。稚，去聲至韻；近古音系平聲「之」韻與去聲「至」同轍可通。其餘諸字：㚻，上聲語韻；拒，去聲震韻；孺，上聲麌韻；孺，去聲遇韻；均不能與「哀」字通押。今從文本所引《辨證》訂作「稚」。

⑨〔念力未任〕潮本注：「未任，一作『失侶』。」祝本、魏本注同。文本注：「未任，一作『失侣』，誤。」

【箋注】

〔一〕孫汝聽注：「石洪，字濬川，河南人。元和七年六月卒，公誌其墓，又同宋景祭以文。」石洪，兩《唐書》無傳，今鈎稽其生平如次：石洪，字濬川，河南人。明經出身（李翱《薦士於中書舍人書》），罷黄州録事參軍，退處東都洛上十餘年。元和五年六月，爲烏重胤河陽節度參謀（韓愈《送石洪處士赴河陽參謀序》）。元和六年，詔下河南，徵拜京兆昭應尉、校理集賢御書。元和七年六月甲午疾卒，年四十二（韓愈《唐故集賢院校理石君墓誌銘》）。

此篇作年，洪興祖、方崧卿《年表》、方成珪、蔣抱玄繫于元和七年（八一二）。洪譜：「七年壬辰：是年有《祭石三學士洪文》。」方譜：「文首云：是年七月二十七日。」

〔二〕《新唐書・百官志一》中書省：「右補闕六人，從七品上。掌供奉諷諫，大事廷議，小則上封事。」

〔三〕樊汝霖注：「洪爲京兆昭應縣尉，校理集賢御書而卒。」

〔四〕蔣抱玄注：「奄忽，倏忽也。《漢書・嚴延年傳》：『奄忽如神。』」

〔五〕蔣抱玄注：「李密《陳情表》：『外無朞功强近之親。』」

〔六〕孫汝聽注：「洪二子：八歲曰壬，四歲曰申。」

〔七〕韓醇注：「其年七月甲申，葬萬年縣白鹿原。」

〔八〕此文用韻，據《廣韻》：身，平聲真韻；人，平聲真韻。行，平聲庚韻；幸，上聲耿韻。功，平聲東韻；躬，平聲東韻。哀，平聲咍韻；稚，去至聲韻。濟，去聲霽韻；附，去聲遇韻。窮，平聲東韻。

祭房君文〔一〕

維某年月日①，愈謹遣舊吏皇甫悦以酒肉之饋②，展祭於五官蜀客之柩前③〔二〕：

嗚呼！君迺至於此④，吾復何言！若有鬼神，吾未死，無以妻子爲念。嗚呼！房君其能聞吾此言否⑤？尚饗！

【彙校】

①〔維某年月日〕潮本無「維某」、『日』三字，祝本、魏本同。祝本注：「一有『維』字，一有『日』字。」《舉正》據蜀本訂作「年月」。朱熹訂作「維某年月日」，《考異》：「方無『維某』字，或無『日』字。」今從文本。

②〔愈謹遣〕魏本注：「愈，一本作『昌黎韓愈』。」《舉正》據蜀本訂「愈」作「某」。朱熹從監本，《考異》：「方『愈』作『某』。」

③〔祭於五官〕廖本注：「於，一作『于』。」文本、魏本「於」作「于」。文本注：「于，一作『於』。」魏本注同。

④〔君迺至於此〕魏本注：「此，一作『斯』。」文本「迺」作「乃」，「此」作「斯」，注：「斯，一作『此』。」《舉正》出南宋監本「君乃至於此」，云：「李校『於斯』。」《考異》：「此，或作『斯』。」

⑤〔房君其能〕魏本無「其」字。《舉正》出南宋監本「嗚呼房君」，據蜀本刪「房」字。朱熹從方本，《考異》：「『君』上或有『房』字。」

【箋注】

〔一〕《舉正》：「房次卿，字蜀客。公嘗誌其父武墓。」樊汝霖注：「房君，房次卿蜀客也。公嘗誌其父武墓，有曰：『次卿有大才，年四十餘，尚守京兆興平尉。』至是死，公祭之，東野爲詩哭之，見公《將歸贈孟東野房蜀客》之什。」孫汝聽注：「次卿，貞元七年進士及第。」廖瑩中注：「文曰：『吾未死，無以妻子爲念。』其恤孤之意厚矣。」房次卿，兩《唐書》無傳，今鈎稽其生平如次：次卿字蜀客（韓愈《將歸贈孟東野房蜀客》樊注引《諱行録》），河南河南人。貞元七年進士（韓愈《將歸贈孟東野房蜀客》樊注引《登科記》）。貞元十四年爲將仕郎守秘書省校書郎（房次卿《唐故特進行虔王傅扶風縣開國伯上柱國兼英武軍右廂兵馬使蘇公（日榮）墓誌銘并序》）。元和六年爲京兆興平縣尉（韓愈《唐故興元少尹房君（武）墓誌銘》）。元和九年前卒於任（孟郊《弔房十五次卿少府》）。年四十餘（《房君（武）墓誌銘》）。

此篇作年不詳，方譜附入「無年可考」諸篇之中。謹按：元和六年正月十四日其父房武入葬時，次卿尚守京兆興平尉，見《唐故興元少尹房君墓誌銘》。則次卿卒年，應在元和六年之後。孟郊卒於元和九年八月乙亥，見《貞曜先生墓誌銘》。郊有《弔房十五次卿少府》，則次卿卒年，應在元和九年八月之前。此篇作年，即在此間。

〔二〕蔣抱玄注：「展祭，陳設品物而祭之也。」

高君仙硯銘（并序）①〔一〕

儒生高常與予下天壇中路〔二〕，獲硯石。似馬蹄狀，外稜孤聳，内發墨色。幽奇天然，疑神仙遺物。寶而用之，請予銘底②：

仙馬有靈，迹在于石③。稜而宛中④，有點墨迹。文字之祥，君家其昌〔三〕。

【彙校】

①〔高君仙硯銘并序〕《舉正》出南宋監本「高君仙硯銘」，無「并序」二字。朱熹從方本。王本、廖本有「并序」二字。

②〔請予銘底〕魏本句下多「銘曰」二字。

③〔迹在于石〕魏本「于」作「予」。《舉正》：「應劭《武紀》注：『大苑舊有天馬種，蹋石汗血。』顔曰：『蹋石，謂蹋石有跡，言其蹏堅利。』朱新仲謂銘語本此。」

④〔稜而宛中〕魏本「宛」作「究」。

【箋注】

〔一〕王儔注：「高常之文，世無傳焉。其姓名僅見於此。」

此篇作年不詳，方譜附入「無年可考」諸篇之中。謹按：據「儒生高常與予下天壇中路」，此篇作於長安，應無疑問。年次則不可考。

〔二〕蔣之翹注：「天壇，即圓丘也。按《長安志》：唐長安明德門東南一里有更衣殿基，又東南一里有圜丘。高一百二十尺，周回三百六十步。分三級，十二分野。俗呼爲壇冢郊臺。」蔣抱玄注：「唐制（《舊唐書·禮儀志一》）：『孟夏雩祀昊天上帝於圓丘。』是爲郊祀。《齊書·禮志》：『郊爲天壇。』是圓丘即天壇也。制始於周時，見《周禮》。俗專指爲明始建者，實非。」謹按：天壇，祭天之壇。《宋書·禮志三》：「光武建武中，不立北郊，故后地之祇，常配食天壇。」

〔三〕此銘用韻，據《廣韻》：石，入聲昔韻；迹，入聲昔韻。祥，平聲陽韻；昌，平聲陽韻。

高君畫讚①〔一〕

君子温閑②，骨氣委和。迹不拒物，心不揚波〔二〕。澄源卷璞〔三〕，含白瑳瑳③〔四〕。遺紙一張④，德音不忘〔五〕。

【彙校】

①〔高君畫讚〕《考異》：「此篇方從蜀本録之。今按：疑或非公所作，然姑存之。」

②〔君子温閑〕廖本「閑」作「閒」。

③〔含白瑳瑳〕魏本注：「瑳瑳，一作『蹉蹉』。」祝本「瑳瑳」作「蹉蹉」，注：「蹉蹉，一作『瑳瑳』。」謹按：「瑳」、「蹉」，

古今字。《荀子·天論》：「則日切瑳而不省也。」王先謙《集解》引郝懿行曰：「磋，古作瑳，今作磋。」

④〔遺紙一張〕潮本注：「遺，一作『蜀』。」祝本、文本、魏本注同。《舉正》據蜀本訂「有」字，作「有㡌一張」。王本、廖本同監本。

【箋注】

〔一〕韓醇注：「觀《硯銘》，未知高常爲何如人。觀《畫讚》，則其人亦可嘉矣。宜乎公兩爲之銘讚云。」

〔二〕文讜注：「《楚辭·漁父》：『舉世混濁，何不隨其流而揚其波。』」蔣抱玄注：「心不揚波，謂隨俗浮沉也。」

〔三〕蔣抱玄注：「卷，收藏也。《論語》：『邦無道，則可卷而懷之。』」《論語·衛靈公》何晏《集解》：「包曰：卷而懷，謂不與時政，柔順不忤於人。」謹按：澄源，正本清源。《宋書·袁豹傳》：「不悟清流在於澄源，止輪由乎高閾。」卷璞，收斂鋒芒。

〔四〕蔣抱玄注：「瑳瑳，色鮮盛貌。《詩經》《鄘風·君子偕老》：『瑳兮瑳兮，其之展也。』」謹按：瑳瑳，玉色鮮白貌。《説文》：「瑳，玉色鮮白。从玉差聲，七何切。」

〔五〕蔣抱玄注：「德音，善言也，令聞也。《左傳》（昭公十二年）：『祈招之愔愔，式昭德音。』」謹按：德音，善言。《詩·邶風·谷風》：「德音莫違，及爾同死。」鄭箋：「莫，無及與也。夫婦之言無相違者，則可與女長相與處至死。」

潮州請置鄉校牒〔一〕

孔子曰：「道之以政，齊之以刑①，民免而無恥。」②不如以德爲先，而輔以政刑也③。夫欲用德禮，未有不由學校師弟子者。此州學廢日久，進士明經，百十年間④，不聞有業成貢于王廷試于有司者⑤。人吏目不識鄉飲酒之禮⑥，耳未嘗聞《鹿鳴》之歌⑦〔二〕，忠孝之行不勸，亦縣之恥也。夫十室之邑必有忠信，今此州户萬有餘，豈無庶幾者耶⑧〔三〕？刺史縣令不躬爲之師，里閭後生無所從學耳⑨。

趙德秀才沈雅專靜，頗通經，有文章〔四〕，能知先王之道，論説且排異端而宗孔氏，可以爲師矣⑩。請攝海陽縣尉爲衙推⑪〔五〕，專句當州學以督生徒⑫〔六〕，興愷悌之風〔七〕。刺史出己俸百千以爲舉本⑬〔八〕，收其贏餘以給學生厨饌⑭〔九〕。

【彙校】

①〔道之以政齊之以刑〕《舉正》據蜀本「齊」上增「而」字。朱熹從監本，《考異》：「『政』下或有『而』字。」

②〔民免而無恥〕《舉正》據蜀本「民」上增「則」字。朱熹從方本，《考異》：「或無『則』字。」《論語·爲政》：「子曰：道之以政，齊之以刑，民免而無恥。道之以德，齊之以禮，有恥且格。」何晏集解：「孔曰：政，謂法教。馬曰：齊整之以刑罰。孔曰：免，苟免。包曰：德，謂道德。格，正也。」

③〔以德爲先〕祝本「德」下注：「疑脱『禮』字。」文本、魏本注同。朱熹「德」下增一「禮」字，《考異》：「或無『禮』字。」

④〔百十年間〕潮本「間」作「閒」，祝本同。今從文本。文本注：「十，一作『數』。」魏本注同。《舉正》據蜀本增「數」字，删「年」下「閒」字，作「百十數年」。朱熹從監本，《考異》：「方作『百十數年』，非是。」

⑤〔貢于王廷試于有司〕魏本「廷」作「庭」。《舉正》據蜀本訂二「於」字，作「貢於王庭試於有司」。朱熹從方本，《考異》：「於，或並作『于』。」廖本注：「『貢』、『試』下或並無『於』字，或作『于』字。」

⑥〔目不識〕《舉正》出南宋監本「目不識」，據蜀本删「目」字。朱熹從監本，《考異》：「方無『目』字。」

⑦〔耳未嘗聞〕《舉正》出南宋監本「耳未嘗聞」，據蜀本删「耳」字。朱熹從監本，《考異》：「方無『耳』字。」

⑧〔庶幾者耶〕王本、廖本「耶」作「邪」。

⑨〔無所從學耳〕《舉正》據蜀本訂「耳」作「爾」。朱熹從方本，《考異》：「爾，或作『耳』又或作『矣』，非是。」陳景雲注：「按：『爾』字若作語助句絶，與『耳』字無異。公他文中亦有『爾』、『耳』二字兩本互異者。《考異》但並存而已。今由朱子作『耳非是』語推之，此『爾』字似當作『爾汝』之『爾』，屬下句讀。蓋此牒即授趙德秀才，故云然也。如公《上張僕射書》云『受牒之明日』，亦是受署幕職文牒耳。又韋執誼貶崖州司户，刺史請攝軍事衙推。有『勿憚縻賢』之牒。此尤刺史署衙推即牒其人之明証。元稹草陳諫除官制，中有『爾諫』語，與此牒中『爾德』

類。蓋當日自有此文體。」

⑩〔可以爲師〕《舉正》據蜀本「師」下增一「友」字。朱熹從監本，《考異》：「『師』下方有『友』字。」

⑪〔爲衙推〕文本「推」下注：「一有『官』字。」《舉正》據蜀本增「官」字。朱熹從方本，《考異》：「或無『官』字。」謹按：據唐制，州官領使，置推官、衙官、州衙推、軍衙推，無「衙推官」。《新唐書·百官志四下》外官：「刺史領使，則置副使、推官、衙官、州衙推、軍衙推。」此「衙推」當爲「州衙推」，方、朱誤。

⑫〔句當〕文本、魏本、王本、廖本「句」作「勾」。

⑬〔以爲舉本〕魏本注：「舉，一作『學』。」文本「舉」作「學」，注：「學，一作『舉』。」《考異》：「舉，或作『學』。」

⑭〔贏餘〕文本「贏」作「嬴」。

【箋注】

〔一〕樊汝霖注：「蘇内翰《潮州廟記》曰：『始潮之人未知學，公命進士趙德爲之師，自是潮之人篤於文行，延及齊民。至於今，號稱易治。』此亦公潮州德政之一也，史氏既不書，李漢又逸此文而不編入正集，惜哉！」

此篇作年，程俱、洪興祖、方成珪、蔣抱玄繫於元和十四年（八一九）。程譜：「十四年正月，憲宗迎佛骨於鳳翔，愈疏諫，貶潮州刺史。潮有鱷魚患，愈訓以文，鱷徙去。置鄉校，以趙德攝海陽尉教授州學。」洪譜：「十四年己亥，公自京師至潮，有《潮州請置鄉校牒》。《牒》云「趙德秀才」，即敘退之文章七十二篇爲《文録》者。」方譜：「是年抵潮後作。」

〔二〕孫汝聽注：「唐制：鄉舉試訖，長吏以鄉飲酒礼會屬僚，設賓主，陳俎豆，備管絃。牲用少牢，歌《鹿鳴》之詩，因與耆艾叙少長焉。」

〔三〕蔣抱玄注：「庶幾，時賢之稱。《三國志·吴志·張承傳》：『凡在庶幾之流，無不造門。』」謹按：庶幾，幾乎、近乎。《易·繫辭下》：「子曰：顔氏之子，其殆庶幾乎！有不善未嘗不知，知之未嘗復行也。」晉韓伯注：「在理則昧，造形而悟，顔子之分也。失之於幾，故有不善；得之於二，不遠而復。故知之未嘗復行也。」孔穎達疏：「其殆庶幾乎者，言聖人知幾，顔子亞聖，未能知幾，但殆近庶慕而已，故云其殆庶幾乎。又以殆爲辭，有不善未嘗不知者，若知幾之人，本無不善；以顔子未能知幾，故有不善不近於幾之人。既有不善，不能自知於惡；此顔子以其近幾，若有不善，未嘗不自知也。知之未嘗復行者，以顔子通幾，既知不善之事，見過則改，未嘗復更行之。但顔子於幾理闇昧，故有不善之事於形器顯著，乃自覺悟。所有不善，未嘗復行。」引申指賢才。《論衡·别通篇》：「孔子之門，講習五經。五經皆習，庶幾之才也。」

〔四〕樊汝霖注：「公《别趙子》詩有云：『心平而行高，兩通《詩》與《書》。』即此。」

〔五〕蔣抱玄注：「攝，兼代也。《左傳》（成公二年）：『攝官承乏。』」《元和郡縣志》卷三十四嶺南道潮州海陽縣（中下），今廣東潮州。《唐六典》卷三十京縣畿縣天下諸縣官吏：「諸州中下縣尉一人，從九品下。縣尉親理庶務，分判衆曹，割斷追徵，收率課調。」

〔六〕蔣抱玄注：「句當，幹辦也。《北史·序傳》：『事無大小，士彦一委仲舉推尋勾當。』」

〔七〕蔣抱玄注：「愷悌，亦作『豈弟』，和樂之貌。《詩經》（《大雅·卷阿》）：『豈弟君子，來游來歌。』《左傳》僖公十二年：「《詩》（《大雅·旱麓》）曰：『愷悌君子，神所勞矣。』」杜注：「愷，樂也。悌，易也。」

〔八〕孫汝聽注：「元和十四年正月，公爲潮州刺史。」蔣抱玄注：「舉本，謂舉事之基也。」

〔九〕蔣抱玄注：「給，供給也。」贏餘，收支結餘。《漢書·疏廣傳》：「顧自有舊田廬，令子孫勤力其中，足以共衣食，與凡人齊。今復增益之以爲贏餘，但教子孫怠墯耳。」厨饌，食物。《列子·周穆王》：「王之宫室卑陋而不可處，王之厨饌腥螻而不可饗。」

直諫表①

臣某言：臣愚昧，忝位聖唐，歷事三主矣。臣以文學進身，故前代史皆得詳覽。深聞古之聖主明帝之御天下也，其祚長，寰宇肅平；古之亂主昏君之有天下也，其祚短，海内處禍。抑各有由。蓋古先綿邈，不可殫録，臣敢徵三王以下治亂之原以論得失，伏惟皇帝陛下特賜采聽焉。誠惶誠恐，頓首頓首。

惟大禹受禪於虞，首臨大寶，業業兢兢，無遊于逸，罔淫于樂，節嗜欲，任賢才，賞功罰戾，納忠去邪，以至於晏清。洎桀凶德恣行，慢遊是好，王政不修，大典寢滅。九有之事，一旦焚如。惟殷湯煥乎帝德，放于南巢。肇修人紀，從諫弗倦。淫聲絶耳，不事畋遊。納方正之册，訊耆老之言，至于和平。洎紂侮亂厥常，蕪敗丕業，荒酗冒色，毒害忠良。唯周王桓桓武威，誓戎屏禍。建立王基，聿修德義，謀念鰥寡，不務逸遊，八方清肅。洎孽赧積咎日滋，輕喪盛烈，或作威福，與天下皆殄。秦始皇創安邦本，則侮慢大猷，天下紛擾，人無覆載，皇天鑑臨下土，不二代湮滅。以至於大漢，攻伐十年，然後富有王土。洎文惠宣昭，已歷數代，守享國祚，海内大康。自開闢已來，未有如大漢之盛也。苟非官人以材，示人以信；聞諫如不足，見賢如思齊；輕薄賦歛，翦截讒邪；去鄭衛，逐淫蕩；不重輕騎，不好畋獵；負扆慄慄，恐若墜諸泉谷；則天何能不降景福以貽其輔哉？魏晉以降，治亂互興。皆由德之不修以至誅滅，敬慎乃位以至昌明。洎盛唐赫有中土，天下晏平，高祖、太宗之德與湯武侔比，而睿宗、玄宗、肅宗之道過於漢之惠、文明矣。德宗神氣端重，道德昭明，布大義以賓四夷，弘儉節以安黎庶。先朝神武文明，睿慮深遠，式修往訓，以育黎人。御宇十有五年，勘殘六將，甲兵坐野而國用自豐。問罪興師，與天行罰，酬功賞課，允協大中。由是府庫仍充，人不歸怨，自周、漢已來，未有先朝之大也。陛下嗣膺丕烈，文武通明，寰海以清，華夷增氣，山川時序，稼穡以豐。臣頃在南荒，慶幸無地，謂王業中興於陛下之治也。臣近祇召歸朝，日覲丹闕，所聞聖德，或有所疑，敢獻苦辭，庶有裨益。

陛下頃以大道坦蕩，周徧郊畿，累日宴遊，忘返王政，恣車騎於嶮巇之地，騁龍驤於大壑之中，内人與獵士通衢，大君與凡庶爭路，亦可怪哉！亦可異哉！初有此議，朝野震驚。故太子少師鄭餘慶率百官上諫，以事必不可，冀回聖心。陛下以至道無虞，斷自宸慮，畢竟行之。羣臣以温泉宫池，舊城固壯，陛下以至仁御物，亦可防閑，故其諫且止。臣近聞陛下七月十五日幸安國寺觀禮空王，以爲崇福施信，示天下仁心；又聞令兩軍勇夫，恣樂於此，縱百姓觀之；復令内官先持金帛於前，厚賞勝者，用過數萬，事以駭羣聽。又聞八月二十五日幸魚藻宫，令兩軍擊伎，結筏於池，恣爲毬樂，溺斃數衆，縻財百萬。是日天地變色，日月沈光，方正之臣，殆欲自死。且夫人之性命，國之府庫，自古聖帝莫不愛惜。所以審慎用刑，輕薄賦歛。今陛下所用皆百姓筋力，使耕者不得食，蠶者不得衣，以應國用。陛下不將以勞邊軍以護社稷，賑貸凶荒以施惠愛，而用與勇夫伎士，與灰棄何殊？遂使邊軍生心，疲人聚怨，賢達之士所痛心怪駭而已。又聞九月九日幸普濟寺，亦如是作樂。罷畋曲江，坦率衢路，庶士凡俗與鑾駕交行，宦官後宫共車馬通雜，臣聞之戰恐，愕然無圖。自古天子皆深固宫闕，以衛不測。事故而出，必烏先相風，鼓以數里，命有司禁道，閲將士閑輿，然後出之，尚懷兢慄。今陛下輕爲車騎，不嚴龍威，臣恐陛下社稷危於垂堂矣。

臣又聞古之聖王之有天下也，必旁求俊彦，親自詢事，擇其善者以爲國楨。蓋以天步艱難，思得賢而佐理王業之本，教化之源。今聞陛下自登位已來，唯詔四方進壯士戲臣、珍禽異獸，放縱宴樂，以快天心，逸遊苑囿，用悦聖意。臣觀陛下今日之事，已過舛紂之時。臣今直言，非爲陛下一人，蓋爲天下保其土耳。陛下若不納臣諫，荒淫不息，臣之家族連項就戮甘心；然而恐社稷非日傾危，他時爲文藝者弄筆墨，賢良隱逸快笑也。陛下若納臣諫，變忘舊事，式尊王度，非臣獨幸，乃陛下享位無疆，天下幸甚幸甚。今朝亦有非陛下者，然而畏其誅翦，苟徇名在公，今臣雖愚昧，亦豈可不盡忠誠？先朝十三年冬，用幻僧矯豎之言，遠致佛骨，歸還京師以禮之，當時京師之人倡狂歸依。臣處朝班，蹇謂上諫。先朝不納，攘臂大怒。又不蒙賜死，遠投荒州。明年一月，先朝以佛骨葬于岐陽，虔敬之心，罔敢逸豫，謂枯骨可祐無疆之休。未得一年，上天降大禍，先朝升遐。如彼骨可憑，臣家族合至灰滅，先朝合享如山之壽矣。當時齒朝之士不能梗直，乃徇聖心，亦爲臣非。洎陛下纘承天統，不以臣愚，復臣歸朝，戰懼無地，誠忝昌時。今陛下不重龍威，恣意遊逸，不詢賢哲，好尚嬌淫。臣今不避葅醢，懇直詞諫，冀有所補，以報國恩。伏惟皇帝陛下英明睿聖，幸迴天鑒，哀臣芻蕘，以安天祚。如其不可，乞刑市朝，臣死不恨，無任懇迫之至。謹先著白衫，俯伏西上閤門獻表以聞。

【彙校】

①〔直諫表〕洪興祖注：「《直諫表》、《論顧威狀》，舊本無之。好事者編入《别集》，其文決非退之作。公在穆宗朝不聞有直諫，設或有之，史官豈得不傳？蓋後人妄託公名以售其文，而才識庸淺，尚不堪爲退之作奴也。《表》云：『忝位聖唐』、『見賢如思齊』、『賢達之士所痛心怪駭而已』、『愕然無圖』等語，皆不成文理。又云：『謹先著白衫，俯伏西上閤門』；《狀》云『今臣獨陳一力，胡能止百官之諛』。說者云：白衫如何得到閤門？欲赦顧威，止一許季同，不可謂『百官之諛』。又云『乞盡削臣官，放歸田里』；又云『臣當寸草之命，骨肉謝於陛下矣』，議刑常事，安用此等語？又此《狀》在元和八年，時退之年四十六，爲比部郎中，而曰『年齒衰暮，不堪政事』耶？」樊汝霖注：「凡託名爲文，必有所倣，如《革華傳》倣《毛穎》之類。《顧威狀》因事論列，無甚文辭，何託名爲？蓋公所作。公前後貶黜，坐論旱饑、論柳澗、論伐蔡、論佛骨等事，《直諫表》即此類。疑公草而未上，奏而不報，故不得與前數事並列於傳，編者從而逸之，而不入正集也。或曰公力去陳言，而此表淺切。曰：不然。穆宗童昏，非可以深遠之辭諭也。或譏諸葛孔明文指不遠，陳壽以謂臯陶與舜禹共譚，其謨略而雅；周公與羣下矢誓，其誥繁而悉。孔明所與言盡衆人凡士，故其文指不遠。其公諫穆宗表之謂與？」嚴有翼注：「此篇與後一

篇恐非退之作也。」《考異》：「方云：『《直諫表》、《論顧威狀》、《種蠡議》、《毛仙翁序》皆最末見，決非公文。舊杭本之有外集者，表狀亦不録。足以知其果僞也。』今並從方本删去。」《黄氏日抄》卷五十九：「《直諫表》證三王已下治亂，而謂『開闢已来未有如大漢』，前後已幾於不倫矣。謂『先朝用幼僧矯堅之言迎佛骨，臣上諫投荒州。未得一年，上天降大禍，先朝升遐。如彼骨可憑，臣家族合至灰滅，先朝合享如山之壽矣』，竊意此非人臣之所宜言，公所必不爲也。」宋林駉《古今源流至論》後集卷一：「《直諫表》、《論顧威狀》，言不成文，事非指實，已不免前輩之論。」今據潮本録存正文，以供參考，不作校註。

論顧威狀①

元和八年五月七日神策軍奏稱：當軍健兒顧威，因酒醉打繼母一拳，悮倒地致死者。八日奉敕令有司議者。兵部郎中許季同奏狀略云：顧威身本賤人，名繫戎旅，久曾侍衛，頗著大功。今者罪刑近至於死，幸因醉酒，悮托繼親，豈意致殂，當推宿業。況不動刀尺，檢身又無青痕，今便施刑，冤詞難弛；當從重決，仍賜餘生云云。至八日晚衙，韓某表請從刑法者，奉敕准詳季同奏狀。九日又上此表，臣某頓首頓首，死罪死罪。

臣聞先賢歌「鳳鳥不至，河不出圖」，蓋恨不見聖明之代矣。臣幸生遇明時，長及聖代，臣是以不揆愚鄙，效古人懸梁之節，欲成陛下之基業，豈復利於寸禄乎？昨者顧威弑其繼親，奉詔下議。許季同以其弧矢之小藝，蔑陛下之大法。臣是以不避誅刑，特以表奏。陛下以其曾侍衛而亂刑章。臣聞：臣弑其君，子弑其父，非一朝一夕之故，其所由來者漸矣。履霜堅冰至。今顧威雖云一拳，前後積怨之久，方至於此。陛下不思其深根，欲爲一拳而法輕耳。昔者邾婁之世有弑其父者，國君爲之失席。殺其人，壞其室，洿其宫而瀦焉，君踰月然後舉爵。今雖殺其繼母，一種天地，何有厚薄？一種尊親，皆同服制。陛下豈得輕乎！故《周書》云：「萬方有罪，在予一人。」陛下聞之乎？臣是以惜陛下之大義，成陛下之大望。必以臣愚見，不可不采。古人有諍臣七人，今臣之獨陳一力，胡能止百官之諫哉？臣以年齒衰暮，不堪政事，伏乞盡削臣宦，放歸田里，逍遥從道，以盡餘年。臣本庸愚，執在中正，不識忌諱，冒死上陳。使言之無罪，聞之足以戒。臣當寸草之命，骨肉謝於陛下矣。若以詔議可從，難遂遷變，即當微臣辟席以俟嚴誅。臣某云云。

【彙校】

①〔論顧威狀〕《考異》：「方云：『《直諫表》、《論顧威狀》、《種蠹議》、《毛仙翁序》皆最末見，决非公文。舊杭本之有外集者，表狀亦不録。足以知其果僞也。』今並從方本删去。」今據潮本録存正文，以供參考，不作校註。

卷三十六

（原本外集卷十一遺文）此卷以祝本爲底本，以文本對校。潮本、魏本無遺文，南宋蜀本總目有遺文，正文闕。

監軍新竹亭記①〔一〕

前戎帥有壞公館而以其椽爲私館之椽者〔二〕。役徒百夫②，費不十旬，然後其宇克成。咨嗟之聲，垂聞于今。天墜其家，罔有寧燕〔三〕。神怒既洩，國言未休。於是軍司馬求順人意〔四〕，請於相國而壞之。既而我監軍公因人之樂爲用，遂以其材築亭于兹地③。肇自甲子，成于丁亥。木無加斲，瓦不新陶。南北十尋，階峻二尺，翼以二室，穆然閎深。及時之無虞，四方之賓至，招我賓佐將校，相與揖讓登于西階之下④。肴羞旁行，絲竹驚發，歌者在席，舞者在庭。樂不極般⑤，和而有節。君子於是謂公之舉得其道矣。取材於不費之原，役工於不勞之人⑥。與衆無尤，因舊易成，建一事而衆美隨之，斯不亦仁且智乎？懷醇握明，在帝左右。入贊元化，出臨大軍。文德外優，武義中果。以理平亂，易危就安。推是而言，不其宜哉！愈時在隴西公之幕，既受宴於兹亭，退爲其記云⑦。

【彙校】

①〔監軍新竹亭記〕方本無此篇。朱熹存目，删正文，《考異》：「今按：此文恐非公作，今删去。」謹按：此篇紀事與現存史料一一相合，無僞作跡象。李漢棄而不取，當緣於事涉宦官，删以避嫌。方、朱删除此篇，亦别無依據。「恐非公作」，純屬揣測，不可信從。

②〔役徒百夫〕祝本「徒」作「以」。今從文本。

③〔築亭〕祝本「築」作「横」。今從文本。

④〔相與揖讓〕祝本無「揖」字。今從文本。

⑤〔樂不極般〕祝本無「不」字。今從文本。

⑥〔役工〕祝本「工」作「功」。今從文本。

⑦〔退爲其記云〕祝本無「云」字。今從文本。

【箋注】

〔一〕文讜注：「李萬榮死，鄧惟恭總其軍。詔以董晉爲檢校左僕射同中書門下平章事，爲宣武節度大使。故曰：『請於相國。』相國即董晉也。曰『監軍』，意即晉也。其曰『在帝左右，入贊元化，出臨大軍』，非晉其誰？公是時爲晉辟置汴州節度推官，其曰『在隴西公之幕』，《復志賦》所謂

『愈既從隴西公平汴州』者是也。時蓋貞元十二年,《記》當在是時作也。」謹按:監軍,指俱文珍,文讜誤。俱文珍,兩《唐書》有傳,其生平如次:俱文珍,本俱氏,後從所養宦父,改名劉貞亮。貞元三年,從渾瑊與平涼之盟,爲吐蕃所執,旋得釋歸(《舊唐書·渾瑊傳》)。貞元十年爲宣慰使,從袁滋册異牟尋爲南詔王(《新唐書·南蠻傳》)。貞元十二年,監軍汴州。節度使李萬榮卒,其子迺自署爲兵馬使,文珍執之械送京師(《新唐書·劉玄佐傳》)。董晉代爲節度使,十五年晉卒,汴軍亂,文珍以宋州刺史劉逸准爲汴將,軍得戢(《新唐書·董晉傳》)。時文珍自置親兵千人。至貞元末,宦人領兵附益者益衆。順宗立,文珍惡叔文等,乃與中官劉光琦、薛盈珍等謀立廣陵王爲太子監國,遂盡逐叔文之党。元和元年,高崇文討劉闢,復爲監軍。累遷右衛大將軍,知内侍省事。元和八年卒,贈開府儀同三司。

此篇作年,文讜繫於貞元十二年(七九六)。謹按:韓愈從董晉於汴,在貞元十二年秋。洪譜:「十二年丙子秋,爲汴州觀察推官。《董晉行狀》云:『十二年七月,拜檢校尚書左僕射同中書門下平章事、汴州刺史、宣武軍節度使。公既受命,遂行。劉宗經、韋弘景、韓愈實從。』《唐史》云:『十二年秋,以東都留守董晉爲宣武節度。』《汴州水門記》曰:『維隴西公受命作藩,爰自洛京,單車來臨。』蓋公從晉自洛入汴也。李翺云:『汴州亂,董公辟公以行,得試秘書省校書郎,爲觀察推官。』」俱文珍於十三年離汴入京,見《送汴州監軍俱文珍序》。此篇作於貞元十二年,應無疑問。

〔二〕文讜注：「前戎帥，謂宣武節度李萬榮也。」李萬榮，兩《唐書》附其事於劉玄佐傳，其生平如次：李萬榮，滑州匡城人。與劉玄佐同里閈，少相善，寬厚得衆心。玄佐領汴，萬榮爲宣武都知兵馬使（《舊唐書·通王諶傳》）。劉士寧疑之，去其兵權，令攝汴州事，萬榮深怨之。貞元九年十二月乙卯（《資治通鑑》卷二百三十四），士寧畋於城南，萬榮召其所留心腹兵千餘人，矯謂之曰：「有詔徵大夫入朝。俾吾掌留務。汝輩人賜錢三千貫，無他憂也。」軍士皆聽命。士寧知衆不爲用，計無所出，乃走歸京師。萬榮乃斬士寧所親之將以令於軍，凡賞軍士錢二十萬貫，詔令籍没士寧家財以分賞焉（《舊唐書·劉玄佐傳》）。壬戌，自宣武軍節度使副使爲汴州刺史宣武軍節度汴宋等州觀察留後。十一年五月丁丑，自宣武留後爲汴州刺史宣武節度副使知節度事（《舊唐書·德宗紀下》）。十二年六月，李萬榮病風，昏不知事，七月丙申卒（《資治通鑑》卷二百三十五）。

〔三〕天墜其家，指李迺被執送京師事。李迺，兩《唐書》附其事於劉玄佐傳，其生平如次：李迺，李萬榮之子，滑州匡城人。貞元十二年六月，萬榮疾甚，署迺爲都知兵馬使，專軍政（《册府元龜》卷一百五十三）。甲申，迺集諸將，責李湛、伊婁説、張丕以不憂軍事，斥之外縣。上遣中使第五守進至汴州，宣慰始畢，軍士十餘人呼曰：「兵馬使勤勞無賞。劉沐何人，爲行軍司馬？」沐懼，陽中風舁出。軍士又呼曰：「倉官劉叔何給納有姦。」殺而食之。又欲斫守進，迺止之。迺又殺伊婁説、張丕。都虞侯鄧惟恭與萬榮鄉里相善，萬榮常委以腹心，迺亦倚之。至是，惟恭與監軍俱文珍謀執廼送京師。秋七月乙未，以東都留守董晉同平章事兼宣武節度使，以萬榮爲太子少保，貶廼虔州司馬（《資治通鑑》卷二百三十五）。廼至京師，杖死京兆府（《新唐書·劉玄佐傳》）。

〔四〕文讜注：「軍司馬，即陸長源。」陸長源，兩《唐書》有傳，其生平如次：陸長源字泳之，吴郡吴縣人（《元和姓纂》卷十）。乾元中佐昭義軍節度薛嵩，累授檢校郎中（《册府元龜》卷七百二十八）。建中元年，爲建州刺史（劉長卿《送建州陸使君》）。興元元年權領湖州，旋改授信州（皎然《奉和陸使君長源夏月游太湖》）。貞元初浙西節度韓滉兼領江、淮轉運，奏長源檢校郎中、兼中丞，充轉運副使。累加至朝議大夫檢校國子司業兼御史中丞，封吴縣開國男（陸長源《華陽三洞景昭大法師碑》）。罷爲都官郎中，改萬年縣令。五年，爲汝州刺史（《集古録目》卷五《則天幸流杯亭宴詩》）。十二年八月丙子，授檢校禮部尚書、宣武軍行軍司馬。十五年二月丁丑，宣武軍節度使董晉卒。乙酉，以長源檢校禮部尚書汴州刺史御史大夫宣武軍節度度支營田汴宋亳潁節度等使。是日汴州軍亂，被殺（《舊唐書·德宗紀下》）。贈尚書右僕射。

答侯生問論語書①〔一〕

愈白侯生足下：所示《論語問》，甚善。聖人踐形之説，孟子詳於其書〔二〕，當終始究之。若「萬物皆備於我，反身而誠」是也〔三〕。苟有僞焉，則萬物不備矣。踐形之道無他，誠是也②〔四〕。足下謂賢者不能踐形，非也。賢者非不能踐形，能而不備耳③。形言其備也，所謂具體而微是也。「充實之謂美，充實而有光輝之謂大。」〔五〕充實則具體，未大則微；故或去聖一間④，或得其一體，皆踐形而未備者。唯反身而誠，則能踐形之備者耳。愈昔注解其書，而不敢過求其意。取聖人之旨而合之，則足以信後生輩耳〔六〕。此説甚爲穩當⑤〔七〕，切更思之。愈白。

【彙校】

①〔答侯生問論語書〕此篇方本不載。祝本、文本、《考異》、王本、廖本録存此篇。《義門讀書記》卷三十四：「此篇當以文采不耀，故正集遺之。」文本題作「答侯生書」。

②〔苟有僞焉則萬物不備矣踐形之道無他誠是也〕文本無以上十九字。

③〔能而不備〕祝本「能」下多一「踐」字。今從文本。

④〔去聖一間〕王本、廖本「間」作「閒」。

⑤〔穩當〕王本、廖本「穩」作「隱」。童第德注：「《説文》新附：『穩，蹂穀聚也。一曰安也。从禾，隱省。古通用

「隱」。」案：漢《郙閣頌》：「處隱定柱。」又：「即便求隱。」隱即穩，「隱」、「穩」，古今字。」

【箋注】

(一)洪興祖注：「張籍祭公詩（《祭退之》）云：『魯論未訖注，手跡今微茫。』此書蓋公晚年論著未成而死。今世所傳如以「晝寢」爲「畫寢」，以「三月」爲「音」之類，其說淺陋，妄人之所託也。」文讜注：「按《集》：從公遊者侯繼、侯喜、侯雲長。繼與公同年進士，詩中有《送侯參謀》，書中有《與侯繼》，祭文又有《祭侯主簿》是也。侯雲長，公嘗一薦之於陸員外參。唯侯喜從公問學最久，故前後唱和不一。而公亦嘗薦之於陸員外，又薦之於盧郎中虔。至謂喜之文章『學西漢而爲』（《與祠部陸參員外薦士書》），則以《論》、《孟》之疑而求益於公者，必喜也。」王伯大引補注：「公作《論語傳》未成而歿，見於張籍《祭詩》，辯於洪慶善之說者甚明。今世所傳如『宰予晝寢』以『晝』作『畫』，『子在齊聞韶三月不知肉味』以『三月』作『音』，『浴乎沂』以『浴』作『沿』，『子在回何敢死』以『死』作『先』，雖甚鄙淺，然爲伊川之學者皆取之。」謹按：此篇之外，韓文三稱「侯生」，均指侯喜，見《贈侯喜》、《與汝州盧郎中論薦侯喜狀》、《和侯協律詠筍》。侯喜，兩《唐書》無傳，今鈎稽其生平如次：侯喜，字叔起（韓愈《贈侯喜》），上谷人（韓愈《題李生壁》），行十一（韓愈《詠燈花同侯十一》）。貞元十七年，韓愈薦之於盧虔（韓愈《與汝州盧郎中論薦侯喜狀》），貞元十八年，又薦之於陸傪（韓愈《與祠部陸員外書》）。貞元十九年登進士第（《容齋四筆》卷五「韓文公薦士」條引《登科記》，元和七年爲校書郎（韓愈《石鼎聯句詩序》），十一年爲協律郎（韓愈《和侯協律詠筍》），十五年爲國子主簿（韓愈《雨中寄張博士籍侯主簿喜》），長慶三年卒（《祭主簿侯喜文》）。

此篇作年，諸譜失考。謹按：侯喜卒於長慶三年，見韓愈《祭主簿侯喜文》。此篇當作於此前。

〔二〕《孟子·盡心上》：「孟子曰：形色，天性也。惟聖人然後可以踐形。」趙岐注：「形，謂君子體貌尊嚴也。《尚書·洪範》：『一曰貌色。』謂婦人妖麗之容。《詩》云：『顔如蕣華。』此皆天假施於人也。踐，履居之也。《易》曰：『黄中通理。』聖人内外文明，然後能以正道履居此美形。」朱熹《集注》：「人之有形有色，無不各有自然之理，所謂天性也。踐，如踐言之踐。蓋衆人有是形而不能盡其理，故無以踐其形。惟聖人有是形而又能盡其理，然後可以踐其形而無歉也。程子曰：此言聖人盡得人道而能充其形也。蓋人得天地之正氣而生，與萬物不同。既爲人，須盡得人理，然後稱其名。衆人有之而不知，賢人踐之而未盡，能充其形，惟聖人也。楊氏曰：天生蒸民，有物有則。物者形色也，則者性也。各盡其則，則可以踐形矣。」

〔三〕《孟子·盡心上》：「孟子曰：萬物皆備於我矣，反身而誠，樂莫大焉。」趙岐注：「物，事也。我，身也。普謂人爲成人，已往皆備知，天下萬物當有所行矣。誠者，實也。反自思其身所施行，能皆實而無虚，則樂莫大焉。」朱熹《集注》：「此言理之本然也。大則君臣父子，小則事物細微，其當然之理無一不具於性分之内也。誠，實也。言反諸身而所備之理皆如惡惡臭好好色之實然。則其行之不待勉强而無不利矣，其爲樂孰大於是。」謹按：《中庸》所謂「誠」，「天之道也」，朱熹釋爲「天理之本然」（《中庸章句》）。周敦頤所謂「誠」，爲「五常之本、百行之源」（《通書·誠幾德第三章》），即人類本性。由天之道到人之性，「誠」之性質已有重大變化。其間轉换樞紐，即在韓愈、李翺。此篇以「反身而誠」作爲「踐形之道」，合孟、荀爲一。船山「即身而道在」（《尚書引義》卷四）即出於此，尤堪注意。

〔四〕以「反身而誠」爲「踐形之備」，二程「盡人道」、楊時「盡則」、王夫之「盡性」即出於此。

〔五〕《孟子·盡心下》：「充實之謂美，充實而有光輝之謂大。」趙岐注：「充實善信，使之不虚，是爲美人，美德之人也。充實善信而宣揚之使有光輝，是爲大人。」朱熹《集注》：「力行其善至於充滿而積實，則美在其中而無待於外矣。和順積中而英華發外，美在其中而暢於四支，發於事業，則德業至盛，而不可加矣。」

〔六〕宋邵博《聞見後録》卷四：「張籍《祭退之》詩云：『魯論未訖注。手足今微茫。』是退之嘗有《論語傳》，未成也。今世所傳如『宰予晝寢』以『晝』作『畫』字，『子在齊聞韶三月不知肉味』以『三月』作『音』字，『浴乎沂』以『浴』作『沿』字，至爲淺陋。程伊川皆取之，何耶？」宋王楙《野客叢書》卷二十八「退之注論語」條：「僕考李漢序退之集曰：『有《論語注》十卷。』後世罕傳，然縉紳先生往往有道其三義者。近時錢塘汪充家有是本，王公存刊於會稽郡齋，目曰《韓文公論語筆解》。自《學而》至《堯曰》二十篇，文公與李翺指擿大義以破孔氏之注，正所謂三義者。觀此，不可謂魯論未訖注，後世罕傳也。然觀《聞見録》引『三月不知肉味』，『三月』作『音』字。今所行《筆解》無此語，往往亦多遺佚。或謂韓公所解多改本文，近於鑿。僕又觀退之別集《答侯生問論語》一書有曰：『愈昔注解其書，不敢過求其意。取聖人之旨而合之，則足以取信後生輩耳。』韓公以此自謂，夫豈用意於鑿乎？」

〔七〕《義門讀書記》卷三十四：「不敢過求，則本意可得，而歸穩當矣。『穩』、『當』二字，解經之極則也。」

西掖雅言序①〔一〕

餘暇擬作〔二〕，自大制令逮於百執事。取《詩》、《書》雅言之意，以西掖之號冠于篇〔三〕。

【彙校】

①〔西掖雅言〕此篇祝本不載，傳世諸本並同。今據《崇文總目》録篇題，據《玉海》卷五十五録存正文。編次於此，則從其類例。

此書書名，《崇文總目》、《通志》、《玉海》卷二百一、《宋史》均作「西掖雅言」。《玉海》卷五十五《藝文·雜著》著録：「唐《西掖雜言》；《書目》五卷，韓愈撰。《序》云：『餘暇擬作，自大制令逮于百執事。取詩書雅言之意，以西掖之號冠于篇。』或云：非愈所作。《崇文總目》云：『不著撰人名氏。』」《全唐文補編》卷六五據《玉海》卷五十五録入，題作《西掖雜言序》。謹按：序文明言「取《詩》、《書》雅言之意」，今從《崇文總目》。

【箋注】

〔一〕《崇文總目》卷十二《别集五》、《通志》卷七十《藝文略第八·别集四·制誥》著録《西掖雅言》五卷，均未出撰人名氏。《玉海》卷二百一《辭學指南·編文》引《中興館閣書目》著録「韓愈《西掖雅言》五卷」。注云：「或云非愈所作。」《宋史·藝文七·别集類》著録：「《韓愈集》五十卷，又《遺文》一卷、《昌黎文集序傳碑記》一卷、《西掖雅言》五卷。祝充《韓文音義》五十卷，朱熹《韓文考異》十卷，樊汝霖《譜注韓文》四十卷，洪興祖《韓文年譜》一卷、《韓文辨證》一卷，方崧卿《韓集舉正》一卷。」謹按：韓愈元和九年十二月戊午以考功郎中知制誥，十一年正月丙戌爲中書舍人，五月癸未罷爲太子右庶子，並見洪譜引《憲宗實録》。洪譜云：「公掌綸誥一年，無一篇見收者，失墜多矣。」韓愈掌制誥一年，而所作制誥，集中無一篇見收。揆諸情理，當録爲别集。西掖，中書省。《西掖雅言》爲韓愈中書制誥專集，應屬可能。

〔二〕擬作，撰著。魏澹《魏史義例》：「范曄云：春秋者，文既總略，好失事形。今之擬作所以爲短紀傳者，史、班之所變也。」

〔三〕應劭《漢官儀》卷上：「左右曹受尚書事，前世文士，以中書在右，因謂中書爲右曹。又稱西掖。」

相州刺史御史中丞田公故夫人魏氏墓誌銘（并序）①〔一〕

夫人魏氏，其先鉅鹿人。狀不通諱字，今從不書。

夫人年若干，歸我中丞北平田公〔二〕，事先舅公姑。夫人以賢順聞於叔仲娣姒間②〔三〕，用貶讓自處。其他動止儀法，無不似前之所爲。中丞叔氏尚書公奉詔牧魏博六州〔四〕，人謂元和中第一勳③。中丞實與有勞，天子降恩其家，偕享貴榮。元和八年夏，詔賜夫人爲鉅鹿郡夫人〔五〕。既視制書，四姻九戚方走贊來賀，不幸以其月二十二日終于相州刺史之堂，享年若干。中丞公悼其榮華之早凋④，情有加等，以是歲十一月某日，用窆禮于相州安陽縣西南感化鄉古之原。長子鞏，監察御史；次子穻，試衛尉卿；皆爲節度衙門將。長女適貝州刺史孫遷，次適魏州館陶令長孫襄甫。男才女淑，率由内訓，夫人之歿有遺光矣。夫人五代祖徵，鄭國公，史既詳。徵生太僕卿臨黄縣公叔昇。叔昇生蔣王司馬孟莊。孟莊生臨汝郡葉縣長信⑤，信生夫人之考故澤潞節度判官兼御史中丞萬⑥，早以五字詩名聞於邢魏間〔六〕。於戲⑦！自鄭國公至先中丞⑧，其間信累有人。蓋道高而官尊不嗣者，是祖勳父裕豈無鍾於淑哲哉？則夫人婦於君子者，宜矣。系曰：

唯鄭國公翊唐勳，下無嗣紹陰宰漫，忠靈憤屯款帝閽。重推淑慶歸女孫，顧生夫人稟粹温，在父母家有休聞。苕榮舜豔初字年，錦衣瓊珮歸卿門。卑柔莊敬承二尊，姑嫂娣姒和無垠⑨。春秋祠祭主盎罇⑩，奠薦蠲潔歆明魂⑪〔七〕。夫榮叔貴天子恩，詔分鉅鹿光魚軒。羲和不駐哀禍黐，錦帷悄慼彤史寒。相山之側黄草原，德言容功石存存〔八〕。

【彙校】

①〔相州刺史御史中丞田公故夫人魏氏墓誌銘并序〕祝本、文本録存此篇。方本無此篇。朱熹録存篇目，删正文，《考異》：「下或注『并序』字。今按：此篇不類公它文。且云『元和八年』，則又非少作。其非公作無疑，今删去。」謹按：「不類公它文」不能作爲證僞依據，朱説不可信從。文本無「并序」二字。

②〔叔仲娣姒〕祝本「仲娣」作「妹」。今從文本。

③〔人謂元和〕祝本「謂」作「爲」。今從文本。

④〔早凋〕文本「凋」作「彫」。

⑤〔孟莊生臨汝〕祝本無複出「孟莊」二字，今從文本。

⑥〔信生夫人之考〕祝本無複出「信」字，今從文本。

⑦〔於戲〕文本注：「《誌》自『於戲』已下若有脱字，惜無可考正者。」

⑧〔鄭國公至先中丞〕文本「鄭」作「魏」，「先」下多一「君」字。

⑨〔和無垠〕祝本「垠」作「痕」。今從文本。

⑩〔主盎鐏〕祝本「鐏」作「罇」。今從文本。

⑪〔蠲潔〕文本「蠲」作「益」。

【箋注】

〔一〕文讜注：「《序》言『尚書公奉詔牧魏博六州』，即田弘正也。據《傳》：弘正事兄融甚謹，朝廷知其友愛，拜相州刺史賜金紫，不欲其相遠。則《誌》所謂『中丞叔氏尚書公爲元和中第一勳，中丞實與有勞，天子降恩其家偕享貴榮，詔賜夫人爲鉅鹿郡夫人』，信矣。然《傳》言爲太子賓客及相州刺史而不言爲中丞，豈史略之耶？《誌》言鄭國公徽生叔昇，考徽傳有子四人曰叔玉、叔琬、叔璘、叔瑜，而無叔昇者。《誌》字之誤，未可知也。」

此篇作年，諸譜失考。據《誌》文：魏氏卒於元和八年夏，葬於其年十一月。此篇作於元和八年夏秋之間，應無疑問。

〔二〕田融，《新唐書》附於《田弘正傳》，其生平如次：田融，平州盧龍人，魏博節度田興（弘正）之兄。興幼孤，融睦友而教導之。會軍中分曹習射以角勝負，興發矢連中。融退抶而責曰：「爾不能自晦，取禍之道也。」故興於暴亂之時能全其身而致其位。元和七年十月，興節制六州，請融爲屬郡守。朝廷察興切誠，不忍離其兄，故特授融爲博州刺史（《册府元龜》卷八百五十二）。八年正月癸亥，遷相州刺史，賜金紫（《資治通鑑》卷二百三十九）。十四年九月辛丑，檢校刑部尚書兼太子賓客分司東都（《舊唐書・憲宗紀下》）。穆宗即位，元和十五年閏月，遷太子少保兼太子詹事依前留司（《册府元龜》卷一百七十二）。其年九月以前（《金石録》卷九），卒於任（《金石録》卷二十九「唐檢校太子少保田公碑」）。

〔三〕娣姒，妯娌。《爾雅・釋親》：「長婦謂稚婦爲娣婦，娣婦謂長婦爲姒婦。」郭璞注：「今相呼先後，或云妯娌。」

〔四〕田弘正，兩《唐書》有傳，其生平如次：田弘正本名興，字安道，平州盧龍人（元稹《故中書令贈太尉沂國公墓誌銘》）。祖延惲，魏博節度使承嗣之季父，位終安東都護府司馬。年十八爲魏博衙前都知兵馬使，由太子賓客沂國公累加殿中御史、侍御史、中丞、秘書監。元和七年，同節度副使（《沂國公墓誌銘》）。田季安以人情歸附，出爲臨清鎮將。季安病篤，其子懷諫召弘正署其舊職。其年八月戊戌季安卒(《舊唐書·憲宗紀下》),懷諫委家僮蔣士則,改易軍政,人情不悦。咸曰:『都知兵馬使田興可爲吾帥也。』衙兵數千詣興私第陳請,呼噪不已。興出,衆拜之,脅還府。興頓仆於地久之,度終不免,乃與諸軍約:『吾欲守天子法,以六州版籍請吏,勿犯副大使,可乎?』皆曰:『諾。』十月乙未入府視事,殺蔣士則及支黨十餘人(《舊唐書·憲宗紀下》)。翌日具事上聞。甲辰,加興銀青光禄大夫檢校工部尚書魏州大都督府長史兼御史大夫上柱國沂國公充魏博等州節度觀察處置支度營田等使。十一月乙丑,仍令中書舍人裴度使魏州宣慰,賜魏博三軍賞錢一百五十萬貫。八年二月辛卯,賜名弘正。元和十年,朝廷用兵討吴元濟。弘正遣子布率兵三千進討,屢戰有功。李師道以弘正效忠,又襲其後,不敢顯助元濟,故絶其掎角之援,王師得致討焉。俄而王承宗叛,詔弘正以全師壓境,破其衆南宫。承宗懼,遂納二子爲質,獻德棣二州。十三年,王師加兵於鄆,詔弘正與宣武、義成、武寧、横海等五鎮之師會軍齊進。十一月,弘正自帥全師自楊劉渡河築壘,距鄆四十里。師道遣大將劉悟率精兵屯河東,戰陽谷,再遇再北。而李愬、李光顏三面進攻,賊皆挫敗,其勢將危。十四年二月九日,劉悟以河上之衆倒戈入鄆,斬師道首,詣弘正請降。淄青十二州平,論功加檢校司徒同中書門下平章事。是年八月,弘正入覲,加檢校司徒兼侍中,實封三百户。元和十五年,鎮州王承宗卒,十月乙酉,以弘正檢校司徒兼中書令鎮州大都督府長史充成德軍節度鎮冀深趙觀察等使。弘正以新與鎮人戰,有父兄怨,取魏兵二千自衛。時賜鎮州三軍賞錢一百萬貫不時至,軍有怨言,弘正親加撫喻乃安。仍請留魏兵爲紀綱，以持衆心。度支使崔倰不知大體，固阻其請，凡四上表不報。長慶元年七月歸衛卒於魏，是月二十八日夜軍亂，弘正并家屬參佐將吏等三百餘口並遇害，年五十八。穆宗聞之震悼，册贈太尉，謚曰忠愍。

〔五〕《新唐書·百官志一》：「凡外命婦有六：王、嗣王、郡王之母、妻爲妃，文武官一品、國公之母、妻爲國夫人，三品以上母、妻爲郡夫人，四品母、妻爲郡君，五品母、妻爲縣君，勳官四品有封者母、妻爲鄉君。」

〔六〕《新唐書·宰相世系表二中》舘陶魏氏：魏徵四子：叔玉、叔瑜、叔琬、叔璘。叔玉子膺，秘書丞。叔瑜子華，禮部侍郎。膺、華同輩有殷，汝陽令，未知所出。華子瞻，駕部郎中。殷子明，監察御史。瞻、明同輩有隋，蓬州刺史；萬，兼御史中丞。不知所出。魏萬，兩《唐書》無傳，今鈎稽其生平可知者如次：顥始名萬，次名炎（魏顥《李翰林集序》），舘陶人，魏徵曾孫（《新唐書·宰相世系表二中》）。魏萬始見李白於廣陵。白曰：「爾後必著大名於天下，無忘老夫與明月奴。」因盡出其文，命顥集之。上元初登第（《唐詩紀事》卷二十二）。官終澤潞節度判官兼御史中丞（韓愈《相州刺史御史中丞田公故夫人魏氏墓誌銘并序》）。

〔七〕蠲潔，清潔。《墨子·尚同》：「其事鬼神也，酒醴粢盛，不敢不蠲潔。」

〔八〕存存，永存。《易·繫辭上》：「天地設位，而易行乎其中矣。成性存存，道義之門。」孔穎達疏：「此明易道既在天地之中，能成其萬物之性，使物生不失其性，存其萬物之存，使物得其存成也。

性，謂稟其始也；存，謂保其終也。」

此銘用韻，據《廣韻》：勳，平聲文韻；閽，平聲魂韻；孫，平聲魂韻；温，平聲魂韻；聞，平聲文韻；門，平聲魂韻；尊，平聲魂韻；垠，平聲痕韻；罇，平聲魂韻；魂，平聲魂韻；恩，平聲痕韻；軒，平聲元韻；飜，平聲元韻；寒，平聲寒韻；原，平聲元韻；存，平聲魂韻。

皇帝即位賀宰相啓①〔一〕

某啓②：

伏見册命：皇帝以閏月三日嗣臨大位，以主神人〔二〕。含生之類〔三〕，孰不蒙賴。相公翼亮聖明〔四〕，大慶資始。伏惟永永，與國同休。某下情不勝慶躍③，限以所守④，不獲隨例拜賀。謹差某奉啓。不宣，謹啓。

【彙校】

①〔皇帝即位賀宰相啓〕祝本、文本録存此篇。方本無此篇，《考異》全文録入。

②〔某啓〕王本、廖本「某」作「愈」。文本無「啓」字。

③〔某下情〕王本、廖本「某」作「愈」。

④〔限以所守〕祝本「限」作「恨」。童第德注：「當依王本、廖本作『限』，下文《憲宗崩慰諸道疏》『限以官守』可證。」今從文本。

【箋注】

〔一〕文讜注：「據《史》：穆宗元和十五年閏正月丙午即帝位，即閏月三日也。公時刺袁州，《啓》、《狀》皆是時作云。」

此篇作年，文讜、方成珪繫於元和十五年（八二〇）。

〔二〕神人，神與人。《尚書·舜典》：「八音克諧，無相奪倫，神人以和。」《左傳》昭公元年：「朝不謀夕，棄神人矣。」杜注：「民爲神主，不恤民，故神人皆去。」

〔三〕含生，一切生物。傅玄《傅子·仁論》：「推己之不忍於飢寒以及天下之心，含生無凍餒之憂矣。」

〔四〕翼亮，輔佐光大。《三國志·魏志·高堂隆傳》：「鎮撫皇畿，翼亮帝室。」時宰相爲令狐楚、蕭俛、段文昌。

奏汴州得嘉禾嘉瓜狀①〔一〕

右謹按《符瑞圖》：王者德至於地則嘉禾生。伏惟皇帝陛下道合天地，恩霑動植。邇無不協，遠無不賓。神人以和，風雨咸若。前件嘉禾等或兩根並植，一穗連房；或延蔓敷榮，異實共蔕。既叶和同之慶，又標豐稔之祥②。感自皇恩，微莖何極於造化；親逢嘉瑞，小臣喜遇於休明。無任云云③。

【彙校】

①〔奏汴州得嘉禾嘉瓜狀〕此篇祝本、文本不載。朱熹據方本録存此篇，《考異》：「方本有之，以附《嘲鼾睡詩》之後。云：此篇見《文苑英華》，蓋爲董晉作。《董晉行狀》亦可考。」謹按：《董公行狀》：「職事修，人俗化，嘉禾生，白鵲集，蒼烏來巢，嘉瓜同蔕聯實。」又《汴州東西水門記》：「弗肅弗厲，熏爲大和，神應祥福，五穀穰熟。」所敍與本篇相合。其爲韓愈所作，應無疑問。今據王本録存正文。此篇又載《文苑英華》卷六百四十三，據校。苑本題作「奏汴州封丘縣得嘉禾浚儀得嘉瓜狀」。

②〔又標豐稔〕王本「又」作「久」。今從苑本。

③〔無任云云〕王本無「云云」二字。今從苑本。

【箋注】

〔一〕此篇作年，方成珪繫於貞元十三年。方譜：「是年夏秋間作。」謹按：韓愈佐汴，始於貞元十二年七月，止於十五年二月，見《韓子年譜》。此篇作於夏秋之間，無誤。其具體年份，置於十二年至十四年均可，不必拘泥。

皇帝即位賀諸道狀①〔一〕

伏見勑命：皇帝以閏正月三日嗣臨寶位，海内惟新。凡在臣庶②，不勝慶幸。惟俯同下情，未由拜賀，但增馳戀。謹奉狀，不宣。某再拜③。

【彙校】

①〔皇帝即位賀諸道狀〕此篇祝本、文本録存，方本不載。《考異》、王本、廖本録存。

②〔凡在臣庶〕祝本「庶」作「度」。今從文本。

③〔某再拜〕《考異》：「或無此（某再拜）三字。」

【箋注】

〔一〕文讜注：「據《史》：穆宗元和十五年閏正月丙午即帝位，即閏月三日也。公時刺袁州，《啓》、《狀》皆是時作云。」

此篇作年，文讜、方成珪繫於元和十五年（八二〇）。方譜：「是年春作。」

皇帝即位降赦賀觀察使狀①〔一〕

二月五日恩赦，今月二十四日卯時到州。當時集百官僧道百姓宣示訖。聖上以繼明之初〔二〕，垂惟新之澤〔三〕。曲成不遺於萬物〔四〕，大賚遂延於四海〔五〕。寰宇斯泰，品類皆蘇。渥恩普霑②〔六〕，遠近同慶。愈以藩條有制③，拜賀無由，不勝欣抃之至。謹差萍鄉縣丞李於奉狀陳賀④。

【彙校】

①〔皇帝即位降赦賀觀察使狀〕此篇祝本、文本録存，方本不載。《考異》、王本、廖本録存。

②〔品類皆渥蘇恩普霑〕祝本「蘇渥」作「渥蘇」，文本同。朱熹乙作「蘇渥」，《考異》：「或乙此〔蘇渥〕二字，非是。」今從朱本。

③〔愈以藩條〕祝本「愈」作「某」。今從文本。

④〔縣丞李於〕文本「於」作「某」。朱熹同文本，《考異》：「某，或作『於』。」

【箋注】

〔一〕文讜注：「據《史》：穆宗即位，二月丁丑大赦。《狀》云：『二月五日恩赦。』即此《狀》所以賀也。」

此篇作年，文讜、方成珪繫於元和十五年（八二〇）。方譜：「是年春作。」

〔二〕繼明，前後相繼，不絶光明。《易·離·象》：「明兩作離，大人以繼明照于四方。」王弼注：「繼，謂不絶也。明照，相繼不絶曠也。」

〔三〕惟新，更新。《詩·大雅·文王》：「周雖舊邦，其命維新。」毛傳：「乃新在文王也。」

〔四〕曲成，委曲成全。《易·繫辭上》：「曲成萬物而不遺。」韓康伯注：「曲成者，乘變以應物，不係一方者也。」

〔五〕大賚，重賞。《尚書·湯誓》：「爾尚輔予一人，致天之罰，予其大賚汝。」孔傳：「女庶幾輔成我，我大與汝爵賞。」

〔六〕渥恩，厚恩。楊雄《劇秦美新》：「臣雄經術淺薄，行能無異，數蒙渥恩，拔擢倫比，與羣賢並，媿無以稱職。」

潮州謝孔大夫狀①〔一〕

伏奉七月二十七日牒：以愈貶授刺史②，特加優禮。以州小俸薄，慮有闕乏，每月别給錢五十千，以送使錢充者。開緘捧讀，驚榮交至。顧己量分，慚懼益深。欲致辭爲讓，則乖伏屬之禮；承命苟貪，又非循省之道。進退反側，無以自寧。其妻子男女并孤遺孫姪奴婢等尚未到官③，窮州使賓罕至，身衣口食，絹米足充。過此以往，實無所用。積之於室，非廉者所爲；受之於官，名且不正。恃蒙眷待，輒此披陳。

【彙校】

①〈潮州謝孔大夫狀〉此篇祝本不載，文本録存。方崧卿删此篇，朱熹録存，《考異》：「此篇見洪氏《年譜》，方氏《增考》云：公既南行，家亦譴逐。二月二日已過商州之南。而此《狀》言『七月二十七日牒』，則八月作也。不知其

家何故猶未至潮。又姪孫湘亦從公而南，故宿曾江口有示湘詩，而《過始興江口詩》謂『目前百口還相逐』，與狀言『妻子孫姪未到者皆不相應』，此狀恐妄也。今按：公之到郡既不見年月之實，則此狀亦無由可考。方氏引《曾江》、《始興》二詩以證此狀之妄，蓋亦有理。但恐或是已過始興，留家在後而獨先到郡，亦不可知。但其狀詞頗類《袁州申使狀》，則又未有以必見其妄。故今且存之，亦闕疑之意也。」今據文本録存。

洪譜、文本無「潮州」二字，今從朱本。

②〔以某貶授〕文本、王本、廖本「某」作「愈」，今從洪譜。

③〔某妻子男女〕文本、王本、廖本「某」作「其」，今從洪譜。

【箋注】

〔一〕此篇作年，洪興祖、文讜繫於元和十四年（八一九）。洪譜：「十四年己亥春貶潮州刺史，冬移袁州。公在潮州有《謝孔大夫狀》云：『伏奉七月二十七日牒，以某貶授刺史，特加優禮。以州小俸薄，慮有闕乏，每月别給錢五十千，以送使錢充者。開緘捧讀，驚榮交至。顧己量分，慚懼益深。欲致辭爲讓，則乖伏屬之禮。承命苟貪，又非循省之道。進退反側，無以自寧。某妻子男女並孤遺孫姪奴婢等尚未到官，窮州使賓罕至，身衣口食，絹米足充。過此以往，實無所用。積之於室，非廉者所爲。受之於官，名且不正。恃蒙眷待，輒此披陳。』此狀集中無之。孔戣十二年秋自國子祭酒拜御史大夫廣州刺史嶺南節度。孔大夫即戣也。」《增考》：「按公《過始興江口》詩云：『目前百口還相逐。』而此狀蓋八月間所作，卻云：『某妻子男女並孤遺孫姪奴婢等尚未到官。』不知何以。又《女挐壙銘》謂愈既行，有司以罪人家不可留京師，迫遣之。女挐道死於商南。蓋二月二日也。不應八月猶未至潮。此狀不見本集，不知洪何所本也。」文讜注：「公元和十四年春以諫佛骨貶潮州，時孔戣爲嶺南節度使，以公俸薄，别增月給。故公以此狀辭而弗受也。」

憲宗崩慰諸道疏①〔一〕

愈言②：上天降禍，大行皇帝奄棄萬國〔二〕。伏惟攀慕永痛，哀感難勝，某承詔不任號絶。限以官守，拜慰末由，伏增惶戀。謹差某奉疏，不宣。韓愈再拜。

【彙校】

①〔憲宗崩慰諸道疏〕此篇祝本、文本録存，方本不載。《考異》、王本、廖本録存。

②〔愈言〕祝本「愈」作「某」，今從文本。

【箋注】

〔一〕文讜注：「貞元十五年正月憲宗崩，故諸道相慰云。」

此篇作年，文讜、方成珪繫於元和十五年（八二〇）。方譜：「是年春作。」

〔二〕大行，遠行。引申指去世而未定謚號之皇帝。《史記・李斯列傳》：「今大行未發，喪禮未終。」《後漢書・安帝紀》：「大行皇帝不永天年。」章懷注：「《前書・音義》曰：『禮有大行人，有小行人主，謚號官也。』韋昭云：『大行者，不反之辭也。天子崩，未有謚，故稱大行也。』《穀梁傳》曰：『大行受大名。』《風俗通》曰：『天子新崩，未有謚，故且稱大行皇帝。』義兩通。」

長安慈恩塔題名①〔一〕

韓愈退之、李翺習之②、孟郊東野、柳宗元子厚、石洪濬川同登。

【彙校】

①〔長安慈恩塔題名〕此篇祝本、文本不載，其石刻宋代諸金石家未見著録。方崧卿《增考年譜》始著録此刻，南安刻本録存原文。其後朱本、王本、廖本據方本入録。《考異》：「已下並方本所載。」今據王本録存。

②〔李翺習之〕王本「習」作「翔」。今從廖本。

【箋注】

〔一〕《義門讀書記》卷三十四：「石洪至長安，當在元和六年徵拜昭應尉校理集賢御書時。石洪歿於元和七年，而子厚十年始自永州例召至京師，安得同登慈恩也？東野之歿亦在九年，時年六十四。其齒長於退之不啻一終，不應題名於習之下。」謹按：石洪卒於元和七年六月甲午，孟郊卒於元和九年八月乙亥。子厚元和十年自永州例召至京師，孟郊、石洪已前卒，則同登慈恩塔絕非元和十年，何説無誤。但貞元末韓、柳同在長安。李翺貞元末在東都留守韋夏卿幕府，見《唐語林》卷三。孟郊貞元二十年已去溧陽，見《貞曜先生墓誌銘》。石洪則在元和五年六月參謀河陽節度之前居洛十餘年。長安、洛陽相去不遠，五人同在京師的可能性不能排除。

洛北惠林寺留題①〔一〕

韓愈、李景興、侯喜、尉遲汾貞元十七年七月二十二日魚于温洛，宿此而歸。昌黎韓愈書。

【彙校】

①〔洛北惠林寺留題〕此篇祝本不載，文本著録，並録存此刻原文。其後方崧卿《年譜增考》入録，方氏南安刻本録存原文。朱熹本、王伯大本、廖瑩中本均據方本入録。今據文本録存。《考異》題作「洛北惠林寺題名」。

【箋注】

〔一〕文讜注：「集中有《贈侯喜詩》，謂『持竿釣温水』，即此謂同『魚于温洛』也。」此篇石刻，《通志·金石略》卷七十三著録爲「惠林寺題名」，下注：「韓愈書。」《寶刻叢編》卷四「清河縣」下有「唐惠林寺題名」，注云：「唐韓愈書，元和四年閏三月。」《寶刻類編》卷五著録同。謹按：元和四年不閏三月，所閏爲四月。又據題名正文，當作於貞元十七年七月二十二日，陳思所録年月有誤。

謁少室李渤題名①〔一〕

愈同樊宗師、盧仝謁少室李拾遺。

【彙校】

①〔謁少室李渤題名〕此篇祝本、文本不載，其石刻宋代諸金石家未見著録。方崧卿《增考年譜》始著録此刻，南安刻本録存原文。其後朱本、王本、廖本均據方本入録。今據王本録存。

【箋注】

〔一〕今傳號爲宋刻的星鳳樓帖録有此刻，但文字與方氏所録不同。方本云：「愈同樊宗師、盧仝謁少室李拾遺。」星鳳樓本云：「愈與樊著作宗師、盧處士同謁少室李君拾遺。」題字豎行，分三行，前有小字一行云：「唐吏部尚書韓愈書。」謹按：「吏部尚書」固然有誤，但首行小字還可以解釋爲後人標目。而題名正文，方本「愈同」，帖本作「愈與」，顯然並非同一刻本；方本「盧仝」，帖本作「盧同」，則大誤。唐代另有盧同，其人仕至望江令，梁肅爲作墓誌銘。玉川子名「盧仝」，無作「盧同」者。故此帖決非韓愈原書，可以斷定。

福先塔寺題名①〔一〕

處士石洪濬川、吏部員外王仲舒弘中、水部員外鄭楚相叔敖、洛陽縣令潘宿陽乾明、國子博士韓愈退之、前試左武衛胄曹李演廣文、前杭州錢塘縣尉鄭紘文明②，元和三年十月九日同遊。

【彙校】

①〔福先塔寺題名〕此篇祝本、文本不載。歐陽修《集古録跋尾》、趙明誠《金石録》、鄭樵《通志·金石略》、陳思《寶刻叢編》著録此篇石刻，未録題名原文。洪興祖《韓子年譜》：「福先塔下題名乃去歲十月十九日，時同遊者七人，然非公親題也。」仍未録入原文。方崧卿南安刻本始録存原文，其後朱本、王本、廖本均據方本入録。

②〔鄭紘〕王本「紘」作「絃」，今從廖本。

【箋注】

〔一〕《集古録跋尾》卷八著録爲「韓退之題名」，注：「元和四年」，跋曰：「右韓退之題名二，皆在洛陽。其一在福先寺塔下，當時所見墨蹟，不知其後何人摹刻於石也。治平元年三月二十二日書。」據歐跋，天聖年間歐公始見時爲墨蹟，至治平時已刻於石，刻石者爲宋人無疑。但元和下至天聖，已達二百餘年，其墨蹟决非唐代舊蹟，仍當爲後人模寫。《金石録》卷二十九「韓退之題名」條云：「又一本與石洪等題名在洛陽福先寺，乃同遊者所書爾。」《通志·金石略》卷七十三録作「光福寺塔題名」，注云：「王仲舒書，元和四年。」《寶刻叢編》卷四「西京河南府」下有「韓退之題名」，除據《金石録》著録外，又據《訪碑録》著録：「唐石洪撰，王仲舒書，元和四年。」各本文字無大異，惟洪本「十九日」，諸本均作「九日」。此外，歐、陳等記作「元和四年」，與題名原文「元和三年」不合，誤。《義門讀書記》卷三十四：「《王仲舒神道碑》云：『元和初，徵拜吏部員外郎。未幾，爲職方郎中知制誥。』安得三年尚爲吏部員外？仲舒以直楊憑之寃出爲硤州刺史。憑貶在四年，則三年亦不得在洛也。仲舒貞元中已入南宮，名輩尊矣，又安得以石洪加其上乎？其僞無疑，歐公不之審耳。」謹按：仲舒徵拜吏部員外郎在元和初，見《王公神道碑銘》。其以職方郎中知制誥在元和五年，見《舊唐書·王仲舒傳》。元和三年仲舒正爲吏部員外郎，何説無據。

嵩山天封宫題名①〔一〕

元和四年三月二十六日②，與著作佐郎樊宗師、處士盧仝自洛中至少室謁李徵君渤。樊次玉泉寺，疾作歸。明日遂與李、盧、道士韋濛、僧榮並少室而東抵衆寺，上太室中峯，宿封禪壇下石室。遂自龍泉寺釣龍潭水，遇雷。明日，觀啓母石。入此觀，與道士趙玄遇，乃歸。閏月三日國子博士韓愈題③。

【彙校】

①〔嵩山天封宫題名〕此篇祝本不載，文本録存。歐陽修《集古録跋尾》、趙明誠《金石録》、鄭樵《通志·金石略》、陳思《寶刻叢編》著録此篇石刻，未録正文。洪興祖《韓子年譜》始録存正文，其後方崧卿南安刻本、朱本、王本、廖本均録存全文。《考異》：「歐公跋語附。」今據文本録存正文。

洪譜題作「嵩山題名」，文本作「嵩山天封宫留題」，朱本作「天封宫題名」，今題從王本、廖本。

②〔元和四年〕洪譜無「元和四年」四字。

③〔閏月三日〕《寶刻類編》作「閏三月」，誤。元和四年閏四月，此題名作於四月三日。時退之以國子博士分教東都。

【箋注】

〔一〕《集古録跋尾》卷八著録爲「韓退之題名」，注：「元和四年」，跋云：「右韓退之題名二，皆在洛陽。其一在嵩山天封宫石柱上刻之。天聖中余爲西京留守推官，與梅聖俞遊嵩山，入天封宫，徘徊柱下而去，遂登山頂，至武后封禪處，有石記戒人遊龍潭者毋妄語笑以黷神龍，龍怒則有雷恐。因念退之記遇雷，意其有所誡也。」《金石録》卷二十九、《通志·金石略》卷七十三、《寶刻類編》卷五均著録，並明確記載題名爲韓愈所書，知此石宋末猶存。明孫克弘《古今石刻碑帖目》卷下「河南府」著録「天封觀高陽石柱」，注云：「唐建，上有韓愈題名，歐陽修跋於後，在登封縣。」趙均《金石林時地考》卷下「登封縣」著録「天封觀韓子題名」，注云：「唐韓愈題，宋歐陽修跋。」可知明後期此刻猶存，且後附歐跋。明于奕正《天下金石志》卷五明確記載：「唐天封觀石柱題名，韓愈題，後有歐陽修跋。今不存。」其石刻當毁於明末。

迓杜兼題名①〔一〕

河南尹水陸運使杜兼、尚書都官員外郎韓愈、水陸運判官洛陽縣尉李宗閔、水陸運判官伊闕縣尉牛僧孺、前同州韓城縣尉鄭伯義，元和四年九月二十三日②，大尹給事奉詔祠濟瀆回，愈與二判官於此迎侯，遂陪遊宿。愈題。

【彙校】

①〔迓杜兼題名〕此篇祝本、文本不載，其石刻宋代諸金石家未見著録。方崧卿《增考年譜》始著録此條並録存原文，朱據方本入録，題作「迓杜兼題名」。《增考》未出篇題，今題從《考異》，正文據《增考》録存。

②〔二十三日〕王本、廖本「三」作「二」。

【箋注】

〔一〕韓愈爲尚書都官員外郎守東都省，在元和四年己丑，見洪譜。方崧卿《增考年譜》：「公今年九月復嘗與同僚迓杜兼於郊，亦有題名，時公已爲都官郎矣。」

華嶽題名①〔一〕

淮西宣慰處置使門下侍郎平章事裴度、副使刑部侍郎兼御史大夫馬總②、行軍司馬太子右庶子兼御史中丞韓愈、判官司勳員外郎兼侍御史李正封、都官員外郎兼侍御史馮宿、掌書記禮部員外郎兼侍御史李宗閔、都知兵馬使左驍衛將軍威遠軍使兼御史大夫李文悅、左廂都押衙兼都虞候左衛將軍兼御史中丞梁希逸、右廂都押衙嘉王傅兼御史中丞密國公高承簡③。元和十一年八月，丞相奉詔平淮右。八日，東過華陰，禮于嶽廟。總等八人實備將佐以從。

【彙校】

①〔華嶽題名〕此篇祝本不載。文本録存，注：「在華州華山金天王祠石闕。」其石刻宋代諸金石家未見著録，方崧

卿《增考年譜》著録此篇，南安刻本録存正文。朱熹據方本入録，《考異》：「方云：此文刻於金天祠石闕，昔人嘗集華嶽題名，自唐開元至後唐清泰録爲十卷。此文雖未必盡出公手，然筆削之嚴，要非公不可。故録之。」今據文本録存。

②〔馬總〕「總」，文本作「摠」，王本作「緫」，今從廖本。

③〔左廂都押衙兼都虞候左衛將軍兼御史中丞梁希逸右廂都押衙嘉王傅兼御史中丞密國公高承簡〕王本、廖本脱「梁希逸右廂都押衙嘉王傅兼御史中丞」十六字。題名原文稱「總等八人」，王本、廖本僅七人，當係誤脱。

【箋注】

〔一〕洪譜：「十二年丁酉秋，爲彰義行軍司馬。《唐史》云：『十二年七月丙辰，太子右庶子韓愈兼御史中丞充彰義軍行軍司馬。』公和晉公詩云『長慙典午非材識』是也。愈請乘遽先入汴説韓弘使叶力，即《祭署》云『丞相南討，余辱司馬，議兵大梁，走出洛下』者。時裴度拜門下侍郎平章事彰義軍節度淮西宣慰招討處置使。度表刑部侍郎馬總爲副，愈爲行軍司馬，司勳員外郎李正封、都官員外郎馮宿、禮部員外郎李宗閔兼侍御史節度觀察判官掌書記，以郾城爲蔡州治所。八月三日庚申度赴行營，天子御通化門勞遣之。八月二十七日甲申至郾城。十月十七日癸酉平蔡。」此篇作於元和十一年八月八日東行過華陰時，其時間與洪譜所載赴郾城行營日程相合。

附録一 韓愈集宋元傳本題記

一、南宋孝宗淳熙元年杭州翻刻潮州本《昌黎先生集》

臺北故宫博物院藏有宋刊本《昌黎先生集》一種，計《正集》四十卷，《外集》十卷，《附外集》一卷。左右雙邊，每半葉十一行，行二十字，小字雙行同。版心白口，單魚尾，魚尾下記「韓文幾」，其下記葉次，下方記刻工姓名。每卷首葉首行題「昌黎先生集卷第幾」，次行下署「門人李漢編」，第三行起低三字列本卷目録，正文連屬，篇題低二字。各卷卷末隔行署尾題「昌黎先生集卷第幾」。卷首有李漢「昌黎先生集序」，其中首葉「龍翔」以上文字據朱熹本抄補，序文後接全書類目。附外集有「文公傳」、「行狀」、「韓文公神道碑」、「墓誌銘」、張籍「祭詩」、李翶「祭文」、皮日休「請配饗書」、宋元豐七年「敕封昌黎伯」、蘇軾「潮州韓文公廟碑」、柳開「後序」、歐陽修「書韓文後」、呂夏卿「後序」。卷末影抄紹興九年（一一三九）劉昉後序，後列「右承議郎通判潮州軍州事李公彦」、「右朝請大夫權知潮州軍州事李宥」銜名兩行，「淳熙改元錦谿張監稅宅善本」雙框雙行長方形牌記一方。

此本爲南宋孝宗淳熙元年(一一七四)杭州刻本,在傳世韓集中,這是刊刻年代最早的一個刻本。它的祖本是北宋徽宗大觀年間潮州刻本,在傳世韓集中,這是唯一的一個屬於北宋監本系統的傳本。這一版本的編排和文字有不少地方與現行傳本有相當大的差距,對考察韓集的流傳,考訂韓文的文字,具有相當高的史料價值和文獻價值。

二、南宋光宗紹熙間浙刻祝充本《音注韓文公文集》

國家圖書館藏有宋刻本《音注韓文公文集》一部,計正集四十卷,外集十二卷。《北京圖書館善本書目》卷六著録,編號爲九六三三一。其版式爲四周雙邊,版心黑口,雙黑魚尾,上魚尾下記「昌文卷幾」,下魚尾下記葉數,末記刻工姓名。每葉字數或記版口,或記下方葉數與刻工姓名之間。正文每半葉十二行,行二十二字,間或有二十一、二十三字者,小字雙行,字數略同。首卷首葉首行署「音注韓文公集卷第一」,次行下署「門人李漢編」,正文連屬,類目低一字,篇目低三字。其餘各卷無次行「門人李漢編」題署,各卷末隔二行署尾題「音注韓文公集卷第幾」。卷首總目前有趙德序、李漢序,序文每半葉十行,行十八字。外集卷十一爲「遺文」,卷十二録傳贊詩文後序爲一卷。卷末有「甲戌花朝」張允亮識語。《音注》屬於南宋監本系統，而且是最接近南宋監本原貌的一個版本，對研究韓集的流傳具有重要意義。

祝充，字季賓，一作廷賓，衢州江山縣人。紹興年間以右從政郎充潭州寧鄉縣丞，進獻所著《韓文音義》於朝廷，毛宏爲之序。紹興末，張杓刻行其書，並作《後敘》，全書五十卷。又有別行一卷本，今已佚。光宗紹熙間，浙中坊間重刻本改爲五十一卷，其以《遺文》十八首編爲外集卷十一，又傳贊後序一十三篇編爲外集卷十二，與傳世諸本均不相同，今傳本即是此本。和紹興原刻本相比較，重刻本正文文字略有校改，注文則有所删減。該本雖爲節本，但祝氏全書規模，全賴此本始得爲後人所知，而且其中不少内容，也爲五百家注所失收。所以，無論從版本還是從資料的角度著眼，今傳本《音注韓文公文集》都是極爲珍貴的重要文獻。

三、南宋眉山刊本《新刊經進詳補注昌黎先生文集》

國家圖書館藏有《新刊經進詳補注昌黎先生文集》一種，計正集四十卷，外集十卷，遺文三卷，韓文公志三卷。《北京圖書館善本書目》卷六著録，編號爲八八二。每半葉十行，行十八字，小字雙行同。其版式爲左右雙邊，版心白口，單黑魚尾，魚尾下記「韓文幾」，其下記葉次，下方有刻工姓名。首卷首葉首行署「新刊經進詳註昌黎先生文集卷第一」。次行、三行下署「迪功郎普慈文讜詞源詳註」、「通直郎致仕淡齋王儔尚友補註」。正文連屬，類目低一字，篇目低二字。其餘各卷無注家題署。卷首總目前有楷書杜莘老《詳註韓文引》，每半葉七行，行十二至十三字不等。下接《進詳註昌黎先生文表》，末署「右迪功郎新授達州東鄉縣尉兼主簿臣文讜上表」、「乾道二年五月進呈」。下接《詳註昌黎先生文集序》，末署「紹興己巳孟春普慈文讜詞源序」。遺文三卷，卷一爲遺文，卷二、卷三爲《論語筆解》，《韓文公志》三卷收録傳誌書序。

此本屬南宋監本系統，其編次與監本約略相近，但正文已經校訂，並非照録監本。其中不少文字獨樹一幟，優於傳世諸本。其注文則頗爲詳贍，所引用的唐宋文獻多達一百九十三種，在宋代韓集注本中最爲浩繁，具有極高的文獻價值。

四、南宋孝宗淳熙十六年方崧卿南安軍刻本《昌黎先生集》

南宋孝宗淳熙十六年（一一八九）方崧卿南安軍原刻本，陳振孫《直齋書録解題》卷十六著録。其中包括：《昌黎集》四十卷、《外集》一卷、《附録》五卷、《年譜》一卷、《舉正》十卷。解題稱：「《年譜》洪興祖撰，莆田方崧卿增考，且撰《舉正》以校其同異，而刻之南安軍。」其正集四十卷，現存殘本一部。所存爲前十卷，其中卷三至卷五爲鈔配本，原刻實存七卷，今藏日本靜嘉堂文庫。傅增湘《藏園群書經眼録》著録此本作《昌黎先生集》四十卷，提要云：「宋刊本，版匡高七寸六分，寬五寸三分半，半葉十一行，每行二十字，細黑口，左右雙闌。版心三魚尾，最上記字數，上魚尾下記韓集幾，中下魚尾之間記葉數，最下記刊工姓名，名上以一横闌界之。」

此本文字大多仍依南宋監本，並未據《舉正》校改，爲復原南宋監本原貌、考察方崧卿韓文校改合理性提供了重要的原始資料。部分文字已據《舉正》校改，少數文字既不同於南宋監本，也不同於《舉正》。凡此，都具有重要的文獻價值。

五、南宋孝宗初浙刻本《昌黎先生文集》

國家圖書館藏有韓愈集宋刻殘本一部，殘存卷一至卷十六。《北京圖書館善本書目》卷六著録，編號爲四九二四。該本爲三個南宋刻本殘卷彙集而成，原爲清人翁同書所藏。其中卷一至卷九爲同一版本，本文判定爲孝宗初浙刻本。其版式爲左右雙邊，白口，單黑魚尾。魚尾下署「韓幾」，次記葉數，末記刻工姓名。每半葉十行，行十六字，小字雙行，每行約二十字上下不等。正文首葉首行署「昌黎先生文集卷第幾」，次行低三字出正文標題，末署編者字樣。第一、第五卷卷末尾題連屬，其餘各卷隔行出尾題。卷首有翁同書題記，下接卷一至卷十六目録，行款與正文同。卷一末有劉庠題識兩則，汪鳴鑾識語一則。

此本作品編次與南宋監本相同，還没有根據方崧卿本進行調整。但已經接受了方崧卿校理本的影響，其成書應在方本流傳之後，朱熹《韓文考異》成書之前。按：方崧卿淳熙十六年刻韓集於南安軍之前，其本早已流傳，參見拙文《韓愈集方崧卿校理本考述》。

六、南宋孝宗間江西刻本《昌黎先生文集》

翁同書藏本卷十爲孝宗間江西刻本。版式爲左右雙邊，白口，雙黑魚尾。版口記字數，上魚尾下方署「韓幾」，下魚尾下方記葉數，末記刻工姓名。每半葉十一行，行二十字，小字雙行同。首葉首行署「昌黎先生文集卷第十」，次行低兩格署：「律詩七十九首」，其下小字雙行注：「方氏《舉正》增《遊太平公主山莊》一題爲八十首」。正文連屬，題低三字，卷末隔兩行署尾題。卷内各篇題下多有小注，内容以轉録方氏《舉正》爲多。正文間有小字夾注，多以「一作」形式記録異文，或加音注，偶有訓釋。

此本作品編次與南宋監本相同，《大安池》一首詩題依舊，未從方本改題。其本明確徵引方氏《舉正》多條，其成書當在《舉正》流傳之後。結合其刻工及避諱情況，可以斷爲孝宗年間刻本。

此本獨有的一些文字爲《考異》所徵引，這不但可以證實此本的時代，也可以由此判斷此本的價值。

七、南宋孝宗間閩刻本《昌黎先生集》

翁同書藏本卷十一至卷十六爲孝宗間閩刻本。其版式爲左右雙邊，白口，雙黑魚尾。版口記字數，上魚尾下方署「韓幾」，下記葉次，下魚尾下方記刻工姓名。每半葉十行，行十八字，小字雙行同。正文各卷首葉首行署「昌黎先生集卷第幾」，次行以下低兩格，低九格分兩列録本卷篇目，正文連屬，標題低三格。卷十二、卷十五卷末隔行出尾題，卷十六未見尾題，其餘各卷卷末隔兩行出尾題。正文間小字夾注異文。卷末録後序三篇，即柳開《後序》、歐陽修《書韓文後》、呂夏卿《後序》，其中柳序未署作者。三序版式與正文同。

此本刻工活動區域集中在福建及其毗鄰地區，可以判定爲孝宗、光宗、寧宗間閩刻本。此本避諱至「慎」字止，光宗以下諸諱一無所避，當爲孝宗年間刻本。

此本作品編次全同南宋監本，其文字取捨也多與南宋監本相合。從正文間夾注的

異文考察，此本已經録存了方崧卿本的異文，且有部分文字爲《考異》所徵引，版本價值

不言而喻。

八、南宋蜀刻十二行本《昌黎先生文集》

國家圖書館藏有宋刻本《昌黎先生文集》一種，計正集四十卷，外集十卷，共十六册，《北京圖書館善本書目》著録，編號爲七八九七。其版式爲左右雙邊，每半葉十二行，行二十一字，小字雙行同，版心白口，單魚尾，版心署「昌幾」，下記葉次，無刻工姓名。各卷首葉首行署「昌黎先生文集卷第幾」，次行下署「門人李漢編」，正文連屬，類目低一字，篇目低四字。首卷卷末隔一行署尾題，其餘各卷隔行不等。卷首總目前録趙德《文録序》、李漢《文集序》。部分卷次有「翰林國史院官書」朱文長印。

根據該書版式、編次及文字特徵判斷，十二行本淵源於蘇溥嘉祐蜀本，同爲蜀中刻本。其避諱止於「敦」字，可以判定其刊刻年代在光宗紹熙年間。在傳世宋本韓集中，十二行本的文字獨樹一幟，並曾被朱熹《韓文考異》大量採用，具有極高的文獻價值和版本

價值。

九、南宋寧宗慶元六年魏仲舉刻本《新刊五百家註音辨昌黎先生文集》

南京圖書館藏有宋刻本《新刊五百家註音辨昌黎先生文集》一種，計正集四十卷，外集十卷，序傳碑記一卷，韓文類譜十卷（其中有吕大防《韓吏部文公集年譜》一卷、程俱《韓文公歷官記》一卷、洪興祖《韓子年譜》五卷、王銍《韓會傳》一卷、樊汝霖《韓文公年譜》一卷、方崧卿《韓文年表》一卷），《韓集考異》十卷。版式爲左右雙邊，每半葉十行，行十八字，小字雙行，行廿三字。版心黑口，雙魚尾，上魚尾下記「韓幾」，下魚尾上記葉次，無刻工姓名。卷首總目前有「評論訓詁音釋諸儒名氏」，計唐十一家，宋一百三十七家，其餘新添集注、補注、廣注、釋事、補音、協音、正誤、考異等凡二百三十家皆無姓氏，共計三百七十八家。卷末有光緒二十二年五月九日黄巖王棻跋。此本原藏錢塘丁氏，有涵芬樓影印本傳世。

《天禄琳琅書目》卷三著録宋版《五百家注昌黎先生文集》兩部。其中一部爲琴川毛氏藏本，有印記。計正集四十卷、外集十卷，書前載引用書目一卷，評論詁訓音釋諸儒名氏一卷、韓文類譜七卷（其中有呂大防《韓吏部文公集年譜》一卷、程俱《韓文公歷官記》一卷、洪興祖《韓子年譜》五卷）。《書目》稱：「《宋史·藝文志》及宋馬端臨《文獻通考》皆不載是書，書中亦無纂集人名氏，惟正集目録後有木記曰慶元六禩（一二〇〇）孟春建安魏仲舉刻梓於家塾，應即爲仲舉集注。當時係韓柳並刊，柳集引用書目中載仲舉名懷忠。」

另一部爲明文徵明從子文伯仁藏本，後歸李日華，朱彝尊曾見此本。此本前有《序傳碑記》一卷、《看韓文綱目》一卷，後有《別集》一卷、《論語筆解》十卷、《文集後序》五篇。《書目》稱：「此本與前部版同，紙色墨光亦復相似，皆一時摹印之書。」有元人識語，字多脱闕。

《四庫全書》集部收《五百家注昌黎文集》一種，僅存正集四十卷。《提要》前載《御製題宋版韓昌黎文集》、《御製讀韓愈對禹問》、《御製讀韓昌黎雜説》、《御題五百家注昌黎文集》，總目前載評論詁訓音釋諸儒名氏。但此本並非《天禄琳琅書目》所著録者，《四庫全書總目》題下注爲「内府藏本」。據《提要》，此本「書前題慶元六年刻於家塾」，則此本與前引三本應屬同版。

魏本爲集注本，注文中實際徵引的唐宋文獻多達一百六十家，基本上反映了兩宋尤其是南宋韓集箋注的繁榮局面，具有極高的文獻價值。

十、王伯大本《朱文公校昌黎先生文集》

朱熹所校韓集，成書於寧宗慶元三年（一一九七）。其後此書刊刻有三種形式：其一，正文爲白文無注本，後附《考異》。這一體例出於朱熹本人的安排，《朱文公文集》卷四五《答廖子晦》之十五：「《韓文考異》，袁子質、鄭文振欲寫本就彼刻版。恐其間頗有僞氣，引惹生事，然當一面録付之。但開版事須更斟酌，若欲開版，須依此本别刊一本韓文方得。」其後袁、鄭刻此本於潮州，《朱文公文集》續集卷四《答劉晦伯》：「昨爲《考異》一書……近日潮州取去，隱其名以鏤板，異時自當見之。」則潮州刊本當爲白文無注本，《考異》附後。此本雖不傳，但紹定間張洽刻本體例與之相同，尚存人間，可以覆按。其二，將《考異》校語散入正文下，各卷末彙集音釋注文。這一體例出於王伯大，後世未見傳本。但今傳王本卷首理宗寶慶三年（一二二七）王伯大序以及凡例十二條交代了這一體例，明確而詳盡。其三，宋麻沙本將音釋注文散入正文之下，後世所傳王伯大本均遵從這一體例。這一系統的傳本甚多，《天禄琳琅後編》所著録的紹定六年（一二三三）臨江軍學刊大字本（七行十五字）及又另一中字本，《皕宋樓藏書志》著録的周九松原藏十六行二十三字本，《藏園群書題記》著録的十二行二十一字本，均爲宋本。元代刻本更多，有《經籍訪古志》卷六所著録的至元十八年（一二八一）日新書堂重刊本，瞿氏鐵琴銅劍樓藏林鴻、黄琴六舊藏元書肆本，錢唐丁氏藏明南京翰林院舊藏元刊小字本，聊城楊氏海源閣藏吴郡韓郇酌白堂舊藏元刊元印本，羅振常所見祁淡生、張蓉鏡舊藏元刊元印本，《藏園群書題記》所著録的十二行二十一字本等。明代刻本有洪武十五年（一三八二）勤有堂刻本，洪武二十一年（一三八八）書林王宗玉刻本，嘉靖間安中書堂刻本，萬曆三年（一五七五）重刻本，萬曆三十三年朱吾弼刻本等。

四部叢刊影書林王宗玉刻本計正集四十卷，外集十卷，集傳、遺文各一卷。該本版式四周雙邊，版心黑口，雙黑魚尾，上魚尾下署「昌文幾」，下魚尾下署葉碼。每半葉十三行，行二十三字，小字雙行同。各卷首葉首行題「朱文公校昌黎先生文集卷之幾」，次行低一字署「晦庵朱先生考異」，其下隔三字署「留畊王先生音釋」，正文連屬，篇題低三字。卷末隔兩行出尾題。卷首有《晦庵先生朱文公韓文考異序》、寶慶三年（一二二七）王伯大刻書序、昌黎先生集諸家姓氏、李漢序、汪季路書、朱文公校昌黎先生集凡例。李漢序後有王宗玉刻書牌記，凡例後有刻書識語一則，説明將音釋附入正集的情況。卷末集傳後附趙德序、歐陽修《書後》、蘇軾《潮州韓文公廟碑》。

王伯大本以朱熹本爲基礎，少量採用五百家注音釋，約以成篇。雖然文獻價值不高，而且傳世諸本大多刊刻粗糙，迄無善本，但詳略得宜，篇幅適中，再加上朱熹的大名，竟成爲此後傳世韓集的通行本。元明清迄至近代，代有翻刻，在韓集流傳中有很大的影響。

十一、池州張洽刻本《昌黎先生集》

此本版式爲每半葉十行，行二十字，小字雙行同。版心白口，單魚尾，魚尾下記「韓集幾」，下記葉碼，末記刻工姓名。各卷首葉首行題「昌黎先生集卷第幾」，正文連屬，類目低一字，篇題低三字，卷末隔二至四行出尾題。其刻工姓名（王壽、王亨、斯從文、潘暉、夏旺、曹勝、蔡勝、劉通、朱佺、蔡正、田原、田良、金通）與張洽池州刻本《昌黎先生集考異》相合，《中國版刻圖録》斷爲同版。

朱熹系統的白文無注本已無完本傳世，吉光片羽，亦足珍貴。

十二、南宋咸淳間廖瑩中世綵堂刊本《昌黎先生集》

國家圖書館藏有宋刻本《昌黎先生集》一種，計正集四十卷，外集十卷，遺文一卷，朱子校注昌黎先生集傳一卷。《北京圖書館善本書目》卷六著録，編號九六三二一。該本版式爲四周雙邊，版心細黑口，雙魚尾，版口記字數，上魚尾下記「昌黎卷幾」，下記葉次。下魚尾下署「世綵堂」，下記刻工姓名。各卷首葉首行署「昌黎先生集卷第幾」，正文連屬，類目低二字，篇目低三字，卷末尾題隔行不等。部分尾題後有篆書「世綵廖氏刻梓家塾」長方形牌記。原藏聊城楊氏海源閣，有一九二八年羅振常蟫隱廬影宋本傳世。

廖瑩中，字羣玉，號藥洲，邵武人，曾登進士第，爲賈似道門客。似道敗，貶死浙中。所刻韓集，周密《志雅堂雜抄》以爲「精好」。陳景雲《韓集點勘》以爲「其注採建安魏仲舉五百家注本爲多」，但「粗涉文藝，全無學識」，「遴擇失當」，「文義亦多疏舛」。今按：以朱熹本爲基礎，雜採五百家注以成篇者，爲王伯大本，廖本僅抄撮王本而已。其中不少王本錯字也照抄不誤，可謂鐵案如山。但也間或記録有少量資料爲他書所未見，仍然具有一定的參考價值。而且其書刊印精美，屢有翻刻，在韓集流傳中影響甚大。

附録二　主要參考文獻

四部叢刊、四部叢刊續編、四部叢刊三編，上海：商務印書館一九三四—一九三六年影印本。
影文淵閣四庫全書，臺北：臺灣商務印書館一九八六年影印本。
四庫全書存目叢書，濟南：齊魯書社一九九七年影印本。
續修四庫全書，上海：上海古籍出版社一九九五年影印本。
石刻史料新編，臺北：新文豐出版公司一九八二影印本。
古逸叢書、續古逸叢書、古逸叢書三編，北京：中華書局影印本。
宛委別藏，臺北：臺灣商務印書館一九八一年影印本。
大正原版大藏經，臺北：新文豐出版公司一九八三影印本。
叢書集成初編，上海：商務印書館一九三五—一九三七年版。
叢書集成續編，臺北：新文豐出版公司一九八九影印本。
叢書集成三編，臺北：新文豐出版公司一九九七影印本。

阮元《十三經注疏》，北京：中華書局一九八〇年影印本。
許慎《說文解字》，北京：中華書局一九六三年影印本。
段玉裁《說文解字段注》，成都：成都古籍書店一九八一年影印本。
朱駿聲《說文通訓定聲》，北京：中華書局一九八四年影印本。
《宋本玉篇》，北京：中國書店一九八三年影印本。
張自烈《正字通》，康熙清畏堂刊本。
陳彭年等《廣韻》，澤存堂本。
丁度等《集韻》，北京：中國書店一九八三影印本。
郝懿行《爾雅義疏》，北京：中國書店一九八二年影印本。
王念孫、王引之《廣雅疏證》，皇清經解本。
釋慧琳、釋希麟《一切經音義》，上海：上海古籍出版社一九八六年影印本。
臧勵龢等《中國古今地名大辭典》，香港：商務印書館香港分館一九八二年版。
史爲樂等《中國歷史地名大辭典》，北京：中國社會科學出版社二〇〇五年版。
臧勵龢等《中國人名大辭典》，上海：上海書店一九八〇年版。
昌彼得等《宋人傳記資料索引》，北京：中華書局一九八八年排印本。

李國玲《宋人傳記資料索引補編》，成都：四川大學出版社一九九四年版。
王肇文《古籍刊工姓名索引》，上海：上海古籍出版社一九九〇年排印本。
勞格、趙鉞《唐尚書省郎官石柱題名考》，北京：中華書局一九九二年排印本。
傅璇琮等《唐才子傳校箋》，北京：中華書局一九八九年版。
郁賢皓《唐刺史考全編》，合肥：安徽大學出版社二〇〇〇年版。
唐林寶撰，郁賢皓、陶敏整理《元和姓纂》，北京：中華書局一九九四年排印本。
清徐松《登科記考》，北京：中華書局一九八四年排印本。
清趙鉞、勞格《唐御史臺精舍題名考》，北京：中華書局一九九七年排印本。
嚴耕望《唐僕尚丞郎表》，北京：中華書局一九八六年排印本。
清董誥等《全唐文》，北京：中華書局一九八三年影印本。
陳尚君《全唐文補編》，北京：中華書局二〇〇五年排印本。
《隋唐五代墓誌彙編》，天津古籍出版社一九九二年影印本。
周紹良等《唐代墓誌彙編》，上海：上海古籍出版社一九九二年版。
周紹良等《唐代墓誌彙編續集》，上海：上海古籍出版社二〇〇一年版。

後記

十年磨劍，五陵結客，把平生涕淚都飄盡。竹垞之詞，於我心有感感焉。從九六年確定選題，到《韓愈文集彙校箋注》完稿，轉眼已是十二個年頭。當年為《韓愈全集校注》修改稿件，收穫了一大堆困惑。後來由成都到武漢，雖然依舊是飄零落寞，但日課三千字，倒還算得上緊張而充實。日居月諸，總算沒有辜負這十二年的光陰。

深切感謝中華書局以及徐俊、張耕二位先生。他們都是筆者的老朋友，多年來一直關心著筆者的韓愈研究。從約稿、審稿到繁重的編務工作，責編張耕先生盡心盡力，付出了艱苦的勞動。書局副總編徐俊先生則自始至終對本書的出版給予了全力支持。高情厚誼，所不敢忘，謹志此以表謝忱！

劉真倫

丁亥之秋七月既望

篇目索引

本索引以漢語拼音爲序,包含集中正文全部篇目,篇目後斜綫前爲所在卷數,斜綫後爲所在頁碼。

J

W

X

Y